# EN SUIVANT LES ÉTOILES

Née en 1941 à Minneapolis dans le Minnesota, Anne Tyler a grandi et fait ses études en Caroline du Nord. Elle vit actuellement à Baltimore dans le Maryland. À vingt-deux ans, elle écrit son premier roman qui attire immédiatement l'attention de la critique. Depuis lors, de livre en livre, elle s'est affirmée comme l'une des voix les plus fortes et les plus originales du roman américain contemporain. Elle a rencontré un éclatant succès critique et public avec *Le Voyageur malgré lui* (Stock, 1987). De ce roman vendu à deux millions d'exemplaires aux États-Unis, Lawrence Kasdan a tiré un film interprété par William Hurt, Kathleen Turner et Geena Davis. En 1989, Anne Tyler a obtenu le prix Pulitzer pour *Leçons de conduite* (Calmann-Lévy, 1994) — un des « dix meilleurs livres de l'année », selon la revue *Time*.
*Une autre femme*, son douzième roman, fera l'objet d'une adaptation cinématographique par la Warner.

*Paru dans Le Livre de Poche :*

UNE AUTRE FEMME

LEÇONS DE CONDUITE

ANNE TYLER

# *En suivant les étoiles*

ROMAN TRADUIT DE L'ANGLAIS PAR SABINE PORTE

CALMANN-LÉVY

*Titre original :*

CELESTIAL NAVIGATION

(Première publication :
Alfred A. Knopf, New York, 1974)

## *1*

### *Automne 1960*

### AMANDA

Mon frère Jeremy est un vieux garçon de trente-huit ans qui n'a jamais quitté le toit familial. Il y a longtemps que nous avons renoncé à attendre grand-chose de lui, mais il n'en reste pas moins le seul homme de la famille, et en ces heures tragiques, on aurait pu espérer qu'il se ressaisisse et prenne en charge une part des responsabilités. Eh bien, non. Il nous a téléphoné à Richmond, où nous partageons un petit appartement, ma sœur et moi. Si j'ai bonne mémoire, c'était la première fois de sa vie qu'il nous passait un coup de fil ; vous vous rendez compte ? D'habitude, nous appelions Mère le dimanche soir à l'heure du tarif réduit, et elle nous passait Jeremy pour qu'il nous dise un petit bonjour. Il n'en disait d'ailleurs guère plus : « Bonjour » puis « Bien, merci », suivi d'un long silence et d'un « Bon, eh bien au revoir ». Si bien qu'en entendant sa voix, ce soir-là, je ne l'ai pas reconnu tout de suite.

« Amanda ?

— Oui, qui est à l'appareil ?

— Je voulais te dire, pour Maman », a répondu Jeremy. Car il faut vous dire qu'il l'appelle toujours Maman. En grandissant, nous sommes passées à Mère, Laura et moi, mais Jeremy, non.

« Jeremy ? Que se passe-t-il ?

— Maman est décédée, a-t-il annoncé.

— Oh, Seigneur tout-puissant. »

Sur ce, nous avons dû, Laura et moi, prendre toutes les dispositions nécessaires depuis Richmond, téléphoner au médecin pour faire établir l'acte de décès, mettre la main sur le pasteur, aider Jeremy à choisir un établissement de pompes funèbres. (Apparemment, il n'avait jamais appris à se servir des pages jaunes.) Puis prendre le train jusqu'à Baltimore et dénicher un taxi à la gare. L'idée n'avait pas même effleuré Jeremy qu'en un moment pareil, nous aurions aimé que l'on vienne nous chercher. Mais avec quel moyen de locomotion ? Il était incapable de tenir un volant. Un autre que lui aurait pris la situation en main et sauté dans un bus pour descendre en ville, puis dans un autre au retour, veillant à ce que ses sœurs aient une place assise et gardant l'œil sur leurs bagages. Mais pas Jeremy. Lorsqu'aux environs de midi, en cette froide et pluvieuse journée de novembre, nous sommes sorties de la gare, Laura et moi, il n'y avait pas le moindre visage familier, ni même un porteur en vue ou un seul taxi en attente. Nous en avons été réduites à nous asseoir sur nos valises en grelottant, les pieds ramassés sous nos jupes, la tête couverte d'une capuche en plastique.

« Oh, Amanda, ton rhume va te descendre sur les bronches », a soupiré Laura. J'étais en effet malade depuis deux semaines et c'est tout juste si je parvenais à assurer mes cours, mais je n'ai aucune confiance dans les professeurs remplaçants. Je n'aurais pas dû mettre le nez dehors. Et voilà que Laura m'avait tout l'air de couver quelque chose, *elle* aussi. Elle pliait et repliait un mouchoir à fleurs, se mouchait, s'essuyait le bout du nez. Elle portait sa robe de jersey bordeaux qui était censée l'amincir, mais sans grand résultat. Son manteau entrouvert laissait apparaître des bourrelets. J'avais mis ma belle robe en laine noire, ornée de boutons de strass, mon col de renard, et un chapeau à plumet gris parfaitement assorti à ma couleur de cheveux. Mais j'aurais pu m'épargner cette peine. L'effet était gâché par la capuche en plastique et les caoutchoucs. Tout de même, vous ne pensez pas que Jeremy aurait au moins pu appeler un taxi pour lui demander de nous attendre à la gare ?

Quand nous avons fini par en trouver un, il y eut un petit moment de confusion, au moment de décider où nous voulions aller. « Directement aux pompes funèbres », a dit Laura. Elle a toujours été plus proche de Mère que moi, et à l'annonce de son décès, elle s'est montrée bien plus bouleversée et a veillé une bonne partie de la nuit en pleurant à n'en plus finir. Dieu sait pourtant que pour moi également, cela a été un choc, mais je suis l'aînée — j'ai quarante-six ans, bien que je ne les fasse pas, à ce que l'on m'a dit — et des deux, j'ai toujours été la plus raisonnable. Mieux valait commencer par déposer nos bagages, lui ai-je suggéré. Et Jeremy devait certainement être aux pompes funèbres pour s'assurer que tout allait bien. Il pouvait au moins faire cela, non ? « Oh, je ne sais pas, Amanda », m'a répondu Laura. Alors j'ai fini par lui dire que nous irions aux pompes funèbres, mais que nous passerions d'abord à la maison, pour déposer nos valises et voir où était Jeremy. Le chauffeur a soupiré : « Bon, on peut y aller maintenant ? » Du genre à ne pas se laisser marcher sur les pieds. Mais il a toutefois eu le mérite de se taire une fois en route. J'ai horreur de ces chauffeurs de taxi bavards qui aboient plus qu'ils ne parlent et vous infligent à n'en plus finir leurs opinions sur la politique, le coût de la vie, la criminalité et autres sujets dont je n'ai que faire.

La maison de notre mère était située en plein centre-ville, dans une petite rue animée, de ces maisons mitoyennes à deux étages, sombres, tout en hauteur, typiques de Baltimore. Un fatras de petits carreaux, de lierre tentaculaire et de rideaux de dentelle grisâtre qui traînaient à terre derrière les moustiquaires noircies. On risquait à chaque pas de se casser la cheville dans l'allée sillonnée de fissures, où poussaient des mauvaises herbes d'une couleur à mi-chemin entre le terreux et le jaunâtre. Appuyée à la fenêtre du petit salon, une pancarte maculée de taches annonçait « CHAMBRES À LOUER ». Le quartier était en pleine déliquescence et ce, depuis des années. La plupart des maisons avaient été divisées en appartements, repris par des Noirs et des beatniks, et certaines d'entre elles étaient même condamnées, des avis municipaux en travers de la porte. J'avais dit et répété à notre mère qu'il fallait à tout prix qu'elle déménage, mais elle n'en avait jamais eu l'énergie. Il y avait quelque chose de *stagnant* en elle. Cela m'ennuie de le dire à présent qu'elle n'est plus, mais voilà, c'est la vérité. Elle n'avait pas même vu ce qu'était devenu le quartier. Elle ne mettait quasiment jamais le nez dehors. Et au fil des années, elle avait laissé s'entasser tant de choses, de bibelots, de photos, de boîtes à chaussures pleines de bouts de ficelle. Si elle avait dû déménager, il lui aurait fallu trois camions pour elle seule. À peine étions-nous arrivées devant la porte que déjà j'apercevais les prémisses de son fouillis : un petit bout de jardin débordant de mauvaises herbes et de buissons épineux, le tout envahi par les tentacules d'un long rosier rampant. À lui seul, il était tout à fait révélateur de sa vision des choses. C'est bien simple, Mère ne provoquait jamais de changement. Elle n'en avait pas le courage. Si elle voyait une fissure s'insinuer dans le mortier ou la grille s'incliner vers le sol, elle se contentait de se dire : « Mais qui suis-je pour y changer quoi que ce soit ? » Ces gens-là m'exaspèrent.

Après avoir gravi les marches du perron, nous sommes entrées dans le vestibule, où nous avons trouvé un pot de fleurs orné d'une branche morte plantée dans une poignée de terre séchée. Je me rappelais l'avoir vue lors de notre dernière visite, le dimanche de Pâques, et la branche était déjà morte à cette époque.

Nous avons eu beau sonner, personne n'est venu nous ouvrir. J'ai frissonné en entendant vibrer un écho caverneux de l'autre côté de la porte.

« Jeremy est manifestement sorti, ai-je dit à Laura.

— Sorti ? Mais où veux-tu qu'il soit allé ?

— Aux pompes funèbres, du moins je *l'espère.* »

Nous avons donc laissé nos valises dans l'entrée — nous n'avions pas la clef de la maison — et rejoint le taxi. J'ai indiqué au chauffeur le nom des pompes funèbres. « Ah oui, je les connais bien, a-t-il dit. C'est eux qui ont enterré ma sœur. » Voilà qui ne me disait rien qui vaille. Dans quelle galère Jeremy avait-il pu nous entraîner ? « Ils font du bon boulot », a ajouté le chauffeur. Avec Laura, nous avons juste échangé un regard, sans mot dire.

Quand nous sommes parvenues à destination — une autre maison modeste, à une dizaine de rues de là —, nous nous sommes partagé le prix de la course après avoir fixé le montant du pourboire, et là, je me suis rendu compte que mes inquiétudes étaient fondées. Dans le jardin, une enseigne au néon clignotait anarchiquement en crépitant. Les fenêtres étaient couvertes de suie et, quand nous nous sommes penchées pour ôter nos caoutchoucs, des gouttes tombant d'un auvent déchiré nous ont dégouliné dans le cou. Et l'intérieur ! Je n'avais jamais vu un endroit aussi sinistre. Il y flottait une odeur de radiateurs poussiéreux. Les plafonds hauts s'écaillaient, les murs étaient de cette couleur indéterminée que l'on trouve dans les hôpitaux, hésitant entre le jaune lavasse et le blanc jaunâtre. La moquette était élimée jusqu'à la corde. Un employé est venu à notre rencontre en traînant ses mocassins éculés. « Nous sommes les filles de Mrs Pauling », ai-je annoncé. Il a hoché la tête avant de tourner les talons pour nous conduire dans un couloir donnant sur une enfilade de pièces occupées par des gens à l'air désœuvré. Laura était agrippée à mon bras. Je la sentais qui tremblait. Je dois avouer que j'étais également flageolante. J'avais le sentiment que ma mère, au-delà même de sa mort, s'était laissée glisser d'un autre échelon pour échouer dans un endroit plus délabré encore que ne l'était sa maison. La seule pensée qui me réconfortait un tant soit peu, c'était de savoir que Jeremy nous attendrait — un homme, au moins, quoi qu'on en dise, l'unique parent qu'il nous restait, quelqu'un qui puisse partager notre émotion. Mais qu'avons-nous trouvé une fois arrivées au bout du couloir ? Une pièce vide, un cercueil posé là, sans personne à ses côtés. La fenêtre sans rideau laissait filtrer des rais de lumière blême. « Où… » ai-je commencé. Mais l'employé était déjà reparti. Ces gens-là n'ont pas le moindre savoir-vivre.

Mère avait été disposée dans un cercueil à poignées de cuivre, un cercueil en bois. En acajou, je crois. Sa tête reposait sur un coussin en satin. Ses cheveux, qu'elle avait gardés châtain clair — bien qu'ils soient devenus fins et ternes avec les années — étaient coiffés en boucles serrées et pour une fois, ils n'étaient pas recouverts d'un filet. Elle en avait toujours porté — toile d'araignée brun clair qu'il me démangeait de lui arracher. Une toile d'araignée, une robe légère qui avait vécu et des mules en chintz qui chuchotaient à chaque pas. À présent, elle était habillée de l'ensemble de laine marine que je lui avais envoyé pour son dernier anniversaire. « Merci pour ce joli tailleur, m'avait-elle écrit lorsqu'elle l'avait reçu. Mais comme tu le sais, je ne sors pas beaucoup et je n'aurai sans doute pas l'occasion de le mettre. » Les joues affaissées vers le coussin, les paupières plissées, son visage était empreint d'un pâle sourire très doux. Lors des enterrements, les gens vous disent toujours : « Elle a l'air si naturel ! On la croirait endormie. » Et la plupart du temps, ce n'est qu'un mensonge, mais dans le cas de notre mère, c'était la pure et simple vérité. *Évidemment*, elle avait l'air naturel ; quoi d'étonnant, elle qui, toute sa vie, avait eu l'air d'une morte ? Tout était parfait, jusqu'à ses mains : croisées sur la poitrine, bleuâtres, le bout des doigts cireux. Elle avait toujours eu une mauvaise circulation. Ses mains étaient croisées en permanence avec cette même humilité, ce même effacement, sans jamais être agitées du moindre tic, aussi amorphes, aussi inertes que celles d'une poupée de chiffon. À la main gauche, elle avait une alliance en or blanc que toute femme un tant soit peu sensée aurait jetée depuis des années. Mais pas, bien sûr, notre mère. Elle la portait toujours. Par inertie. Elle avait sans doute oublié qu'elle l'avait encore. Curieusement, je ne parvenais pas à détacher mon regard de cette alliance et ce n'est qu'en entendant Laura renifler que je me suis aperçue qu'elle pleurait. En me retournant, j'ai vu son visage se contracter et ses joues se couvrir de larmes.

« Oh Amanda, qu'allons-nous faire, maintenant que Mère n'est plus là ?

— Mais enfin, Laura, ce n'est pas comme si...

— Nous n'aurions pas dû la laisser seule. Tu ne

crois pas ? Nous aurions dû venir la voir plus souvent, lui prêter plus d'attention.

— C'est *Jeremy* qu'elle aimait, ai-je répondu, et il ne l'a jamais quittée, lui. Nous n'avons rien à nous reprocher.

— Jeremy va être anéanti, dit Laura en se tapotant les yeux avec son petit mouchoir à fleurs, qui était déjà trempé. Tu sais combien ils étaient attachés l'un à l'autre. Mais que va-t-il faire, à présent ? Comment va-t-il se débrouiller ?

— D'ailleurs, *où* peut-il bien être ? »

J'ai laissé Laura pleurer auprès du cercueil et je suis allée voir le directeur. Son bureau était près de l'entrée. Je l'ai trouvé assis, en train de boire un café dans un gobelet en carton qu'il a dissimulé en m'apercevant.

« Oui ! m'a-t-il lancé. Puis-je vous aider ?

— Je suis Miss Pauling et je me demandais si, par hasard, vous sauriez où est mon frère ? »

Il a jeté un coup d'œil à l'employé qui était adossé au mur.

« Votre frère ? a répété ce dernier.

— *Mr* Pauling, sans doute, a dit le directeur. Oui, certes, bien sûr nous l'avons vu quand nous sommes venus… mais il a semblé, il n'a pas semblé… mais il nous a aidés à choisir la tenue. Nous préférons que ce soit un membre de la famille qui s'en charge. C'est ce que je lui ai dit, quoique, dans un premier temps, il ait été quelque peu réticent. Les membres de la famille sont mieux placés pour savoir ce qui est le plus…

— Et *là*, tout de suite, où est-il ?

— Mais c'est que je n'en ai pas la moindre idée.

— Il n'est pas passé ici ? »

Le directeur a jeté un nouveau coup d'œil à l'employé qui a fait non de la tête.

« Il y a eu quelques dames, c'est tout, m'a-t-il dit. De la paroisse, si je me souviens bien.

— Il n'est pas venu *du tout* ?

— Pas que je sache.

— Pour l'amour du ciel ! »

Sur ces paroles, j'ai fait volte-face et je suis sortie, avec sur mes talons l'employé, qui s'était soudain arraché à son mur pour se précipiter derrière moi. « Ah, laissez-moi, allez voir ailleurs. Nous ne sommes tout de même pas le *seul* mort ici. » Sur ce, je suis revenue dans la salle où reposait Mère, et y ai trouvé Laura en train de tourner son mouchoir dans tous les sens avec l'espoir de dénicher un coin sec. Je lui en ai tendu un propre que j'avais dans mon sac.

« Jeremy n'est pas venu, lui ai-je annoncé.

— Oh non, je ne pensais pas qu'il viendrait.

— A-t-on jamais entendu parler d'un fils qui ne veille pas sa propre mère ?

— Oh, tu sais comment... Je pensais qu'il serait à la maison, dit Laura. J'espère qu'il ne lui est rien arrivé.

— Que veux-tu qu'il arrive à *Jeremy* ? » lui ai-je demandé, et naturellement elle n'a pas su quoi répondre.

Jeremy est sans surprise. Jamais il ne ferait la noce, ni n'enfreindrait la loi, et ce n'est pas lui que l'on découvrirait dans quelque ville lointaine, vivant sous un nom d'emprunt. « Il est probablement terré dans son atelier, lui ai-je dit. Nous aurions dû insister. Enfin, peu importe. » En réalité, je n'étais pas mécontente. Il nous aurait plus embarrassées qu'autre chose s'il avait été là à se morfondre dans son coin. Il était plus proche encore de Mère que ne l'était Laura. Ils se connaissaient si bien qu'ils éprouvaient à peine le besoin de se parler ; ils avaient passé toutes les soirées de leur vie côte à côte, blottis dans le petit salon, à regarder la télévision en buvant du chocolat chaud. Je n'ai jamais compris que l'on puisse vivre ainsi.

Nous avons passé l'après-midi sur le petit sofa du couloir à saluer les quelques visiteurs qui avaient fait le déplacement. Manifestement, le cercle d'amis de Mère s'était considérablement réduit. Les rares personnes à s'être dérangées abrégeaient sacrément les formalités. Une minute de silence devant le cercueil, un petit mot pour nous, une signature dans le livre d'or et ils repartaient. Ils remplissaient leurs obligations, un point c'est tout. Je l'ai toujours dit, tant qu'à accomplir son devoir, autant le faire de façon *aimable*, cela ne coûte rien, mais ces gens paraissaient avoir d'autres soucis en tête et je voyais bien que le cœur n'y était pas. Entre les visites, nous restions silencieuses, Laura et moi, côte à côte. Nos bras se touchaient. Nous n'avions pas le choix, le sofa était minuscule. J'ai horreur que l'on me touche. Laura passait son temps à triturer les lanières de son sac et à jouer avec son fermoir, et le bruit feutré de son coude qui frottait sur ma manche me portait sur les nerfs.

« *Arrête* de bouger, tu veux ? lui ai-je dit.

— Oh, Amanda, je me sens si perdue ici.

— Ressaisis-toi. »

Son menton s'est creusé. Je lui ai pris la main pour la serrer entre les miennes.

« Ne t'en fais pas, nous n'allons pas tarder à rentrer prendre un thé. Tu es fatiguée, c'est tout.

— Oui, c'est vrai. »

Elle n'a jamais eu mon énergie.

Deux dames de la paroisse de Mère sont passées. Je les connaissais de vue sans pour autant me rappeler leur nom, mais j'ai fait en sorte qu'elles ne s'en aperçoivent pas. Puis le pasteur de Mère et Mrs Jarrett, qui est pensionnaire chez Mère depuis des années. Une dame d'une grande classe, on ne peut plus aimable et courtoise, qui porte toujours un chapeau. Elle a tendu une main gantée en me disant : « Je penserai souvent à votre mère, Miss Pauling, et je prierai pour elle. Elle était si bonne. » Pourquoi tous les pensionnaires ne pouvaient être comme elle ? Juste derrière elle est apparue Miss Vinton, une vieille haridelle toute sèche qui loue la chambre du fond, côté sud. La plus petite de la maison, celle que Mère louait moins cher. « Je suis navrée, pour votre mère », a dit Miss Vinton, mais si elle était aussi désolée qu'elle voulait bien le prétendre, elle aurait au moins pu changer de tenue, histoire de le montrer. Elle portait les mêmes vêtements que d'habitude, un cardigan lavande sur une espèce de tube gris qui lui tenait lieu de robe, un imperméable avachi et, pour chausser ses immenses pieds, des babies aux allures de péniches. Elle avait une poigne d'homme, des mains aux ongles coupés court, tachés de nicotine. Elle ne se déplaçait qu'à bicyclette. Vous voyez d'ici le tableau. « C'est très aimable à vous d'être venue, Miss Vinton », lui ai-je répondu en jetant à sa tenue un coup d'œil acerbe, pour bien lui faire comprendre que cela ne m'avait pas échappé. Si elle s'en est aperçue, cela l'a laissée froide. Elle s'est contentée de m'adresser un grand sourire chevalin. Elle estimait qu'étant toutes deux des célibataires d'une quarantaine d'années, nous avions des points communs, mais Dieu merci, la ressemblance s'arrêtait là. J'ai toujours veillé à conserver ma dignité.

À six heures du soir, nous sommes rentrées. Les rues étaient noires et les trottoirs mouillés, et il n'y avait pas le moindre taxi en vue. Nous avons fait tout le chemin à pied. Laura s'était remise à pleurer. Elle ne cessait de se moucher en marmonnant des bribes de phrases qui restaient inaudibles entre la circulation et le bruissement de ma capuche. Mais je n'ai pas dû rater grand-chose. Au lieu de lui répondre, j'ai continué à marcher d'un bon pas, mon sac bien serré contre moi, en prenant soin d'éviter les flaques. Cela ne m'a pas empêchée de me retrouver les bas tout éclaboussés. La pluie avait encore assombri les maisons, ce qui leur donnait un air plus minable et lugubre que jamais.

Pour couronner le tout, la maison de Mère paraissait toujours aussi déserte. Seule une chambre au premier était éclairée. À nouveau, notre coup de sonnette n'éveilla que l'écho. Laura soupira :

« Et si nous nous retrouvons à la porte ? Où allons-nous passer la nuit ?

— Ne sois pas ridicule, lui ai-je dit. Cette maison fourmille de pensionnaires, à défaut d'autre chose, et tu vois bien que nos valises ont été rentrées. »

En effet, l'entrée était de nouveau vide. Ne restait que le pot de fleurs.

J'ai laissé le doigt appuyé sur la sonnette. Une lumière a fini par s'allumer dans le couloir et nous avons aperçu une ombre derrière le rideau de dentelle. Mr Somerset, qui venait nous ouvrir d'un pas traînant en remontant ses bretelles. Je l'ai reconnu à sa façon de marcher, les genoux pliés et les épaules voûtées. Il m'était aussi familier qu'un vieil oncle, quoique je me passais fort bien d'un pareil oncle.

« Voilà ce que je pense de tes pensionnaires, avais-je dit un jour à Mère. Mr Somerset est un vieillard déprimant, et je ne sais pas comment tu fais pour le supporter depuis si longtemps.

— Je sais bien, mais il n'a que sa retraite, le pauvre homme », m'avait-elle répondu.

Elle ne disait pas le fond de sa pensée. En réalité, elle avait tout autre chose en tête : Comment lui demander de partir ? Comment pourrais-je me faire à une nouvelle tête ? Pourquoi vouloir tout changer ?

« Miss Pauling, a dit Mr Somerset. Et Mrs Bates. Vous êtes venues pour votre mère, j'imagine.

— Évidemment, ai-je répondu, et nous avons passé tout l'après-midi aux pompes funèbres, mais pas de trace de Jeremy. Où peut-il bien être ?

— Assis dans l'escalier, a dit Mr Somerset.

— Dans l'escalier ?

— Dans l'escalier où votre mère est décédée. Il y a passé toute la journée.

— Nous sommes passées tout à l'heure, Mr Somerset. À midi. Nous avons sonné.

— Je devais être sorti.

— Mon *frère* était là, me dites-vous ?

— Il va jamais ouvrir quand on sonne, a expliqué Mr Somerset. Et il a pas bougé de là où il était. Il est dans le noir.

— Pour l'amour du ciel, ai-je soupiré. Jeremy ? »

Mais c'est Laura qui s'est précipitée dans l'escalier pour aller le retrouver, sans même ôter ses caoutchoucs. Je l'ai entendue allumer un interrupteur et monter au second en criant « Jeremy, mon chéri !

— Il n'est pas lui-même, aujourd'hui », a dit Mr Somerset.

Beaucoup de gens disent cela de Jeremy, mais en réalité, ce qu'ils sous-entendent, c'est qu'il n'est pas comme tout le monde. Il est *toujours* lui-même. C'est bien là le problème.

« Jeremy, descends, veux-tu, nous t'avons cherché, avec Laura.

— Il refuse de descendre. Il est assis sur la marche où...

— Elle est décédée dans *l'escalier* ?

— Oui, m'dame.

— Non, mais ce n'est pas vrai!

— À ce que j'ai compris, il est resté auprès d'elle jusqu'au retour de Mrs Jarrett. Des *heures*, peut-être bien. Allez savoir. C'est Mrs Jarrett qui a composé votre numéro de téléphone. Autrement, il l'aurait peut-être jamais fait. Et puis elle l'a envoyé se coucher, parce qu'après tout ce remue-ménage, les pompes funèbres, le médecin, tout ça, il était revenu s'installer là-haut sur sa marche, apparemment il avait décidé d'y passer la nuit. Mrs Jarrett lui a dit: "Mr Pauling, je crois que vous feriez mieux d'aller vous étendre sur un vrai lit", et c'est ce qu'il a fait. Mais, ce matin, je me suis aperçu qu'il s'était réinstallé sur sa marche, il n'en a pas bougé de toute la journée. Je l'ai dit à Miss Vinton et elle m'a répondu de le laisser tranquille. Je lui ai demandé combien de temps on devait le laisser. "C'est pas *normal*", je lui ai dit à Miss Vinton, mais elle a refusé de...

— Eh bien, maintenant, il va *falloir* que cela cesse», ai-je dit.

J'ai ôté mes caoutchoucs, accroché mon manteau et mon chapeau dans le placard et je suis montée. J'ai traversé le palier du premier, qui sentait les serviettes humides, et je suis arrivée au second, où Jeremy travaille et dort dans la plus complète solitude, ne laissant entrer que de rares visiteurs. Il était là, recroquevillé sur la dernière marche, Laura accroupie à ses pieds. Elle était hors d'haleine. Elle ne fait jamais d'exercice.

«Jeremy, mon chéri, si tu savais, je me suis fait un sang d'encre, lui disait-elle. Mais nous n'avons pas arrêté de sonner! J'étais sûre que tu étais ici.

— J'étais dans l'escalier, dit Jeremy.

— C'est ce qu'on m'a dit, ai-je répondu en continuant à gravir les marches jusqu'à arriver à la hauteur de son visage. Je m'attendais au moins à te trouver aux pompes funèbres.

— Oh non.

— Eh bien, il est temps de redescendre maintenant, lui ai-je dit.

— Je n'en ai pas vraiment envie, Amanda.

— Est-ce que je te demande si tu en as envie ? »

Il a écarté les doigts et baissé les yeux sur ses ongles rongés, sans répondre. Dès qu'on lui parle sur un ton un peu sec, Jeremy est totalement bouleversé ; il ne supporte pas l'affrontement. On en obtient bien davantage en le prenant par la douceur, mais je m'en souviens toujours trop tard. Il me met en rage. Je ne comprends pas qu'il ait pu se laisser aller ainsi. Non, pour se laisser aller, encore faut-il avoir été quelqu'un, or Jeremy n'a jamais été bon à rien. C'est de naissance. Il est et a toujours été pâle, flasque, corpulent, les hanches larges, le corps en forme de poire. Il marche les pieds en dehors. Il a des cheveux bouclés, d'un blond cendré, clairsemés au sommet de son crâne, des yeux quasi incolores. (On m'a déjà demandé s'il était albinos.) Et allez savoir où il peut bien trouver des vêtements pareils : un pantalon large qui lui arrive sous les aisselles, un cardigan couleur taupe qui lui barre le ventre et ne ferme que par un seul bouton, laissant apparaître le haut et le bas d'un maillot de corps à petits trous, le tout assorti de minuscules derbies bicolores à bout rond. Des derbies bicolores ? Pour un homme ? « Ressaisis-toi, Jeremy », lui ai-je dit. Il m'a regardé en clignant ses yeux bouffis aux paupières sans cils.

« Elle se fait du souci pour toi, c'est tout, lui a dit Laura.

— Je me fais du souci pour nous tous, ai-je répliqué. Que deviendrait-on si chacun refuse de bouger sous prétexte qu'il est bien là où il est ?

— Laisse-moi encore un petit moment, a dit Jeremy.

— Les gens des pompes funèbres m'ont dit que tu ne t'étais pas manifesté.

— Non.

— Et que tu n'étais pas même passé voir comment ils l'avaient arrangée.

— Je n'en avais pas la force.

— Et *nous* alors, nous en avons bien eu la force, non ?

— Elle avait l'air très paisible », est intervenue Laura en se penchant vers lui pour le prendre par les épaules. À les voir tous deux, on avait l'impression que si elle le lâchait, il s'avachirait lentement sur le côté en gardant les yeux écarquillés. « On aurait dit qu'elle dormait, a-t-elle ajouté.

— Elle s'endormait souvent sur ses réussites, a dit Jeremy.

— Elle est aussi jolie que sur sa photo de mariage. »

Mais où avait-elle été chercher cela ? Mère ne ressemblait en rien à sa photo de mariage. Le contraire eût été sacrément étonnant. Mais Jeremy se contenta de lui demander :

« Celle de l'album ?

— Exactement.

— Elle a le visage plutôt plein sur cette photo, a dit Jeremy.

— Elle a le visage plein, maintenant.

— Ils doivent utiliser une technique spéciale pour ça.

— Et puis, elle a bonne mine.

— Elle a un peu de couleur ?

— Ils ont dû lui mettre un peu de fard à joues. Mais rien de *vulgaire*. Juste ce qu'il faut pour... et puis ils lui ont fait une mise en plis.

— Maman ne se faisait jamais de mise en plis.

— Mais cela lui va très bien, Jeremy. Et cette robe lui va très bien au teint. C'est *toi* qui l'as choisie ? Tu as très bien fait. Je crois que j'aurais plutôt choisi la beige à fleurs, celle qu'elle mettait toujours à Pâques, mais celle-là est très jolie aussi, et cette couleur lui va...

— C'est le monsieur des pompes funèbres qui a suggéré celle-là.

— Ils ont sans doute l'œil, pour ce genre de choses.

— J'ai dû fouiller dans sa penderie pour trouver des vêtements.

— Ah oui ? Et cette façon dont ils...

— J'ai dû pousser tous les cintres de la penderie.

— Je sais bien.

— Ils m'ont dit que c'était à moi de le faire, a insisté Jeremy. Je leur ai dit, est-ce qu'*ils* ne pouvaient pas le faire, eux ? Ils ont dit que non. Ils avaient peur d'avoir des ennuis, d'être accusés d'avoir mal choisi ou peut-être même d'avoir volé, s'il manquait quoi que ce soit. Mais jamais je n'aurais fait ça. Jamais, je ne les aurais accusés.

— Non, bien sûr que non, a dit Laura.

— J'ai dû passer en revue toutes les robes de sa penderie.

— Oui, bon.

— J'ai dû aller chercher des... ses sous-vêtements dans la commode. Ouvrir sa commode.

— Bon, bon, Jeremy.

— Fouiller dans sa commode et puis tout sortir.

— Jeremy, mon chéri. Allons, c'est fini. Allons, allons. »

Car Jeremy venait de se pencher vers Laura pour poser la tête sur cette poitrine aux allures d'oreiller. Et voilà que Laura lui caressait le dos en claquant des dents. Elle avait toujours dorloté ce garçon. Certes, elle n'avait que sept ans quand il était né —

l'âge où un petit frère est une sorte de poupon amélioré. Elle ne s'était jamais aperçue qu'elle venait d'être supplantée dans le cœur de Mère. *Moi*, si, évidemment. J'étais l'aînée. Il y avait des années que j'avais été supplantée. Je voyais bien que chez Mère, il n'y avait de place que pour un seul être à la fois, le plus jeune, le plus petit et le plus faible. Je voyais bien, quand elle était enceinte de Jeremy, comme elle se recroquevillait de plus en plus sur elle-même jusqu'à n'être plus qu'une cavité ronde qui se contentait de s'alimenter et de réclamer des plaids. Dans toutes les autres situations, Mère se contentait de *recevoir,* soumettant ses requêtes et ses exigences à tout son entourage, y compris à ses filles, sans jamais rien donner en retour, mais elle avait gâté Jeremy dès l'instant où il avait vu le jour. Sans doute est-ce là l'origine de tous ses problèmes. C'était le chouchou de sa maman. Elle n'avait d'yeux que pour Jeremy. Elle lui donnait les meilleurs morceaux et n'avait d'attention que pour lui, renonçait à l'envoyer à l'école pendant des semaines dès qu'il se plaignait d'un de ses sempiternels maux de ventre, et lui faisait la lecture pendant des heures après l'avoir emmitouflé dans un édredon — je les revois encore ! Jeremy installé sur la banquette, devant la fenêtre, le visage cireux, les traits bouffis, tandis que Mère lui lisait des œuvres de romancières victoriennes d'une voix étouffée, alors même qu'elle ne s'était jamais sentie *tout à fait* le courage de nous faire la lecture, à nous les filles. À cette époque, notre père nous avait déjà quittés, mais je ne pense pas qu'elle s'en soit réellement aperçue. Elle était bien trop absorbée par Jeremy. Il était son soleil. Elle le prenait pour un génie. (Pour ma part, je me suis parfois demandé s'il n'était pas légèrement attardé. Quelque retard sélectif, non classifié, sur lequel aucun ouvrage de médecine ne s'était jamais penché.) Il était nul en maths, nul en expression orale (naturellement), il avait *redoublé* sa quatrième, mais sous prétexte qu'il avait un tempérament artistique, Mère était convaincue que c'était un génie. « Il y a des gens qui n'ont pas l'esprit mathématique, c'est tout », disait-elle en nous montrant ses bulletins scolaires : A + en art, A en lettres, A + en conduite. (Rien d'étonnant, il n'avait pas d'amis, pas le moindre camarade avec qui bavarder en classe.) À cette époque où il n'était encore qu'au lycée, nous en étions déjà à payer nos études pour entrer dans l'enseignement, en travaillant comme serveuses, forcées de vivre à la maison et de nous habiller dans des friperies. Et après le baccalauréat — qui lui avait été décerné par procuration, car il avait prétexté des maux de ventre, incapable qu'il était d'affronter la montée solitaire des marches pour recevoir son diplôme —, où était-il allé ? Dans la meilleure école d'art de Baltimore, obligeant Mère à liquider la moitié de ses revenus fonciers pour payer ses études. Et il y avait été malheureux comme les pierres. Trop de pression pour lui. Terrifié par les autres étudiants. Mal au ventre. Il a perdu tout un semestre à cause d'une mononucléose, réelle ou imaginaire (en ce temps-là, on parlait de fièvre glandulaire). Lorsqu'il était en bonne santé, il ne fréquentait guère plus les cours. Il rentrait au milieu de la matinée pour aller se glisser au fond de son lit. Que voulez-vous dire quand quelqu'un en est arrivé là ? Mère, elle, lui répétait : « Ces gens-là t'en demandent trop, Jeremy. » Et sur ces entrefaites, elle lui préparait tous ses plats favoris pour le déjeuner. (Son dessert préféré est la crème anglaise. La crème anglaise bouillie.) Enfin, apparemment, ils appréciaient son travail. Ils lui ont donné les meilleures notes et accordé son diplôme. Après cela, il n'avait pourtant aucune source de revenus. Vous imaginez Jeremy enseigner dans une classe ? Mère a fini par prendre son courage à deux mains et a fait passer une annonce permanente dans un journal : *Artiste diplômé donne cours privés dans son atelier.* Ledit atelier occupait tout le second étage, qu'elle lui avait abandonné sans l'ombre d'une hésitation. Il avait une verrière. De temps à autre, une espèce de pauvre étudiant raté venait sonner à la porte — des filles, surtout, des filles anémiques aux cheveux longs qui le terrorisaient. Mais cela ne durait jamais. Il leur suffisait, semble-t-il, de humer l'atmosphère de l'atelier, pour comprendre qu'il était encore plus raté qu'ils ne le seraient jamais. Ils finissaient par partir et Jeremy se retrouvait à la case départ : travaillant en solitaire en vivant aux crochets de notre mère, comptant sur ses indemnités d'assurance, ses pensionnaires et les derniers vestiges de ses revenus fonciers. Pour être honnête, il faut reconnaître qu'il a bel et bien retiré de l'argent de la vente de certaines de ses œuvres, mais pas grand-chose. Une de ses fréquentations de l'école d'art avait eu le bon goût de renoncer à la peinture pour se consacrer à la vente. Il avait ouvert une espèce de galerie. Heureusement pour Jeremy. Je dis souvent à Jeremy qu'il a bien de la chance que Brian l'aide, mais dans ces cas-là, il se borne à me fixer d'un regard morne. Il estime que tout lui est dû, il adresse plus ou moins son travail à Brian et poursuit son petit bonhomme de chemin sans même s'assurer que ce dernier l'a bien reçu. Certes, il est encore heureux qu'il ne prenne pas son œuvre trop au sérieux. Mais quand on songe à la fortune qu'il dépense ! Sans compter le temps perdu. Vous croyez que Mère nous aurait laissées passer ça ? Jamais de la vie. Ni Laura ni moi. Elle a toujours jugé que nous devions mener notre barque toutes seules. Il y a maintenant vingt-cinq ans que je suis complètement indépendante financièrement, tout comme Laura, dès l'instant qu'elle a été veuve. Vous trouvez cela juste, vous ? « Jeremy n'est pas aussi fort que nous », répète Laura. *Ça*, c'est sûr. « Il faut lui laisser le temps », dit-elle. Elle ne l'a jamais vu sous son vrai jour. Elle s'est contentée de faire comme Mère, de le câliner et le dorloter. Et la voilà qui le tient enlacé et le berce en lui répétant : « Allons, allons, Jeremy », tandis qu'il froisse le devant de sa plus belle robe en jersey.

« Tu as l'intention de rester longtemps ici, Jeremy ? » lui ai-je demandé.

Il s'est redressé, mais il n'a rien répondu.

« Nous avons du pain sur la planche, tu sais, ai-je poursuivi. Pour commencer, il faut que tu ailles te changer pour passer aux pompes funèbres.

— Amanda... est intervenue Laura.

— Puis il faut que nous parlions de ton avenir. Je ne sais pas si tu as réfléchi à ce que tu allais faire.

— Ce que je vais faire ?

— Oh, pourquoi ne pas attendre le dîner pour en parler ? a dit Laura. Pour le moment, il s'agit de te sortir de cet escalier, Jeremy. À mon avis, tu dois être prêt à descendre maintenant. Non ? »

Manifestement, il n'y avait pas songé, mais il s'est laissé empoigner et soulever comme un bloc de terre glaise jusqu'à se retrouver debout, puis guider au bas des marches. Je leur ai emboîté le pas. En arrivant au pied de l'escalier, j'ai vu Mr Somerset, encore planté à côté de la porte d'entrée, qui regardait Jeremy bouche bée. (J'ai l'impression que dans cette maison, chacun reste *réellement* où bon lui semble. À croire que l'apathie de Mère était contagieuse.)

« Mr Somerset, lui ai-je demandé, avez-vous mis les valises dans la chambre de ma mère ?

— Vous dites ?

— Nos valises. Les avez-vous mises quelque part ?

— J'ai pas vu de valises.

— En ce cas, *quelqu'un* d'autre les a déplacées », ai-je dit.

Je suis passée devant Jeremy pour aller dans la chambre de Mère, à l'autre bout de la salle à manger. Les valises n'y étaient pas. Seul son lit défait, qui m'a interrompue quelques instants sur ma lancée. Je suis ressortie en claquant la porte.

« Jeremy ? l'ai-je interpellé. Je veux savoir où sont nos valises.

— Euh, de quelles valises parles-tu, Amanda ? »

J'ai passé tout le rez-de-chaussée au peigne fin, allumant la lumière dans la cuisine, la salle de bains, la salle à manger, le salon. Pas de valises. Elles ne pouvaient pas être au premier : l'étage était entièrement réservé aux pensionnaires.

« Mr Somerset, ai-je dit. Réfléchissez bien. Qui d'autre est-il venu pendant que nous étions sorties ?

— Mais personne, m'a assuré ce dernier. Ces deux dames ont passé la journée dehors et Howard est parti à sept heures du matin et il n'est toujours pas rentré. Je l'ai entendu partir. Je l'ai entendu siffler à sept heures devant la porte de ma chambre, pas le moindre respect, et ces soirées où il rentre à onze heures, onze heures et demie, quand ce n'est pas minuit, après avoir fait le joli cœur, toujours là à siffloter, il ne pense jamais à...

— On nous a volé nos valises », ai-je annoncé à Laura.

Elle était en train d'installer Jeremy dans un fauteuil du salon. À croire qu'il était invalide. Elle a levé les yeux vers moi, l'esprit ailleurs.

« Mais non, Amanda, je suis sûre que personne n'irait...

— Elles ne sont plus là, d'accord ? Personne n'a franchi cette porte à part nous et Mr Somerset, et il dit qu'il ne les a pas vues.

— Je vous assure, je vous assure», a confirmé Mr Somerset avant de battre en retraite au premier comme si je risquais de l'accuser de quelque chose.

Avant de disparaître, il s'est penché au-dessus de la balustrade pour lancer :

«Vous pouvez toujours demander à Howard quand il rentrera, quoique à mon avis, comme je vous l'ai dit, il ne... d'ailleurs vous pourriez peut-être lui parler de tout ce charivari qu'il fait. Déjà que je ne dors pas trop bien. Vous pourriez lui en toucher un mot.

— On nous les a volées, ai-je répété à Laura.

— Oh, elles vont réapparaître, j'en suis sûre.

— Non, elles ont disparu. Nous ne les reverrons pas.»

N'en va-t-il pas toujours ainsi ? On pourrait croire que lorsque le malheur vous frappe, tous les petits ennuis de la vie disparaissent comme par enchantement, mais il n'en est rien.

Je me suis affalée dans un fauteuil.

«Vous imaginez un peu ! Cambrioler une maison frappée par un deuil. Oh, on m'a déjà raconté ce genre de choses. Des cambrioleurs qui consultent chaque jour la rubrique nécrologique, ils savent bien que les gens frappés par un deuil sont trop bouleversés pour être sur leurs gardes. Si ce n'est pas honteux !

— Oh, je suis sûre que personne n'aurait fait une chose *pareille*.

— Qu'est-ce que tu veux que ce soit d'autre ?

— Nous pourrions appeler la police, a suggéré Laura.

— Ils ne seraient d'aucune aide. On les paie pour qu'ils ferment les yeux.

— Moi, la seule chose qui m'embête, c'est que je ne sais pas ce que je vais bien pouvoir mettre comme chemise de nuit, a soupiré Laura. Et puis pour l'enterrement. Tu crois que cela ira ? » Elle a écarté les pans de son manteau pour me montrer sa robe de jersey bordeaux, toute froissée sur le devant. « *Toi*, tu as de la chance, m'a-t-elle dit. Tu avais mis la noire pour voyager. »

Les gens estiment toujours que vous avez de la chance quand vous avez seulement fait preuve d'un peu plus de bon sens qu'eux.

« Autrefois, ce ne serait jamais arrivé. Il fut un temps où le quartier était si sûr que l'on pouvait se promener au beau milieu de la nuit sans l'ombre d'une inquiétude, mais aujourd'hui, regardez-moi ça ! Combien de fois ai-je dit à Mère qu'il fallait qu'elle déménage ?

— En tout cas, a dit Laura, ce n'est pas comme si elles contenaient des objets de valeur.

— Parle pour toi, ai-je répliqué. Tout dépend de ce que tu entends par objets de valeur. *Ma* valise m'avait été offerte par Mère pour mon baccalauréat. C'est le seul cadeau utile qu'elle m'ait jamais fait.

— Nous devrions parler de choses plus gaies, a dit Laura.

— D'habitude, c'étaient des sachets de lavande, des boules parfumées et des marque-pages religieux, mais là, c'était une valise en box de première qualité.

— Chut, cela suffit, a fait Laura. Que diriez-vous d'un petit dîner ? Il doit bien y avoir quelque chose au réfrigérateur. Est-ce que quelqu'un a envie d'une omelette ? »

Sur ce, elle est sortie, ses caoutchoucs encore aux

pieds, en tirant sur son manteau. C'est le cordon-bleu de la famille — il suffit de voir sa silhouette pour s'en apercevoir. Moi, j'étais bien incapable d'avaler quoi que ce soit. J'avais bien trop la mort dans l'âme. J'ai posé les pieds sur un tabouret en tapisserie pour soupirer: «Tout ce qu'il me faut, c'est un bon repos. J'ai marché bien plus que je n'aurais dû aujourd'hui.» Je m'adressais à Jeremy, mais à voir le peu de réaction qu'il m'offrait, personne n'aurait pu le deviner. «Tu as vu un peu comme j'ai les pieds gonflés?» lui ai-je demandé.

Il n'a rien répondu.

«Nous n'avons pas réussi à trouver un taxi pour revenir des pompes funèbres. Déjà que nous avons eu du mal à en trouver un à la gare, et évidemment personne n'a pensé à venir nous chercher.»

Mais Jeremy s'est contenté de poser ses mains sur ses genoux avec de tels excès de précautions que l'on aurait cru qu'il craignait de les briser.

Assise bien droite dans le fauteuil à oreillettes de Mère, j'ai regardé autour de moi. Le salon était plein de tous les objets possibles et imaginables. Des figurines ébréchées, un baromètre, un minicarillon Big Ben en état de marche, une grande horloge qui, elle, ne l'était pas, une rangée entière des œuvres de Khalil Gibran, une pile de magazines de tricot aux allures de tour de Pise, des plumes de paon coincées derrière un miroir. Des godets crasseux, à demi remplis d'eau croupie, un jeu de Scrabble, un vaporisateur, une brosse encombrée de cheveux châtain clair, un tambour à broder, un livre de poche sur l'astrologie, un châle maculé de taches d'œuf, une armée de napperons, des catalogues de vente par correspondance Sears Roebuck, de vieux albums photos à reliure capitonnée tout décrépits, un cygne en verre empli de billes couleur de poussière, des plantes s'échappant de leur pot pour envahir l'appui de la fenêtre. Sur la table, à côté de moi, un flacon de lotion Jergens, une loupe, et des ciseaux brevetés pour découper des articles de journaux. (Elle adorait collectionner les coupures de journaux ! Elle en remplissait toutes ses enveloppes et je les avais dépliées une à une pendant des années, pour essayer de comprendre quel intérêt elles pouvaient avoir. Je n'y suis jamais parvenue. Il y était question de chiots tirés de bouches d'égouts, de lapins orphelins recueillis par des chats, de bambins tombés dans des pataugeoires de Baltimore au premier jour de l'été. Rien qui ait le moindre sens. J'avais appris à les jeter sans même leur accorder un coup d'œil, comme autant de haillons destinés à étoffer ses petites notes en pattes-de-mouche.) Sous tout ce fouillis, si tant est que l'on réussissait à apercevoir quoi que ce soit, des meubles tarabiscotés tout éraflés aux pieds si rachitiques que c'était à se demander par quel miracle ils pouvaient supporter un tel poids. À les voir, j'en avais froid dans le dos. Je me suis appliqué les doigts sur le front, pour conjurer une de ces migraines dont j'ai l'habitude.

« Alors, Jeremy. Il est temps que tu me racontes comment c'est arrivé. »

Jeremy a levé les yeux, non pas vers moi, mais pour les fixer sur un point du mur.

« Comment Mère est décédée.

— Oh... C'est... c'est arrivé comme ça.

— Je ne te demande pas un récit détaillé, raconte-moi, c'est tout. »

Je n'aurais pas dû lui parler sur un ton si sec, je le sais.

« Je venais de faire une nouvelle pièce, a dit Jeremy.

— Pardon ?

— Une pièce. Une nouvelle pièce dans mon atelier.

— Ah, je vois. »

C'est comme cela qu'il les appelle : ses pièces. Il colle le tout et il appelle ça des pièces. Une chose est sûre, ce ne sont pas des tableaux. Et ces espèces de mosaïques intriquées ne sont pas davantage des collages au sens strict du terme. Il a toujours eu cette manie de coller des trucs ensemble depuis qu'il est en âge de se servir d'une paire de ciseaux et d'un pot de colle. Il a commencé assis aux pieds de Mère, habillant des poupées en papier, avant de passer aux albums à l'école primaire. Les autres petits garçons jouaient au base-ball, et lui faisait des albums. Un album pour les célébrités, un autre pour les pays étrangers, un autre encore pour les cartes postales (des photos d'hôtels, le plus souvent, avec des petites croix sur de minuscules fenêtres du douzième étage — « C'est *ma* chambre ! » — envoyées à Mère par un cousin). Puis il a commencé ses pièces. Mère les trouvait extraordinaires, cela va de soi, mais pour autant que je pouvais en juger, c'était toujours la même chose. Des découpages et des collages, encore et encore. Des petits personnages faits de triangles de papier kraft et de losanges de soie. Des contours qui restaient vagues. Un peu comme ces jeux de magazines pour enfants — trouve sept animaux dans les branches de ce fourré. Je ne voyais pas où il voulait en venir.

« Et puis ? lui ai-je demandé.

— Je voulais lui montrer ma pièce. Je suis allé la chercher en bas et je l'ai fait monter, et puis en haut de l'escalier, elle est tombée comme ça, elle est tombée et j'ai vu qu'elle était morte. »

Toute l'attention qu'il est capable de prêter aux détails est investie dans ses découpages et ses collages. Il n'en reste pas une miette pour la réalité. Que disait Mère en montant l'escalier ? Quelles avaient été ses dernières paroles ? Était-elle à bout de souffle ? Se tenait-elle la poitrine ? Lui avait-elle lancé un regard particulier en tombant ? (Peut-être l'avait-elle contemplé en se disant : « Seigneur, et c'est pour *ça* que je meurs ? Un simple petit patchwork de papier fabriqué par un homme d'âge mûr ? »)

« Continue », lui ai-je dit.

Il avait l'air interdit.

« Dis-moi, ai-je insisté (déjà lasse à l'idée de tout ce qu'il allait falloir lui demander), lui arrivait-il de se plaindre de douleurs à la poitrine ?

— Oh, *Maman* ne se plaignait jamais. »

Il disait vrai, mais un autre que lui n'en aurait sans doute pas moins remarqué certains symptômes. Dès qu'elle avait le plus petit ennui de santé — aérophagie, indigestion, trouble intestinal —, elle se soignait elle-même. Elle avalait une tisane ou un remède de son invention et refusait de manger. Combien de fois avais-je ainsi déjeuné sous le regard de ma mère qui suivait ma cuillère des yeux, attablée devant une simple tasse fumante et un flacon grand modèle de Pepto-Bismol !

« Tu ne manges pas, maman ?

— Non, ma chérie, mais ne t'en fais pas. Ça va aller, j'en suis sûre. »

Une nouvelle gorgée de tisane, une cuillère de Pepto-Bismol. Mais Jeremy (en admettant qu'il fût à table et non là-haut, absorbé par ses collages, attendant qu'on lui monte son déjeuner sur un plateau) continuait à manger en gardant les yeux baissés, sans jamais paraître s'apercevoir de rien. Il n'avait pas dû changer, j'en suis sûre. Mère aurait pu aligner un chapelet de comprimés de digitaline jusqu'à son set de table, il se serait contenté de redemander de la crème anglaise.

Laura apparut sur le seuil de la salle à manger en annonçant :

« Je nous ai préparé un petit dîner. Cela vous tente ?

— Je suis désolée. Je crois que ça ne passerait pas, lui ai-je dit.

— Oh, Amanda. Essaie donc. Il faut garder des forces. »

Je leur ai donc emboîté le pas, mais j'ai profité de ce que Laura et Jeremy s'attablaient pour aller me faire une tasse de lait chaud. C'est tout ce que je me sentais le courage d'avaler. Devant la cuisinière, entourée de vaisselle sale et d'objets qui traînaient, j'entendais le cliquetis régulier de la porcelaine dans la salle à manger. *Ces deux-là* étaient capables de manger dans n'importe quelles circonstances. En sortant de la cuisine, j'ai vu dans leurs assiettes une montagne de nourriture, de l'omelette, des petits pains et plusieurs sortes de gâteaux. « Inutile de venir vous plaindre d'indigestion, je n'en dirai pas plus », leur ai-je lancé. Ils en sont restés figés l'espace de quelques instants ; ils se sont essuyé la bouche pour lever vers moi un même regard hébété. Sur ce, ils ont replongé le nez dans leur assiette sans plus se soucier de ma présence. Beurrant tartine sur tartine, cherchant une autre gelée sur le plateau tournant. « Tu devrais essayer la groseille à maquereau, Jeremy. Je sais bien que tu n'as pas d'appétit, mais... » Jeremy, qui raffole de tout ce qui est sucré, a avalé la moitié d'un gâteau renversé à l'ananas. Je l'ai vu faire. Le genre gluant, acheté tout fait, avec ça ; Mère ne s'embêtait jamais à faire la cuisine. Laura lui a servi les plus petites parts qu'elle pouvait décemment lui couper en lui dispensant les lamelles une à une. Il observait les tranches qui lui arrivaient sans paraître concerné, mais au terme de cette distribution, la moitié du gâteau avait disparu. Laura a mangé les trois quarts de ce qui restait. Mais avec quels excès de délicatesse !

Elle en prenait de minuscules bouchées en veillant, à chaque fois, à reposer sa fourchette à côté de son assiette. Jeremy mâchait sans enthousiasme, comme tout ce qu'il fait. Il ruminait ce qu'il avait dans la bouche. Puis, pour couronner le tout, Laura a déclaré : « Dès que tout cela sera terminé, il faudra que je me remette au régime. » Comme si le décès de notre mère était un pique-nique ! une détente ! un banquet ! Mais, avant que j'aie eu le temps de lui en faire la remarque, est apparu Howard, qui occupe la chambre sud, sur la façade. « Oh, pardon », a-t-il lancé, et il est resté planté là, à danser d'un pied sur l'autre sous notre nez. C'est un jeune homme au nez crochu, avec des lunettes, un étudiant en médecine. Aussi loin que je me souvienne, cette chambre a toujours été occupée par des étudiants en médecine. Ils se la passent de l'un à l'autre, ainsi qu'une étagère de manuels de cinquième main et le numéro de téléphone du dortoir des infirmières griffonné à même le papier peint, à côté du téléphone de l'entrée. Certes, c'est commode de savoir que cette chambre sera toujours louée, mais les étudiants sont généralement bruyants et désordonnés, et leurs horaires sont très irréguliers. Il y a beau temps que je me serais dispensée de leur présence. Sans compter leurs manières ! Tenez, ce Howard, par exemple, il n'a pas même pris la peine de présenter ses condoléances. Il s'est contenté de dire :

« Je vois que vous êtes bien arrivées toutes les deux.

— Howard, auriez-vous par hasard la moindre idée de l'endroit où peuvent se trouver nos valises ? lui ai-je demandé.

— Moi ? Non, m'dame.

— Voilà donc notre dernier espoir réduit en fumée, ai-je soupiré à l'adresse des deux autres.

— Voulez-vous vous joindre à nous pour le dîner ? lui a proposé Laura.

— Oh, j'ai un petit quelque chose à manger dans la cuisine. »

Il est resté quelques instants à se gratter la tête, puis il est sorti et j'ai entendu le tiroir à couverts cliqueter. Rien d'étonnant à ce que la cuisine soit dans un tel état. Que voulez-vous, quand on laisse les gens entrer et sortir comme dans un moulin ! Pendant des années, j'ai tout fait pour convaincre Mère d'établir quelques règles de base. « Ce n'est pas une vraie *pension de famille*, lui disais-je. Rien ne stipule qu'ils ont le droit de manger ici. Ils sont censés prendre leurs repas au restaurant. » « Oh, je sais bien que tu as raison, Amanda », soupirait-elle. Et pourtant, elle n'avait jamais pris la moindre mesure, et regardez un peu le résultat : des fourmis dans les chambres d'en haut parce que les pensionnaires y montaient leurs sandwichs, des cafards dans la cuisine, des étrangers qui salissent des casseroles et entassent leurs diverses provisions sur les plans de travail et dans les placards. L'étudiant qui était là avant Howard, comment s'appelait-il déjà ? Il conservait au réfrigérateur une boîte à gâteaux où était scotchée une étiquette qui disait : ATTENTION, SPÉCIMEN BACTÉRIOLOGIQUE. NE PAS TOUCHER. Évidemment, ce n'était qu'une ruse : elle ne contenait que des gâteaux. Il n'empêche que c'était pour le moins déplaisant de tomber dessus lorsqu'on cherchait un œuf ou quelques feuilles de laitue, et plus d'une fois, cela m'avait coupé l'appétit.

Le chapitre des pensionnaires m'a soudain ravivé la mémoire. J'ai posé ma tasse de lait et j'ai dit : « Jeremy, il y a un certain nombre de choses dont il faut que nous parlions. »

Il a eu l'air stupéfait.

« Pour commencer, il y a la question de savoir où tu vas habiter, maintenant.

— Où je vais habiter ? Mais… pourquoi ne pas simplement continuer à habiter ici ?

— Dans cette grande maison ? C'est ridicule. Il va sans doute falloir que tu emménages avec nous.

— Mais je préfère… je ne crois pas… »

À la moindre émotion, Jeremy se met à parler avec une sorte d'hésitation, non pas un bégaiement à proprement parler, mais un discours haché, plutôt, comme si les mots se détachaient un à un d'un flot, plus impétueux celui-là, enfoui au plus profond de lui. En cet instant, il était manifestement bouleversé, et je ne pouvais m'empêcher de me sentir insultée. Mais enfin, s'imaginait-il que j'avais envie qu'*il* vienne s'installer chez nous ? Chambouler notre vie bien ordonnée, laisser traîner ses petits bouts de papier sur la moquette ? Il nous faudrait trouver un appartement plus grand, abandonner celui que nous occupions depuis dix-neuf ans, auquel nous étions si habituées. Mais on n'a pas toujours le choix.

« Nous allons confier la maison à un agent immobilier, ai-je poursuivi. Un bon vendeur. Dieu sait qu'il aura besoin de tout son talent.

— Oh, mais je… je crois que je vais rester ici, Amanda.

— Inutile d'en discuter, Jeremy », lui ai-je répliqué. Sur ce, je me suis levée pour aller dans la cuisine chercher un sucre pour mon lait. Histoire de me laisser une petite chance de me calmer. Quoique le spectacle de Howard qui mangeait de la glace à même le pot, planté devant l'évier, rendait la chose impossible. J'ai feint de ne pas le voir. J'ai fait demi-tour, poussé les portes battantes et là, sur le seuil de la salle à manger, qu'est-ce que j'ai vu ? Laura et Jeremy qui tendaient simultanément la main vers un gâteau fourré à la noix de coco, le geste suspendu, la mine penaude en s'apercevant que je les avais surpris. Je me retrouve toujours dans le rôle du père fouettard, même en dehors de l'école. C'est injuste. Je n'ai jamais rien demandé. « Allez-y, *mangez* donc », leur ai-je lancé. Je me suis réinstallée dans mon fauteuil en remuant mon lait, feignant l'indifférence. Mais au fond de moi, je sentais que j'avais atteint la limite. La migraine avait fini par s'abattre, envahissant mes tempes et gagnant la nuque. Je suis sujette à d'épouvantables migraines. Ceux qui n'en ont jamais eu n'ont pas idée de ce que c'est.

« Pour le moment, tu traverses un moment très difficile, Jeremy, et je sais que tu n'as pas les idées claires. Nous discuterons de tes projets plus tard. Mais je tiens à te dire une chose, j'escompte bien que tu nous accompagneras aux pompes funèbres ce soir. C'est le *moins* que tu puisses faire. Tu ne vas tout de même pas laisser ta sœur et moi y aller toutes seules à la nuit tombée.

— Oh, tu sais, Amanda, je me disais que nous pourrions passer la soirée ici », a protesté Laura.

Je ne m'attendais certes pas à une telle réaction de sa part. J'étais persuadée que je serais forcée de l'arracher au cercueil.

« Mais que vont penser les visiteurs ?

— Il se peut que personne ne vienne, et dans le cas contraire, je suis sûre que les gens comprendront.

— Bon, tu peux rester à la maison, lui ai-je dit. Nous irons seuls, Jeremy et moi.

— Mais, c'est-à-dire que... a balbutié Jeremy.

— Tu ne peux tout de même pas refuser d'aller voir ta propre mère, Jeremy.

— Je ne tiens pas à y aller », a déclaré Jeremy.

Et Laura de renchérir : « Pourquoi ne pas tous

rester à la maison ? » Le visage rayonnant, plein d'espoir, protégeant Jeremy. Avachi sur sa chaise, ce dernier réduisait le gâteau en miettes du bout de sa fourchette. Il faisait la moue Parfois, je me demande si Jeremy possède tout au fond de lui une force perverse insoupçonnée, pour conserver ces allures de masse inébranlable, malgré toutes nos tentatives pour le secouer. N'aurait-il pas été plus facile de renoncer et de faire ce que l'on attendait de lui ?

« Je ne te comprends pas, Jeremy, lui ai-je dit. Tu l'as vue dans l'escalier, après tout. Ce n'est pas comme si tu préférais t'épargner ce spectacle. Ce sera bien mieux, même, maintenant qu'elle a été toute...

— Tu ne peux pas le laisser tranquille ? » dit Laura.

J'ai reposé ma tasse de lait aussi doucement que possible. Une autre que moi aurait eu le geste violent. « Je compte sur toi pour débarrasser, Laura. C'est vous qui avez mangé tout ça. Je vais changer les draps de la chambre de Mère avant d'aller aux pompes funèbres, d'accord ? » Sur quoi, je me suis levée, en m'efforçant de me maîtriser. Je faisais tout pour ne pas penser à mes tempes qui cognaient.

Nous allions devoir nous installer dans la chambre de Mère, car toutes les autres étaient occupées par des étrangers. Nous ne pouvions revoir notre chambre qu'à Noël et à Pâques, lorsque Mrs Jarrett rendait visite à sa fille mariée en Californie. Et encore, elle avait perdu son aspect d'origine, notre armoire était pleine des chapeaux de Mrs Jarrett et de ses robes tassées au fond. Oh, cette maison s'était refermée sur nous comme une nappe d'eau après notre départ ; il ne restait pas la moindre trace de notre passage. Cela ne m'avait jamais dérangée, jusqu'à ce soir-là. Dans le fouillis de vêtements sales, de dictons accrochés au mur, de tasses à café vides et de photos de chatons lovés dans des pelotes de laine, qui envahissait la chambre de ma mère, il n'y avait pas la moindre photo de moi, ni petite ni adulte. Seul, sur sa table de chevet, Jeremy à onze ans, l'air terrorisé, vêtu de son costume du dimanche qu'il avait eu peine à boutonner. À côté de lui, notre père dans son cadre d'argent massif. *Voilà* qui était typique de Mère. Notre père, qui était entrepreneur en bâtiment, nous avait quittés il y avait de cela trente-quatre ans — il était sorti prendre l'air un beau soir et n'était jamais revenu. Deux semaines plus tard, il nous avait envoyé une carte de New York : *Je vous avais bien dit que j'avais besoin de prendre l'air, non ?* « C'est vrai qu'il a dit ça en partant, je m'en souviens », nous avait confirmé Mère, toujours aussi gourde. Elle avait laissé ses brosses à cheveux sur la commode et son nécessaire à barbe dans la salle de bains, conservé son alliance au doigt et n'avait jamais versé une larme, à ma connaissance tout du moins, pas même lorsqu'un an et demi plus tard, elle avait reçu un courrier de l'assurance lui notifiant qu'il avait été tué dans un accident de voiture. Et qui voilà sur sa table de chevet ? Lui en personne, costaud et fringant, arborant col dur et fine moustache de canaille. Bel homme, diraient certains (petite, j'avais une grande admiration pour mon père, mais naturellement, cela m'avait passé après sa désertion). Qu'avait-il pu trouver à Mère ? C'était écrit noir sur blanc au bas de la photo : *À Wilma, avec mon plus profond respect*. Issue d'un milieu plus aisé, cette fille de commerçants était destinée, dès sa naissance, à n'être qu'une jolie poupée aussi fragile que frivole — et Dieu sait qu'elle remplissait son rôle. Elle passait ses matinées à tapoter distraitement au piano des airs populaires qu'elle abandonnait à mi-chemin sur quelques mesures hésitantes, ses après-midi à peindre des pensées sur des assiettes de porcelaine et ses soirées, sur la véranda, à se prélasser dans le rocking-chair, imprimant de temps à autre une infime oscillation du bout de l'orteil. *A posteriori*, je veux bien croire qu'il y avait de quoi impressionner un entrepreneur en bâtiment. Comment aurait-il pu se douter qu'elle passerait le restant de ses jours figée dans l'attitude de la décoratrice de porcelaine ?

J'ai défait le lit et mis des draps propres, que j'ai trouvés dans la commode en cèdre. J'ai replié les anciens draps puis je les ai déposés dans le panier à linge. J'ai ramassé les vêtements que Mère avait laissés traîner dans tous les coins. J'entendais Laura qui entrechoquait les assiettes en parlant à n'en plus finir — à l'adresse de Jeremy, vraisemblablement. Sans s'interrompre un seul instant pour reprendre son souffle. Elle se prend pour une véritable autorité, sous prétexte qu'elle a été mariée puis veuve. Elle croit que cela l'autorise à parler de la vie. D'abord, son mariage n'a duré qu'un an et elle n'a jamais eu d'enfants. Et puis, son mari était à peine sorti de l'adolescence. Hémophile. Il est mort d'une égratignure qu'il s'était faite en ouvrant une boîte de soupe Campbell. Je vois mal en quoi cela lui donnait la moindre expérience du monde. Mais la voilà qui continuait à pérorer en assénant ses déclarations péremptoires. Étaient-ils en train de parler de moi ?

Quand Jeremy était encore tout bébé, elle lui faisait faire le tour du pâté de maisons en le tirant dans un petit chariot de bois rouge. Il n'a pas marché avant d'avoir presque deux ans, c'est vous dire le soin qu'elle en prenait. Il n'avait pas *besoin* de marcher. À la fin de la promenade, elle l'empoignait sous les bras pour le porter jusqu'à la maison, tous deux cramoisis et ahanant à qui mieux mieux. Mère lui écrasait alors une petite banane ou lui pelait des raisins — elle les pelait ! — et les mettait un à un dans sa bouche. « Tu m'aimes moins que Jeremy », lui avais-je dit un jour. Tout de go. Elle ne l'avait pas nié. « Mais, mon chou, n'oublie pas que Jeremy est un garçon », m'avait-elle répondu. Sur l'instant, j'avais cru comprendre ce qu'elle voulait dire, mais aujourd'hui, je n'en suis plus si sûre. Ce que je *croyais* avoir compris, c'est que les garçons inspiraient plus d'affection, mais peut-être voulait-elle simplement dire qu'il fallait plus s'en occuper. Qu'ils étaient plus faibles, qu'ils risquaient davantage les accidents et les erreurs. Qui sait ? Peu importe ce qu'elle avait voulu dire, le fait est qu'elle l'aimait davantage. Après lui, venait Laura. La plus jolie des deux, tout juste potelée à l'époque, avec ses boucles couleur d'or pur. Et moi en dernier. Bien sûr, *aujourd'hui* je m'en soucie comme d'une guigne. Je n'y pense jamais. Mais ce n'était pas le cas autrefois. J'ai suspendu de pleines brassées de vêtements de Mère dans sa penderie, à côté d'autres habits entassés dans tous les coins, les manches retournées et les ourlets à demi décousus. Ils étaient imprégnés d'une odeur de vêtements portés, douceâtre et écœurante. Elle conservait certains d'entre eux depuis quarante ans, dans l'espoir qu'ils redeviennent à la mode. Elle s'imaginait que le reste du monde était également frappé d'inertie. « Tiens, tu vois ? » disait-elle drapée dans une robe d'avant-guerre élimée jusqu'à la corde en prenant une pose alanguie devant le miroir en pied. « Cela *se refait* de nos jours, j'ai vu la même longueur de jupe dans le parc pas plus tard qu'hier. » Tout ce qu'elle achetait de neuf, c'étaient des chaussures, des rayons entiers, et de la meilleure qualité qui soit. Elle était persuadée qu'il était indispensable de renouveler régulièrement son stock de chaussures afin de préserver la forme de son pied. Sans doute s'imaginait-elle qu'elle avait encore l'ossature fragile et malléable d'une enfant. Et en un sens, c'était encore une enfant. J'ai débarrassé la commode de poignées entières de Kleenex, couverts d'un film de poudre gris rosé. J'ai ramassé des épingles à cheveux sur le tapis, des bas portés sur des dossiers de chaise. J'ai trouvé sa broche en camée sous un coin du couvre-lit et je l'ai mise à la lumière en me demandant ce que je devais en faire. Peut-être plairait-elle à Laura. C'était davantage son style. Puis j'ai pensé au prétendu testament de Mère, ce bout de papier qu'elle conservait précieusement dans sa boîte à bijoux, où elle précisait à qui devait aller tel ou tel de ses objets personnels. Au fil des années, elle y apportait des modifications et passait son temps à changer la boîte à bijoux de cachette. J'ai mis un certain temps à la dénicher — la localisant finalement sur la dernière étagère, au bas de la bibliothèque vitrée —, mais elle contenait effectivement un papier replié en un petit carré dissimulé sous ses perles, sa gourmette de bébé et le bouton de gant de grand-mère Amory. Une feuille de son papier à lettres préféré, couleur crème, surmonté d'une guirlande de fleurs sauvages à l'air fané.

*Mes bien chères filles,*

*Bien, si je meurs, je ne veux pas que l'on se lamente ni que l'on me pleure. Je veux que mes adorables enfants fassent comme si de rien n'était. Si jamais vous ne savez pas quel cantique utiliser pour le service, j'aime beaucoup* Sois sereine mon âme.

*J'aimerais que mes bijoux personnels aillent à Laura, sauf ma petite bague en améthyste, qui ira à*

*Mrs Pruitt, de la paroisse, et la montre de Papa, qui revient à Jeremy, et puis un petit quelque chose, je ne sais pas au juste quoi, pour Miss Vinton. Je laisse à Laura le soin de choisir. Amanda peut avoir la porcelaine anglaise et l'argenterie, excepté ma collection de petites cuillères en argent, que j'aimerais donner à Mrs Jarrett. Elle peut également avoir le présentoir en bois qui va avec.*

*Vous pouvez distribuer mes vêtements aux pauvres.*

*J'espère que mes chères filles ne se sentiront pas flouées, mais je crois que Jeremy aimerait peut-être garder la maison et les meubles, et j'ai fait en sorte que ce soit établi chez le notaire par un testament en bonne et due forme. Tous les revenus financiers doivent également lui revenir. Cela peut vous sembler injuste, mais je suis sûre que vous comprendrez, vous qui vous êtes toujours si bien débrouillées, alors que Jeremy se consacre totalement à son art.*

*Prenez soin de lui, je vous en prie.*

*Veillez à ce qu'il ne s'effondre pas.*

*J'ai beaucoup réfléchi à ce qu'il valait mieux qu'il fasse, et je me suis demandé s'il fallait qu'il aille s'installer avec vous, les filles, mais je ne pense pas qu'il acceptera. Il refuse toujours de sortir du pâté de maisons, voyez-vous. En juillet dernier, j'ai réussi à le persuader de m'accompagner chez Mrs Pruitt, à deux rues d'ici, mais c'était la première fois qu'il allait aussi loin depuis l'école d'art et cela n'a pas marché. Il est donc probable qu'il préférera rester dans cette maison.*

*Je vous en prie, veillez à ce qu'il ne lui arrive rien.*

*Tendrement,*
*Mère*

J'ai pris la lettre et je suis sortie de la chambre d'un pas décidé, passant devant Jeremy qui était affalé dans un fauteuil du salon, le regard plongé dans le vide, pour aller dans la cuisine, où Laura faisait la vaisselle. Elle avait épinglé sur le devant de sa robe un des vieux tabliers à fleurs de Mère et c'est à Howard qu'elle parlait. Il essuyait les assiettes, voyez-vous cela. « L'an *prochain*, quand j'aurai plus de temps libre... », disait-il.

« Jette un coup d'œil à ceci », ai-je lancé à Laura en lui tendant la lettre.

Elle s'est essuyé les mains et a commencé à lire. Ses yeux se sont immédiatement embués. Je savais qu'il en serait ainsi.

« Oh, regarde, elle a pensé à tout le monde. Même à Miss Vinton. Et à cette pauvre vieille Mrs Pruitt de la paroisse.

— Pas ce passage-*là*. »

Elle a poursuivi sa lecture.

« Quoi, la maison et les meubles ? a-t-elle demandé Eh bien, cela me paraît normal. Après tout, nous avons toujours...

— Non, non. Jeremy. »

Elle a levé les yeux.

« Tu as vu ce qu'elle dit sur Jeremy ? Là où elle dit qu'il ne sort jamais du pâté de maisons ?

— Oui.

— *Tu* savais ça ?

— Mais bien sûr, a fait Laura.

— Mais pas depuis l'école d'art, à ce qu'elle dit. L'école d'art ! Cela remonte à des années et des années ! »

Mais Laura était occupée à relire le début de la lettre. Elle ne semblait pas s'en soucier le moins du monde. Je me suis tournée vers Howard, qui n'avait pas eu le tact de sortir de la pièce.

« Vous le saviez ?

— Mais bien sûr. »

Même les étrangers étaient au courant. Comment une chose pareille avait-elle pu m'échapper ? C'est bien simple, Jeremy n'avait jamais ouvertement posé cela comme un principe. Dès qu'on l'invitait quelque part, il invoquait à chaque fois des prétextes, jamais deux fois les mêmes. Au parc, pour prendre l'air : « Merci, mais pour l'instant, je travaille sur une pièce. » Faire des courses dans un grand magasin : « J'ai l'impression que je couve un rhume. » Ils n'étaient jamais venus nous voir à Richmond sous prétexte que Mère avait mal au cœur en train. C'est du moins ce qu'elle prétendait. Le protégeant, une fois de plus. Comment peut-on passer toute sa vie dans un même pâté de maisons ? J'ai passé en revue ce que l'on y trouvait : un café, une petite épicerie et une cordonnerie. L'église était hors limites. De même que les cinémas, les pharmacies, les coiffeurs et les magasins de vêtements. Et les pompes funèbres. « Comment fait-il pour se procurer ce dont il a besoin ? » ai-je demandé.

Laura a levé les yeux de la lettre, le regard vague.

« Il y a la vente par correspondance, a déclaré Howard. Et votre mère allait un peu plus loin de temps à autre.

— N'a-t-il jamais mis les pieds hors de Baltimore ? Je veux dire, pas une seule fois de toute sa vie ?

— Pas depuis que je suis ici », a dit Howard.

Et certainement pas à l'époque où *je* vivais ici. Notre père était parti avec la voiture.

J'ai arraché la lettre des mains de Laura qui avait entrepris de la relire pour la quatrième fois.

« Écoute-moi, lui ai-je dit. Ce n'est tout simplement pas *normal*, Laura.

— Oh, Amanda, il va t'entendre.

— Je me fiche bien qu'il m'entende», ai-je répliqué.

En fait, je chuchotais presque. Quand elle n'apprécie pas ce que je dis, Laura a toujours l'impression que je crie.

«J'admire ton calme, lui ai-je dit. Tu préfères laisser faire car c'est tellement plus facile, mais en attendant, c'est tout de même notre *frère*! Posé à la même place, comme un vulgaire sac. Howard, vous qui êtes étudiant en médecine, vous ne croyez pas que pour son bien, il faut réagir avant que cela n'empire?

— C'est-à-dire que je ne...

— Cela ne peut pas continuer indéfiniment.

— Mais il ne fait de mal à personne.

— Je ne comprendrai jamais ce monde, ai-je dit. Chaque jour, on en tolère davantage. Et personne ne bronche.»

Je suis sortie. J'ai traversé le salon, repassant devant Jeremy qui avait toujours le regard dans le vide. Écoute! ai-je failli lui dire. *Sors*-toi de là, secoue-toi, prends-toi par la main, ce n'est qu'une affaire de volonté. Crois-tu que tu es le seul à avoir envie de tout laisser tomber, certains jours?

Je suis retournée dans la chambre de Mère, j'ai fourré la lettre dans la boîte à bijoux et claqué le couvercle. Tu peux te la garder, ta porcelaine anglaise. J'ai redressé le tapis d'un coup sec et replié un plaid, secoué l'informe gabardine grise de Mère pour la suspendre dans le placard à manteaux. Et au moment où je refermais la porte du placard, mon regard est tombé sur Jeremy. Il était assis les mains pressées entre ses genoux, comme s'il avait froid. Il avait le regard vide d'un homme sans autres repères que ceux, inévitables, de sa naissance et de sa mort. À le voir ainsi avachi dans le fauteuil du salon, sans perspective apparente, on aurait cru qu'il attendait de mourir.

J'ai sorti mon manteau du placard et l'ai enfilé. Je me suis approchée de Jeremy et lui ai tapoté l'épaule. « Viens », lui ai-je dit.

Il a levé la tête. « Hein ? » Puis il m'a vue boutonner mon manteau et il a reculé d'un air apeuré.

« Je veux juste que tu sortes une minute.

— Euh, peut-être que je...

— Ne me dis pas que tu as peur pour *si peu* ? »

Il s'est levé pour se planter à côté du fauteuil, les genoux légèrement pliés, un peu comme Mr Somerset. Je lui ai pris la main pour le conduire vers la porte. En passant devant le placard, j'ai failli prendre son manteau, mais je ne voulais pas éveiller ses soupçons. Nous sommes sortis sur la véranda. « Tiens, tiens, je crois que le temps va finir par se lever, ai-je dit. Hume un peu l'air. Il se peut qu'après tout il fasse beau pour l'enterrement de Mère. » En réalité, il faisait encore un peu humide — un léger crachin nous mouillait le visage et les réverbères étaient noyés dans la brume —, mais je réfléchissais à peine à ce que je disais. Et Jeremy ne m'écoutait manifestement pas. « A-t-il beaucoup plu cet automne ? » lui ai-je demandé. « Hein ? Non, euh... non », a fait Jeremy en posant un regard nerveux sur la maison, puis sur la rue, puis sur moi.

« Nous avons eu un temps magnifique, à *Richmond.* »

J'ai entendu le cliquetis de la porte d'entrée qui se refermait derrière nous. Verrouillée, automatiquement. Jeremy s'en était également aperçu.

« Amanda... a-t-il hasardé.

— Viens voir le pauvre rosier de Mère. »

Je l'ai emmené dans l'allée puis sur le trottoir. « Tu crois qu'on peut encore quelque chose ? En le taillant, peut-être...

— Oui, en le taillant, peut-être », a répété Jeremy.

Il était si empressé d'acquiescer à tout ce que je disais, si soulagé que nous nous contentions d'aller voir le rosier de Mère. Mais je l'ai entraîné plus loin, mon bras glissé sous le sien. Je sentais qu'il me résistait de tout le poids amorphe de son corps, qu'il renâclait, même si nous faisions tous deux comme si de rien n'était. Nous avons atteint le jardin de la maison voisine.

« À qui appartient-elle ? lui ai-je demandé.

— Quoi ?

— Qui habite ici, maintenant ?

— Il me semble qu'elle a été divisée », m'a-t-il répondu.

Il a levé sa main libre pour dégager son bras. Je l'ai laissé relâcher mon étreinte, mais il n'avait pas plus tôt tourné les talons pour regagner la maison que je le saisissais à nouveau.

« Quel dommage de voir ces vieilles maisons disparaître, lui ai-je dit. Je me souviens encore de l'époque où ces deux-là, plus haut, appartenaient à une seule famille. Les Edward, tu te rappelles ? Ils avaient tellement d'enfants qu'il leur fallait deux maisons pour caser tout ce petit monde. Des catholiques. Et *maintenant*, regarde un peu. Je te parie tout ce que tu veux qu'elles aussi ont été divisées en appartements. Non ?

— Quoi ? Oui, oui. »

Nous étions parvenus au bout du pâté de maisons et nous attendions que le feu passe au rouge. Jeremy claquait des dents et je regrettais de ne pas avoir pris son manteau. Il ne faisait pas *si* froid, pourtant. D'autant qu'il avait son cardigan, son cardigan gris avachi fermé par un unique bouton. Je lui ai boutonné les autres. Jeremy a fait un pas en arrière et m'a dit :

« Il faut vraiment que je rentre, maintenant.

— Tant qu'à avoir fait tout ce chemin, tu n'as pas envie de continuer jusqu'au bout ? »

J'ai resserré mon étreinte et essayé de lui faire traverser la rue. Le feu était encore au vert, mais il n'y avait pas la moindre voiture en vue et je ne tenais pas à ce que nous nous attardions trop longtemps. Mais je l'ai senti se cabrer davantage encore tout en continuant à avancer. « Ne me dis pas que tu as *peur* », lui ai-je dit.

Il n'a rien répondu. Je lui ai jeté un coup d'œil. « Pas un grand garçon comme *toi* », ai-je ajouté en plaisantant. Il a alors esquissé un sourire, un bref sourire malheureux, les yeux rivés sur ses pieds. Le pauvre. Il avait quelque chose d'endurant. Il marchait péniblement sans émettre la moindre plainte, ses petits derbies pataugeant dans les flaques. « C'est pour toi que je fais ça, lui ai-je dit. Parce que je me fais du souci pour toi. Tu le sais ? » Je sentais ma main posée sur son bras lui transmettre un peu de ma force. Il y a longtemps que quelqu'un aurait dû faire cela, me disais-je, donner un peu de son temps et de son énergie, il ne lui en fallait pas plus pour l'arracher à son cocon.

Nous étions au milieu du second pâté de maisons. Jeremy claquait tellement des dents que je l'entendais, et il avait le corps agité de longs tremblements convulsifs. J'ignorais qu'il était frileux à ce point.

« Heureusement, lui ai-je dit, c'est surchauffé aux pompes funèbres. Une fois là-bas, tu seras bien.

— C'est encore loin ?

— Oh, juste à quelques rues d'ici. Allons, Jeremy. Viens, s'il te plaît. »

Car il s'était arrêté. Je l'ai tiré par le bras, mais je n'ai pas réussi à le faire avancer d'un pouce. « Je vais peut-être... je vais... » a-t-il balbutié. Enfin, c'est du moins ce que j'ai *cru* entendre. Il avait la voix tremblotante et hachée, tant il claquait des dents. J'ai soudain perdu toute la compassion que je commençais à éprouver pour lui. « Jeremy, cela devient ridicule, maintenant. »

Sur ce, je lui ai donné un petit coup de coude dans les côtes, pour le faire avancer, pas plus, et il s'est effondré. Il s'est recroquevillé sur lui-même avant de se ramasser en boule sur le trottoir en tremblant de la tête aux pieds. Je jure que je l'avais à peine touché. Je ne l'avais pas bousculé, ni rien. « Jeremy ? Qu'y a-t-il ? Jeremy ! » Je ne l'avais jamais vu dans un tel état. Je ne saurais le décrire. Il avait le teint jaunâtre et la bouche béante. La tête posée sur ses genoux, il est resté là, avachi, totalement amorphe, et en désespoir de cause, j'ai appelé à l'aide. « Au secours ! Arrêtez-vous ! » Les voitures passaient en trombe, sans même prêter attention. Puis j'ai entendu des pas claquer dans mon dos. « Au secours ! » ai-je lancé en me retournant. J'ai vu Laura qui courait vers nous, et l'éclair de fleurs blanches de son tablier dans le noir. Et un peu plus loin derrière elle, Howard, les pans de sa chemise sortis.

« Amanda Pauling, je ne te le pardonnerai jamais, a déclaré Laura.

— Mais qu'est-ce qu'il a ? »

Laura s'est penchée et elle a pris la tête de Jeremy dans ses mains. Il la fixait sans mot dire. Elle a extirpé un mouchoir de la poche de son tablier et lui a essuyé la bouche. Howard qui venait de nous rejoindre, hors d'haleine, s'est baissé pour examiner les traits de Jeremy.

« Je ne comprends pas », ai-je dit.

Je n'entendais que Jeremy qui claquait des dents.

« Je ne vois pas ce qui se passe. Il est malade ?

— Tu n'as pas de cœur, Amanda. Je l'ai toujours pensé mais cette fois, j'en suis sûre.

— Oh, Laura, comment peux-tu dire une chose pareille ? »

Laura tirait Jeremy par la manche, mais il ne voulait pas se lever. Il a fallu que Howard le prenne par-derrière sous les aisselles et le soulève.

« Allez, mon vieux, venez.

— Qu'est-ce que j'ai fait ? » ai-je demandé à Howard.

Mais Howard refusait également de me répondre. Toute son attention était tournée vers Jeremy. Il l'a redressé avant de le pivoter en direction de la maison et Laura l'a pris par l'autre coude.

« Laura ? ai-je dit.

— Pour l'instant, je ne te parle plus », m'a répondu Laura.

Jeremy a fait un premier pas chancelant. Il dodelinait de la tête. Je la voyais ballotter de haut en bas dans la lumière des réverbères, comme s'il ne la contrôlait plus.

Je ne m'étais pas rendu compte. Je ne suis pas une femme *cruelle*, je n'ai jamais blessé intentionnellement qui que ce soit de toute ma vie. « Laura, je ne me *rendais* pas compte », ai-je dit. Mais elle a continué à marcher aux côtés de Jeremy, en le gardant serré contre elle, et j'en ai été réduite à leur emboîter le pas. Nul ne paraissait se soucier que je suive ou non. Je marchais six pas en arrière, toute seule. Mais marcher seul n'est pas le pire qui puisse vous arriver. Regardez un peu Jeremy Pauling, le fils bien-aimé de Wilma Pauling, avancer pas à pas, soutenu de part et d'autre. Si c'est là tout le bienfait que l'amour vous apporte, il se pourrait fort que de nous tous, je sois la plus heureuse.

Naturellement, une fois de retour à la maison, tout est rentré dans l'ordre. Laura et Howard sont allés mettre Jeremy au lit, pendant que je fermais la maison, rédigeais un mot à l'intention du laitier et baissais les stores. Je me suis efforcée de ranger autant que faire se pouvait le désordre du salon, j'ai préparé deux bouillottes, et lorsque je suis entrée dans la chambre, j'ai trouvé Laura en train d'ôter sa robe. « Fais attention aux faux plis », lui ai-je dit. (Elle est peu soigneuse de nature.) « Le mieux, c'est sans doute de dormir en combinaison et de faire contre mauvaise fortune bon cœur », ai-je lancé avec force dynamisme. J'ai enlevé ma robe puis je l'ai méticuleusement suspendue. Mais à l'instant où, assise au bord du lit, je m'apprêtais à ôter mes bas, je ne sais pas ce qui m'a prise. Un tel sentiment d'abattement, d'épuisement. L'impression que cela ne servait plus à rien de bouger. J'ai contemplé mes bas trempés, pleins de boue, en me disant : il faudra les remettre demain. Les laver et les remettre demain, mais ils ne seront plus jamais pareils, et puis de toutes les manières, ce ne sont que des bas de fil, pas assez bons pour l'église. Et dire que j'en avais mis une paire toute neuve dans ma valise ! Encore sous cellophane ! Des bas de luxe, à fines coutures (selon les préceptes de notre éducation, une dame digne de ce nom se doit de porter des bas à coutures, mais je dois avouer que de nos jours, les gens ne semblent pas de cet avis). À présent, il y avait fort à parier qu'une femme de voleur était en train d'essayer mes bas Nylon. Je l'imaginais une jambe en l'air, vautrée en slip de dentelle rouge sur un lit à barreaux de cuivre, lissant un bas sur sa cuisse sous le regard du voleur qui la contemplait en fumant un gros cigare, assis dans un fauteuil. « À qui étaient-ils ? — Oh, à une espèce de vieille peau. »

Je sais ce que je suis. Je ne suis pas aveugle. Je n'ai jamais eu de demande en mariage, d'idylle ou de liaison, je n'ai jamais connu d'aventures plus passionnantes que de patrouiller dans ma classe à la recherche de corrigés et d'antisèches — le portrait même de l'enseignante vieille fille. Nous faisons l'objet de milliers de plaisanteries, mes semblables et moi. Aucune ne m'a fait jamais rire. Je vois des gens me jauger au premier coup d'œil et me rejeter alors même que je leur parle, comme s'ils percevaient d'emblée ce que je *suis*, au-delà même de mes paroles. Je vois bien leurs yeux qui s'égarent pour se poser ailleurs. Est-ce qu'ils s'imaginent que je ne m'en aperçois pas ? J'ai toujours soupçonné que me serait éternellement refusé ce que les autres se voient si aisément accorder. On m'a laissée pour compte, on m'a caché quelque chose. Et le pire, c'est que je le sais.

Voici les autres affaires que j'avais dans ma valise : mon tailleur de laine marron, idéal en toutes circonstances, mon chemisier à col de dentelle irlandaise, l'ensemble de lingerie que Laura m'avait offert pour mon anniversaire. Et puis mon réveil de voyage pliable, que Mrs Evans m'avait envoyé l'été où j'avais emmené ses jumeaux faire le tour de la Yosemite. *Disparus*. Disparues aussi ma blouse à fleurs si pratique à emporter et ma chemise de nuit la plus chaude et puis mes mules à bordure de fourrure si agréables à enfiler quand je rentrais épuisée après une journée de classe. Autant de choses irremplaçables. Tout comme était irremplaçable cette valise que notre mère avait choisie toute seule et traînée avec elle par une torride journée de printemps, pour me l'apporter à la cérémonie de remise des diplômes, il y avait de cela un quart de siècle. Elle avait des sangles à boucles de cuivre et une double serrure. Elle était faite pour durer. La poignée était capitonnée pour qu'elle soit plus facile à porter. À la seule pensée de cette valise, j'avais mal. J'étais aussi meurtrie que si Mère m'avait demandé de la lui rendre. Comment pourrais-je jamais en retrouver une aussi belle ?

J'étais épuisée, c'est tout. Épuisée et glacée. Le lendemain matin, je me suis réveillée fraîche comme une rose et j'ai tout pris en charge, jusqu'au moindre détail. Mais cette nuit-là, je devais être au plus bas et je suis restée étendue dans le noir, longtemps après que Laura se fut endormie, à passer en revue toutes les choses que j'avais perdues, tandis qu'une souffrance déchirante s'abattait cruellement sur ma poitrine et m'accablait de tout son poids.

## 2

*Printemps 1961*

# JEREMY

Jeremy Pauling voyait la vie en une succession d'éclairs, une série d'instants saisissants, d'une telle brièveté qu'ils étaient capables de figer un mouvement en vol. Comme autant de clichés, ils lui étaient présentés aux moments les plus inattendus, accompagnés d'un commentaire neutre: voici où tu te trouves en cet instant. Regarde. Entre les éclairs, il sombrait dans l'obscurité. Il vaguait, en proie à l'hébétude, songeant à ce qu'il avait vu. Se demandait s'il l'avait vraiment vu. Puis oubliait ce qu'il s'était demandé et replongeait dans la torpeur.

Voici son élève, Lisa McCauley, qui gravit les marches menant à son atelier. Jeremy la suit. Il est descendu répondre à son coup de sonnette, lui a ouvert la porte, l'a saluée sans un seul instant prendre conscience de ce qu'il faisait. Il a oublié ce qui l'a amené là. Son esprit est obnubilé par un cercle de papier bleu qu'il a laissé sur sa table à dessin. Serait-il trop vif? Trop lisse? Non, c'est sa forme qui ne convient pas. Un cercle; difficile à travailler. Il faut qu'il y taille des angles.

« C'est le printemps », dit Lisa McCauley.

Vient alors l'éclair, qui le fige sur place. Planté dans l'escalier, bouche bée, il regarde devant lui le reflet moiré des jambes gainées de Nylon de Lisa McCauley. S'il devait convertir en image le crissement du Nylon, il obtiendrait une fermeture Éclair argentée à très fines dents s'ouvrant sur l'obscurité qu'abritent ses paupières. S'il touchait la chaîne de cheville en or qui brille d'un éclat métallique sous le voile d'un bas, il aurait l'impression de racler de la toile émeri. Longtemps après, il s'efforcerait encore d'en apaiser l'écho sur ses doigts. Elle est sidérante de réalité. Il pourrait s'étrangler sur les minces lames de ses os. Sa voix semble déplacer l'air qui l'entoure, trancher dans le vif et se faire plus mince pour en écarter les moitiés : « Je n'ai pas fait exprès d'être en retard j'avais décidé que pour une fois je serais à l'heure en me levant ce matin je me suis dit... »

L'éclair s'évanouit. L'obscurité pleut en particules autour de sa tête. Debout, silencieux, il contemple la poussière de la rampe d'escalier qui recouvre ses doigts jusqu'à ce que Lisa McCauley le pousse du coude pour qu'il se remette en mouvement et qu'il pose un autre pied sur une autre marche.

« Le violet est ma couleur préférée, dit Lisa McCauley. J'ai décidé de faire ce tableau sans en mettre une seule touche, une espèce d'exercice en somme. » Elle inclina la tête et secoua sa longue chevelure blonde sur ses épaules.

« Mr Pauling ? Vous m'écoutez ?

— Euh...

— Je disais, j'ai décidé de me passer de violet.

— Mais n'est-ce pas du violet que vous mettez, là ?

— C'est du magenta.

— Ah. »

Il était assis sur le tabouret à côté du chevalet, le cercle bleu à la main. Son pouce glissait interminablement sur la surface. Une minute plus tôt, il voulait y tailler des angles, mais pour l'instant, il était censé faire autre chose. Mais quoi donc ?

« Vous ne trouvez rien à en dire ? » demanda Lisa.

Elle peignait un clown triste. Des larmes blanches dessinaient deux verticales parfaites le long de ses joues magenta. Le spectacle de cette chose était une telle souffrance pour Jeremy que son regard ne cessait de se dérober pour aller se poser sur les boucles des chaussures de Lisa, bien qu'il sût que la jeune fille l'observait en attendant sa réponse.

« Qu'en pensez-vous ? lui demanda-t-elle.

— C'est-à-dire que... » répondit Jeremy.

Ses chaussures étaient reluisantes mais la dorure de leurs boucles s'écaillait. Des poussières d'or aux allures de pellicule lui parsemaient les orteils.

À l'âge de sept ans, Jeremy avait dessiné le salon de sa mère. De longues zébrures pour les murs et les plafonds, des courbes pour les meubles et une unique rose griffonnée pour figurer le motif du papier peint. Puis, sur la plinthe, une minuscule prise électrique aux angles droits secs et précis, les vis soigneusement coupées en deux par des fentes microscopiques. C'était le dessin préféré de sa sœur Laura.

Elle l'avait gardé depuis des années et riait à chaque fois qu'elle le regardait, mais pour Jeremy, il n'avait jamais rien eu d'une plaisanterie. Il correspondait précisément à son mode de vision : détail par détail. Fragment par fragment. Il avait essayé de voir les objets dans leur globalité, mais il n'y était jamais parvenu. Il s'y efforçait à présent, écarquillait les yeux pour embrasser la blancheur de l'air glacé sous la verrière, le plâtre jaune à nu et le parquet fendillé. Les angles du mur se précipitaient les uns sur les autres et entraient en collision. Un gigantesque vide se creusait au-dessus de sa tête et résonnait d'échos. La lumière était si éclatante que ses paupières le faisaient souffrir.

« Je suis vraiment désolée, dit Lisa, mais je crois que je ne reviendrai pas. »

Jeremy resta sans mot dire.

« Mr Pauling ?

— Oui, oui.

— Vous avez entendu ce que je viens de vous dire ?

— Vous n'alliez pas... vous n'allez...

— Ma tante m'emmène en Europe, je ne viendrai plus aux leçons.

— Oui, oui, je comprends.

— Nous allons faire le tour des musées. J'en ai grand besoin, non ? Étudier les anciens maîtres. Apprendre leur technique, leur touche, leur palette... »

Elle malaxait inutilement une giclée de magenta en évitant son regard. Elle l'assurait qu'elle ne voulait pas le blesser. Jeremy ne lui avait rien appris en matière de technique et de touche. La ligne, voilà ce qui l'intéressait. Il avait renoncé à la peinture des années auparavant et ses tubes de couleur, si tant est qu'il en possédât encore, se desséchaient probablement au fond d'un placard quelconque. Quand les bavures de couleur de Lisa devinrent incontrôlées, il se contenta d'observer le désastre, le regard vide, l'esprit ailleurs. Il était fort possible qu'il ne lui ait jamais fait le moindre commentaire. En quoi cela aurait-il changé quoi que ce soit ? À présent, elle regardait l'heure, ôtait sa blouse de peintre immaculée et la repliait soigneusement.

« Nous allons commencer par Paris, disait-elle. Vous y êtes déjà allé ?

— À Paris ? Non.

— D'après tante Dorrie, c'est là qu'il faut aller. »

Elle s'accroupit pour ranger les tubes dans leur boîte de bois brut flambant neuf. Elle y fourra son pinceau sans le nettoyer puis elle se leva et parcourut l'atelier du regard pour vérifier qu'elle n'oubliait rien. Jeremy ne fit pas un geste. Ce n'était pas la première fois. Tôt ou tard, ses élèves le quittaient. Ils allaient à l'université, se mariaient, partaient à New York ou se trouvaient un autre professeur. Certains d'entre eux ne venaient que pour une leçon. Parfois, ils ne prenaient pas même la peine de l'avertir, se contentant de ne pas venir, et il en était réduit à les attendre sans rien faire sur son tabouret, jusqu'à ce qu'en milieu de matinée il finisse par se rendre compte qu'il y avait quelque chose d'anormal. Il se voyait comme une statue érigée dans une fontaine, à jamais immobile, où les gens venaient jeter les piécettes porteuses de tous leurs espoirs avant de repartir.

« Je ne peux pas emporter le tableau, je m'en mettrais plein mes vêtements, dit Lisa.

— Le...

— Le tableau. Comment faire ? Est-ce que je peux le laisser ici ?

— Mais bien sûr. Sans problème.

— Bon, en ce cas, je vais y aller. Merci beaucoup. Je sais bien que je n'ai rien d'une professionnelle et je vous suis très reconnaissante d'avoir essayé de m'aider.

— Je vous en prie, dit Jeremy. Et puis... j'ai été ravi de vous connaître.

— Quand je reviendrai, dit Lisa, si jamais je reviens, si je ne me suis pas mariée ou je ne sais quoi, je serai peut-être admise dans une de ces écoles d'art huppées, cette fois. Je sais que ce voyage va beaucoup m'apporter, vous ne croyez pas ? Elles ne peuvent tout de même pas me refuser éternellement. »

Elle lui tendit la main, une petite grappe de doigts bien serrée. Jeremy la fixa du regard. Il s'aperçut que l'atmosphère était devenue étouffante. Elle lui comprimait les tempes, lui écrasait les globes oculaires. Au moindre mouvement, il aurait l'impression de nager dans du blanc d'œuf.

« Bon, eh bien, au revoir », dit Lisa.

Quelques instants plus tard, Jeremy fut tiré de sa torpeur par l'écho de ses hauts talons qui s'estompait au loin et se leva de son tabouret. Il cligna des yeux en entendant claquer la porte d'entrée. Le souvenir d'une quelconque obligation propulsa sa main en avant et elle se referma sur du vide. Il la contempla un instant avant de la laisser retomber le long de son corps.

Ses pensionnaires étaient autant de voix réconfortantes qui ronronnaient autour de lui et lui faisaient automatiquement place lorsqu'il se tenait au milieu de la cuisine. « Est-ce que quelqu'un a vu mon pain ? demandait Mrs Jarrett. Je l'ai cherché partout. Je l'avais mis au réfrigérateur pour éviter qu'il moisisse. » Le réfrigérateur ouvert semblait pourtant n'être qu'un vaste dépôt de moisissure, une succession d'étagères de restes enfermés dans de minuscules flacons couverts de fourrure verte, de cubes de fromage durcis, de conserves et de mini-pots individuels jamais terminés. « La semaine dernière, disait Mrs Jarrett, j'ai désinfecté l'évier à l'eau de Javel et j'ai fait toute la vaisselle, mais regardez-moi cela. Je me demande si nous aurions les moyens de prendre une femme de ménage ? »

Jeremy ne répondit rien. Il ne semblait pas pouvoir détacher le regard du cardigan lavande de

Miss Vinton, une couleur si reposante. Lorsque Miss Vinton s'approcha de la table, il se gratta la tête en sachant qu'il lui fallait trouver une réponse. Mais aucune ne lui vint à l'esprit.

Mr Somerset était planté devant la cuisinière, un exemplaire de *Male* roulé sous le bras. Il alluma le feu sous une poêle pleine de graisse blanche ; d'un petit coup de spatule, il éjecta un cafard noyé et entreprit d'étaler des tranches de bacon, mais apparemment, il parlait d'une histoire de toast.

« Vous savez ce que j'ai, moi ? Le syndrome du thé-toasts. À tous les coups, Howard en a entendu parler. Je vais le voir et je lui dis : "Toubib, je sais pas comment vous dire, mais en ce moment c'est le seul truc qui réussisse à me sortir du lit. — Syndrome du thé-toasts", qu'il me fait. C'est courant chez nous, les vieux. Mangez plus de protéines. Et maintenant, faut que je prenne des protéines à tous les repas, pas facile avec les revenus que j'ai, et puis du foie deux fois la semaine, alors que j'ai horreur de ça. Et pour couronner le tout, rien n'a plus le même goût qu'autrefois, vous savez. C'est tous ces additifs.

— C'est l'âge, répliqua Mrs Jarrett.

— C'est les additifs.

— C'est l'âge. Vos papilles gustatives s'assèchent, Mr Somerset.

— Et en plus de tout ce que je dois encore endurer, voilà que dans cette maison, je ne peux même plus trouver le repos dont j'ai besoin. Nous savons tous pourquoi. J'aimerais seulement que Howard soit là pour que je lui dise ma façon de penser. La nuit dernière, il est rentré à minuit et demi. Tard, même pour lui. J'ai le sommeil fragile, on ne plaisante pas avec ça. Il dort comme une souche, lui. Il s'est levé à six heures du matin, et il sifflotait dans la salle de bains, en plus. Quand il se rase, il se récite ses cours d'anatomie. Il détaille au miroir tous les petits os du pied. Je vais vous dire quelque chose, Jeremy : ici, c'est une maison pour gens âgés. Vous voyez ce que je veux dire ? Les étudiants en médecine n'ont rien à faire ici. »

Jeremy regardait le bacon se friper au ralenti. Il voyait des volutes de fumée grise s'élever vers le plafond et plonger la cuisine dans le flou. Depuis combien de temps se trouvait-il là ? Était-ce le déjeuner ou le dîner ? Avait-il déjà mangé ?

La main potelée couverte de bagues de Mrs Jarrett surgit, portant une assiette. « Prenez un bout de tarte aux fraises, Jeremy. Elle n'est pas faite maison, mais elle est bonne. » Elle tenait l'assiette du bout des doigts et lui souriait, figée dans le temps par un soudain éclair de lumière, venu s'imprimer en négatif sur ses paupières.

Voici Mrs Jarrett, toute de perles et d'élégance. Quelle douceur dans la manière dont les plans de son visage se côtoient, avec toutes ces petites poches poudrées qui ménagent leur rencontre. Quelle perfection dans sa mise en plis, avec quelle précision son chapeau à fleurs y est posé ! Elle porte des chapeaux en toutes circonstances, peut-être au lit aussi. Elle parvient même à conserver sa gaieté ici, alors qu'elle marche sur ce sol visqueux couvert de taches qui tente de lui aspirer des pieds ses escarpins en cuir. Mr Somerset retourne une tranche de bacon avec un soupir. Miss Vinton fait couler de l'eau du robinet sur une tour de verres gélatineux au fond de l'évier. Mrs Jarrett lance : « Un repas sans dessert n'est pas un repas », et Jeremy prend l'assiette, la laissant les mains gracieusement arrondies, en suspens. « Merci, dit-il. C'est très aimable à vous. Je tiens à vous dire... » — avant que la lumière s'estompe à nouveau et que la torpeur se déroule comme un store, le laissant en possession de ce lourd objet froid, inconnu, sur lequel ses yeux refusent de se poser.

Il faisait visiter la chambre de sa mère à des étrangers qui avaient dû sonner à la porte, bien qu'il n'eût aucun souvenir d'être descendu leur ouvrir. Un homme, une femme très grande et une petite fille.

« Ce n'est pas assez grand pour une famille, me semble-t-il.

— Vous nous l'avez déjà dit, répondit l'homme. Nous n'allons pas y revenir.

— John », dit la femme.

Elle se tourna vers Jeremy. Il perçut son mouvement bien qu'il eût les yeux rivés sur les rideaux de dentelle de sa mère. Elle dit :

« Mr Harris est juste un ami. Cette chambre serait pour ma fille et moi.

— Ah oui.

— Y a-t-il une salle de bains au rez-de-chaussée ? »

Il semblait incapable de fixer son esprit sur ce qu'elle disait.

« Mr Pauling ? »

Ses sœurs avaient fait le ménage de fond en comble dans la chambre de sa mère, mais elles n'étaient pas parvenues à faire disparaître son odeur. Elle flottait dans le moindre recoin, parfum suave de poussière et d'humidité. La présence de sa mère imprégnait jusqu'aux rayons de soleil qui filtraient à travers les rideaux. Elle avait toujours été d'une texture mate, vaporeuse et translucide, tout comme ces mailles de lumière qui frissonnaient sur le vieux tapis à fleurs. Il y avait chez elle une évanescence, un manque d'épaisseur qui l'avaient toujours angoissé, même étant enfant, et dès qu'elle montrait le moindre signe de faiblesse ou de maladie, son angoisse devenait telle qu'elle se changeait en irritation. (« Jeremy ! » avait-elle crié dans l'escalier en portant à sa poitrine une main tremblante aux veines saillantes, tandis que Jeremy, en proie à une terreur mêlée de rancœur, continuait à gravir les marches, le cœur battant à tout rompre, en faisant mine de ne rien voir. Elle s'était effondrée dans un bruit léger de vieux vêtements qui tombent à terre. Elle n'était pas assez lourde pour rouler au bas des marches. Elle était restée sur place, affalée en tas. Jeremy était allé dans son atelier, droit à la fenêtre, où il était resté un long moment à trembler en suant à grosses gouttes. D'un ongle, il avait gratté l'appui de la fenêtre en écaillant la peinture. Puis il s'était essuyé le front du dos de la main, était retourné dans l'escalier et s'était assis à côté d'elle pour la soulever par les épaules.)

« Il y a beaucoup d'espace de rangement, dit la femme. Viens voir, John.

— C'est à toi de juger, Mary. Dis-moi seulement si elle te plaît. »

Des cintres glissèrent sur une barre. La fillette suivait sa mère, cramponnée à sa jupe qu'elle étreignait à pleine poignée. Jeremy aimait les enfants, et il avait envie de regarder celle-ci, mais elle se tenait trop près de sa mère. Sa mère était très belle. Trop belle pour qu'il pose les yeux sur elle. Les belles femmes le mettaient mal à l'aise. Il se contentait d'en saisir des impressions successives, en lui jetant des coups d'œil à la dérobée — cheveux bruns attachés en chignon, visage ovale, robe à décolleté arrondi —, et l'image qu'il se formait d'elle ressemblait à une illustration d'un roman d'autrefois. L'homme était séduisant, la mâchoire carrée, une réclame de cigarettes. Il n'y a que ce genre d'homme pour être à l'aise avec les belles femmes.

« Le linge de maison est-il fourni ? » s'enquit-elle.

Il songea aux armoires à linge du XIXe siècle — piles de draps ivoire, pains de savon fait main, bouquet de lavande suspendu à un clou.

« Mr Pauling ? Est-ce que vous fournissez le linge de maison ?

— Le linge de maison ? Oui.

— Bien, nous devrions la prendre, je crois. »

Elle fouillait dans un petit sac à main. Jeremy avait les yeux rivés sur la table de chevet. Il vit une photo de son père tout sourire dans un étroit cadre d'argent. Il le vit qui se prélassait sur la véranda en lançant majestueusement des ordres aux Noirs apeurés qui travaillaient pour lui.

Une main lui tapota le bras. Des billets de banque froissés lui furent tendus un à un, comme les derniers vestiges de quelque trésor. Il baissa les yeux en s'efforçant de deviner ce que l'on attendait de lui. « Mais la chambre... » dit-il.

Tout le monde paraissait guetter la suite, jusqu'à la plus petite des trois, qu'il distinguait du coin de l'œil gauche.

« Elle n'est pas assez grande pour toute une famille, il me semble », dit-il.

L'homme esquissa un geste impatient et tourna brusquement les talons. La femme dit :

« Mais cela ne pose pas de problème s'il n'y a que moi et la petite ?

— La petite ? » répéta-t-il.

Il regarda à nouveau la photo de son père. Il essaya de se remémorer la voix de son père, il lui fallut un long moment pour y parvenir, et lorsqu'il leva les yeux, il s'aperçut que les étrangers avaient disparu.

Voici la page de garde d'un livre de la bibliothèque que Mrs Jarrett a laissé négligemment traîner sur la table de la salle à manger. Elle est recouverte d'un motif compliqué de toutes les couleurs qui a d'emblée attiré son regard ; un de ses bords a été légèrement abîmé par les ciseaux de cuisine sur lesquels il s'est précipité pour la découper de la reliure. Va-t-elle le remarquer ? Il arpente son atelier en accrochant ses pantoufles crochetées sur les échardes du parquet. Le papier craque entre ses doigts. Des yeux, il suit des bordeaux, des bleus et des bruns, un jaune très pâle, une touche d'orange, le tout baigné d'un éclat qui lentement le submerge. Des flammes et des piques, des feuilles dentelées, des rapides étincelants de blancheur qui tournoient autour d'un rocher en forme de lance. Des plumes d'un somptueux oiseau exotique. Il voit cet oiseau s'élever vers le soleil ; il observe le soleil qui recouvre ses ailes et dore sa tête. En bas, des voix ronronnent, une radio fonctionne, une horloge sonne. En haut, Jeremy sent poindre en lui une joie rayonnante qui illumine chaque recoin de son esprit, et il sourit et s'ouvre à elle et se fond en elle sans laisser de trace.

Jeremy était à présent assis dans le rocking-chair de sa mère et se balançait légèrement dans un coin de la salle à manger. Le dossier du fauteuil était recouvert d'un tissu matelassé dont les bords à volants crissaient contre ses épaules. À sa gauche, un lampadaire à abat-jour plissé, dont les arêtes s'ornaient d'une gravure de Mount Vernon. Il dispensait la seule lumière de la pièce. Les pensionnaires étaient assis dans l'obscurité, le visage éclairé par les lueurs bleues dansantes de la télévision installée dans l'angle opposé. Un très vieux poste, véritable meuble à lui seul, pourvu d'un écran minuscule. Sur ce dernier, un héros passait lentement d'une fenêtre à l'autre en épiant les alentours derrière un revolver armé.

« À tous les coups, c'est truffé d'ennemis, dehors, disait Mr Somerset. Autrement, ils ne s'enquiquineraient pas à vous mettre des gazouillis d'oiseaux et des coassements de grenouilles. Vous voulez parier ? »

Mr Somerset était attablé devant les restes de son dîner, une assiette picorée et un verre à whisky où le bourbon avait laissé un film visqueux. À côté de lui, Miss Vinton, si myope qu'elle avait les tendons du cou saillants à force de l'étirer vers l'écran ; la nouvelle pensionnaire qui jetait de temps à autre un coup d'œil vers la porte de sa chambre pour s'assurer que son enfant ne s'était pas réveillée ; Howard, adossé au mur, habillé pour sortir. Mrs Jarrett était installée dans l'autre rocking-chair. Ses mains s'activaient dans l'obscurité — tricotant vraisemblablement, mais ce soir-là Jeremy se sentait incapable de regarder de quelque côté que ce soit, et il avait seulement l'impression d'un mouvement à vide, comme si ses doigts étaient occupés à filer un doux voile d'obscurité. Il avait conscience des particules d'ombre qui flottaient entre les gens, d'une profonde substance où ils nageaient tous, en veillant à garder la tête à l'air libre, le menton pointé vers le haut.

Une branche craqua au-dehors et le héros leva son arme. Tous ses muscles aux aguets. Le visage rétréci, les yeux balayant la forêt inondée de soleil. Certains savent en permanence ce qui se passe, partout et à tout instant de leur existence.

Les genoux de Jeremy étaient couverts d'un fouillis de paperasses entassées dans une chemise kaki

— ce qui expliquait le lampadaire allumé. Il allait essayer de gagner un peu d'argent. La chemise contenait des couvercles de boîtes, des bons de participation, d'annonces de locataires, d'étiquettes de soupe en conserve, de pages de magazine arrachées, de formulaires à remplir pris sur le panneau d'affichage de l'épicerie. « Quel est le nom de notre nouvelle variété de roses ? Des prix ! Des prix ! Dites-nous pourquoi vous préférez notre marque d'eau de Javel. Aucune obligation d'achat. Auriez-vous déjà gagné ? » Jeremy gagnait presque toujours. C'était une de ses particularités — un don que l'on avait ou non à la naissance, répétait sa mère, il avait bien de la chance d'avoir trouvé une occupation qui ne l'obligeait pas à sortir de chez lui. Pourtant, il n'avait jamais eu le sentiment d'être chanceux et ne gagnait apparemment jamais ce dont ils avaient réellement besoin dans la maison, mais systématiquement le dixième prix : un sèche-cheveux, un peigne et une brosse assortis, une caméra dont on lui garantissait qu'elle saurait rendre justice à ses prises de vues les plus audacieuses. Au sous-sol, il avait un an de stock d'aliments pour chats (Jeremy n'avait pas de chat). Il était propriétaire d'une machine à coudre d'une valeur deux fois inférieure au contrat de service après-vente de dix ans qu'il avait été forcé de signer. N'y avait-il donc plus une seule marque qui offre du liquide ? Il était en retard sur le paiement de la facture de gaz, la compagnie de téléphone avait envoyé son second rappel, et s'il ne réglait pas le journal sur-le-champ, sa petite annonce ne paraîtrait plus et il pourrait dire adieu aux étudiants. Sur le bureau de l'entrée s'entassait une pile de chèques sans provision renvoyés par les sociétés de vente par correspondance qui avaient fourni sa mère en salières et poivriers fantaisie, pinces à cor brevetées, baromètre bavarois, napperons lavables, éléments de rangement en plastique et autres plantes miracles qui se passaient de terre et d'eau ; et on n'était prêt à lui offrir que des pneus neige et des rasoirs pour dames. « Premier Prix ! Un voyage à Hawaii pour deux ! » Qu'irait-il faire à Hawaii ? Et qui voulait-on qu'il emmène avec lui ?

Il baissa les yeux sur les formulaires à remplir, les mains reposant mollement sur les bras du rocking-chair, les genoux écartés. Ses pensées semblaient noyées dans des eaux troubles. Quand il finit par choisir un bon de participation, il fut si déprimé à la vue de sa bordure déchirée qu'il le laissa retomber et recommença à se balancer.

Sur l'écran de télévision, un coup de feu retentit. « Nom d'une pipe ! » s'écria Mr Somerset. Il se pencha brusquement en avant mais le visage scrutateur du héros fut aussitôt remplacé par un berger allemand adulte bondissant vers une platée de morceaux de bœuf de premier choix. « Mince alors ! » fit Mr Somerset. « Pas possible ! »

Jeremy posa la chemise de paperasses par terre, se leva et se dirigea vers le téléphone de l'entrée. Puis il s'arrêta, la main sur le combiné. Que faisait-il là ? Le téléphone retentit, et à sa sonnerie irritée, il comprit qu'il avait déjà sonné. Il décrocha.

« Allô ?

— Mary Tell, je vous prie », dit un homme.

Jeremy attendit la suite en se creusant la tête.

« Vous êtes toujours là ? Je veux parler à Mary Tell. Votre nouvelle pensionnaire.

— Ah oui. »

À présent, il reconnaissait la voix. L'homme de la réclame de cigarettes, aussi sec à entendre qu'à voir.

Il reposa le combiné et revint dans la salle à manger où il se baissa avec précaution pour se rasseoir dans le rocking-chair. Il inspecta ses genoux un certain temps en fronçant les sourcils. Puis Mrs Jarret s'enquit : « C'était le téléphone ? »

Il leva les yeux.

« Le téléphone, oui. Pour Mrs Tell.

— Oh merci », dit Mary Tell.

Elle se leva et sortit de la pièce. Elle avait de ces chaussures qui ne font aucun bruit, à moins qu'il n'eût tout simplement oublié d'écouter.

Le héros fut blessé au bras par une balle. Il grimaça et laissa tomber son arme. « Le pauvre », dit Mrs Jarrett en continuant sereinement à gesticuler dans le noir. Miss Vinton soupira. Mary Tell revint dans la pièce, ondoyante et gracieuse, marquant un arrêt avant de se rasseoir pour tendre l'oreille et s'assurer que son enfant allait bien. Jeremy leva la tête. Il posa le regard sur elle et cligna des yeux de stupeur devant un éclair venu de nulle part fixer son image sur ses pupilles.

Voici Mary Tell, l'ovale parfait de son visage dépourvu d'expression, son dos magnifiquement droit, ses mains lisses jointes sur ses genoux. Elle sait demeurer assise sans qu'un seul de ses muscles ne bouge, sans montrer aucun signe d'impatience. Sa bouche est une large courbe, ses yeux très étirés, bruns, impassibles. Sur son visage, des larmes dessinent des lignes argentées. Sous le regard de Jeremy, ses joues deviennent humides et brillantes, mais elle garde les yeux fixés sur la télévision et, lorsque au bout d'une minute s'estompe sa vision secrète, Jeremy décrète qu'il a imaginé cette scène et replonge dans l'examen de ses genoux.

## 3

*Printemps et été 1961*

### MARY

On aurait pu penser qu'à partir du moment où il m'avait amenée ici, il éprouverait ne serait-ce qu'un vague sentiment de responsabilité. Je m'efforce de ne pas trop lui en demander, mais après tout, c'est lui qui m'a fait venir à Baltimore, en balayant toutes mes objections de ses réponses pleines de bon sens. « Mais c'est complètement... Je suis casanière, lui disais-je. Ça ne me ressemble pas. » Ce à quoi il me répondait : « Ça ne t'arrive jamais de te surprendre ? » Il savait bien ce qui achèverait de me convaincre. Il savait si bien caresser la tête de ma fille en lui disant : « Hein, Darcy, ça lui arrive, dis ? » qu'elle levait vers lui un regard plein de confiance et d'abandon. Et c'est ainsi qu'un beau jour nous nous sommes glissées dans sa décapotable rouge, direction Baltimore, Darcy nichée entre nous deux et John le bras passé à l'arrière de la banquette, pour rester en contact permanent avec mon épaule. Nous n'avons pas arrêté de parler pendant tout le trajet en échafaudant quantité de projets. Son divorce était en bonne voie et il m'assurait que le mien ne poserait pas de problèmes ; Guy pourrait m'attaquer pour abandon de domicile. Nous évoquions l'endroit où nous habiterions, la vie que nous mènerions, le nombre d'enfants que nous aurions. Les mots se bousculaient, trébuchaient les uns sur les autres, nous avions tant de choses à nous dire. Comment pouvais-je me douter que ce serait la dernière fois qu'il me consacrerait autant de temps ?

À présent, je ne le vois plus guère. Avec Darcy, nous vivons dans une pension minable, la seule qui veuille bien accepter les enfants. Notre chambre est au rez-de-chaussée. J'en connais la moindre fissure, le plus petit recoin, les taches sur le papier peint, l'odeur de vieille dame et les roses éculées du tapis. J'ai passé des après-midi entières à fixer une minuscule vaguelette sur la vitre de la fenêtre en attendant que Darcy ait fini sa sieste. J'ai ciré les meubles jusqu'à ce qu'ils semblent en passe de fondre sous mon chiffon, non que je sois une fée du logis, je ne l'ai jamais été, mais parce que je n'avais rien de mieux à faire. Nous passons des heures assises sur le rebord du lit, bien habillées, en prenant garde de parler à voix basse comme deux invitées qui se sont levées trop tôt. Je m'énerve souvent pour un rien et pleure beaucoup sans raison particulière. Dès que Darcy se met à pleurnicher ou s'agiter, je la rabroue sèchement. Avant, cela ne m'arrivait jamais. Tout au plus je lui criais : « Ça suffit maintenant ! » mais c'est si mort, ici, nous surveillons tellement le moindre de nos gestes, que je la houspille à voix basse d'un ton sifflant afin que personne ne nous entende, en marmonnant des menaces entre les dents. L'autre jour, je lui ai même donné une claque et cela me ressemblait si peu que je me suis tout de suite demandé si je ne perdais pas la tête. À force de jouer avec les poignées de la commode, l'une d'entre elles lui était restée entre les mains. Je lui ai dit : « Darcy Tell, si tu n'arrêtes pas immédiatement de t'agiter, je vais hurler. Viens t'asseoir. » Elle m'a répondu : « Je ne veux pas m'asseoir, je veux sortir. Quand est-ce que John va venir nous chercher ? Il a promis qu'il viendrait. » Sa voix était suraiguë, légèrement fêlée, elle me lacérait les nerfs. Impossible à décrire. Je me suis ruée sur elle et je l'ai giflée. Elle m'a fixée bouche bée pendant une minute. Puis elle s'est mise à hurler. Je l'ai secouée par les épaules en lui disant : « Arrête, arrête tout de suite. » Et elle s'est arrêtée, mais elle tremblait des pieds à la tête et moi aussi. Je vis dans la peur qu'elle se souvienne à jamais de cette scène. La nuit, j'y repense sans cesse. Je vous en prie, faites que Darcy oublie ce qui s'est passé. Faites que toute cette phase de sa vie sombre dans l'oubli. Car dites-moi que ce n'est qu'une phase. Dites-moi que tout va s'arranger.

Si nous restons si souvent enfermées, c'est que j'attends un coup de téléphone. J'ai l'impression d'être revenue au temps de mon adolescence, une période de ma vie que j'espérais à jamais révolue : je passe mon temps à caresser des rêves que seul un autre peut réaliser. Parfois, il m'appelle pour me dire : « Je peux m'échapper un moment, ce soir. Sois prête à sept heures. » Ces jours-là, je suis sur un petit nuage et je chante toute la matinée, j'emmène Darcy se promener en lui faisant de grands sourires sans toujours prêter l'oreille à ce qu'elle dit, et je prends un bain bien trop tôt dans l'après-midi en me demandant quelle robe mettre ce soir-là. Je n'en ai que trois : celle que je portais en arrivant et deux autres, que John m'a achetées. Nous en achèterons d'autres, mais pour l'instant, je n'ai quasiment rien à moi — étrange sentiment. Parfois, je me surprends à fouiller dans les tiroirs — Mais où est ma vieille barrette dorée ? Où est mon cardigan bleu marine ? —, avant de me rappeler que je ne les ai pas. Je les ai laissés en partant. Je suis libre.

Les soirs où nous sortons, je couche Darcy de bonne heure en demandant à Mrs Jarrett de la surveiller. Puis, avec John, nous allons dîner quelque part et discuter, mais naturellement, je ne peux pas m'empêcher de penser à Darcy. C'est encore cela le pire, dans ma nouvelle vie. Les gens que j'aime sont dispersés et je n'ai aucun moyen de les rassembler bien au chaud sous mon aile. Quand je suis seule avec Darcy, je pense à John ; quand je suis avec John, je pense à Darcy. Je ne cesse de m'inquiéter au sujet de mes amis, mes voisins, ma belle-mère. Est-ce qu'ils me détestent tous maintenant ? Je me demande si Guy est furieux, j'aimerais savoir comment il a choisi de présenter les choses. « Coucou », fait John. Il se penche vers moi, de l'autre côté de la table, pour me passer une main devant les yeux. « Tu es toujours là ? — Mais bien sûr », lui dis-je. Je lui souris.

Nous n'avons nulle part où aller pour être seuls. Sa femme l'a quitté avant même notre rencontre, mais il refuse de m'amener chez lui de peur que les voisins ne nous voient et que cela compromette la procédure de divorce. Parfois, je lui dis : « Mais qu'ils nous voient. Je vois mal comment un divorce pourrait être davantage compromis qu'il ne l'est déjà. » Mais je sais qu'il a raison. Il n'a pas les moyens de louer une maison pour nous et, par prudence, préfère ne pas prendre une chambre d'hôtel car il connaît trop de gens. Il m'emmène en décapotable dans des parkings obscurs — là encore, je ne pensais pas devoir en repasser par là. Puis, la seule idée d'être loin du moindre téléphone me rend nerveuse et bientôt, je le supplie : « Rentrons, maintenant, s'il te plaît. Que va penser Darcy si elle se réveille et s'aperçoit que je ne suis pas là ? » Alors, il redémarre de mauvaise humeur, me ramène et me dépose à la porte, et je trouve Darcy paisiblement endormie, alors je regrette d'être rentrée si tôt et je passe un long moment à la fenêtre à contempler l'obscurité à travers le défaut du carreau.

D'autres fois, il ne téléphone pas de toute la journée ou s'il appelle, c'est pour dire qu'il ne peut pas se dégager. Il a un problème de travail urgent à résoudre ou part en déplacement, ou encore sa femme doit passer prendre des affaires. Je n'ai jamais vu sa femme. Elle doit être très belle, car elle est mannequin dans un grand magasin. Au début de leur mariage, m'a dit John, c'était une femme d'intérieur. Elle a cousu tous les rideaux, elle faisait la cuisine et s'occupait de sa maison, mais elle n'avait pas tardé à avoir envie d'autre chose. Elle avait suivi un de ces cours dont on fait la réclame dans les journaux puis elle était devenue mannequin, et depuis ce jour, elle passait le plus clair de son temps hors de chez elle, s'était fait de nouveaux amis et paraissait même changer de personnalité. « Elle devient presque cassante, m'avait-il dit un jour. Rien à voir avec celle que j'ai épousée. Moi, je rêvais d'une bonne épouse, une femme chaleureuse et aimante qui sente bon la cannelle. » Cela m'avait fait plaisir, car il prétend toujours que je sens la cannelle. Mais parfois, quand je n'ai pas le moral, je me regarde dans la glace et je me vois, gigantesque, avec cette poitrine si plantureuse depuis la naissance du bébé, et je sais bien que je n'aurai jamais cette silhouette déliée qu'ont les mannequins, même si je perdais du poids. Je n'en ai pas l'ossature. Et je me demande si John regrette d'être avec moi ? S'il aimerait que je ressemble davantage à Carol ? Après tout, il l'a épousée. Je me détache les cheveux et je les enroule pour voir ce que cela donnerait si je les coupais. Je me mets de profil devant la glace et je rentre le ventre. Ce sont les jours où je sais que nous ne nous verrons pas que je me livre à de tels examens. Je n'ai rien de mieux à faire. Je me fais les ongles, je recouds un bouton, je profite de la sieste de Darcy pour ouvrir des livres de la bibliothèque sur lesquels je suis incapable de me concentrer ou feuilleter des magazines que j'ai déjà usés jusqu'à la corde. À son réveil, nous partons faire de longues promenades. À présent, je connais la rue comme je connais cette chambre : le plus petit repli du trottoir, le moindre arbre chétif, chaque tourelle, chaque pignon, chaque fenêtre, chaque petit carreau de ces lugubres maisons alignées sans fin. Nous emportons les miettes de toasts de Mr Somerset pour nourrir les pigeons. Nous allons à la bibliothèque où Darcy s'attarde des heures durant dans la section des enfants, choisit un livre, change d'avis, le remet sur les rayonnages. Je ne la presse jamais. À quoi bon courir après le temps, désormais ? Nous en avons plus qu'il n'en faut. Quand elle a enfin fixé son choix, nous rentrons à pas lents vers la maison, et je lui lis et relis ses albums jusqu'à avoir la bouche sèche et la gorge irritée à force d'imiter des couinements de souris et des grognements d'ours. Darcy suit les images de ses grands yeux bleus, bien nichée dans le creux de mon bras. Elle s'est remise à sucer son pouce. Je lui dis qu'à quatre ans et demi, elle est bien trop grande pour ça, mais je ne fais rien pour l'obliger à s'arrêter. Autant qu'elle se console comme elle le peut.

C'est grâce à Darcy que John m'a approchée pour la première fois. Un beau matin, j'ai levé les yeux et je l'ai vu, qui s'était accroupi pour lui parler et lui demandait si elle savait comme elle était jolie. « Tu as la bouche de ta mère », lui a-t-il dit. La plupart des gens trouvent qu'elle ressemble à Guy. « Et puis intelligente, avec ça », m'a-t-il lancé. Puis il s'est redressé pour me serrer la main. Nous nous étions déjà croisés deux ou trois fois, mais jusque-là, il n'avait guère prêté attention à Darcy. Depuis ce jour, il lui parlait à chaque fois qu'il passait et lui apportait souvent un petit quelque chose — une corde à sauter, un damier, ou une fois, une petite poupée très élégante qui possédait des quantités d'autres tenues vendues séparément. Il les lui offrait une par une. À la fin, je crois qu'elle avait la collection complète. Et au fur à mesure, naturellement, nous avions appris à mieux nous connaître, lui et moi. Mais le point de départ de toute cette histoire, c'est Darcy. Je me rappelle la première fois où j'ai pensé sérieusement à John. C'était quelques mois après notre rencontre. Il m'a dit :

« Et maintenant que vous avez une si jolie petite fille, vous allez en avoir toute une ribambelle ?

— Oh, non, lui ai-je répondu. Guy estime qu'un seul nous suffit amplement.

— Quel imbécile », a soupiré John en me regardant un long moment droit dans les yeux avant de tourner les talons et de repartir.

Je ne sais pas pourquoi cela m'a tant marquée. Je me souviens que je suis rentrée à la maison, je me suis mise à faire la vaisselle et subitement, les mains dans l'eau savonneuse, je me suis arrêtée pour le regarder partir par la fenêtre, et j'ai ressenti un tressaillement tout au fond de mon ventre. C'est ainsi que tout a commencé.

Le propriétaire de la pension est un homme très bizarre et au début, j'avais peur de lui. Il me faisait penser à une limace. Les journaux sont pleins d'histoires de types dans son genre que l'on surprend à maltraiter des enfants, à s'exhiber dans les jardins publics ou à tirer sur la foule. Ils ont un côté replié sur eux-mêmes, amorphe, distant. Mais je me suis bientôt rendu compte qu'il était incapable de faire du mal à une mouche et maintenant, je lui permets de parler avec Darcy même quand je suis à l'autre bout de la maison. Manifestement, il adore les enfants. En fait, il ne sait pas vraiment quoi leur dire, mais il fait des efforts, il emmène souvent Darcy dans son atelier, où il la laisse faire des découpages et des collages. Cela lui fait du bien de ne pas être tout le temps dans mes jupes. Quand je crains qu'il ne commence à se lasser de sa présence, je monte la chercher et je les trouve penchés chacun sur sa table, Darcy couverte de colle jacassant comme une pie, tandis que Mr Pauling travaille en silence à ces sortes de kaléidoscopes qu'il semble affectionner. Quand je lui annonce que je la reprends, il me dit : « Mais rien ne presse, nous étions juste... elle était juste... » Puis il reste planté là à se tordre les mains — c'est la seule personne que je connaisse au monde qui se torde littéralement les mains. Il n'a pas l'air de me porter dans son cœur, à moins que ce ne soit seulement sa manière d'être. Face à lui, je me sens trop grande, trop expansive, trop forte. Je ne sais jamais comment me comporter. Le soir, quand nous regardons la télévision, le seul moment où tous les pensionnaires sont réunis, il est si désorienté et fait parfois des remarques si déplacées — des remarques que l'on pourrait entendre dans la bouche d'un sourd coupé du monde — que je me retiens pour ne pas éclater de rire. Les autres sont très gentils avec lui. Eux, ils ne rient jamais. Ils l'écoutent en inclinant la tête puis la redressent en s'efforçant de comprendre ce qu'il dit, et même si cela n'a aucun sens, ils lui répondent avec sérieux et courtoisie. Cela explique que la conversation progresse avec lenteur, entrecoupée de longs silences, en une sorte de cercle destiné à le protéger. Après cela, allez vous étonner que les humbles héritent de la terre.

Darcy a les yeux bleus de Guy et ses cheveux, à peine plus longs, ont les mêmes reflets blonds très pâles — Guy a toujours eu les cheveux longs. La première fois que je l'ai vu, je m'en souviens, il nageait dans le lac Dewbridge et à chaque fois qu'il remontait à la surface pour prendre sa respiration, il rejetait la tête en arrière d'un mouvement sec pour dégager ses cheveux de son visage. Lorsqu'ils étaient mouillés, ils lui arrivaient quasiment jusqu'au menton. Quand ils retombaient, des paillettes d'eau jaillissaient dans un scintillement de pierres précieuses. Puis il avait grimpé sur le vieil arbre mort qui servait de plongeoir. Enfin, aux autres, car moi, je n'avais pas le droit de m'en approcher, par peur des souches et des branches cachées. À l'époque, je n'avais le droit de rien faire. J'avais quinze ans, petite jeune fille convenable et sans histoires qui ne mettait pas même de rouge à lèvres, j'étais venue avec mes parents, et nous étions assis sur une toile cirée, devant un pique-nique qui aurait suffi à lui seul à nourrir toute une maison de retraite, dûment munis d'une cargaison de produits pour éloigner les insectes, d'onguents contre les coups de soleil et de linges mouillés enveloppés sous cellophane en cas de chute. Le garçon aux longs cheveux lisses (je ne connaissais pas encore son nom) semblait avoir pour tout bagage sa seule personne, tout juste revêtue d'un de ces maillots de bain satinés très moulants que j'ai toujours trouvés si vieillots. Il s'était avancé sur la dernière branche capable de supporter son poids, avant de se jeter au loin pour trancher l'eau avec la précision d'un couteau et ressortir la tête dans un éclat de rire en rejetant ses cheveux en arrière. Je me contentais d'écarquiller les yeux. Je le trouvais fascinant. Ce n'était pas le coup de foudre, ou rien de ce genre — il me terrorisait ! Lui et tous ses amis, leurs jeux brutaux, les grandes gerbes d'eau qui giclaient quand ils nageaient la brasse papillon, leurs hurlements de loup à l'adresse des filles qui se prélassaient sur le radeau. Jamais ils ne m'étaient adressés. Je restais à l'ombre, avec mes parents, prenant garde aux coups de soleil et me faisant toute petite dès que l'un d'entre eux s'approchait de trop près. Et quand ma mère avait dit : « Ce lac serait parfait s'il n'y avait pas tous ces éléments dissipés », je lui avais répondu : « C'est bien vrai », et je le pensais. Mais cela n'empêchait pas mon regard d'être rivé sur Guy Tell.

Mon père était proviseur du lycée de Partha, en Virginie. Ma mère, professeur de lettres. Ils m'avaient eue sur le tard, et de surcroît j'étais fille unique. Peut-être est-ce pour cette raison qu'ils me couvaient à ce point — d'autant qu'ils étaient croyants, de confession baptiste. Mon père faisait la quête le dimanche. Moi aussi, à une époque, j'étais croyante, je voulais devenir missionnaire et puis mourir en martyre, mais cela m'avait passé avec le temps. J'ignore pourquoi. Il s'est trouvé que je n'étais pas croyante, un point c'est tout. Mais je continuais à accompagner mes parents à l'église. Je passais mon temps à plier mon programme en éventail, rongée par une irritation qui s'étendait même à l'odeur amidonnée de la robe du dimanche de ma mère et cette sempiternelle manie qu'avait mon père de tirer inutilement sur ses manchettes. Et pourtant, je les aimais. J'étais très proche d'eux, de ma mère, surtout. Ce n'est pas tant mes parents ou leur mode de vie qui m'exaspéraient, que l'impression de ne pas avoir d'autre perspective devant moi. J'allais grandir évidemment, je ferais des études, je me marierais et j'aurais des enfants, mais ce ne serait guère un changement, tout au plus un prolongement. Je ne ferais jamais que poursuivre leur petite existence étriquée. Aucun autre espoir ne s'ouvrait à moi. Tout du moins, jusqu'au lac Dewbridge.

Le lac Dewbridge existe-t-il encore ? Sans doute. Mais je n'y suis jamais retournée après cet été-là. À croire que le lac avait joué son rôle et s'était évanoui de la surface de la Terre. Son pavillon gris couvert de moisissure avait été érigé en l'espace d'une nuit afin que je puisse aller danser le bunnyhop avec mes copines, la seule danse qui me fût autorisée. Son juke-box couleur d'arc-en-ciel avait délibérément été rempli de chansons de Pat Boone pour qu'un jour, à la fin d'un bunnyhop, Guy Tell s'approche de moi pour me glisser : « Celle-là, ma belle, elle est faite pour toi et moi », et m'enlacer tout contre lui et m'entraîner au loin car j'étais bien trop terrifiée pour oser refuser. Cette forêt de pins au sol luisant, brûlant sous nos pas, avait poussé pour que nous puissions nous y cacher, tous deux appuyés au tronc d'un épicéa, Guy perpétuellement occupé à faire glisser une bretelle de mon maillot de bain et moi, à la remonter. Ses baisers avait le goût de tabac. Je n'avais jamais embrassé un garçon et je trouvais cela fatigant. J'avais mal au cou et la bouche tuméfiée. Quand il s'écartait, le sourire aux lèvres, l'œil à demi voilé, on aurait dit qu'il venait de remporter un duel. Je me retrouvais perdante, sans même m'être douté un seul instant qu'il s'agissait d'un duel. Puis nous nous séparions et je retournais auprès de mes parents en abandonnant derrière moi la lueur des pins. Aujourd'hui, j'imagine que la forêt tout entière s'est abattue dans un silence absolu, à la manière de ces arbres qu'on vous montre en classe de sciences naturelles. Il n'en reste qu'une infime poussière d'or qui flotte au soleil. Pourtant, il est un rouge à lèvres de bazar à trente-neuf cents dont le parfum de fraise me transporte encore à ce jour au vestiaire des dames du lac Dewbridge. Les aiguilles de pin éveillent toujours en moi l'agréable sensation de perdre dangereusement pied. Et le goût frelaté du Peps orange m'envahit aujourd'hui encore d'un désir de liberté, de voyage et d'aventures dont n'auraient jamais osé rêver mon père, flottant dans son caleçon de bain à carreaux, ou ma mère, avec son maillot de rayonne noire à jupette plissée. Si j'avais encore quinze ans et si c'était à refaire, je le referais. Et sachant comment cela finirait, je glisserais encore sur le parquet fatigué de la piste de danse, les mains de Guy Tell refermées sur ma nuque.

Il avait vingt-deux ans — jamais personne ne me paraîtra aussi vieux que lui en ce temps-là. J'allais avoir seize ans en décembre. (L'âge où mes parents m'autoriseraient à fréquenter des garçons. Et encore, des garçons de mon âge, uniquement. De bonne famille, uniquement. En groupe, uniquement.) Lorsqu'à l'automne le pavillon du lac Dewbridge fut fermé et que le lycée rouvrit ses portes, j'ai continué à voir Guy à l'insu de tous. Je disais que j'allais à la bibliothèque, ou encore rendre visite à une amie. Puis j'attendais au coin de Main Street que Guy vienne me chercher en dépanneuse, et pendant qu'il s'occupait de la pompe à essence, je restais dans la station-service à lire ses revues de moto. Il travaillait de nuit. Dans la journée, il était libre. L'après-midi, quand je rentrais du lycée, sa Pontiac cabossée se coulait à ma hauteur, et il m'arrachait à mes amies pour m'emmener sur une route de campagne aux abords de la ville. Tout au long de notre duel — lui déboutonnant un bouton de mon chemisier, moi le reboutonnant —, je me sentais indécise et perdue, et rêvais d'aller me réfugier à la maison, mais il n'était pas plus tôt parti que j'oubliais cette sensation et voulais qu'il revienne. Je repensais à ce qui me touchait en lui : l'intensité de son regard quand je lui parlais, cette manière qu'il avait de célébrer chaque anniversaire de notre rencontre, toutes les semaines, tous les mois, en m'offrant un petit cadeau maladroit, un poudrier doré ou encore une chaîne avec une croix, ses tenues de frimeur, l'aigle tatoué sur son bras et sa plaque d'identification toujours chaude sur son torse. Le dimanche matin, à l'église, je songeais à ces baisers qui, de cette distance rassurante, m'emplissaient d'un vertige à couper le souffle que j'étais tentée de prendre pour de l'amour. Ma mère, auprès de moi, acquiesçait de la tête à la lecture de Job, l'air radieux. Mon père étendait son bras entre les bancs pour faire la quête. Je me disais, je ne serai jamais comme eux, je me suis déjà échappée. Je me disais, pourquoi ne veillent-ils pas davantage sur moi ?

Le 7 décembre, j'ai eu seize ans. Ma mère m'a dit : « Eh bien, Mary, je suppose que tu peux commencer à sortir de temps à autre. » Je lui ai répondu : « Oui, Mère. » Je suis allée sur Main Street attendre Guy et il m'a offert un bracelet à breloques, avec des petits disques en plastique en souvenir de notre première danse. Puis il m'a dit : « Si tu veux, on n'a qu'à se marier. À mon avis, comme c'est parti, je risque pas de me lasser de toi de sitôt. » Et c'est ainsi que dix jours plus tard, nous nous sommes enfuis. Je m'attendais toujours à ce que mes parents partent à ma recherche pour me ramener, mais ils n'en ont rien fait. J'ai dû leur envoyer un télégramme pour leur annoncer que je m'étais mariée. Et dans la chambre du motel, quand je me suis mise à pleurer, Guy m'a dit :

« Allez fais pas tant d'histoires, ça me fiche en l'air. Tu veux que pour cette nuit, j'aille dormir dans l'autre lit ?

— Ce n'est pas pour cela que je pleure, lui ai-je dit.

— Alors pourquoi ? »

Si je pleurais, c'était de me voir assise là, mariée, sans même avoir jamais eu de vrai flirt. Mais comment le lui dire ?

La semaine dernière, j'ai pris une boîte aux lettres en poste restante et j'ai écrit à Guy pour lui demander le divorce. C'est John qui a eu l'idée de la poste restante. « Tu ne veux tout de même qu'il parte à ta recherche et qu'il te retrouve dans la pension pour te faire une scène. » Il m'a accompagnée à la poste puis il a emmené Darcy au zoo. Il y avait longtemps que je n'avais pas passé une journée aussi agréable. Nous avons parlé de nos projets, John et moi, assis sur un banc au soleil, tandis que Darcy jouait dans le sable. John m'a dit que quelqu'un nous avait vus ensemble au restaurant et l'avait raconté à sa femme. « J'ai l'impression que cela l'a rendue jalouse. Tu sais comment elle est. » (Je n'en avais pas la moindre idée.)

« Elle veut avoir le beurre et l'argent du beurre. Sitôt qu'elle a appris ça, elle a débarqué à la maison, sur son trente et un, douce comme un agneau, pour me poser des questions.

— Rien ne t'interdit d'emmener quelqu'un au restaurant, lui ai-je répondu.

— C'est bien ce que je lui ai dit.

— Elle sort bien avec d'autres gens, elle. Tout le temps, à ce que tu me dis.

— Arrêtons de parler d'elle. On ne va pas gâcher cette belle journée. »

Cela me fait le même effet lorsqu'il me parle de Guy. Je déteste le voir à travers le regard de quelqu'un d'autre. Son blouson de cuir et ses santiags en deviennent ridicules et j'imagine ce que les gens doivent penser en l'écoutant parler, je souffre pour lui, j'ai envie de le protéger. À travers lui, c'est moi que l'on insulte — six ans de ma vie sont liés à Guy. J'ai changé de sujet.

« Comment se fait-il que tu aies pris ton appareil ?

— J'ai l'intention de prendre des photos de Darcy. »

Les jours où John ne peut pas venir me voir, je ne peux pas m'empêcher de le haïr, même si je sais que ce n'est pas de sa faute ; mais quand je le revois, il a toujours des petites attentions, comme organiser une sortie pour prendre des photos de Darcy, et je sais pourquoi je suis partie avec lui. Guy en serait bien incapable. Oh, il la prenait en photo, bien sûr — avec un appareil qu'il avait troqué contre des pièces de moto —, mais il tenait systématiquement à la déguiser avant, lui mettait une de ces robes d'organdi à volants qu'il affectionnait, la coiffait d'anglaises qui faisaient artificielles, et la posait sur le plus beau fauteuil. Il l'appelait sa princesse. Sa petite poupée. Darcy n'est pas une petite poupée. Elle réfléchit tout le temps — je la vois réfléchir, s'il y a une bêtise à faire, elle la fait, et elle est incapable de rester tranquille une seconde. Je ne pense pas que Guy ait jamais su tout cela. Les seules fois où il lui prêtait réellement attention, c'était quand ses amis venaient le voir. Dans ces cas-là, il l'exhibait comme une voiture à moteur gonflé, il l'installait en hauteur en étalant sa jupe en éventail bien comme il faut. « Si c'est pas une vraie petite poupée ? A-t-on jamais rien vu d'aussi mignon ? » À présent, John s'agenouille dans le sable en braquant son objectif sur Darcy, qui est saupoudrée de sable comme un beignet au sucre, une des bretelles de sa salopette pendillant dans le seau. Je lui dis de ne pas bouger, mais il proteste : « Non, non, laisse-la tranquille. » Il a une cellule à la main, tripote des boutons mystérieux. Il est photographe de métier. Il possède un petit studio qui commence juste à bien marcher et de ce fait lui prend tout son temps. Avant d'étudier la photographie, il est allé à l'université. Il est calme et ordonné, et envisage chaque question sous tous ses aspects. Il est aux antipodes de Guy. Que se serait-il passé si j'avais rencontré John avant Guy ?

John, je l'ai rencontré à l'époque où il voulait s'acheter une moto. Il s'y intéressait depuis peu. Il avait croisé Guy lors d'un rallye près de Baltimore et la semaine suivante, il avait fait tout le chemin jusqu'à Partha pour voir ce qu'il avait en stock. J'oublie de dire que Guy était alors devenu le gérant de la station-service, mais il s'était plus ou moins lancé dans la vente de motos. Nous habitions au premier étage de la maison voisine, et Guy utilisait une remise qui se trouvait entre la station-service et la maison pour entreposer des quantités de pièces détachées et de vieilles motos que ses amis essayaient de vendre ou de troquer. Le jour où John était passé, j'étais dans le jardin en train de suspendre du linge. « Je te présente un ami à moi, a dit Guy. John Harris. Il pense s'acheter une moto. » Penser est le terme exact. Je n'ai jamais vu quelqu'un réfléchir autant que lui. Il a passé quatre bonnes semaines à tester différents modèles, à lire des articles, à poser des questions, à faire la tournée des revendeurs, avant de revenir au garage de Guy pour voir s'il avait du nouveau. Et quand il s'était enfin décidé à l'acheter, il ne s'était pas même adressé à Guy, mais à un type de Baltimore. Entre-temps, pourtant, ils étaient devenus amis, Guy et lui. Pas exactement des amis proches. Ils n'avaient que la moto en commun. Mais ils faisaient beaucoup de cross ensemble et Guy ramenait parfois John à la maison après les rallyes. Guy rentrait surexcité en s'insurgeant contre l'imbécile qui l'avait sorti de la piste, maudissant un quelconque défaut de son engin (qu'il avait acheté, en deux minutes montre en main, avec de l'argent qu'il ne possédait pas). Il décapsulait une bière d'un coup sec et l'avalait d'un trait en arpentant la cuisine d'un pas lourd. Et pendant ce temps-là, John, planté sur le seuil de ma cuisine, me disait que cela sentait bon en cherchant dans ses poches le cadeau pour Darcy. En pantalon à pinces et polo, comme dans les magazines de sport. Quand je vous dis qu'il était aux antipodes de Guy.

C'est à croire qu'il faut sans cesse que j'expérimente de nouvelles existences, en trichant sur le principe qui veut que l'on n'ait qu'une vie. Après six ans de revue de moto, j'étais prête à passer à autre chose. Je me vois jouer ma vie aux dés, je me vois la gâcher. J'ai toujours aimé jeter. Darcy a lancé : « Dis, John tu peux te dépêcher, j'ai envie d'aller aux toilettes », et John a pris la photo en riant. Puis il s'est levé en se brossant les genoux et j'ai emmené Darcy aux lavabos. Elle avait le cuir chevelu plein de sable ; je le voyais étinceler sous la blancheur de ses cheveux.

« Après, m'a-t-elle dit, je vais aller au manège ? Dis, je peux ?

— D'accord, mon ange », lui ai-je répondu.

J'ai levé les yeux vers John. Il nous observait, le sourire aux lèvres, en tournant un bouton de l'appareil sans même avoir besoin de regarder ce qu'il faisait, tant il le connaissait par cœur. « Allez, viens, m'man », m'a dit Darcy en me prenant par la main. Ses doigts frais étaient pleins de sable et elle sentait bon le soleil. Elle m'a laissée poser le visage sur ses cheveux l'espace d'une seconde, avant de s'échapper en gambadant.

Je suis faite pour la maternité et la grossesse est mon état naturel. J'en suis convaincue. Je n'ai jamais été aussi heureuse, aussi bien, qu'à l'époque où j'étais enceinte de Darcy. Aussi rayonnante. À mes yeux, tout du moins. Je ne crois pas que Guy était de cet avis. Ces choses-là le mettaient mal à l'aise. Il refusait de sentir le bébé bouger dans mon ventre, les derniers mois, il refusait même de me toucher, et il était stupéfait de voir que j'avais envie de faire des courses ou d'aller au cinéma. « Ça te gêne pas, tous ces gens qui vont te regarder ? » me demandait-il. « En quoi cela me gênerait ? lui disais-je. Et pourquoi veux-tu qu'ils me regardent ? » C'était lui qui était gêné. Il n'a pas même voulu m'accompagner dans la salle de travail, le soir où elle est née. C'est ma mère qui a dû venir avec moi. Elle s'était un peu radoucie depuis que j'étais enceinte. Elle est restée avec moi pendant toutes les contractions en ne cessant de me parler pour me donner du courage, mais je pensais surtout à Guy. Il aurait tout de même pu rester avec moi dans un moment pareil, me disais-je. Il doit se tracasser bien plus de ne pas savoir ce qui se passe, là-bas, dans sa salle d'attente. Le docteur s'était montré inquiet, à cause de mon âge. Il avait dit à Guy que je n'avais pas fini ma croissance et que j'étais bien trop jeune pour avoir un bébé. Et si je mourais ? Ne devrait-il pas être là pour me tenir la main ? Mais non. « J'ai peur de m'évanouir, ou je sais pas », m'avait-il dit en riant, les traits tirés, le visage blême. Puis il m'avait murmuré :

« J'ai peur que tu aies si mal que tu m'en veuilles de t'avoir fait ça.

— Mais, Guy... » avais-je balbutié.

Puis ma mère avait dit : « Ne t'en fais pas, ma chérie, maman est là. » Elle est restée près de moi, elle m'a massé le dos, elle m'a épongé le front, elle m'a lu le journal de la veille — toutes les petites anecdotes qui lui tombaient sous les yeux, cela n'avait aucune importance, de toutes les manières, je n'y comprenais plus rien. Quand on m'a emmenée dans la salle d'accouchement, elle m'a dit : « Je vais rester à prier, mon chat, tout va bien se passer », mais je voyais bien qu'elle était inquiète. Sans doute avait-elle pris au sérieux ce que le médecin avait dit. Or, les médecins n'en savent pas autant qu'ils veulent bien le prétendre. Rien ne m'a jamais paru aussi facile que la naissance de ce bébé. J'étais faite pour avoir des bébés. L'âge n'a rien à y voir.

Quand je repense à cette scène — à ma mère qui me lisait le journal en me caressant les cheveux —, il me semble que depuis ce jour, j'ai vécu dans un monde de femmes. Ma mère et celle de Guy, ma voisine, qui toutes m'apportaient leur ancien mobilier de bébé et me prodiguaient leurs conseils — les femmes ont formé un cercle où j'ai sombré. Sans doute est-ce dans l'ordre des choses une fois qu'il y a des enfants. Les hommes se retirent et laissent la place aux femmes. Je croyais que cela changerait une fois que j'aurais ramené Darcy à la maison, mais Guy me fuyait plus que jamais — il prétextait qu'il avait peur de la prendre dans ses bras, ne supportait pas de l'entendre pleurer et refusait de m'aider à lui choisir un nom. « Oh, je sais pas, moi, Guyette ? C'est plutôt mignon. Enfin, non, je dois dire... Je sais pas, moi. Donne-lui un nom, toi, tu sais mieux que moi. » Je l'ai appelée Darcy, c'est mon nom de jeune fille. J'essayais de la poser sur les genoux de Guy, avec des coussins tout autour pour qu'il n'ait pas peur de la laisser tomber. Quand elle pleurait, je lui disais : « Elle a simplement faim, Guy. Je vais lui donner à manger ; tu vas voir. » Autre chose qu'il ne supportait pas. Je lui donnais le sein ; cela lui faisait un drôle d'effet. Dès que je commençais à déboutonner mon chemisier, il sortait de la pièce. « Tout le monde utilise les biberons, me disait-il. Pourquoi revenir à ça, alors qu'on a inventé mieux ? » Quand j'ai commencé à être épuisée par les tétées de nuit, il me disait : « Mets-la au biberon. Tu la confies à maman, toi et moi, on emprunte de l'argent et on se fait un petit voyage quelque part. T'as besoin de te reposer. » J'étais à cran à l'époque, éreintée par toutes ces nuits sans sommeil, inquiète à l'idée de ne pas avoir assez de lait. « Tu sais ce qui me reposerait vraiment ? C'est que tu te taises et que tu me laisses tranquille », je lui lançais, puis je me mettais à pleurer, le bébé aussi, et Gloria arrivait, faisait déguerpir Guy et me mettait au lit. Gloria était la mère de Guy et nous habitions chez elle depuis notre mariage. Une blonde oxygénée perpétuellement en short et dos nu. Son mari était mort depuis des années, je ne sais plus comment, et elle avait un petit ami camionneur qui venait la voir dès qu'il était en ville, avec une bouteille de Southern Comfort, qu'ils vidaient le soir même à la table de la cuisine. À entendre, c'est déprimant, je sais bien. Et à la télévision, ce serait franchement démoralisant, mais le fait est que Gloria était adorable avec moi, et je l'aimais comme une mère. Je n'ose pas imaginer ce que cela aurait été si elle n'avait pas été là. Avant la naissance du bébé, à l'époque où Guy s'était mis à travailler de jour et que je ne savais pas quoi faire de mes journées (le lycée était interdit aux élèves mariés), je m'ennuyais tellement que j'aurais fini par en perdre la raison s'il n'y avait pas eu Gloria. Elle ne cessait de bavarder, m'emmenait voir les boutiques, me faisait plein de coiffures, me résumait tous les vieux épisodes des séries mélo que nous regardions à la télévision, et me prêtait ses magazines à l'eau de rose. Je n'avais jamais eu le droit de regarder les séries mélo et quant à la presse du cœur, je n'en connaissais que les couvertures, subrepticement entrevues lorsque je passais devant avec ma mère. Et après la naissance du bébé ! J'ai honte d'avouer combien je m'appuyais sur elle. Elle ne s'immisçait jamais dans notre vie, n'essayait jamais de me supplanter, mais dès que je me sentais perdue, immature, je la trouvais toujours à mes côtés, qui me tendait un bol de lait chaud et papotait sans arrêt d'un ton insouciant en affichant des airs faussement bourrus, me rassurant tout en faisant comme si de rien n'était. Quel homme en serait capable ? Je n'en connais aucun.

J'ai pleuré quand nous avons emménagé à côté de la station-service. À cette époque, je n'avais plus de mère. J'avais perdu mes deux parents en l'espace de six mois, coup sur coup, alors que Darcy était encore bébé : crises cardiaques. J'avais le sentiment de puiser ma seule force auprès de Gloria, et voilà que je la quittais. « Mais enfin, mon chou, m'avait dit Guy, la plupart des femmes seraient folles de joie à l'idée d'être dans leurs murs. » Puis il avait ajouté : « C'est moi qui devrais pleurer. C'est ma maman à moi après tout. » Et enfin :

« Tu ne veux pas vivre seule avec moi ?

— Bien sûr que si », lui avais-je répondu.

Mais Gloria me manquait. J'ai continué à la voir quasiment tous les jours, jusqu'à ce que je parte m'installer à Baltimore. Et il m'arrive encore de penser à l'époque où j'étais enceinte, encore enfant au lieu d'être mère, quand je dérivais au gré de ces journées vides en compagnie de Gloria. Je revois les livres que m'offrait Guy ; il aimait dire à ses amis qu'il avait épousé une grosse tête et me rapportait chaque jour ou presque un livre de poche du drugstore. De mauvais romans sentimentaux peuplés de belles héroïnes tourmentées. J'en raffolais.

Je ferme les yeux et je me revois sur le canapé en skaï, un livre sur le ventre, avec à mes côtés Gloria qui fait claquer son chewing-gum sur les grands crescendos d'orgue qui montent de la télévision. Comment me juge-t-elle, aujourd'hui ? M'a-t-elle exclue de ses pensées, à présent que j'ai quitté son fils en ne lui laissant guère plus qu'un mot sur la porte du réfrigérateur ?

Si jamais cela ne marche pas avec John, je n'ai nulle part où aller. Je n'y avais jamais vraiment pensé jusqu'ici. Je suis partie dans une telle précipitation, en prenant tout juste le temps d'ôter mon tablier et de suspendre mon alliance à un crochet à tasses, sans même un dernier regard à ma vaisselle en faïence et mes plantes en pot. J'étais comme ivre, toute à la joie d'accomplir un acte aussi illogique. À présent, j'ai des heures, des jours, des semaines pour y penser : je suis à la merci d'un homme que je connais à peine. Je n'ai plus ni argent, ni foyer, ni famille vers qui me tourner, ni même un seul diplôme pour trouver du travail, et personne à qui confier Darcy si jamais j'y parvenais. Je ne sais pas même si j'ai le droit à l'aide sociale. Et si John cessait de m'aimer ? Ou si sa femme revenait — débarquait chez lui à l'improviste avec sa démarche langoureuse de mannequin, les épaules drapées d'une étole de vison (enfin, pas au mois de juin, mais c'est ainsi que je l'imagine). Je serais perdue. Sans la moindre ressource, sans l'ombre d'un espoir.

J'ai pris une résolution : si nous nous marions, John et moi, je mettrai de l'argent de côté, quoi qu'il arrive. Je volerai s'il le faut ; j'économiserai cet argent et je le cacherai quelque part au cas où je me retrouverais de nouveau toute seule.

Seulement, je ne me retrouverai pas toute seule,

pas s'il ne tient qu'à moi. Je ne quitterai jamais plus personne. C'est trop dur. Je ne m'attendais pas à éprouver un tel sentiment de déchirement. Je n'avais aucune idée de l'état de confusion dans lequel je serais plongée, de cette impression d'être dans plusieurs endroits à la fois sans être tout à fait nulle part. Je n'avais pas même tenu compte de Darcy, de son désarroi, de la difficulté que je pourrais avoir à lui trouver de la nourriture et un toit. On aurait pu penser que je réfléchirais au moins à cela. Mais Darcy est toute ma vie ! Et elle a les cheveux de Guy, et puis ses yeux aussi ; où que j'aille, j'emporterai toujours avec moi un peu de Guy ! À quoi bon l'avoir quitté ? Et je parviens à le penser en cet instant où je pose les yeux sur John, alors même que je le rejoins au soleil, lui qui nous suit du regard, Darcy et moi, un sourire calme aux lèvres, l'appareil photo à l'épaule : je t'aime, John, mais si j'avais été plus maligne, je serais restée avec Guy.

Je vérifie la boîte aux lettres tous les jours, mais aucune nouvelle de Guy. Je passe mon temps à essayer d'imaginer ce que donnerait une lettre de lui. Il ne m'a jamais écrit. Il n'a jamais eu à le faire. Quand il avait besoin d'écrire à qui que ce soit — une lettre commerciale, mettons —, il me demandait de le faire et il ponctuait sa dictée de « et cætera » et de : « Oh, tu sais, t'as qu'à mettre ce qui te paraît le mieux. » Il n'était pas très cultivé. J'attendais, stylo Bic en main, que Guy ponde une phrase, en me demandant ce que ma mère aurait dit si elle m'avait vue. J'étais censée avoir une intelligence au-dessus de la moyenne. Et regardez un peu où cela m'avait menée : « Cher Monsieur, En ce qui concerne la petite annonce de la Honda d'occasion que j'ai vue dans le numéro de février de... »

Je me demande s'il a l'intention d'écrire un jour. S'il est mort, s'il a également quitté la maison ou s'il est si furieux qu'il projette de venir à Baltimore et d'attendre en personne à la poste, près de ma boîte aux lettres, que je vienne chercher mon courrier. Chaque jour, dès que j'entre dans le bâtiment, mon regard se pose aussitôt sur le coin où se trouve ma boîte. Pas de Guy. Pas de lettre. Je prends Darcy par la main et je ressors, soulagée malgré toutes ces paroles demeurées tues que je ravale au fond de ma gorge : « Tu n'aurais pas dû venir, Guy. Quoi que tu fasses, je ne reviendrai pas avec toi, tu perds ton... »

C'est vrai que je ne reviendrai pas. Cela ne me ressemble pas. Même si cela ne marche pas avec John, même si je n'ai nulle part où aller. Après tout, qu'ai-je à reprocher à Guy ? Il travaillait dur, il avait bâti un foyer, il prenait soin de nous ; mais je ne l'aimais plus. J'ignore ce qui est le plus courageux : survivre une existence entière à une épreuve d'endurance sous prétexte d'une promesse faite un jour, ou se libérer en bouleversant l'existence de son entourage. Il y a le pour et le contre : je le vois bien. Mais j'ai fait mon choix. « Pars avec moi, m'a dit John. Nous nous aimons, pourquoi gâcher ta vie ? Qu'as-tu fait de ton esprit d'aventure ? » La première fois qu'il m'a dit cela, cela a été un tel choc que j'en ai eu le souffle coupé. La seconde, la chose m'a paru plus envisageable. Il a semé en moi une idée qui a germé en son absence et lorsqu'il est parti toute une semaine, à son retour, j'ai prié pour qu'il me le redemande. C'était à croire qu'il avait oublié. Il a passé la matinée à jouer avec Darcy, sans me jeter un seul coup d'œil. Quand est venue l'heure du déjeuner, il s'est levé, toujours sans me regarder, sans même me toucher la main.

« Tu viens ? m'a-t-il demandé.

— Oui », ai-je répondu.

Pour avoir un peu de paix, j'ai donné à Darcy un magazine et des ciseaux à bouts ronds. Je suis restée avec elle, assise au bord du lit, les jambes croisées. J'ai imaginé que nous étions dans une maison que John nous avait construite, qu'il était à son travail mais ne tarderait pas à rentrer pour le dîner. J'ai même prévu ce que je lui préparerais à dîner. J'adore faire la cuisine. Ces derniers temps, nous avons dû nous contenter de boîtes de conserve réchauffées dans la pauvre cuisine de Mr Pauling et je rêve d'odeurs d'aromates et de pain cuit au four. J'ai imaginé le menu au seul fumet des plats : petits pains chauds à l'aneth, rosbif, salade verte bien fraîche. Quand John ouvrirait la porte, il serait enveloppé par les odeurs qui l'attireraient vers l'intérieur. Alors, nous prendrions place autour de la table couverte d'une nappe blanche, dans une maison respirant la stabilité, le calme, la chaleur et la propreté, construite pour nous abriter une vie entière. Jamais plus ne me viendrait l'idée de m'enfuir.

J'ai découpé des petits carrés de papier pour faire une maison de poupée à Darcy. Je lui ai montré comment les assembler avec du scotch. J'ai découpé un petit tapis ovale que je lui ai donné à colorier, puis nous avons fait les rideaux avec un sac à provisions à fleurs. Darcy s'est penchée en avant, la langue pointée entre les dents, en pleine concentration. Sa nuque dessinait une petite tige courbée que je mourais d'envie de toucher, mais je me suis retenue.

On entend beaucoup parler des toutes jeunes épouses, on les dit vouées à l'échec, mais personne ne se préoccupe jamais des toutes jeunes mères. Ce sont les meilleures mères du monde, j'en suis convaincue. Pendant que les voisines passaient leur temps à harceler leurs enfants pour qu'ils ne salissent pas la maison, moi, j'étais par terre à jouer avec la mienne. Je l'emmenais partout à califourchon sur mon dos. On se déguisait toutes les deux avec de vieux vêtements, je lui lisais mes albums préférés, je préparais le thé pour ses poupées. Au lieu de l'expédier à la crèche, j'invitais les autres enfants à venir à la maison, au point d'avoir parfois l'impression de diriger moi-même une crèche. Six ou sept enfants galopaient aux quatre coins de la cuisine, jouaient à se poursuivre ou à cache-cache, et c'était toujours moi le chat.

Les jours de pluie, nous préparions un pique-nique que nous mangions par terre dans la salle à manger. Gloria me disait : « Mais, mon chou, tu gâtes bien trop cet enfant. Elle ne saura pas comment s'amuser quand elle commencera à avoir des frères et des sœurs. » Je ne lui ai jamais dit que Guy ne voulait pas d'autre enfant. Je continuais à espérer qu'il changerait d'avis. Mais lui me disait : « Tu trouves pas que celle-là te prend déjà assez de temps comme ça ? Pourquoi aller t'esquinter la ligne ? » Il me répétait la même chose à chaque fois que je soulevais la question. Il n'a jamais changé d'avis.

Je me regardais dans la glace et je me voyais, les hanches larges, corpulente, colossale, véritable nature pleine d'une vitalité que mon entourage à lui seul ne suffisait pas à épuiser. Mon univers se révélait étriqué, différent certes de celui de mes parents, mais tout aussi restreint. Par la fenêtre, je voyais les gens passer et je rêvais de me couler en chacun d'eux pour me laisser emporter dans quelque nouvelle existence inconnue. Je m'imaginais descendre du ciel en tournoyant bras et jambes et plonger, invisible, dans leur tête, pour les raccompagner chez eux afin de savoir comment ils avaient emménagé leur maison, qui étaient leurs amis, ce qui les mettait en colère et ce qui les faisait pleurer, les endroits où ils allaient s'amuser, ce qu'ils prenaient au petit déjeuner, comment ils s'endormaient la nuit, ce qui peuplait leurs rêves. Une fois découvert leur univers, je repartirais. Au suivant. Je voulais épouser un génie fou, je voulais épouser un bûcheron, je voulais épouser un homme très riche et très froid, et puis aussi un poète qui me dédierait chacun de ses mots et sombrerait dans la dépression quand je le quitterais. Car il allait de soi que je le quitterais. Dès que son univers m'aurait absorbée, dès qu'il cesserait de m'être étranger. Au suivant. Je ne me doutais pas alors qu'il puisse être si douloureux de partir.

Qu'aurait dit Guy s'il avait su ce dont je rêvais ? Le dépaysement à ses yeux consistait à rapporter un film le samedi soir. Son plus grand plaisir était de participer à des rallyes moto. Combien d'heures ai-je ainsi passées sous la canicule, dans le pâturage d'un quelconque fermier, à essayer de distinguer, au milieu d'un essaim de nuages de poussière, celui sous lequel se cachait Guy ? Quand j'ai décrété que je ne l'accompagnerais plus, il a continué à y aller tout seul. Il partait des nuits, des week-ends entiers. « Mon fils devrait être plus souvent là », répétait Gloria, mais moi, cela ne me dérangeait pas. Apparemment, c'était caractéristique du milieu dans lequel je m'étais mariée ; les maris des autres n'étaient jamais chez eux non plus. Ils partaient jouer au bowling, au billard ou assister à des courses de dragsters. Les soirs d'été, nous rassemblions tous nos enfants pour aller chez Roy manger des hamburgers en terrasse — double file d'attente de femmes et d'enfants, sans un seul homme. Et toutes les femmes riaient, rouspétaient, épongeaient les boissons renversées, envahissaient le moindre recoin de leur univers. Quand Guy rentrait, ses bottes ébranlaient toute la maison et sa voix grave me faisait sursauter, et lorsqu'il arrachait Darcy à ses poupées, elle se tortillait en quêtant mon regard pour se rassurer, comme s'il s'agissait d'un étranger.

Cet étranger qu'il avait été, autrefois. À l'époque, il m'était plus étranger qu'aucun garçon que je connaissais. Ce n'était pas de sa faute si nous avions fini par nous rencontrer.

Je suis allée avec Darcy à la poste en traînant le plus possible en chemin. Je restais en arrière, à l'affût du moindre prétexte pour ne jamais l'atteindre. Et effectivement, à notre arrivée, un mince triangle de papier apparaissait par la fenêtre de la boîte aux lettres. Une de mes enveloppes bleu pâle. J'ai eu un choc en la voyant. « Dis, on peut aller au parc, maintenant ? » m'a demandé Darcy. « Non, attends », lui ai-je répondu. Nous y avions rendez-vous avec John à midi. Je ne voulais pas qu'il me surprenne en train de lire cette lettre. Je me suis appuyée au comptoir du guichet et j'ai déchiré l'enveloppe. La lettre écrite au crayon couvrait plusieurs feuillets du papier gris bon marché que je gardais pour les dessins de Darcy. Tous les mots étaient à moitié effacés. Guy est gaucher ; à mesure qu'elle progresse sur le papier, sa main repasse sur ce qu'il vient d'écrire. Je l'imaginais à la table de la cuisine, les cheveux retombant sur le front, ployant les épaules sous l'effort.

*Chère Mary,*

*Je t'ai jamais comprise seulement cette fois c'est pire que jamais.*

*Je t'ai bien traitée Mary t'as toujours eu tout ce*

*que tu voulais, ta maison et tes robes à toi et puis même un bébé alors que moi je trouvais que c'était encore un peu tôt pour ça. Je croyais que t'étais heureuse et voilà que j'apprends que non. Un soir je rentre à la maison et je vois ça écrit sur le frigo, tu pars et tu reviendras pas et même que t'es désolée de me faire du mal.*

*Ça m'a fait que dalle, Mary, tu peux me croire. Tu pourrais te casser en Californie que ça me ferait encore que dalle. Je suis bien trop furax pour ça.*

*Ça fait six ans qu'on est mariés toi et moi et même que tout ce temps j'aurais pu m'amuser et m'acheter des bagnoles de sport à la place des casseroles et puis me faire des tas de nanas que je te dise mais même que je l'ai jamais fait cause que je croyais que tu m'aimais. J'en ai encaissé des tonnes, Mary. Et d'une, je t'ai presque élevée, quand on s'est mariés tu savais que dalle et ma maman a été aux petits soins pour toi pendant des années, et de deux, je t'ai laissée corriger ma façon de parler et ma façon de me tenir à table et puis tous ces trucs que tu méprisais chez moi, et chasser tous mes copains sous prétexte qu'ils étaient pas assez bien pour toi. Tu crois que t'aurais invité un de mes potes à dîner? Non. Que dalle. Quand ta maman est morte t'as fait comme si c'était de ma faute, et puis aussi cette fois où ta cousine est venue de Washington et que tu m'as même pas présenté, même que t'es allée dîner à son motel en me laissant juste un sandwich au thon. Tout ça, je pouvais encore encaisser. Mais ce que j'ai jamais encaissé c'est que tu m'as séparé de ma petite fille à moi. Tu y as donné le nom de ta famille et tu l'as élevée comme si t'étais ta mère même que je pouvais pas la prendre dans mes bras sans que tu mettes des tonnes d'oreillers, je pouvais même pas lui donner à manger ni m'amuser avec elle, vous deux vous aviez votre vie. Moi j'étais éjecté. Tu crois pas que moi aussi j'ai un cœur ? Qu'est-ce tu crois que j'ai pensé toutes ces années ? Évidemment, je compte pour du beurre, je suis juste qu'un homme. Tu me fais penser à une veuve noire, une fois que t'as ton môme, l'homme est bon à jeter. Pendant des années, j'ai vécu tout seul dans mon coin, en espérant que tu changerais, mais t'as jamais changé.*

*NON, tu peux pas divorcer. T'as déjà rencontré un type qui veut te faire vingt mômes, ou quoi ? Je te laisserai pas divorcer aussi longtemps que tu vivras et t'avise pas de revenir autrement je te tue, je suis sérieux, je vous tue toutes les deux toi et Darcy, vous n'êtes plus rien pour moi. Je suis sérieux Mary, je suis content que tu sois partie.*

*Cordialement*
*Guy*

J'ai remis la lettre dans son enveloppe puis je l'ai glissée dans mon sac. J'ai pris Darcy par la main. « Dis, maman, je peux acheter un esquimau ? » m'a-t-elle demandé. « Tout à l'heure, peut-être, mon ange. » Je l'ai aidée à descendre sur le trottoir inondé de soleil, mais au fond de moi, j'avais l'impression d'être froide, dure et sombre comme la pierre. En me voyant dans une vitrine, je me suis dit : « Tiens, voilà la veuve noire qui emmène sa fille au parc. » Le monde entier semblait transformé. Ses couleurs n'étaient plus les mêmes, il me paraissait plus grand, plus plat. Une fois arrivée au parc, j'ai aperçu John sur un banc, et lui aussi paraissait changé. Il était en costume noir avec une chemise blanche ; tout en noir et blanc. Derrière lui, le gazon était d'un vert si délavé que j'ai eu peine à le reconnaître. Tout semblait recouvert d'une froide gaze blanche. « Qu'y a-t-il ? » m'a demandé John. « Rien », lui ai-je répondu. Je lui ai touché la manche. Je me suis dit, tu es mon seul soutien. Je suis certaine de t'aimer. Avec toi, je réussirai. John a dit à Darcy : « On fait la course jusqu'à l'arbre », et ils se sont envolés comme deux oiseaux affolés. J'étais la seule chose immobile au milieu du paysage. Je tenais mon sac serré sur mon ventre, totalement pétrifiée. Quand à la fin de la course, pourtant, ils sont revenus vers moi et que John nous a lancé : « Je vous emmène déjeuner ? » je suis parvenue à sourire comme d'habitude. « Bonne idée », ai-je répondu.

Nous sommes allés dans une cafétéria où, nous avait dit John, les sandwichs étaient délicieux. C'était un self-service — le genre d'endroit où il valait mieux éviter d'emmener Darcy. Il suffit qu'elle voie quoi que ce soit pour être persuadée d'en avoir envie. Quand est venu le moment de régler, son plateau débordait de tous les côtés et la caissière a dit : « J'en connais qui ont les yeux plus gros que le ventre. » Puis elle m'a fait un clin d'œil. Qu'aurait-elle dit si je lui avais pris les deux mains en la suppliant de me ramener chez elle ?

Une fois assis, John s'est mis à s'agiter nerveusement et à émietter son sandwich pour rouler de petites boulettes. Avait-il remarqué quelque chose de bizarre ? Il faudrait bien que je le lui dise à un moment ou à un autre. Je me suis penchée en avant pour lui glisser :

« J'ai reçu une réponse à ma lettre aujourd'hui.

— Ah oui ?

— Il refuse le divorce. »

John a esquissé un sourire amer.

« Il semblerait que nous soyons assaillis de problèmes de tous les côtés, a-t-il déclaré.

— Comment cela, de tous les côtés ?

— Carol est revenue s'installer à la maison. »

J'ai jeté un coup d'œil à Darcy. Elle était occupée à défaire son sandwich pour arriver jusqu'à la mayonnaise. J'avais envie de lui dire de ne pas en gâcher une miette, de manger tout ce qu'elle pouvait et de rapporter les restes à la maison. Car désormais, nous n'allions plus être sûres de manger à notre faim.

« Oh, ce n'est pas si catastrophique, a poursuivi John. Tu connais Carol, elle aura vite fait de se lasser. Je ne pouvais tout de même pas la mettre à la porte, non ?

— Mais toi, tu peux déménager.

— Bien sûr. C'est même ce que je compte faire, seulement mon studio est installé là. Je ne peux pas l'abandonner comme ça. J'escompte plutôt qu'elle change bientôt d'avis. Je suis certain qu'elle repartira.

— Comment peux-tu en être si sûr ? lui ai-je demandé.

— Elle agit par caprice, Mary. Elle a des envies qui la prennent comme ça. Ça lui passera. Pour l'instant, elle ne rêve que de redevenir une femme au foyer. Elle dit qu'elle veut se ranger, avoir des enfants, cultiver son potager. Pour quelqu'un comme Carol, c'est ridicule, je lui ai dit carrément...

— Des enfants ? Vous avez été jusqu'à parler d'enfants ?

— Carol, je t'ai dit, pas moi.

— Tu m'as dit qu'elle ne pouvait pas avoir d'enfants.

— Oh, maintenant elle parle d'aller faire des examens chez un médecin. Elle veut que j'en fasse moi aussi.

— Et pourquoi te ferait-on des examens ?

— Pour voir si ce n'est pas à cause de moi qu'on ne peut pas en avoir.

— C'est ridicule. Ça ne vient quasiment jamais de l'homme.

— Cinquante pour cent du temps, si. »

Je l'ai regardé fixement.

« Mais si, je t'assure.

— Je l'ignorais.

— Enfin, je n'irai pas, ne t'inquiète pas, m'a-t-il dit en posant sa main sur la mienne. Tu vas voir, dans une semaine, elle aura redéménagé.

— Mais... pour l'instant ? Je veux dire, comment faites-vous ? Où dort-elle ?

— Mary, écoute. Il n'y a pas de quoi en faire tout un plat. Je suis là et je déjeune avec toi, non ? Je ne t'abandonnerai pas. Quoi qu'il arrive, j'estime être responsable de toi. Crois-moi.

— Responsable, ai-je répété.

— J'en ai fait beaucoup pour toi, Mary. Je compromets mon divorce, j'ai arrêté les rallyes moto...

— Tiens donc ! Es-tu sûr que je vaille le sacrifice ?

— Sois raisonnable, veux-tu. »

C'est précisément pour cela que j'étais partie avec lui. Il était si raisonnable et si calme. La vie avec lui serait si différente.

« Dis-moi, ai-je poursuivi, pourquoi m'as-tu demandé de partir avec toi ?

— Allons, Mary...

— Non, sérieusement. Pourquoi ne pas avoir attendu d'être divorcé si tu étais aussi raisonnable que tu veux bien le dire ?

— Tu sais très bien pourquoi. Je t'ai dit que nous pourrions attendre et tu m'as dit que non, qu'il valait mieux agir tout de suite ou pas du tout. Tu n'as même pas pris le temps d'emballer quelques affaires. Une fois ta décision prise, tu voulais passer à l'acte. Tu n'étais pas du genre à...

— Oh, peu importe. »

Je ne voulais pas m'entendre dire ce que j'étais. Je ne voulais pas entendre un mot de plus sur l'image que les autres se faisaient de moi.

Nous avons ramené Darcy à la pension car elle était énervée et fatiguée. Après l'avoir mise au lit, nous sommes allés nous asseoir dans le salon — moi dans un fauteuil et John perché sur l'accoudoir. Il ne cessait de me caresser l'intérieur du poignet.

« Arrête, lui ai-je demandé.

— Cela ne te ressemble pas, Mary.

— Cela ne me ressemble pas davantage de sortir avec un homme que sa femme attend chez lui.

— D'ici quelque temps, tout cela sera fini. Il n'y paraîtra plus. Tu riras en y repensant.

— Il se peut que ça finisse un jour et qu'il n'y paraisse plus, lui ai-je dit, mais je ne rirai jamais en y repensant. J'ai l'impression que je ne rirai plus jamais. »

Alors j'ai levé les yeux sur lui et j'ai vu son visage fermé par un rideau d'ennui et d'agacement, aussitôt levé dès qu'il a croisé mon regard. Aux coins des lèvres, deux plis permanents lui déformaient la bouche en une grimace amère. À cette expression, en revanche, il ne pouvait rien changer. Pense à sa netteté, sa précision, sa logique, son esprit de décision. N'est-ce pas pour cela que tu es ici avec lui ? Son index sur mon poignet me faisait l'effet d'un abrasif, comme s'il me caressait les nerfs à vif sous ma peau écorchée. Je me suis levée subitement en prétextant avoir entendu Darcy, et je suis allée dans la chambre. Darcy était profondément endormie en travers de notre lit, la bouche légèrement entrouverte, des gouttelettes de sueur à la naissance des cheveux. J'ai senti John s'approcher dans mon dos, puis ses mains sur mes hanches.

« Elle dort, m'a-t-il dit.

— Elle est éreintée.

— Nous sommes seuls.

— Non, je suis sûre que Mr Pauling est dans son atelier.

— Viens sur le canapé.

— Tu n'es pas fou, non ! »

J'ai repoussé sa main, mais il est resté tout près de moi « On se fiche de Mr Pauling, a-t-il insisté.

— Tu es fou. Maintenant, j'aimerais que tu partes. Va retrouver ta femme, veux-tu ?

— Comme tu veux », a-t-il dit.

Il s'est attardé quelques instants, mais j'ai refusé de me retourner pour le regarder. Je voulais qu'il s'en aille. Je voulais prendre Darcy avec moi dans le rocking-chair, juste nous deux, refermées sur nous-mêmes, coupées des autres. Et pourtant, quand il est parti (sur la pointe des pieds, comme si moi aussi j'étais endormie), je lui en ai voulu de s'en aller ainsi. Dès que j'ai entendu la porte d'entrée se refermer, je me suis sentie abandonnée. Je suis restée sur le lit. J'ai pris entre mes mains un des pieds vêtus de collants de Darcy et je l'ai serré contre moi en quête de réconfort tandis qu'un flot de larmes me montait aux yeux et ruisselait sur mes joues.

Longtemps après, Mr Pauling est arrivé avec un balai mécanique et un vieux chiffon à poussière tout gris. J'ai entendu les roues du balai franchir le seuil de ma porte et s'arrêter net.

« Oh. Je suis désolé, je croyais que...

— Ce n'est rien.

— Je croyais que vous n'étiez pas encore... mais je reviendrai plus...

— Non, je vous en prie. Allez-y. Ne vous en faites pas pour moi. »

Je me suis levée en cherchant un mouchoir dans mes poches. Mr Pauling était encore sur le seuil. En me faufilant devant lui, j'ai senti les effluves de savon sur sa peau blanche, si blanche. Je gardais les yeux baissés pour cacher mes larmes, si bien que je ne voyais de lui que son torse pâle et replet au-dessus de son maillot de corps à petits trous. « Y a-t-il quoi que ce soit que je puisse faire pour vous ? », m'a-t-il demandé.

Cette seule marque de bonté m'a anéantie. « Oh, Mr Pauling », ai-je soupiré en m'avançant pour venir poser ma tête sur son épaule. Je ne sais pas ce qui m'a pris. Je l'ai senti ébranlé sous le choc — une courte inspiration, le manche à balai qui heurtait la porte avant de tomber par terre dans un bruit sourd. Il gardait les bras dans le dos, comme s'il avait été attaqué par surprise. Déjà, je m'en voulais de lui avoir fait si peur. Oh non, de quoi suis-je encore capable ? me disais-je. J'ébauchais un sourire en m'apprêtant à reculer pour m'excuser en face de lui, quand je l'ai senti qui levait une main pour me tapoter le bras. De petites tapes toutes douces, les doigts serrés. De tièdes petits halètements qui agitaient une mèche de mes cheveux. « Oh, non, je vous en prie, je vous en prie, ne pleurez pas, Mrs Tell. » J'ai niché mon visage dans le pli de son cou. J'ai enlacé sa taille, moelleuse, flasque sous mes doigts. « Je ne supporte pas de vous voir pleurer », m'a-t-il dit. Il avait la voix tremblotante comme s'il était lui aussi sur le point de fondre en larmes. Il n'y a de vrai que les gens tristes. Ils vous disent la vérité : ils savent depuis toujours qu'il n'est personne au monde sur lequel on puisse indéfiniment compter et qu'aucun changement dans votre vie, aussi majeur soit-il, ne pourra vous empêcher de finir comme vous aviez commencé : solitaire et perdu, assis sur une vieille toile cirée à regarder le reste du monde nager la brasse papillon.

## 4

*Été-automne 1961*

### JEREMY

Entre autres craintes, Jeremy appréhendait d'avoir à se servir du téléphone, répondre à la sonnette, ouvrir le courrier, sortir de chez lui et faire des achats. Mais également porter des vêtements neufs, se trouver en terrain découvert, croiser le regard d'un inconnu, manger en présence d'autrui, mettre en marche des appareils électriques. Certains jours, il s'apercevait au réveil que le temps était ensoleillé, qu'il se sentait relativement en forme et que son travail progressait à merveille. Et pourtant, il demeurait tourmenté par un gouffre de malaise creusé au plus profond de lui-même, un défaut au cœur de son bien-être, qui gagnait peu à peu et s'élargissait au point qu'il devenait incapable de soulever la tête de l'oreiller. Il lui fallait alors passer en revue toutes les possibilités. Était-ce quelque chose à faire ? Quelque part où aller ? Quelqu'un à voir ? Et ce, jusqu'à ce que la réponse lui revienne : ah oui ! Ce jour-là, il fallait qu'il appelle la compagnie du gaz au sujet du four. Il en avait pour deux minutes, rien de bien inquiétant. Il le savait. Il le savait bien. Et cependant, il restait là, étendu sur son lit, abattu et défait, en proie au sentiment que la vie n'était qu'une longue série d'obstacles qu'il franchissait depuis des décennies sans en voir la fin.

Le jour de la fête de l'Indépendance, dans un article de magazine consacré aux figures les plus célèbres de l'histoire américaine, il avait lu qu'un homme pouvait développer sa force de caractère en accomplissant chaque jour de sa vie une tâche qui lui répugnait. Était-ce à dire que tous ces obstacles avaient un sens ? Il avait recopié la citation sur une fiche qu'il avait punaisée sur l'appui de la fenêtre, près de son lit. Il avait l'espoir que la fiche allège une part de chaque souffrance en soulignant le but recherché, tout comme une mère qui dit à son enfant : « C'est bon pour toi, crois-moi. » Mais en fait elle le déprimait davantage encore, en lui faisant prendre conscience du nombre de fois, chaque jour, où il lui fallait s'armer de courage. Les neuf dixièmes de sa vie consistaient à faire des choses qui lui répugnaient ! Ne serait-ce que se lever le matin ! Avant même de s'habiller, il avait déjà surmonté une de ses peurs. Si cette citation était juste, ne devrait-il pas être doté d'une force de caractère hors du commun ? Eh bien, non. Depuis quelque temps, il prenait conscience que les gens semblaient posséder au fond d'eux-mêmes un noyau de dureté qu'ils tenaient pour acquis. Ils ne paraissaient pas même s'en apercevoir. Cela leur était naturel. Jeremy en était dépourvu de naissance.

S'il tentait de surmonter la pire de ses craintes — partir en promenade, par exemple, en ignorant la souffrance qui lui vrillait le creux des reins à mesure que s'étiraient ces liens qui le rattachaient à sa maison —, ses jambes devenaient si lourdes que chaque mouvement exigeait un immense et douloureux effort, puis son cœur se mettait à cogner dans sa poitrine, son souffle s'amenuisait et la nausée l'envahissait. S'il parvenait, malgré tout, à accomplir la tâche qu'il s'était fixée, il n'en concevait pas la moindre fierté, mais il se sentait gagné par une faiblesse qui le laissait transi, comme s'il venait d'échapper de justesse à un danger, qu'accompagnaient des relents de nausée et un profond sentiment de désespoir. Il ne faisait pas de progrès. Ce n'était jamais plus facile la deuxième fois. Tout au long du mois de juillet, pourtant, en cette période la plus chaude et la plus pénible de toute l'année, il ne cessa de se lancer dans des entreprises auxquelles il n'aurait pas même osé songer quelques semaines auparavant. Il les abordait en aveugle, un sourire figé aux lèvres, trempé de sueur et l'air sévère, en feignant d'ignorer qu'au fond de lui, rien n'avait changé. Il puisait sa force à des sources qu'il ne possédait même pas. Et la raison en était, bien sûr, Mary Tell.

Savait-elle le courage qu'exigeaient de lui ses salutations quotidiennes ? Savait-elle que le simple fait de croiser son regard le forçait à plonger en un saut suicidaire dans des eaux inconnues ? « Bon... bonjour, Mrs Tell », disait-il. Et Mary Tell lui souriait, avec grâce et sérénité, sans jamais se douter de quoi que ce soit. Il se cramponnait à l'embrasure de la porte et serrait les genoux afin qu'elle ne s'aperçoive pas qu'ils tremblaient. Face à elle, il se sentait rapetisser. Il lui fallait garder le menton relevé. Et comment expliquer ce sentiment de transparence qu'il éprouvait ? Mary Tell embrassait toute la pièce d'un même sourire — les meubles poussiéreux, les fruits en cire de la desserte et Jeremy Pauling — sans accorder à l'un ou l'autre une quelconque priorité. Elle avait les yeux très étirés et le regard profond. Leur absence d'étincelle lui donnait l'air indépendant. Il était inconcevable qu'elle puisse jamais avoir besoin de quiconque, et de Jeremy moins que tout autre.

Et pourtant la nuit, dans son lit, il ne cessait de repenser à cet instant où elle l'avait enlacé. Elle avait bien eu besoin de lui, ce jour-là, non ? À l'instar de ces héroïnes des romans victoriens que sa mère lui lisait autrefois, elle était venue à lui car elle était au désespoir, sans personne vers qui se tourner — il en avait éprouvé un tel choc que sa réaction avait été bien timide et qui plus est tardive. Il faisait des nœuds dans son drap en rêvant que revienne cet instant afin qu'il puisse se montrer à la hauteur des circonstances. Il s'efforçait de se remémorer la scène dans ses moindres détails. Il décomposait chacun de ses mouvements, chaque pression de ses doigts sur sa cage thoracique, chaque souffle palpitant contre sa gorge. Il tournait et retournait dans son esprit toutes les significations possibles et imaginables de son attitude, jusqu'aux plus dissimulées. Il se demandait s'il avait eu un geste miraculeux, qui ait pu l'inciter à penser à lui lorsqu'elle avait des ennuis, et dans ce cas, quel geste était-ce ? Et quel genre d'ennuis ? Qu'est-ce qui faisait pleurer les femmes actuelles, les femmes réelles ?

Mais plus que tout, il se demandait s'il y avait une chance que cela se reproduise un jour.

Couché à plat sur le dos dans le noir, incapable de trouver le sommeil après ses journées oisives, il passait des heures à échafauder des raisons qui pourraient l'amener à se tourner vers lui. Il imaginait des incendies, des inondations. Il inventait à sa petite fille une soudaine fièvre. Prise de panique, Mary Tell viendrait cogner à sa porte en portant un vieux chandelier en argent. Pour elle, il serait un roc inébranlable. Il irait sans l'ombre d'une hésitation chercher le médecin, à l'autre bout de la ville s'il le fallait. Il veillerait au chevet de la malade, un roc d'assurance et de force sur lequel elle pourrait s'appuyer. Ses cheveux effleureraient sa joue.

De quelle couleur étaient ses cheveux ? Et ses yeux ? Lorsqu'il était hors de sa présence, il était incapable de s'en souvenir. Il la voyait en noir et blanc, à la manière d'une eau-forte, le visage ombré de fines hachures croisées, quelque somptueuse cape tombant de ses épaules. L'image la plus claire qu'il gardait d'elle était son front. Un pâle ovale. Dans les romans que lui lisait sa mère, les larges fronts couleur d'ivoire étaient gages de pureté et de quiétude.

Si seulement il avait un cheval pour l'emporter au loin !

Mrs Jarrett dit : « Cette pauvre Mrs Tell, elle ne sort plus guère. Son ami ne vient quasiment plus jamais, vous avez remarqué ? »

Jeremy, qui regardait la télévision en compagnie des pensionnaires, réanimait Mary Tell évanouie en portant un verre de cognac à ses lèvres. Il ne répondit rien.

« J'espérais qu'il était plus qu'un simple ami, reprit Mrs Jarrett.

— Mais de qui parle-t-on au juste ? s'enquit Miss Vinton.

— De ce monsieur que fréquentait Mrs Tell. Vous vous souvenez ? Il ne vient quasiment plus jamais. L'avez-vous vu récemment, Mr Pauling ? »

Jeremy hasarda : « C'est-à-dire que... »

Au bout de quelques instants, les pensionnaires renoncèrent à tout espoir d'entendre la suite.

À présent, ses collages l'emplissaient d'impatience. Il avait conscience d'une sensation de rétrécissement et d'élancements dans les yeux lorsqu'il les regardait trop longtemps. Il était gagné par une envie de texture, d'objets qui se revendiquent comme tels. Un besoin soudain de faire du solide. Non pas une sculpture, exactement. Il répugnait à tout ce qui y ressemblait de près ou de loin. Mais peut-être pouvait-il empiler ses petits bouts de papier, les laisser s'amasser en strates jusqu'à ce qu'ils constituent une forme qui tienne debout. Il imaginait des cônes irréguliers au pourtour crevassé de stries, comme les formations rocheuses au fond des canyons. Il imaginait le son de fermeture Éclair que produirait un ongle sur leurs flancs. Mais lorsqu'il essayait d'entasser ses petits bouts de papier, ces derniers se transformaient en monticules renflés. Il défaisait la pile. Il allait à la fenêtre mais il sentait son impatience croître au point que même son attitude l'agaçait : son visage lunaire perdu en contemplation derrière les petits carreaux poussiéreux, ses mains tombant mollement le long de son corps, ses doigts recourbés, ses pieds si immobiles, si indécis, orientés dans aucune direction particulière.

Comment faisait-on la cour à une femme ? Sa seule expérience en ce domaine se limitait à ce qu'il avait lu dans ces romans. Lorsqu'il songeait à courtiser Mary Tell, il se voyait l'emmener en promenade dans une calèche noire reluisante. Ou encore danser dans une salle de bal au parquet lustré — or, il ne savait pas même de quel bras il était censé enlacer la taille de sa partenaire. Il semblait cependant sous l'emprise d'une nervosité qui le forçait à prendre des initiatives auxquelles il n'aurait jamais pensé en temps normal. Il se voyait courir bras grands ouverts vers le bord d'une haute falaise en aspirant à la chute sans même tenter d'amortir le choc. Alors peut-être sa nervosité le laisserait-elle en paix et pourrait-il enfin retrouver le repos.

Il retournait à ses collages. Il passait sans relâche des couleurs sur le papier à la manière d'un spirite faisant tourner les tables. Des voix imaginaires lui chuchotaient à l'oreille. Des bribes de conversation lui parvenaient. Il en avait l'habitude quand il travaillait. Certaines d'entre elles lui revenaient pour ainsi dire depuis toujours. « Au moins, il a le mérite d'être gentil », disait immanquablement une des voix. Bien sûr qu'il était gentil ! Pourtant, la voix avait persisté au fil des années. En cet instant où il s'efforçait de se concentrer, écartant l'idée de courtiser Mary Tell dans une loge d'opéra, il se murmurait distraitement ces paroles. « Au moins, il a le mérite d'être... » Puis il se surprenait et redressait les épaules. Alors affluaient d'autres voix. « En quelque cas que ce soit et nonobstant les présentes circonstances... Je ne sais pas comment, pas comment, pas comment... En quelque cas que ce soit... » Assise à ses côtés, Mary Tell levait ses jumelles d'opéra en nacre dans des effluves de dentelle ancienne et de savon de luxe, mais sa robe était tirée d'un roman de Jane Austen et l'opéra auquel elle assistait n'avait pas été monté depuis un siècle.

Le lundi matin, Jeremy se réveilla de bonne heure, s'habilla avec le plus grand soin et se rendit à l'épicerie de Mr et Mrs Dowd, où il acheta une livre de chocolats. C'était un invendu de la Saint-Valentin — une boîte en forme de cœur, légèrement poussiéreuse, que Mrs Dowd lui avait essuyée avec un torchon. « J'en connais un qui s'est trouvé une petite fiancée », dit-elle. Jeremy, qui avait encore la gorge nouée après le supplice de l'achat, garda les yeux baissés en se contentant d'un sourire fugitif. Il rentra en passant par l'allée de façon à arriver par le jardin de derrière. Des chicorées sauvages s'y balançaient parmi une jungle de mauvaises herbes charbonneuses. Il s'accroupit pour faire un bouquet. C'était là une idée qui lui était venue la nuit précédente. Il avait répété la scène avec une telle minutie qu'il avait le sentiment de cueillir chaque fleur pour la seconde fois. Dans un recoin ombragé, à proximité des marches, il tomba sur des feuilles brillantes qu'il inséra entre les fleurs de chicorée, en créant une composition de bleu et de vert. Puis il se leva, la boîte de chocolats serrée sur sa poitrine, et entra dans la maison. Il traversa la cuisine puis la salle à manger, et alla directement frapper à la porte de la chambre de Mary Tell. S'il prenait le temps de la réflexion, il échouerait. Il s'enfuirait en courant, éparpillant fleurs et chocolats sur son passage.

Elle lui ouvrit la porte en peignoir, une brosse à cheveux à la main. Il nota que la brosse était en bois avec des poils naturels et ce détail lui procura une certaine satisfaction. C'était si conforme à l'image qu'il se faisait d'elle. Il aurait d'emblée deviné qu'elle n'était pas du genre à se servir d'une brosse en Nylon. Mais ce n'était guère qu'une réflexion prise au hasard afin de détourner son esprit de l'embarras qu'il éprouvait. Il pensait la trouver habillée. Il avait minutieusement choisi son jour et son heure, sachant qu'il la trouverait dans sa chambre, et que les autres pensionnaires seraient soit absents, soit à l'étage. Et voilà qu'elle était en peignoir — un peignoir de coton rose. Enfin, elle avait au moins les cheveux attachés. Il ne l'avait pas réveillée. La brosse était apparemment destinée à Darcy qui était assise en tailleur sur le lit en pyjama rayé. « Coucou, Mr Pauling ! » lui lança-t-elle. Jeremy ne parvint pas à lui sourire. « C'est pour... je vous ai apporté ceci pour la chambre », dit-il. Il mit le bouquet sous le menton de Mary Tell. Ses mains tremblantes offraient un spectacle pathétique ; toutes les fleurs hochaient la tête dans un murmure. « J'ai trouvé ça près des poubelles.

— Oh, merci », lui dit-elle.

Elle les considéra un instant avant de les prendre. Il repensa au vase, mais trop tard. La nuit précédente, il avait jeté son dévolu sur le pichet d'étain de sa mère qui se trouvait dans le placard d'angle de la salle à manger, mais ce matin-là, cela lui était sorti de l'esprit.

« Attendez, lui dit-il, je vais vous chercher un... » mais elle l'interrompit : « Ne vous en faites pas, je suis certaine que nous avons ce qu'il faut ici. Quel bleu magnifique. »

Elles sont de votre bleu, le bleu Mary, avait-il envie de lui dire. Le bleu des robes de madone. Il y avait songé au cours de la nuit, mais il avait su d'emblée qu'il n'oserait jamais le lui dire. Au lieu de cela, il posa le regard sur Darcy dont les yeux — d'autres fleurs de chicorée — l'inspectaient calmement.

« Et pourquoi vous nous les avez apportées à nous ? demanda cette dernière.

— Oh, je me suis juste dit...

— Ne vous en faites pas, Mr Pauling, intervint Mary Tell, je sais bien pourquoi vous êtes là. »

Jeremy demeurait figé, le souffle saccadé.

« Il faut juste que vous compreniez, dit-elle. Financièrement, je suis dans une passe un peu difficile pour le moment. Je devrais être bientôt en mesure de vous régler, mais...

— Me régler ? »

Pensait-elle devoir acheter les fleurs ?

« Vous régler ce que je vous dois. Je sais bien que le samedi est passé, mais voyez-vous, avec Darcy qui n'est pas encore à l'école, je suis obligée de trouver un travail que je puisse faire chez moi. J'espérais que cela ne vous ferait rien si je réglais le loyer un peu...

— Le loyer, oh, c'est sans importance.

— Vous êtes certain ?

— Mais bien sûr. »

Il gardait les yeux rivés sur les fleurs. Il était

essentiel qu'il veille à ce qu'elles soient mises dans l'eau. Et puis ? Était-il censé prendre congé ? Sans aucun doute, puisqu'elle était encore en peignoir. Mais cela écourterait tant sa visite et il voulait être sûr de ne rien oublier de ce qu'il était censé faire. Il leva les yeux sur son visage en espérant y trouver un indice. L'éclat de son sourire le prit par surprise.

« Mr Pauling, je ne sais vraiment pas comment vous remercier, dit-elle.

— Mais...

— C'est très aimable à vous.

— Mais je crois qu'il faudrait les mettre dans l'eau », dit-il.

Alors elle baissa les yeux sur les fleurs et eut un petit rire. Il se mit également à rire. Il ne s'attendait pas à ce que cela se passe aussi bien dès la première fois. Il la suivit du regard pendant qu'elle allait chercher un verre d'eau croupie sur la table de chevet pour y mettre le bouquet, sans déranger une seule fleur, sans altérer sa composition. Quand elle eut fini, elle se retourna vers lui en souriant, paraissant attendre quelque chose. Il respira profondément.

« J'aimerais que vous m'appeliez Jeremy, dit-il.

— Oh ! fit-elle. Très bien, c'est d'accord. »

Il fit basculer le poids de son corps sur son autre pied.

« Et vous pouvez m'appeler Mary, dit-elle au bout d'une minute.

— Et moi, vous pouvez m'appeler Darcy », lança Darcy de son lit.

Cette intervention leur donna une nouvelle occasion de rire. Seulement, il rit plus fort qu'elle et eut du mal à s'arrêter. Mary avait repris son sourire. Il était un peu plus forcé et commençait à s'estomper aux commissures des lèvres. Jeremy en conclut qu'il devait être temps pour lui de partir. Il était ravi d'être parvenu à capter le signal. Il lui tendit la main en disant : « Bien, à tout à l'heure, Mrs... Mary », et elle lui répondit : « Au revoir, Jeremy. » Elle avait la poigne plus ferme que lui et les mains étonnamment larges aux articulations. Avant de la lâcher, il ajouta : « Euh, est-ce que je pourrai revenir ? » le dernier obstacle à franchir avant de clore sa visite. « Mais bien sûr », lui dit-elle avec un nouveau sourire en refermant la porte.

Bien qu'il n'ait pas encore pris son petit déjeuner, il retourna dans son atelier, préférant éviter de se trouver embarrassé s'il la croisait une nouvelle fois dans la cuisine. Il gravit l'escalier sur la pointe des pieds, en proie à un tel soulagement qu'il avait l'impression d'être en état d'apesanteur. Rien ne pouvait gâcher sa journée, pas même la vision de la boîte de chocolats qu'il avait oubliée, cœur de carton déformé qu'il étreignait sur sa poitrine. Il se contenta de rougir, un sourire trop large aux lèvres, et s'assit sur son lit. Il pouvait toujours les lui apporter lors d'une autre visite, non ? Il y en aurait tant d'autres. Mais tout en échafaudant ces visites, il ouvrit distraitement la boîte et prit un premier chocolat, puis un autre, et enfin une pleine poignée. Ils avaient commencé à fondre en collant à leur petite coque de papier et il en avait plein la main, mais ils étaient délicieux et pénétraient de leur douceur le moindre recoin de son être, apaisant ses nerfs tendus à craquer.

Il connaissait la procédure à suivre. Tout d'abord, il fallait entreprendre sa cour. Voilà qui était fait. Puis il y avait certaines exigences à satisfaire — se tenir la main, donner un baiser — avant de pouvoir présenter sa demande en mariage. À la télévision, les gens faisaient aussi tout un tas de chichis, gambadaient dans les prés, se comportaient comme des enfants au zoo, à la foire ou au parc d'attractions, mais il aurait la sagesse de s'abstenir de se lancer dans ce genre d'entreprises. Cela ne lui ressemblait pas. Pas plus qu'à Mary. Et après tout, jusque-là, il s'était très bien débrouillé. Il avait franchi la première étape sans l'ombre d'une difficulté, si bien qu'il se sentait plus confiant pour la suite des événements.

Seulement, la tâche se révéla moins aisée qu'il ne se l'était imaginé. En effet, lorsque le lendemain matin, il prépara du café au percolateur et vint frapper à sa porte, la cafetière à la main, elle se contenta d'entrebâiller la porte et son visage parut aussitôt se couvrir d'un voile. « Oui ? » dit-elle.

Ce jour-là, elle était habillée (il avait délibérément attendu un quart d'heure de plus que la veille). Même Darcy était habillée. Pourquoi en ce cas lui réservait-elle un accueil aussi froid ?

« Je viens de faire du café et je me demandais si cela vous tentait, lui lança-t-il d'un ton précipité.

— Non, merci, je ne bois pas de café. »

Cette éventualité ne lui avait pas effleuré l'esprit.

« Du thé, alors ? insista-t-il.

— Non, merci.

— En ce cas, que diriez-vous de prendre un verre de lait avec moi ?

— Je ne pense pas. J'ai beaucoup à faire aujourd'hui. »

Il ne pouvait pas partir. Il s'était promis d'aller jusqu'au bout. « Je vous en prie, dit-il, je ne comprends pas. Vous ai-je offensée en quoi que ce soit ? »

Mary poussa un soupir et jeta un coup d'œil pardessus son épaule à Darcy qui était paisiblement occupée à empiler des dominos sur le tapis. Elle lui dit : « Venez avec moi dans le salon une petite minute, Mr Pauling. »

La veille, elle l'avait appelé Jeremy. Il avait l'impression de se trouver dans la peau d'un sourd ou d'un aveugle que son handicap empêche de saisir des indices sans nul doute évidents pour le reste du monde. « Ai-je dit quelque chose ? demanda-t-il en trébuchant sur ses talons. Voyez-vous, je n'ai pas la moindre idée... »

Elle le conduisit près du canapé, où il s'assit tandis qu'elle restait debout. Puis il s'aperçut de son erreur et se releva d'un bond.

« Oh, excusez-moi, balbutia-t-il.

— Mr Pauling, je sais que je suis en retard sur mon loyer.

— Mais je croyais que nous en avions...

— Nous en avons discuté hier. Vous m'avez dit que vous n'exerceriez pas de pressions sur moi. Mais je n'ai pas imaginé une seule seconde que c'était sous conditions.

— Sous conditions ? répéta Jeremy.

— N'est-ce pas de cela dont il est question ?

— Je ne comprends pas. »

Mary le dévisagea. Il avait essayé de croiser son regard, mais à présent qu'elle posait les yeux sur lui, il se sentait incapable de l'affronter. Il n'était pas habitué à se trouver en butte à la colère d'une femme. Il n'avait jamais imaginé Mary en colère.

« Je suis perplexe. Je ne vois pas...

— Hier, dit-elle, dès qu'il a été clair que je n'avais pas payé mon loyer, vous êtes venu dans ma chambre m'apporter des fleurs. Sur l'instant, je ne me suis doutée de rien, mais un peu plus tard... Et aujourd'hui ! Vous revenez frapper à ma porte ! Pensez-vous avoir un quelconque droit sur moi ? Car voyez-vous, Mr Pauling, je ne vous dois que de l'argent, et je vais me faire un plaisir d'aller l'emprunter ailleurs pour vous régler à la minute même et quitter votre maison dès demain. Est-ce bien clair ?

— Mon Dieu... » soupira Jeremy.

Il s'affala sur le canapé. L'horreur l'enveloppa d'un film glacé, puis d'une bouffée de chaleur. Il se sentit devenir cramoisi. « Oh, Mary, Mrs Tell, je ne voulais pas... je voulais seulement... » À présent, il se voyait tel que, la veille, il avait dû apparaître aux yeux de Mary Tell. Il entendit le timide écho de ses phalanges sur la porte, il vit son maladif sourire implorant, empreint de tous les espoirs, tandis qu'il lui mettait son bouquet sous le menton. Cette vision demeurerait éternellement gravée dans son esprit, il le savait. Elle reviendrait le hanter pendant des milliers de nuits sans sommeil qu'il passerait en solitaire, car jamais au grand jamais une femme comme Mary Tell ne s'attarderait une seule seconde sur un homme comme lui. Il aurait dû le deviner. Il se sentit gagné par des tremblements. Le coup de grâce.

« Mr Pauling ? dit Mary.

— Mais je suis un homme bien... Je veux dire... mais je ne savais même pas que vous me deviez de l'argent ! Je ne fais pas de comptes, les autres se contentent de le mettre dans le bocal à gâteaux.

— Le bocal à gâteaux ? »

S'il disait un mot de plus, elle s'apercevrait qu'il avait la voix tremblotante.

« Dans le bocal à gâteaux, Mr Pauling ?

— Le bocal à gâteaux dans la cuisine. Et je prends ce qu'il me faut pour faire des courses dès que... »

Il avala sa salive. Elle avait dû l'entendre à un mètre. Elle s'approcha de Jeremy et se pencha vers lui, mais il garda la tête baissée. Il n'avait jamais vécu pire moment. Comment se faisait-il qu'il s'éternise à ce point ? Ne pouvait-elle pas partir, à présent ? Mais non, il sentit le canapé se creuser lorsqu'elle prit place à côté de lui. Il entrevit le bord de sa jupe bleue, un bleu si serein, si doux qu'il en fut envahi par un flot de souffrances à la pensée de ces quelques jours passés à l'aimer et espérer être aimé en retour. « Jeremy, dit-elle. Je suis tellement navrée. Dites-moi que vous me pardonnez. Je n'avais pas toute ma tête. En ce moment, je traverse une passe difficile et j'ai dû... Jeremy ? » Elle se pencha plus près de lui encore et saisit une de ses mains. « Regardez-moi une seconde », dit-elle. Pourquoi pas, après tout ? À présent, cela n'avait plus d'importance. Il leva les yeux sur l'ovale parfait de son visage à hauteur du sien. Elle avait les sourcils froncés d'inquiétude. « Vous ne voulez pas accepter mes excuses ? » lui demanda-t-elle. Il fut forcé d'acquiescer de la tête. Puis il esquissa même un sourire, car il commençait à entrevoir de quoi il retournait : ils venaient de débattre d'une question vieille comme le monde, à l'image du caractère désuet de Mary Tell, et voilà qu'ils se retrouvaient main dans la main, abordant la seconde phase de sa cour.

À présent, le matin, il s'éveillait plein d'espoir et se levait sans trop de peine. Il soignait davantage sa mise. Il se mit à arborer dans la poche de sa chemise un stylo et un crayon assortis — signe de compétence, se disait-il. Il s'exerça à sourire bouche fermée pour dissimuler un chaos noirâtre de mauvaises dents. Dans le miroir de la salle de bains, la pensée de Mary le séparait de son reflet telle une brume en suspens. Ses longs doigts frais se glissaient sur son torse. Lorsqu'il descendait au rez-de-chaussée, il emportait avec lui son image en prenant soin d'avancer pas à pas, de crainte qu'elle ne se brise ou s'éparpille comme les flocons de neige d'un presse-papiers. Il ne répondait pas aux salutations des autres pensionnaires, mais cela lui était déjà arrivé et personne ne s'en inquiétait.

Mais comment se faisait-il que sa vision de Mary soit toujours aussi trompeuse ? Non pas trompeuse au sens concret. Il se formait une idée relativement juste de son nez, de son port de tête et de la forme de sa bouche. Mais quand elle entrait dans la cuisine en nouant un tablier autour de sa taille, souriant au babillage de Darcy, il notait une légère différence qui lui inspirait une déception mêlée de terreur. Elle lui semblait moins diaphane, et les plans de son visage, plus plats. Sa démarche, plus déterminée. Dans ses pensées, elle paraissait glisser ; en réalité, elle marchait en plantant ses talons. Chaque nuit, il oubliait ces détails, et chaque matin, il lui fallait tout réapprendre à zéro.

Les premiers temps, elle préparait des œufs au bacon pour le petit déjeuner, mais désormais, leur régime alimentaire avait changé. Elles engloutissaient toutes deux des céréales. « On prend toujours la même chose », protesta Darcy. « Je sais, mon ange, répondit Mary avant d'annoncer à Jeremy : Hier, j'ai entendu parler d'un travail qui consiste à mettre des adresses sur des enveloppes. Vous croyez que j'aurais le droit de le faire chez moi ? Je vais aller les voir aujourd'hui pour me renseigner, et si jamais ils me disent oui, nous ne mangerons plus jamais de céréales. » Mais cette perspective de travail tomba à l'eau, tout comme la suivante et celle d'après, et elles continuèrent à manger des céréales tandis que Jeremy, attablé avec elles, s'efforçait de penser à des sujets de conversation. Il gardait son verre de jus d'orange devant lui, sans jamais y toucher (il lui était impossible de boire sous les yeux de Mary). Il répétait en son for intérieur une centaine de phrases pour lui proposer le peu d'aide qu'il pouvait lui offrir : « Puis-je vous prêter un peu d'argent du bocal à gâteaux ? Des œufs, alors ? Juste des œufs ? » Mais il ne prononçait jamais aucune d'entre elles à voix haute. Il avait bien trop peur. Lorsqu'elle rinçait son petit tas de vaisselle, Mary débordait d'une énergie qui paraissait le défier de compatir à son sort. Puis elle lançait : « Bien, Miss Lambine, prête à partir ? » et sur ces paroles, elles partaient toutes deux en promenade. Autre nouveauté : au début, Mary attendait l'arrivée de son ami pour sortir. À présent, elle quittait la maison juste après le petit déjeuner, et les rares fois où le téléphone sonnait, ce n'était jamais pour elle.

« Vous partez en promenade ? leur demandait Jeremy. Amusez-vous bien. » Elles traversaient la maison dans un tumulte d'au revoir, de salutations entonnées à l'adresse de Mr Somerset, des deux portes qui claquaient derrière elles, faisant tinter l'air comme au son d'une clochette, alors soudain la maison retombait dans le silence et les pièces semblaient mornes et désertes. Seuls résonnaient le craquement d'une vieille poutre sèche quelque part dans la maison, un klaxon de voiture dans le lointain et le chuintement des pantoufles de Mr Somerset qui traînait la semelle sur le parquet de la salle à manger.

Jeremy avait le sentiment d'être abandonné sur une île déserte. Pourquoi avait-il mis tant d'années à s'en apercevoir ? Il était entouré de toutes parts par des rues si plates et si larges qu'il avait l'impression de risquer de se noyer dans l'atmosphère ne serait-ce qu'en les traversant. Et pourtant un gamin de quatre ans y parvenait sans la moindre hésitation. Si seulement il n'était pas affligé de ce handicap, il inviterait Mary Tell à aller voir un film, puis il la raccompagnerait et l'embrasserait devant la porte, comme il l'avait si souvent vu faire à la télévision. Fini toutes ses spéculations et ses inquiétudes. Ce serait si simple ! Au lieu de quoi, on était déjà au mois d'août, il n'avait pas avancé d'un pouce vers l'étape du baiser et, au vu des apparences, il était fort possible qu'il n'y arrive jamais.

Puis, un matin, le téléphone sonna, et ne trouvant personne dans l'entrée, Jeremy fut forcé d'y répondre. Avant même qu'il ne décroche le téléphone, une boule d'angoisse lui nouait le bas-ventre. « Allô ? Allô ? » fit-il, et bien qu'il n'eût pas entendu la voix qui lui répondit depuis des semaines, il la reconnut instantanément.

« Mary Tell, je vous prie, annonça l'homme de la réclame de cigarettes.

— Oh ! Bien, je vais voir », dit Jeremy.

Puis il traversa la salle à manger pour aller frapper à sa porte.

« On vous demande au téléphone », lança-t-il.

Elle n'apparut qu'au bout d'une minute. Elle était déjà habillée, et son tablier à la main, elle paraissait stupéfaite.

« On me demande, moi ? s'étonna-t-elle. Qui est-ce ?

— Je crois que c'est votre ami, le jeune homme. »

La voix de Darcy s'éleva derrière elle :

« Je peux lui parler, dis, si c'est John, je peux lui parler ?

— Non, c'est hors de question », répondit Mary.

Jeremy ne l'avait jamais entendue parler aussi sèchement à Darcy.

« Vous pouvez me la garder une minute, Jeremy ? le pria-t-elle en se dirigeant vers le téléphone.

— Dis, pourquoi je peux pas lui parler ? demanda Darcy à Jeremy.

— Oh, tu sais... » fit Jeremy.

La boule qui lui nouait le ventre avait grossi. Il se replia dans la salle à manger et s'affala sur une chaise, les mains sur les genoux. « Comment vas-tu aujourd'hui, Darcy ? » s'enquit-il. Sa voix était ridicule, même lui s'en rendait compte. Il se força à lui sourire. « Quand est-ce que tu reviens me voir dans mon atelier ? Tu n'es pas venue de toute la semaine. »

Mais, pendant ce temps, il écoutait Mary dans l'entrée.

« Non, non, je comprends, disait-elle. Dorénavant, inutile de venir, John. Tu n'as aucune obligation envers moi.

— Mais avant, elle me laissait toujours lui parler, protesta Darcy.

— Un autre jour, peut-être », fit Jeremy.

Il essaya un autre sourire. Mary disait :

« Écoute. Tout va bien. Non, je n'ai pas besoin d'argent.

— Que dirais-tu d'aller faire des poupées en papier ? suggéra Jeremy à Darcy.

— Pas maintenant, Jeremy.

— Tu ne me dois rien. Je me débrouille très bien. Je vais bien. Il me reste encore un peu de ce que tu m'as prêté », insistait Mary. Puis : « En quoi ça te regarde, ce qu'il me reste ? C'est un prêt, tu n'as pas à me demander ça. J'ai l'intention de te rembourser. J'y tiens. Dès que j'ai trouvé un travail, je te rembourse.

— Peut-être que si je crie dans le téléphone, John voudra bien me parler, dit Darcy. Il m'aime bien, je sais qu'il m'aime bien.

— Non, non, Darcy... »

Mais elle avait déjà filé vers l'entrée et patinait en collants sur le parquet, Jeremy sur ses talons. Ils étaient si près qu'ils entendaient l'ami de Mary discuter, protester, ou encore s'expliquer en hurlant d'une voix rauque. « ... au moins pour Darcy », dit-il, et à ces mots Darcy bondit sur place. « Coucou, John ! s'écria-t-elle. Coucou, John ! » Mary leva la main sans détourner le visage de l'appareil.

« Très bien, tu as gagné.

— Dis, tu m'entends, John ?

— Chut, Darcy, fit Jeremy.

— Très bien, dit Mary, mais c'est un prêt, je tiens à ce que tu le saches. Je ne veux pas... Darcy ! Écoute, John, ça m'est difficile de te parler maintenant... »

Darcy tirait sur la jupe de sa mère et Jeremy s'était penché pour essayer de desserrer les doigts de la fillette. Les cris rauques se poursuivaient dans l'appareil, exerçant une autre forme de pression. La jupe de Mary avait le même grain, la même fraîcheur que ses mains, ce jour-là, sur le canapé. Elle n'était qu'un assortiment de textures. Ses muscles couvraient en biais son ossature, exactement comme on le lui avait appris dans ses cours de dessin d'anatomie. Si ses lèvres étaient encore d'une autre texture, elles étaient pour le reste en tous points semblables à ses doigts cette fois-là, ou à cette poignée de tissu dans les mains fureteuses de Darcy. « Non, j'y tiens, dit Mary. Je veux que tu l'envoies. Ne l'apporte pas. Rien ne t'... John ? »

Elle raccrocha le téléphone très lentement. « Oh, m'man, je voulais lui parler », protesta Darcy. Puis Jeremy redressa les épaules et regarda Mary droit dans les yeux. Elle avait une expression enjouée et esquissait même un léger sourire, mais ses joues étaient noyées de larmes. « Je suis désolée... », balbutia-t-elle. Elle se dirigea vers sa chambre, Jeremy et Darcy se bousculant sur ses talons. « Vous devez penser que cela devient une habitude, chez moi », dit-elle sur le seuil. Elle se retourna et Jeremy se trouvait si près derrière elle qu'il puisa la force de se hisser sur la pointe des pieds pour déposer un baiser sur le coin de sa bouche. Puis il fit un pas en arrière, et l'espace de quelques instants, elle posa sur lui un regard flou avant de parvenir à le fixer sur son visage. « Merci, Jeremy, dit-elle. Vous êtes très gentil. »

Elle essuya ses larmes du dos de la main et, d'un petit rire, parut vouloir masquer sa gêne d'avoir pleuré. Elle secoua son tablier et lança : « Allez, viens, Miss Pipelette, on va se préparer un petit déjeuner, d'accord ? » Et elles s'en allèrent vers la cuisine, laissant Jeremy figé dans un sourire si éblouissant qu'il voyait à peine. Il avait l'impression d'être sur le point de gonfler pour s'envoler comme un ballon d'anniversaire.

Dans les bandes dessinées des magazines, les prétendants s'agenouillaient toujours au pied de l'élue de leur cœur. Était-ce une vision réaliste de la pratique en vigueur ? Il avait le vague sentiment que non. Cependant, il s'imaginait constamment s'agenouiller pour lever les yeux sur Mary, qui paraissait plus terrifiante encore vue sous cet angle — ses sandales, élément le plus imposant de sa personne, sa taille à hauteur de ses yeux, le dessous de sa poitrine qu'il découvrait pour la première fois et le triangle de chair blanc sous sa mâchoire. « Je ne suis pas bien riche, lui dirait-il (discours qui aurait dû être destiné à son père, mais il n'avait pas la moindre idée de l'identité de ce dernier). Je ne pourrai pas vous offrir un train de vie luxueux, mais au moins, ce serait un peu plus facile, il y a mes pièces et une petite somme qui me vient de ma mère, et puis de temps à autre, je gagne un concours, et il semble que j'ai toujours assez pour faire les courses. » Il se préparait mentalement à voir subitement apparaître sous son nez l'ourlet de sa robe, et à connaître quelque difficulté à juger de son expression de si bas. Et pourtant, chaque soir, il allait se coucher sans avoir rien résolu, tendu à craquer, comme si le ballon d'espoir qu'il était devenu était resté gonflé trop longtemps. Dans ses rêves, il passait son temps à tout perdre — des objets sans nom rangés dans de petites boîtes, le toit de sa maison, des œuvres d'art qu'il serait à jamais incapable de recréer. Il se réveillait en proie à l'angoisse et relisait sans cesse la petite fiche punaisée à son chevet, sur l'appui de la fenêtre.

Dans ses fantasmes, sa demande en mariage se déroulait systématiquement quelque part à l'extérieur, mais de toute évidence, ce ne serait pas assez intime. Se pouvait-il qu'il songe à un parc ? Le plus proche était à plusieurs rues de là. Ayant écarté toute idée d'extérieur, chaque matin, attablé devant son jus d'orange pendant qu'elle versait les cornflakes, il s'efforçait d'imaginer quelque biais qui lui permît d'amener naturellement ce qu'il avait à l'esprit. C'était impossible. Mary parlait de sa fille, du temps qu'il faisait, des livres qu'elle avait empruntés à la bibliothèque, sans jamais aborder le moindre sujet plus personnel. « Darcy a tellement grandi que plus rien ne lui va. Je n'ai jamais vu une enfant pousser aussi vite. Je m'étais dit que sitôt que j'aurais un travail, j'emprunterais la machine à coudre de Mrs Jarrett, mais je n'ai jamais été très douée pour la couture et je ne suis pas sûre de... » Comment parler d'amour au milieu d'une conversation pareille ? Elle ne lui ménageait aucune ouverture. Peut-être, songeait-il parfois, étaient-ce de silencieux avertissements destinés à l'empêcher de poser les questions qui lui venaient à l'esprit, aussi simples fussent-elles : D'où venez-vous ? Que faites-vous ici ? Qui était votre mari ? Qu'avez-vous l'intention de faire ?

« Chez nous, Darcy me suppliait de lui donner des corn-flakes, dit un jour Mary. Je n'ai jamais vu une enfant avec un tel esprit de contradiction.

— Où était-ce ? lui demanda Jeremy.

— Quoi donc ?

— Chez vous ?

— Oh... et maintenant, voyez-vous ça, elle ne veut plus que des œufs au bacon. Je suis sûre qu'elle invente tout ça pour me rendre folle. »

Jeremy ne cherchait pas à la presser. Il se contentait de la surface qu'elle présentait au monde et ne l'assaillait de questions qu'en son for intérieur. Qu'est-il arrivé à votre mari ? Pourquoi pleuriez-vous en parlant à cet homme, John ? Que représente-t-il pour vous ?

Voulez-vous m'épouser ?

Désormais, chaque matin où il n'avait pas réussi à la demander en mariage, il les accompagnait à la porte dans l'espoir qu'en chemin — dans la salle à manger, dans l'entrée, dans le vestibule —, il parvienne à rassembler son courage. Il prit l'habitude de sortir sur le perron pour les saluer. » Au revoir, au revoir, bonne promenade ! » C'était encore pire de rebrousser chemin après leur départ que d'être abandonné dans la cuisine. Il se sentait oppressé dès qu'il pénétrait dans la soudaine pénombre fraîche de la maison. Il entreprit de les accompagner un peu plus loin — jusqu'à la deuxième, puis la troisième maison. Peut-être, avec le temps, parviendrait-il à quitter son île et à suivre Mary jusqu'au bout. Progressivement. N'était-ce pas la clef de tout ? S'il y avait bien un dieu en lequel il croyait, c'était le dieu Progression. Si seulement on voulait bien le laisser aller à son rythme, pas à pas, sans jamais exiger de lui ces bonds de géant qui semblaient se pratiquer dans le monde extérieur ! Mais jour après jour, il était frappé par une force magnétique qui n'affectait apparemment que lui. Elle le retenait en arrière en tirant sur sa colonne vertébrale, le contraignait à ralentir, puis à s'arrêter, le front moite d'épuisement. « Au revoir, au revoir, bonne promenade ! » Mary et Darcy agitaient la main et rétrécissaient au loin. Elles s'écartaient aimablement à l'approche d'inconnus, parlaient à voix haute sans craindre d'être entendues, traversaient la grande rue au feu vert. Des chiens à l'énorme gueule fendue jusqu'aux oreilles reniflaient le bas de la jupe de Mary sans même qu'elle semble s'en apercevoir. Il avait visé bien trop haut. Il ne serait jamais à la hauteur d'une femme pareille. Il tournait les talons et rebroussait chemin à pas lourds, en trébuchant sur les fissures du trottoir, marmonnant des paroles d'encouragement, et avant de se mettre au travail, il était forcé de s'étendre sur le divan de son atelier le temps de reprendre son souffle et de maîtriser les spasmes qui parcouraient les muscles de ses jambes.

Il avait l'impression que depuis quelque temps, ses sœurs n'arrêtaient pas de lui téléphoner. « Que fais-tu Jeremy, comment se fait-il que tu ne nous aies pas donné de nouvelles depuis si longtemps ? Est-ce que tu sors davantage ? Est-ce que tu manges bien ? » Elles ne se contentaient plus d'appeler le dimanche, mais également les soirs de semaine, le samedi et parfois même en plein milieu du déjeuner. Jusqu'au jour où elles téléphonèrent de si bonne heure qu'il était encore dans la cuisine en compagnie de Mary et Darcy. « Jeremy, mon chéri, c'est Laura », entendit-il, et bien qu'il eût toujours été proche d'elle, il sentit une soudaine impatience lui crisper les doigts sur le combiné. Dans la cuisine, Darcy fit une remarque et Mary éclata de rire. Comment savoir ce qu'il était en train de manquer ?

« Y a-t-il quelque chose... que se passe-t-il ? demanda-t-il.

— Mais rien. Je me faisais du souci pour toi,

mon chéri, c'est tout. Tu n'as pas répondu à notre dernière lettre.

— Je ne pense pas avoir reçu de lettre cette semaine », lui dit-il.

Il se souvint trop tard de l'enveloppe à fleurs qu'il avait distraitement fourrée dans une poche de sa chemise en montant l'escalier quelques jours auparavant. Elle était sans doute dans le panier à linge de la salle de bains. « Il me dit qu'il n'a pas reçu de lettre », lança Laura à Amanda avant d'ajouter, à l'adresse de Jeremy :

« Franchement, quand il s'agit d'envoyer du courrier exprès en Europe, il n'y a aucun problème, mais ils sont incapables d'expédier un simple pli de Richmond à Baltimore. Je savais bien qu'il y avait une explication. Tiens, je te passe Amanda qui veut te dire un petit mot. Amanda ?

— Comment vas-tu, Jeremy ? dit la voix d'Amanda, tout près de son oreille.

— Très bien, je te remercie.

— J'avais bien prévenu Laura qu'il était inutile de t'appeler mais elle m'a dit qu'elle avait un drôle de pressentiment, cela lui arrive de plus en plus souvent ces derniers temps. N'importe quel imbécile sait qu'on ne peut pas se fier à la poste américaine. »

Jeremy redressa le dos. Quand il était au téléphone, il songeait toujours qu'il était invisible à celui ou celle à qui il parlait. Abstraction faite du fil ténu de sa voix, il n'existait même pas. « Jeremy ! » lança sèchement Amanda. « Oui, je suis là », répondit Jeremy pour rassurer sa sœur et se rassurer par la même occasion.

« C'est bientôt la fête du Travail, Jeremy.

_ Ah oui ?

— Tu pourrais peut-être venir nous voir.

— C'est-à-dire…

— Je ne veux pas dépasser les trois minutes, mais je t'envoie les horaires de trains. Et inutile de me donner des prétextes, Jeremy. Une fois habitué, tu adoreras les voyages. Tu ne vas tout de même pas passer le reste de ta vie enfermé à ne rien faire. Mère n'aurait pas approuvé, elle aurait voulu que tu sortes t'amuser. »

Il savait bien que ses sœurs étaient désormais tout ce qu'il lui restait du monde de son enfance, les seuls êtres qui le reliaient à ses parents, mais lorsqu'il entendait Amanda parler de leur mère, il avait parfois l'impression qu'il était question d'une parfaite étrangère qu'il ne connaissait pas même de vue — une femme austère et rigide, et non sa mère au visage si tendre, avec son sourire triste et doux.

« Oh, tu sais, j'essaie de... commença-t-il.

— Il faut que j'y aille, Jeremy. Réponds à nos lettres, tu sais combien Laura se fait du souci.

— Promis, Amanda. »

Il reposa soigneusement le combiné sur son socle. Sa main y avait laissé une trace moite. Il regagna la cuisine où il trouva Mary en train de passer un linge sur le visage de Darcy, une fois leur petit déjeuner terminé. Il avait tout raté. Il avait laissé passer sa chance et il lui faudrait attendre le lendemain. « Je vais à l'épicerie, annonça Mary. Voulez-vous que je vous rapporte quoi que ce soit ? »

Il était en proie à un tel désespoir qu'il y puisa du courage. « J'ai besoin de tout un tas de choses, dit-il. Je ferais aussi bien de vous accompagner. »

Mary se contenta d'acquiescer de la tête. Les sourcils froncés, elle regardait une petite tache sur le col de Darcy.

« Oh, Darcy, regarde-toi un peu, c'était ta dernière robe propre, protesta-t-elle.

— Moi je m'en fiche, c'est rien qu'une tache.

— Eh bien, pas moi. Tant pis, allez, viens. »

Les mots ne cessaient de se réorganiser dans la tête de Jeremy. Puis-je avoir l'honneur… ? Accepteriez-vous d'envisager la possibilité… ? Serait-ce trop vous demander que de m'épouser… ? Mais une fois au bas des marches du perron, il fut incapable d'imaginer autre chose, en guise de conversation, qu'un coup d'œil au soleil assorti d'une grimace exagérée, censée sous-entendre une remarque sur le temps. Mary ne leva pas le regard. Elle consultait sa liste de courses. « Je vais avoir une boule de gomme », dit Darcy.

« Dis, m'man, je vais avoir une boule de gomme ? Je vais avoir un penny pour la machine à boules de gomme.

— Je ne savais pas qu'ils avaient un distributeur de boules de gomme.

— Oh oui, fit Darcy, il y en a un chez Perry's. »

Accéderiez-vous à ma requête si… ?

Chez Perry's ? Mais Perry's était à deux rues de là ; c'est là que sa mère se procurait les os pour la soupe. Et cette idée n'eut pas plus tôt frappé son esprit qu'évidemment, ils passèrent devant l'épicerie Dowd sans que Mary ou Darcy n'y jettent le moindre coup d'œil. Jeremy, lui, contempla avec envie les cageots d'oranges, de pêches et de poires inclinés vers lui derrière la vitrine pleine de chiures de mouches. Le papier de soie dans lequel étaient nichés les fruits lui paraissait d'une nuance de vert particulièrement belle. Il pensa avec émotion aux vieilles mains noueuses de Mrs Dowd étalant juste ce qu'il fallait de papier, rattrapant une pêche fugueuse pour la remettre en place en lui donnant une petite tape de grand-mère. Mary et Darcy poursuivirent leur chemin. « Attendez ! lança-t-il. C'est-à-dire… Vous n'avez jamais essayé Dowd ?

— C'est plus cher », répondit Mary, en continuant à inspecter sa liste.

Darcy saisit la main de Jeremy entre les siennes — une tenaille autour de son index, une autre autour de son petit doigt — et se mit à se balancer au bout. Que pouvait-il faire ? Il posa obstinément un pied devant l'autre, peinant à chaque pas. Pour l'amour de Mary Tell, il pourfendrait des dragons, mais s'il voulait garder son respect, il était essentiel qu'elle n'en sache jamais rien. Il s'essuya le visage sur la manche. Ils parvinrent au bout de la rue, où ils durent s'arrêter au feu. Les voitures filaient à toute allure de tous les côtés, mais plus que tout, c'était la traversée de la rue qu'il redoutait. Puis le feu passa au rouge. « Attendez ! » répéta-t-il. Mary, qui était en train de ranger sa liste dans son sac, s'interrompit pour lever les yeux.

« Pourrions-nous... c'est-à-dire... je crois que je ne...

— Dépêchez-vous, dit Darcy, on va rater le feu. »

Il descendit du trottoir. Son seul réconfort lui venait des doigts de Darcy agrippés à sa main, mais voilà que Mary protestait : « Darcy, ne te balance pas aux gens. Combien de fois te l'ai-je dit ? » La fillette lâcha une de ses mains ; seul son index demeurait en sûreté. Il avança la main à l'aveuglette et trouva le bras de Mary, puis le creux de son coude, auquel il se suspendit comme il l'avait si souvent vu faire à la télévision. S'apercevait-elle que c'était elle qui le soutenait et non l'inverse ? « Si seulement le prix des tomates pouvait baisser », soupira Mary.

Ils étaient parvenus sur l'autre trottoir. De ce côté-là de la rue, l'atmosphère n'était pas la même. Même les yeux fermés, il aurait deviné qu'il avait traversé. Il faisait plus chaud, c'était plus éventé et il n'entendait pas tinter le carillon de la vieille Mrs Caraway. Qu'est-ce que c'était que ce bâtiment en ciment à façade toute aplatie? Il ne lui plaisait pas. Il nota que les maisons mitoyennes n'étaient regroupées que par deux ou trois, ce qui donnait à la rue une allure disloquée. Une femme à l'œil torve l'observait du pas de sa porte. Il vit un imprimeur dont l'enseigne noir et or devait être là depuis des années, à l'époque où il n'était encore qu'un petit garçon qui allait à l'école. Sa soudaine résurgence dans sa mémoire le mit mal à l'aise. Il baissa à nouveau le regard. Faire comme si ce n'était qu'un couloir qui partait du vestibule. Une pièce exceptionnellement longue. Il n'en avait plus pour très longtemps.

Puis ils arrivèrent chez Perry's. «Nous y voilà», annonça Mary. Il leva les yeux sur une vitrine pleine de choses sans vie empilées en pyramides — conserves de légumes, boîtes de biscuits, serviettes en papier. Pas le moindre fruit.

«Je vous attends dehors, dit-il.

— Dehors?

— Je ferai... je ferai mes courses à l'épicerie Dowd.»

Mary s'apprêtait visiblement à lui poser une question, mais Darcy lui demanda:

«Dis, je peux avoir mon penny, maintenant?

— Quel penny? s'étonna Mary.

— Tu as dit que tu me donnerais un penny pour la machine à boules de gomme. Tu l'as dit. Tu as dit...

— Oh, seigneur...»

Mary ouvrit son porte-monnaie. «Tiens.» Puis elle entra et Jeremy choisit de rester non loin de la porte. Il commença par observer la rue, mais les immeubles inconnus qui se dressaient de l'autre côté ne firent qu'aggraver les choses. Il regarda derrière lui et vit Darcy qui sortait du magasin avec une boule de gomme.

« Regarde. Elle est rose, dit-elle. Ma couleur préférée.

— C'est vrai ? » fit Jeremy.

Il était soulagé de la voir. Il se retourna de façon à regarder de nouveau vers la rue. Darcy était debout à côté de lui.

« Il y a des bijoux aussi, et puis d'autres trucs, dit-elle. On les voit dans la machine mais ils ne sortent jamais. Tu crois que je pourrai en avoir un jour ?

— Peut-être, oui.

— Peut-être bien qu'ils sont seulement là pour tromper les gens. Tu crois que c'est ça ? Tu crois que tout ce qu'ils veulent c'est te prendre tes pennies ? »

Une pensée terrifiante traversa l'esprit de Jeremy. Il se vit abandonné à côté de l'épicerie Perry's. Comment ferait-il pour rentrer chez lui ? Il s'imagina posant le bout d'une chaussure sur la chaussée, puis le retirer et se détourner, incapable de traverser. « Je suis désolé, je ne peux pas », lui faudrait-il avouer. Il repensa à ce jour où il avait escaladé l'arbre de son jardin quand il avait trois ans. Il n'était grimpé que jusqu'à la première branche, mais il s'était trouvé incapable de redescendre. Dès qu'il s'y essayait, il avait les cheveux qui se dressaient sur la tête et des picotements sous la plante des pieds. « Qu'il y reste, avait décrété son père. Il finira bien par redescendre. » Puis, à la nuit tombée, voyant qu'il n'y était toujours pas arrivé, son père avait rejoint l'arbre en trois longues enjambées pour l'attraper sans ménagement par la taille, et dans cet instant vertigineux, Jeremy avait poussé des hurlements qui n'avaient cessé que lorsque ses pieds avaient touché la terre ferme. Cette fois, Mary le prendrait par la main, le pousserait gentiment et, à force de cajoleries, l'inciterait à faire un pas puis un autre. « Venez, vous en êtes en capable, vous verrez, quand vous arriverez de l'autre côté, vous vous retournerez et vous rirez de voir combien c'était facile. » Seulement, il n'en ferait rien. Il serait forcé de reculer, et à présent il était trop lourd pour être porté à bras-le-corps. Il se vit passer le restant de ses jours sur cette nouvelle île, exposé aux yeux du monde, adossé au mur comme une cible.

« Dis, tu veux la moitié de ma boule de gomme, Jeremy ? lui demanda Darcy.

— Non, merci, Darcy.

— J'ai pas de couteau, mais je peux en mordre la moitié. »

La terreur monta en lui comme l'eau dans une cave inondée, gagnant d'abord ses pieds, avant d'envahir rapidement ses jambes, son ventre puis son torse, pour venir s'égoutter par le bout de ses doigts. La surface plate et froide de la peur emplissait sa gorge à ras. Il déglutit et la sentit s'incliner puis se remettre à niveau. Il fut terrassé par la nausée, ses genoux se dérobèrent sous lui, et il glissa à terre pour se retrouver assis à même le trottoir, les pieds devant lui. « Jeremy, arrête de faire l'idiot », protesta Darcy, mais en le voyant incapable de sourire ou de lever les yeux vers elle, elle cria : « Jeremy ? Jeremy ? » Elle rentra en hurlant dans l'épicerie ; sa voix déchira le coton qui paraissait s'être enroulé autour de sa tête. « Maman, viens vite, Jeremy est tout aplati sur le trottoir ! » Alors, il se vit entouré de pieds anxieux qui se bousculaient autour de lui — les tennis de Darcy, les sandales de Mary et une paire de mocassins trapus que recouvrait presque un long tablier ensanglanté. « C'est la chaleur », décréta le tablier. Mary s'enquit :

« Jeremy, que se passe-t-il ? Vous êtes malade ?

— J'ai la nausée », répondit-il.

Elle posa à côté de lui un sac dans un bruit de

papier froissé, se pencha pour mettre une main sur son front et se redressa. Ses sandales étaient ce qu'il avait vu de plus imposant chez elle. L'ourlet de sa jupe était si près de lui qu'il en voyait les points, il voyait aussi le dessous de sa poitrine et puis le triangle sous sa mâchoire. « Voulez-vous m'épouser ? » lui demanda-t-il.

Elle se mit à rire. « Non, mais je vais vous raccompagner et vous mettre au lit, dit-elle. Vous pouvez vous mettre debout ? Vous avez besoin d'air. » Elle lui souleva la tête, l'aida à se redresser. « Faites quelques pas, à présent. Cela vous dégagera le cerveau. Tenez, prenez ça. » Elle extirpa une boîte bleu marine de son sac à provisions, et tandis qu'il vacillait à ses côtés, déchira le papier et lui tendit un biscuit à la cannelle.

« Parfois, ça aide de grignoter un petit quelque chose, lui dit-elle.

— Non, non.

— Essayez, Jeremy. »

Il se contenta d'étreindre le biscuit dans sa main. Il avait le sentiment que s'il ouvrait la bouche, il risquait de voir se déverser le peu de forces qu'il lui restait. Pas à pas, il rentra chez lui, tremblant mais bien droit, en s'appuyant au bras de Mary. Le tablier ensanglanté diminua au loin. Darcy les précédait en sautillant. Ils approchèrent de la rue, tandis que Jeremy s'abîmait en suppliques muettes à l'adresse du feu : « Passe au vert, s'il te plaît, passe au vert, laisse-moi au moins le temps de reprendre mes esprits. » Mais le feu resta d'un rouge diabolique et Mary lui fit descendre le trottoir sans même marquer un instant d'arrêt et traverser le désert de ciment, puis remonter de l'autre côté. Il était chez lui. Dans son pâté de maisons.

Il redressa les épaules en poussant un long soupir. Mary lui dit :

« Vous êtes comme Darcy, c'est tout, quand vous ne prenez pas de petit déjeuner, vous êtes pris de nausées. C'est bien cela, non ?

— Je parlais sérieusement. Je vous ai demandé de m'épouser, dit Jeremy.

— Mais l'un comme l'autre, vous refusez, vous dites que vous êtes incapables d'avaler quoi que ce soit, vous ne voulez pas... »

Elle s'arrêta. Elle se retourna pour le fixer du regard dans un silence qui devint pénible, tandis que Jeremy attendait, tête basse.

« Oh, Jeremy, finit-elle par dire. Merci. Mais voyez-vous, je ne peux pas me marier.

— Comment cela ?

— Mon mari refuse de m'accorder le divorce.

— Ah, je vois, fit Jeremy.

— Mais c'est très gentil à vous de me l'avoir demandé et je tiens à ce que vous sachiez combien je suis flattée.

— C'est sans importance. »

Il resta figé l'espace d'une minute, puis ils reprirent tous deux leur chemin. Loin devant eux, Darcy bondissait, gambadait, virevoltait. Ses cheveux lui faisaient penser à une matière métallique tombée du ciel, qui tour à tour attrapait les reflets du soleil, les faisait plonger, et les rattrapait. Il fixa les yeux sur eux en continuant à avancer d'un pas chancelant. Une fois sa maison en vue, il porta le biscuit à la bouche et en prit machinalement une bouchée. Mary avait raison, cela l'aidait. Son cerveau se dégagea. Son estomac se remit d'aplomb. Il sentit la cannelle qui s'exhalait de sa bouche, emportant dans ses effluves le goût de métal, laissant son haleine aussi fraîche que celle d'un enfant. Et comme un enfant, il se laissa reconduire chez lui, obnubilé par son biscuit. Sa tête résonnait de craquements et le devant de sa chemise était parsemé de petites miettes pointues. Il se sentait indolent d'épuisement, et une vague impression de soulagement lui liquéfiait les os au point qu'il aurait pu s'allonger par terre et s'endormir à même le trottoir.

À présent, il ne descendait plus quand Mary préparait le petit déjeuner. Il traînait au lit, se levait par étapes, restant souvent adossé à son oreiller à regarder fixement par la fenêtre, parfois une heure durant. La fiche perdit sa punaise et tomba derrière son lit ; il l'y laissa. Le haut du corps avachi, il passait son temps à lisser le drap sur sa poitrine, et quand il lui prenait l'envie de changer de paysage, il levait les yeux de la partie inférieure de la fenêtre munie d'une moustiquaire, qui était ouverte, vers la partie supérieure, où deux carreaux crasseux ternissaient la lumière matinale. Peut-être se déciderait-il à les laver un jour. Le parquet était encadré par un rectangle de saleté qui partait des plinthes pour ne s'estomper qu'aux endroits de son passage où la pellicule de poussière était usée. De minuscules chutes de papier jonchaient le sol, certaines si vieilles qu'elles semblaient incrustées dans le bois. S'il y avait assez de lumière, il lui suffisait de tourner le regard vers son atelier pour apercevoir un long cheveu roux étincelant coincé entre deux lattes. Il avait appartenu à une de ses étudiantes qui était venue deux ans auparavant et dont il avait oublié le nom. Il n'avait rien fait ni pour l'ôter ni pour le conserver. Il était là, un point c'est tout, objet dont il enregistrait la présence le matin sans envisager d'y remédier d'une quelconque manière.

Lorsqu'il parvenait à s'arracher à son lit, il lui fallait encore affronter la salle de bains glaciale même en été, avec ses installations sanitaires craquelées et rouillées, son ampoule nue qui se balançait au plafond en exposant chaque pore de sa peau dans le miroir détrempé. Il passait des heures à se raser. Il traçait un étroit passage en travers de sa joue puis restait à se fixer droit dans les yeux jusqu'à ce qu'il lui vienne à l'esprit de soulever à nouveau son rasoir. Même devant le miroir, il ne se souciait aucunement de changer d'expression. Ses muscles étaient affaissés, la peau douce de son cou retombait mollement en poche. Rien ne lui échappait et ce qu'il voyait lui déplaisait, mais il considérait la chose avec détachement, tout comme il pouvait ne pas aimer un tableau ou une scène de rue dont il était témoin. Puis, quand il était fatigué de se raser, il sortait, souvent sans même prendre la peine de rincer les traces de savon, si bien qu'il gardait la peau sèche et irritée. Il s'enveloppait dans un peignoir, enfilait ses pantoufles en crochet, et, d'un pas traînant, rejoignait son atelier où il restait assis un long moment à examiner sa dernière pièce. Trop de bruns. Pas assez de contrastes. Désormais, il ajoutait de plus en plus de vrais objets — des punaises, des rondelles, des bouts de ficelle, insérés dans la masse confuse de papiers colorés. Brian n'avait pas encore vu ces dernières pièces. Mais Jeremy n'en avait que faire. Il décollait un bout de ficelle qui n'était pas dans le bon angle, en laissant un serpentin de colle blanche séchée. En le faisant tomber par terre, il remarquait, au pied du tabouret, le couvercle métallique d'une boîte de pastilles contre la toux. Le temps de décider où il allait le coller, il avait oublié de s'habiller. Il détachait des bouts de matière à coups de ciseaux, en assemblait d'autres. Il allait fouiller dans le bric-à-brac d'un tiroir de commode en maintenant d'une main la cordelette élimée qui fermait son peignoir. Jusqu'au moment où il entendait claquer dans l'escalier les talons de Mrs Jarrett qui montait laborieusement jusqu'au premier, et de là, lui lançait : « Mr Pauling, je ne vois pas votre vaisselle, n'avez-vous donc pas pris votre petit déjeuner ? Nous nous faisons du souci pour vous. Soyez gentil, venez. » S'il était trop absorbé par son travail, il se contentait de traîner les pieds sur le parquet pour lui montrer qu'il n'était pas mort dans son sommeil. D'autres fois, il reposait ses ciseaux en soupirant et allait chercher des vêtements dans sa chambre. La plupart tombaient en loques, à présent. Il ne cessait de jeter des chemises lacérées de longues déchirures, des pantalons aux fermetures Éclair cassées, des caleçons dont l'élastique avait disparu, mais il ne prenait plus la peine d'en recommander chez Sears Roebuck. Il les lançait dans la corbeille à papiers non sans un certain plaisir, puis écoutait avec satisfaction les éboueurs vider les poubelles dans un fracas de métal en emportant ses affaires avec eux. Cela lui faisait du bien de se délester ainsi. Il songeait aux réveillons du Nouvel An auxquels il avait assisté, au soulagement qu'il éprouvait à balayer une année de plus et s'épousseter les mains en se disant que cela faisait toujours douze mois de moins à passer. Et puis à toute sa vie, à ces centaines de souvenirs qu'il avait classés, à ces années qui lui avaient été assignées et qu'il avait dûment endurées, en attendant de parvenir au bas de la pile.

Son petit déjeuner correspondait au déjeuner des autres. Mrs Jarrett déjeunait dans la salle à manger, le couvert mis bien comme il fallait sur un des sets de table en lin de sa mère, une serviette assortie sur les genoux. Mr Somerset engloutissait un œuf au plat à même la poêle. Miss Vinton, qui rentrait de la librairie pour l'heure du déjeuner, s'attablait dans la cuisine pour compulser des catalogues d'éditeurs en mangeant du pain diététique.

« Nous avons reçu un nouveau Klee, Mr Pauling,

disait-elle sans même lever les yeux. Je vous l'ai posé sur la desserte.

— Merci, Miss Vinton. »

Il mangeait ce qui lui tombait sous la main — un paquet de beignets de la veille ou une conserve de soupe froide. Après chaque bouchée, il s'essuyait les mains sur les jambes de son pantalon avant de tourner une page du Klee. Il fallait que Miss Vinton le rapporte avec elle à la librairie, sans une seule trace, avant que son patron ne s'aperçoive de sa disparition. La couverture du livre était d'un blanc brillant, promesse de nouveauté, de pureté, de merveilleux. L'ouvrage commençait par un long enchevêtrement de mots, une biographie de Klee que Jeremy ne prenait pas la peine de lire. Qu'en avait-il à faire ? Il se plongeait directement dans les tableaux ; il les buvait des yeux, en proie à un sentiment de sécheresse et de perméabilité, une immense soif de voir. Il était partagé entre l'envie de rester des heures sur chaque page, même lorsqu'il avait vu les tableaux reproduits dans d'autres livres, et la nécessité de passer au plus vite à la suivante pour être sûr d'avoir fini à temps. Parfois, il hasardait :

« Miss Vinton, je me demandais si je pourrais...

— Mais bien sûr, Mr Pauling, je le rapporterai demain, répondait-elle en remballant son pain diététique. Mr Mack ne s'en apercevra pas. »

Elle ne l'avait jamais bousculé, pas plus qu'elle n'avait manifesté la moindre inquiétude en le voyant manipuler les livres, bien que Jeremy sût que Mr Mack était excessivement strict sur ce genre de choses. Et tout au long de ce mois d'août où la vie de Jeremy paraissait plus terne et plus triste que jamais, elle s'arrangea pour lui rapporter un nouveau livre quasiment chaque jour, devinant peut-être qu'il avait besoin de réconfort. Klee, une série d'impressionnistes, Miró, Renoir. Un livre sur les primitifs américains dont les paysages de maisons de poupées et l'absence de perspective l'emplirent d'une sorte de nostalgie. Si seulement il pouvait se glisser dans leurs tableaux ! Si seulement il pouvait vivre en un lieu où les gens ne rétrécissaient jamais, quelle que soit la distance qu'ils parcouraient ! Miss Vinton lui rapporta un Braque, un artiste qu'il n'aimait pas. Ce jour-là, il passa l'heure du déjeuner à jauger l'angoisse que chaque tableau éveillait en lui, le malaise suscité par une certaine maladresse des formes. Il y avait des années de cela, quand il était encore au lycée, un professeur de dessin avait fait copier trait pour trait un tableau de Braque à la classe de Jeremy. Il s'était senti nauséeux d'un bout à l'autre de l'exercice. Il avait l'impression qu'à s'absorber ainsi dans le tableau d'un autre, il risquait de se dissoudre jusqu'au néant. Il retrouva le tableau — une nature morte représentant un instrument de musique — et le fixa jusqu'à ce que cette vision lui devînt si insupportable qu'il fut forcé de tourner la page.

« Voulez-vous le garder jusqu'à demain ? lui proposa Miss Vinton en se levant pour faire sa vaisselle. Cela a l'air de vous plaire.

— Quoi ? Non, non, fit Jeremy, je vous en prie, surtout pas, reprenez-le. »

Puis il rougit de s'être montré si grossier et posa le regard sur elle. En été, une fois dépouillés de son cardigan lavande, ses bras osseux parsemés de taches lui donnaient une allure vulnérable. Lorsqu'elle referma le robinet, de longs fils blancs apparurent au creux de son poignet.

« Mais je vous remercie infiniment de m'avoir apporté ce livre, ajouta Jeremy. Je suis désolé, je ne voulais pas...

— Oh, ne vous en faites pas, je ne l'ai jamais beaucoup aimé moi-même. »

Elle se retourna sans rien avoir perdu de sa belle humeur pour suspendre son torchon, et prit son sac sur la table. Pendant ce temps, Mrs Jarrett mangeait une coupe de fruits dans la salle à manger, au son distingué de sa cuillère qui tintait avec une régularité d'horloge. Mr Somerset posa sa poêle dans un silence grave, en veillant à ce qu'elle soit bien centrée sur le cercle du brûleur, prête à resservir au prochain repas. La douceur des vieilles gens était incomparable. Se sentirait-il jamais autant en paix qu'au cœur de ce triangle de voix grises feutrées ?

C'est alors qu'en manière de réponse, arrivait la relève — Darcy qui claquait la porte et galopait dans le couloir, un seau de pissenlits à la main, Mary qui riait en lançant avertissements, menaces et promesses, et parfois, le week-end, les sifflotements stridents de Howard et le crissement de ses tennis. « Où est le lait que j'avais laissé ici ? » ; « Qui veut un pissenlit ? » ; « Darcy, tu vas te cogner contre quelqu'un ! » ce qui ne manquait pas d'arriver, comme si Darcy dépendait des autres pour l'obliger à ralentir. *Paf!* en plein dans Miss Vinton. « Darcy ! Excuse-toi », et Darcy continuait à virevolter dans la cuisine pour achever sa course en jetant ses bras autour de Howard.

« Howard, fais-moi des crêpes, Howard.

— Laisse-le tranquille, Darcy.

— Tiens, tiens, disait Howard à Mary, en fait, vous êtes jalouse parce qu'à vous, je ne vous fais pas de crêpes. »

Puis la cuisine se disloquait sous les éclats de rire, Miss Vinton sortait en souriant et Mr Somerset se détournait de la cuisinière, médusé par ces excès de gaieté, abasourdi devant tant de frivolité. « Quoi ? » disait-il. Mary encerclait Darcy de ses bras :

« Lait ou jus de pomme, jeune demoiselle ?

— Les deux, répondait Darcy. Non, attends. Est-ce que je préférerais pas du jus de pomme ? »

Elle se tournait vers Jeremy, paraissant s'attendre à ce qu'il réponde pour elle, mais Jeremy avait les yeux rivés sur Mary. Il observait la courbe de sa joue contre les cheveux blond paille de Darcy ; il songeait à l'effet apaisant, lénifiant qu'avait sur lui la ligne quasi droite de ses sourcils.

Pourquoi s'était-il vu refuser la seule chose qu'il eût jamais espérée de sa vie ?

Au début du mois de septembre, Darcy entra en maternelle et Mary trouva un travail. Une tâche qu'elle pouvait faire chez elle : tricoter à la machine des chaussettes à carreaux. Le matin, pendant que Darcy était à l'école, Mary travaillait seule dans sa chambre, mais la fillette qui rentrait à l'heure du déjeuner passait son temps à aller et venir en laissant la porte ouverte, et la machine à tricoter eut tôt fait de devenir partie intégrante de la maison. Elle se composait d'un cercle d'aiguilles verticales qu'il fallait dans un premier temps enfiler une à une. C'était la tâche la plus longue. Puis Mary tournait une grosse manivelle un nombre de fois précis, pour s'arrêter et réenfiler un fil d'une autre couleur. Quand il passait devant sa chambre, Jeremy l'apercevait, silhouette recroquevillée, arquée sur sa machine, qui fronçait les sourcils en fixant des yeux de métal bien trop rapprochés les uns des autres. Elle lui faisait penser à ces vieilles photos illustrant les conditions de travail misérables des ateliers d'autrefois. Mais une fois terminé l'enfilage, Mary pouvait se redresser et s'écarter de la machine, et la manivelle était si facile à actionner qu'elle laissait parfois faire Darcy, en comptant le nombre de tours. Les nombres s'égrenaient dans toute la maison : « Trente-six ! Trente-sept ! » Après le silence tendu qui régnait au moment de l'enfilage, la voix de Mary et le fracas de la machine en rotation prenaient des accents de cris de joie. Où qu'il se trouvât, Jeremy relevait la tête pour écouter, et il avait observé que dans ces instants-là, la maison tout entière paraissait se détendre, les autres pensionnaires devenir plus bavards, comme s'ils étaient eux aussi demeurés tendus pendant l'enfilage.

À la fin de sa première semaine de travail, Mary emballa les chaussettes tricotées dans un carton. Elle confia Darcy à Mrs Jarrett et prit un bus pour se rendre à la fabrique où elle était censée les livrer.

« Et moi, pourquoi je peux pas y aller ? demanda Darcy.

— Parce que tu ne t'amuserais pas, lui répondit Mrs Jarrett. Maman va à la fabrique, où c'est tout vilain et tout sale. »

Jeremy sentit quelque chose se rétrécir en lui. Comme si son absence n'était qu'une longue période d'enfilage, il resta figé, le dos raide, sur une chaise du salon, respirant à peine, en tournant silencieusement les pages d'un livre de maîtres anciens que sa mère lui avait offert. « Mais enfin, vous n'avez donc rien à faire ? finit par lui demander Mrs Jarrett. Je croyais que le samedi, vous aviez des élèves. » Jeremy leva la tête sans cesser de tourner les pages. Il avait perdu son dernier élève le mois précédent et aucun autre n'avait encore appelé, mais avant qu'il n'ait eu le temps de formuler tout cela, ses pensées repartirent à la dérive et il oublia de répondre.

Mary rentra juste avant le déjeuner, avec un nouveau carton de pelotes. Sitôt qu'elle l'entendit, Darcy se rua hors de la cuisine, Mrs Jarrett sur ses talons, et Jeremy se leva en serrant son livre contre son ventre. Il pensait voir disparaître la sensation de rétrécissement qu'il éprouvait, mais ce ne fut pas le cas. Mary avait la mine grise et les épaules affaissées.

« Comment va notre femme d'affaires ? lui lança Mrs Jarrett en applaudissant.

— Oh, ça va.

— Vous avez l'air un peu fatiguée.

— J'ai été obligée de faire la queue un bon bout de temps. Il y a un tas de gens qui font ce travail.

— Ah oui ? Quand je pense que je n'en avais jamais entendu parler auparavant. Avez-vous rencontré des gens intéressants ?

— Oh, des paumés surtout. Juste... juste des paumés, vous voyez. »

Elle posa son carton sur la table et s'assit.

« J'ai gagné moins d'argent que je ne l'escomptais, dit-elle.

— Veillez à ce qu'on vous paie tout ce que l'on vous doit, mon petit, vous m'entendez ? »

Jeremy, qui était retourné sur sa chaise, ne cessait de hocher la tête en signe d'acquiescement. Il se sentait aussi triste et épuisé que Mary. Il aurait voulu lui offrir quelque chose — un café ? Elle ne buvait pas de café. Dans les romans de sa mère, un riche gentleman viendrait en cet instant à la rescousse de Mary pour l'arracher à la misère de son atelier, mais Jeremy était le seul gentleman présent et il n'était pas riche. Qui plus est, Mary n'avait pas même l'air d'avoir remarqué sa présence dans la pièce. Elle ne s'adressait qu'à Mrs Jarrett.

« Oh, on m'a payé ce qu'on me devait. Mais j'ai fait quelques erreurs, et puis je suis encore lente. Certains les sortent à la douzaine, moi pas. Je ne sais pas pourquoi. J'avais l'impression d'aller si vite. Je m'étais dit que je pouvais assurer le loyer et les courses et puis les vêtements de Darcy pour l'école, et tout ça en quelques heures par jour.

— Allons, allons, fit Mrs Jarrett, donnez-vous un peu de temps. »

Jeremy continua à acquiescer de la tête. Il gardait les yeux rivés sur l'étiquette du carton de pelotes — un rectangle d'un jaune criard, une couleur qu'il avait toujours détestée. Il était d'un tel éclat qu'il en avait mal aux yeux. Il imagina une quelconque marque de savon lui faire gagner vingt-cinq mille dollars qu'il lui offrirait en regardant son front se dérider lentement, son visage s'éclaircir à mesure qu'elle contemplait ce qu'il lui avait mis dans les mains. « Non, non, lui dirait-il, il n'y a aucune condition. Je ne vous demande pas même de devenir mon amie, mais je vous en prie, arrêtez d'enfiler ces aiguilles... » Pourtant, si elle avait tout cet argent, n'y avait-il pas de fortes chances qu'elle le quitte ?

Mais ne l'avait-elle pas déjà quitté ? Avait-elle jamais été vraiment là ?

« Dis, on peut aller prendre notre glace, maintenant ? » demanda Darcy.

On lui avait promis une gâterie. Mary lui avait dit qu'à son retour, elle serait riche. « Pas maintenant, Darcy, intervint Mrs Jarrett, laisse maman se reposer un peu », mais Mary répondit : « Non, non, ça va. Allons-y. » Elle prit son sac et elles quittèrent toutes deux la maison. Il n'y eut pas une seule porte claquée, cette fois, ni aucun échange de voix dehors. Après leur départ, la maison conserva son atmosphère de tristesse, d'ombre et de lassitude. Mrs Jarrett s'assit en soupirant sur le canapé aux ressorts grinçants. Jeremy tourna une page et caressa les contours d'un Rubens. « C'est tout de même une honte, dit Mrs Jarrett. Croyez-vous qu'elles vont se retrouver à l'aide sociale ? »

À ces mots, il se sentit transpercé. Il leva les yeux, bouche bée.

« Et dire que c'est une petite si dégourdie. On pourra dire tout ce qu'on voudra, les diplômes, ce n'est pas tout dans la vie.

— L'aide sociale ? » répéta Jeremy.

Mais Mrs Jarrett parlait à son tricot.

« Je lui ai dit : "Ce qu'il vous faut, mon petit, c'est un mari. — Oui, n'est-ce pas ?" m'a-t-elle répondu en riant, sans me prendre au sérieux, mais je suis on ne peut plus sérieuse. Évidemment, je ne connais pas toute l'histoire, je ne sais pas si elle est mariée, veuve ou peu importe, mais c'est encore une jeune femme, et de surcroît, elle a un enfant. Avez-vous remarqué à quel point cette enfant est devenue intenable ? Elle qui savait si bien se tenir. Elle a besoin d'un père, il suffit de voir cette façon qu'elle a de tout répéter. Cela montre qu'on ne l'écoute pas assez, sa mère a des soucis en tête, elle ne peut pas lui prêter attention. On ne peut pas lui en vouloir, évidemment, je comprends bien que... »

Jeremy considéra le Rubens les yeux plissés, une grosse dame blonde toute nue qui riait. Il se rendait compte que les paroles de Mrs Jarrett s'entortillaient autour de lui comme de la vigne et prenaient racine dans la triste nuit qui régnait au fond de son être. La grosse dame lui rappelait une de ses élèves, une certaine Sally Ann quelque chose qui voulait apprendre la technique du portrait. Elle pesait quatre-vingt-dix kilos ; c'est elle-même qui le lui avait dit. Elle paraissait en être fière. Un beau jour, elle lui avait demandé : « Est-ce que vous aimeriez faire du nu ? Je pourrais poser pour vous. » Puis, elle était venue tout près de lui, elle lui avait mis la main sur le bras en lui souriant, le regard étrangement rivé sur sa bouche. « Non, non », avait-il dit. Il ne se sentait pas prêt. Il avait reculé en secouant la tête, trébuchant sur une boîte de conserve pleine de pinceaux. « Non, non, c'est inutile, en fait, je ne peins pas. » Mais, le soir venu, il était resté au lit sans pouvoir trouver le sommeil, en regrettant sa réaction, et peu à peu s'étaient imposés à lui l'image de Sally Ann, qu'il n'aimait pourtant pas, et tout le charme que pouvait avoir une personne potelée de partout. Mais quand elle était revenue à l'atelier, il s'était aperçu qu'elle lui déplaisait toujours autant, et il avait veillé à garder ses distances, bien qu'elle ne lui ait jamais plus proposé de poser pour lui. Que s'était-il alors passé ? Avait-elle cessé de venir ? Il était incapable de s'en souvenir. Il contempla le Rubens qui lui riait au nez, les paupières mi-closes, et éprouva une sorte de sentiment de gâchis, comme un vieillard qui se rend compte pour la première fois du peu de temps qu'il lui reste.

« … et puis ma propre sœur s'est mariée quatre fois, disait Mrs Jarrett. Évidemment, certains ont dit que c'était pousser les choses un peu loin, mais je ne sais pas. Pour être honnête, je ne la condamne pas. Nous avons tous besoin de pouvoir nous reposer sur quelqu'un. J'imagine que je vais passer le restant de mes jours à me sentir toute nue sur mon bout de trottoir à chaque fois que je pars en promenade ; j'ai soixante-quatre ans et j'ai été plus longtemps veuve que mariée. »

Jeremy sombra sur sa chaise en laissant le livre se clore et il ferma les paupières. Il les garda fermées si longtemps que Mrs Jarrett le crut endormi. Quoi qu'il en soit, elle avait le vague sentiment qu'il ne l'écoutait pas.

Il se réveilla au beau milieu de la nuit, persuadé d'avoir entendu quelqu'un l'appeler, mais il comprit que c'était un rêve. Il fut incapable de se rendormir. Il avait froid, et dut s'agenouiller dans son lit pour fermer la fenêtre. Puis il s'aperçut qu'il avait mal à la tête. Il se dirigea à tâtons vers la salle de bains, trouva un tube d'aspirine et avala deux cachets avec une gorgée d'eau tiède qu'il prit au robinet. Dans le miroir, sa silhouette lui apparut sous le clair de lune encadrée d'un halo doré. Il étudia la façon dont ses épaules s'inclinaient. Il se trouvait des allures de colline arrondie. Il ne voyait aucune raison de bouger, pas même de retourner se coucher. Il avait pris racine devant le lavabo. Puis, au loin, il crut entendre un vrombissement si faible que ce pouvait être le fruit de son imagination. Il inclina la tête et s'efforça de le localiser. Tel un somnambule, il tendit les mains devant lui, sortit de la salle de bains à l'aveuglette et traversa son atelier jusqu'à la fenêtre de derrière restée ouverte, où le son devint plus distinct. Il lui fallut encore une minute avant de réussir à l'identifier : la manivelle de la machine à chaussettes de Mary. Il s'appuya à deux mains sur le rebord de la fenêtre puis pencha la tête et l'imagina en longue chemise de nuit flottante de flanelle, les épaules drapées d'un châle, peinant à la tâche à la lueur enfumée d'une lanterne. Puis il tourna les talons et regagna sa chambre.

Toujours dans l'obscurité, il ouvrit des tiroirs, fit glisser les cintres sur la barre de sa penderie et fouilla dans son sac à chaussures. Il retrouva la seule chemise de soirée qu'il possédait, aisément reconnaissable sous le cellophane de la blanchisserie. Elle était dans un état déplorable, le tissu était avachi et le col élimé, mais il se dit qu'elle ferait l'affaire. Il noua une cravate non sans mal, en s'efforçant de se remémorer la complexe suite de gestes que lui avait enseignée le prédécesseur de Mr Somerset, bien des années auparavant. Puis ce fut au tour du costume — un trois-pièces acheté sur catalogue dans les années cinquante, mais qui lui allait encore. Puis des chaussettes, assorties ou non, peu importe — il n'en était pas sûr et jugeait important de ne pas allumer la lumière. Des chaussures noires trop serrées, également achetées par correspondance. Un mouchoir enfoncé dans la poche de poitrine, comme sa mère le lui avait appris. Sur ce, il retourna devant le miroir de la salle de bains, se peigna les cheveux en faisant bouffer légèrement le petit nuage luisant au clair de lune qui flottait au sommet de son crâne. Il reposa le peigne sur le rebord du lavabo, sortit très posément de sa chambre et commença à descendre les marches. À chaque pas, il était pris de nausées de plus en plus violentes, mais il se força à y résister.

Toutes les portes du premier étaient closes et plongées dans l'obscurité. Seuls déchiraient l'air les ronflements échevelés qui montaient de la chambre de Mr Somerset. Les réverbères qui éclairaient le rez-de-chaussée révélaient les contours des meubles, mais non leur couleur. Tout était baigné de différentes nuances de gris velouté, qu'il imaginait proches de la vision des daltoniens. Jeremy avait souvent essayé de se représenter le daltonisme — qui était selon lui un des pires handicaps qui soient, juste après la cécité —, et il laissa un long moment son regard se brouiller et errer dans le vague, comme si c'était là l'unique raison pour laquelle il s'était habillé et était descendu. Puis le ronflement reprit. Il redressa les épaules, traversa le salon, puis la salle à manger, où une lame de lumière effilée filtrait sous la porte de la chambre de Mary. Lorsqu'il frappa la première fois, il n'y eut pas de réponse, mais au second coup, la machine s'arrêta.

« Il y a quelqu'un ? demanda-t-elle.

— C'est moi, c'est Jeremy.

— Jeremy ?

— Je suis désolé de vous déranger à une... »

Il sursauta en entendant tout près de lui la poignée de porte cliqueter dans un bruit de ferraille. Le flot de lumière qui envahit la salle à manger l'aveugla et Mary apparut soudain, vêtue de sa robe bleue, les cheveux encore attachés comme en plein jour. « Est-ce que je vous dérange ? lui demanda-t-elle. Je voulais profiter de ce que Darcy dormait pour faire quelques paires de plus.

— Non, non. »

Darcy était étendue de tout son long sur le grand lit et prenait toute la place. Mary avait adapté un sac en papier bleu de Woolworth sur l'ampoule pour la protéger de la lumière. Une fois que les yeux de Jeremy se furent accoutumés, il se rendit compte qu'en réalité, la chambre était plongée dans la pénombre. Il était incapable d'imaginer quiconque y enfiler une aiguille. « J'aurais dû y penser plus tôt, dit-il. Rien ne vous oblige à mettre la machine dans votre chambre, vous pouvez l'installer n'importe où dans la maison. Personne n'y trouvera rien à redire. Je ne pensais pas que vous continueriez à travailler pendant que Darcy dormait, voyez-vous... »

Il chuchotait, de crainte de réveiller Darcy, mais Mary parlait normalement. « C'est très gentil de votre part, Jeremy, dit-elle, mais je ne crois pas que cela la dérange. Elle a le sommeil profond. » Ils contemplèrent tous deux Darcy, qui semblait d'une pâleur de cire, les yeux scellés, bras et jambes pour une fois immobiles. « Mais je vous remercie d'y avoir pensé », lui dit Mary avec un sourire éclatant de pure convenance.

Elle était persuadée que c'était uniquement pour cela qu'il était venu — pour lui proposer davantage d'espace. Et à présent, elle attendait qu'il s'en aille.

« De toute façon, je vais peut-être arrêter pour ce soir, dit-elle. Je me sens un peu fatiguée.

— Mais personne ne sait que vous êtes encore mariée », lança soudain Jeremy.

Son sourire s'évanouit.

« Les gens croient que vous êtes veuve ou divorcée. Personne ne sait que vous n'êtes pas libre de vous remarier.

— Jeremy, vraiment, je...

— Je vous en prie, écoutez-moi. C'est tout ce que je vous demande. Si vous dites non, je ne vous importunerai plus. Écoutez. Cette maison est faite pour vous, vous le voyez bien. Parfois, nous avons des nouveaux pensionnaires qui viennent un jour et qui repartent le lendemain, ils n'ont pas l'air de s'y plaire. Mais vous, ce n'est pas pareil, vous avez passé tout l'été avec nous.

— Oui, mais voyez-vous, je ne voulais pas vraiment...

— Ici, vous êtes dans votre élément. Tout le monde veut que vous restiez. Et vous savez les avantages qu'il y a ici, les facilités pour la cuisine, et puis Mrs Jarrett qui peut vous garder Darcy. Pour ce qui est de l'argent, j'en gagne un peu de temps à autre, pas beaucoup, je sais bien, mais assez pour que vous arrêtiez de tricoter des chaussettes, et puis Darcy a besoin d'un père, il paraît qu'elle devient intenable...

— Qui vous a dit cela ? demanda Mary d'une voix si forte que Darcy s'agita dans son sommeil en marmonnant.

— Mrs Jarrett.

— J'en suis très surprise.

— Alors voilà ce que je me suis dit, poursuivit Jeremy. Ne pourrions-nous pas juste faire semblant d'être mariés ? »

Mary le regarda fixement.

« Oh, je vous en prie, ne vous mettez pas en colère,

balbutia-t-il en trébuchant sur ses mots. Je sais qu'à entendre, ce n'est pas bien joli. Mais voyez-vous, pour moi, nous serions mariés. Ce n'est pas comme si nous pouvions faire autrement. Nous pourrions sortir sur notre trente et un, un matin, et rentrer en disant que nous sommes mariés à la mairie. Ce serait suffisant. Alors, nous serions mariés aux yeux de tous ceux que nous connaissons, je prendrais soin de vous, et vous pourriez commencer une nouvelle vie au lieu de continuer à tirer le diable par la queue, consacrer tout votre temps à Darcy, et avoir d'autres enfants si vous le souhaitez, sans jamais devoir les laisser pour aller travailler en échange d'un salaire de misère.

— Jeremy, dit-elle, je suis certaine que vous dites tout cela avec les meilleures intentions du monde...

— Oui », fit-il tristement.

Il comprenait à présent qu'elle allait refuser mais il lui fallait poursuivre malgré tout. « Ce ne sont pas des avances que je vous fais, mais une demande en mariage. J'ai le plus profond respect pour vous », lui dit-il. En levant les yeux, il s'aperçut que son expression avait perdu de sa sévérité et qu'elle le considérait d'un œil bienveillant et amusé, en secouant doucement la tête. « En outre, dit-il en se mettant à marmonner, je vous aime.

— Merci, Jeremy, cela me touche beaucoup.

— Quel espoir avez-vous d'une vie meilleure si vous continuez à refuser tout changement ? »

Mais il ne s'adressait plus qu'à lui-même en se cherchant une consolation et il avait déjà tourné les talons. Du seuil de la chambre de Mary, il vit la salle à manger revêtir des couleurs, une botte poussiéreuse de chrysanthèmes prendre des reflets orange sur la table. Puis le visage de Mary surgit dans son esprit tel qu'il l'avait entr'aperçu à l'instant où il s'était retourné — le sourire s'estompant, le regard plus sombre, plus pensif. Il se retourna de nouveau. Mary prit son souffle et, à l'onde de choc mêlée de panique qui l'envahit soudain, il comprit qu'elle s'apprêtait à accepter.

## 5

*Automne 1968*

## MISS VINTON

D'habitude, je restais à la maison avec les enfants pendant que Jeremy accompagnait Mary à l'hôpital en taxi. C'était avant que je n'achète ma petite voiture. Mary me réveillait au milieu de la nuit pour me prévenir que c'était à moi de prendre la relève. « Surtout, ne vous levez pas ! » me disait-elle toujours, mais évidemment, je me levais. Pour rien au monde, je n'aurais voulu rater un moment pareil. J'enfilais un peignoir et je me précipitais en bas pour leur dire au revoir, mais à chaque fois il se trouvait qu'ils n'étaient pas tout à fait prêts à partir. Mary attendait à la porte avec sa petite valise pendant que Jeremy était quelque part en train de chercher les clefs de la maison ou de la monnaie pour le taxi. Je tenais compagnie à Mary. Nous restions là toutes les deux à nous sourire. Nous étions aux anges. J'ai beau être une vieille fille, je sais reconnaître les moments de bonheur. Quand Jeremy arrivait tout inquiet et tremblant des pieds à la tête, je lui sortais son manteau et l'aidais à l'enfiler. « Allez, dépêchez-vous, leur disais-je. J'entends le taxi. Il ne s'agirait pas qu'il reparte sans vous. » J'ôtais les verrous puis j'ouvrais en grand la porte intérieure puis celle de l'extérieur, je me ruais dans l'air glacé de la nuit pour les précéder. J'avais envie de claironner : « Place ! Place ! Nous avons une femme enceinte avec nous ! Un bébé va naître ! » Mais je me contentais d'ouvrir la portière du taxi en fermant d'une main le col de mon peignoir. « Passez en premier », disais-je à Jeremy. Il marquait toujours une hésitation à cet instant-là, mais je lui donnais une petite tape sur l'épaule et il grimpait en voiture. Mary posait sa joue contre la mienne en se penchant au-dessus de son ventre et de sa valise comme d'autres se penchent au-dessus d'une table, ce qui nous faisait toujours rire. Un rien nous aurait fait rire, je crois. Mary paraissait illuminer le trottoir tant elle était rayonnante. « Je vous confie Jeremy », me chuchotait-elle à chaque fois. Puis, à voix haute, elle ajoutait : « J'y vais ! » et grimpait dans le taxi. Elle ouvrait la vitre et passait la tête pour me lancer : « Au revoir, Miss Vinton ! Et merci de vous être levée ! J'y vais ! Au revoir ! »

J'ai acheté ma petite voiture quand j'ai eu trop de rhumatismes dans les genoux pour continuer à faire de la bicyclette. J'ai choisi une DeSoto 1951, pas bien belle, mais fiable et sans histoires. À l'époque, la quatrième grossesse de Mary était bien avancée (la cinquième, en comptant Darcy). « Au moins, cette fois, lui avais-je dit, vous pourrez aller à l'hôpital en grande pompe, enfin en grande pompe c'est beaucoup dire, mais au moins vous ne serez plus tributaire de la compagnie de taxis. » Au fond de moi, j'étais quelque peu inquiète. J'avais beau m'être souvent rendue à l'hôpital, qui en outre n'était guère éloigné, j'avais dû vérifier l'itinéraire une bonne dizaine de fois. Je ne cessais de répéter à Mr Somerset : « Surtout, ne partez pas en novembre, je vous prie, promettez-le-moi. » Il était censé surveiller les enfants en mon absence. Or, Mr Somerset n'avait pas découché une seule fois depuis quatorze ans que je le connaissais. C'est vous dire combien j'étais à cran. Je regrettais amèrement que Julia Jarrett ne soit plus de ce monde. Ou tout du moins qu'on ne lui ait pas trouvé une autre grand-mère pour la remplacer, au lieu de transformer la chambre en nursery. On pouvait rêver mieux, comme baby-sitter, qu'un vieillard porté sur le bourbon. Dès octobre, avant même que Mary ait préparé sa valise, j'avais placé une robe à mon chevet, avec une paire de chaussures dessous, le tout prêt à être enfilé. J'avais pris l'habitude de dormir dans les sous-vêtements que j'avais l'intention de porter le lendemain. Je rêvais sans cesse que ma voiture tombait en panne d'essence à mi-chemin de l'hôpital.

Mais c'est à la mi-novembre, vers quatre heures du matin, que j'ai entendu frapper à ma porte. J'attendais ce moment depuis si longtemps que j'ai eu à peine à y croire. Quand je me suis précipitée en bas, je n'avais pas fini de boutonner ma robe et je portais ma ceinture en écharpe autour du poignet, et j'ai vu Mary, aussi calme que d'habitude, qui me regardait descendre en souriant. Elle était vêtue de sa robe de grossesse bleue que je l'avais quasiment toujours vue porter depuis qu'elle était mariée, sur laquelle elle avait enfilé son vieux manteau noir qu'elle n'avait pas pu fermer.

« Comment vous sentez-vous ? lui ai-je demandé.

— Ça va.

— Les contractions sont très rapprochées ?

— Toutes les quatre minutes.

— Jeremy ferait bien de se dépêcher, lui ai-je dit.

— Il ne vient pas.

— Comment cela, il ne vient pas ?

— Je ne l'ai pas réveillé. »

Je l'ai fixée du regard.

«Vous êtes là pour m'aider, dit Mary. Ce n'est pas comme s'il fallait encore que j'y aille en taxi.

— Mary, il ne voudrait pas vous laisser seule en un moment pareil pour tout l'or du monde», lui ai-je dit.

S'il y avait bien une chose dont j'étais sûre, c'était de cela. Cet homme aurait remué ciel et terre pour elle! Il suffisait de le voir pour comprendre à quel point il l'aimait. Mais Mary continuait à faire non de la tête, plantée devant moi comme la petite Abbie quand elle avait décidé quelque chose. «Vous n'imaginez pas quel calvaire c'est pour lui», me dit-elle.

Je le savais. Je le savais sans doute mieux qu'elle encore, mais je suis persuadée que tout le monde a le droit d'évoluer comme il l'entend. Évidemment, je n'en ai rien dit à Mary. Elle avait également des droits. Et peut-être des raisons dont j'ignorais tout, aussi me suis-je contentée de hocher la tête en me penchant pour ramasser sa valise.

«Comme vous préférez, lui ai-je dit. Vous avez tout ce qu'il vous faut?

— Je crois.

— Alors, allons-y.»

Il n'était pas même nécessaire de prévenir Mr Somerset, puisque Jeremy était à la maison.

Mais durant tout le trajet jusqu'à l'hôpital, j'ai eu le pressentiment que nous commettions une erreur. Mary, non, de toute évidence. Elle regardait par la vitre en bavardant de choses et d'autres — de la maison, des enfants. Je dois admettre que j'en étais soulagée. Je n'aime pas trop que les gens me fassent des confidences sur leur vie privée. De temps à autre, elle s'arrêtait de parler, ses traits devenaient impassibles et son regard se perdait au loin. Il n'y avait pas d'autres signes que le travail avait commencé. Dieu merci, tout ne se passait pas comme dans les films. Puis, au bout d'une minute, elle se détendait et poursuivait ce qu'elle avait commencé à dire. « Je voulais sortir l'anorak de Pippi. Cette veste en Nylon qu'elle porte n'est pas vraiment...

— Je m'en occuperai.

— Je crois qu'il est dans la malle. C'est celui d'Abbie, vous vous souvenez ?

— Oui, oui. »

Je ne m'étais jamais aperçue que les feux pouvaient être si longs.

« Et puis Darcy a besoin d'un mot de permission, elle part en excursion.

— Je l'écrirai dans la salle d'attente.

— Mais comment ferez-vous pour le signer ? Votre nom ne leur dira rien. »

Je pensais me contenter d'imiter la signature de Mary, mais cette idée ne lui ayant pas effleuré l'esprit, j'ai préféré trouver une autre solution.

« Je demanderai à Jeremy de la signer, ai-je dit.

— Ah oui. »

Mary s'est tournée vers moi. Pourquoi était-elle soudain devenue si belle ? Les coins de sa bouche relevés, ses cheveux remontés d'un geste pour basculer la tête en arrière sur l'appuie-tête. « Jeremy peut toujours le signer. » Puis elle a fermé les yeux et le feu est passé au vert. J'étais si pressée de redémarrer que j'ai bien failli casser la boîte de vitesses.

Une fois à l'hôpital, Mary a aussitôt été emmenée en fauteuil roulant, et je suis allée dans la salle d'attente que j'ai trouvée au fond du hall. C'était une pièce gigantesque et austère, avec du linoléum au sol, des meubles en vinyle, un bouquet rigide de fleurs de serre sur une table basse. Un monsieur chauve dormait, allongé sur un divan. Je me suis installée sur une chaise à l'autre bout de la pièce et j'ai allumé une lampe pour écrire un mot au dos d'une liste de courses: «À qui de droit, j'autorise Darcy Tell à se rendre en excursion aujourd'hui, signé...» en laissant un espace en blanc pour que Jeremy puisse y apposer sa signature. Puis je me suis radossée en contemplant le blanc. Je ne cessais de me demander s'il ne valait pas mieux que j'aille lui téléphoner. Après tout, une fois qu'il serait là, Mary serait peut-être contente de le voir? Je sais bien que dans ce couple, Jeremy a la réputation d'être le plus faible des deux, mais il est capable d'en surprendre plus d'un: les gens qui ont si peur de tout se révèlent parfois plus forts que le commun des mortels. J'ai sorti dix cents de mon porte-monnaie, puis je me suis ravisée. Je n'ai pas vécu quatorze ans en marge de la vie d'autrui pour rien. Je ne pouvais pas m'immiscer ainsi dans leurs affaires. Je suis donc restée sur mon siège. J'ai passé l'heure suivante à fumer cigarette sur cigarette en lisant des numéros de *Life* en lambeaux dont les photos floues paraissaient remonter à des années, comme toujours dans les salles d'attente. Puis quelqu'un a demandé: «Miss Vinton?» En levant les yeux, j'ai aperçu sur le seuil un médecin en blouse verte. «Vous êtes Miss Vinton? C'est Mrs Pauling qui m'envoie, a-t-il dit. Elle vient d'avoir un garçon.»

Je me suis étonnée: «Un garçon, vous êtes sûr?»

Cela l'a fait sourire, mais on ne peut pas vraiment m'en vouloir. Les trois premiers bébés sont des filles: Abigail, Philippa et Hannah. Il y avait si longtemps qu'ils espéraient un Edward, que le prénom commençait à perdre de sa nouveauté. Je crois que nous avions renoncé à tout espoir. «C'est Jeremy qui va être étonné! J'ai hâte de lui annoncer la nouvelle!» Mais le médecin a levé la main en ajoutant: «C'est précisément la suite du message. Elle appellera elle-même son mari, dit-elle. Elle y tient.

— Mais bien sûr, j'aurais pu y penser. »

Je l'ai regardé s'éloigner. Puis j'ai baissé les yeux sur la piécette tiédie au creux de ma main. Il y a des gens qui mettent de côté des pièces de dix cents pendant des semaines. Dès qu'un bébé vient de naître, ils passent des heures dans les cabines téléphoniques à annoncer la nouvelle aux grands-parents, aux tantes, aux oncles, aux amis. Qui pouvais-je prévenir ? À ma connaissance, Jeremy n'avait pour toute famille qu'une unique sœur, Amanda, avec laquelle il préférait garder ses distances (elle ne s'était jamais entendue avec Mary). Je m'imaginais mal la réveiller à cinq heures et demie du matin. Les seuls amis se réduisaient aux femmes que Mary côtoyait au jardin public, derrière leur rangée de poussettes. Je ne connaissais pas même leurs noms de famille et je n'étais pas sûre que Mary en sache davantage. J'ai donc fini par ranger ma pièce et je me suis levée pour partir. Le monsieur chauve était toujours endormi sur son divan. Je n'avais pas vu un seul mari faire les cent pas en bras de chemise. La réalité est rarement à la mesure de ce que les magazines voudraient vous faire croire.

Le temps que je revienne à la maison, il faisait presque jour et les enfants étaient levés. Ils ont des horaires pour le moins étonnants. Darcy était dans la cuisine en train de préparer des céréales pour les petits, Abbie et Pippi se chamaillaient dans le salon et Hannah était sur sa chaise haute en train de sucer son pouce.

« Seigneur, qui vous surveille ? Où sont tous les autres ?

— Au lit, sans doute, m'a répondu Darcy.

— Jeremy vous a-t-il prévenues que vous aviez un petit frère ?

— Non. »

Elle avait onze ans à l'époque. L'âge silencieux.

« Eh bien, maintenant, tu le sais.

— Personne ne nous a rien dit.

— Je crois qu'ils vont l'appeler Edward.

— Ça, je le savais, a-t-elle dit. C'est moi qui ai choisi le prénom. »

J'avais oublié. Ils leur laissaient choisir tous les prénoms, afin de les faire participer à l'événement. Ils avaient de la chance de ne pas s'être retrouvés avec une ribambelle de Hepzibah et de Lancelot.

« Je trouve que tu as fais un très bon choix, Darcy, lui ai-je dit.

— Quand est-ce qu'on pourra le voir ?

— D'ici quelques jours. »

Elle a versé le lait dans les bols de céréales et je suis allée dans le salon pour séparer les deux fillettes qui se chamaillaient. « Bien, que se passe-t-il ici ? » C'était une histoire de boîte de sels de bain. J'ai posé la boîte sur la cheminée, essuyé les larmes de Pippi et reboutonné le pyjama d'Abbie. Pendant ce temps, je me demandais qui veillait sur la maisonnée. Apparemment, j'étais la seule adulte présente dans les parages. J'avais encore mon imperméable sur moi. J'étais couverte de pleurs et de sels de bain roses et j'étais censée être à la librairie deux heures plus tard. Cela ne m'aurait pas dérangée de rester avec les enfants. J'avais offert mes services à chaque naissance. Je dis toujours à Mary : « Laissez Jeremy poursuivre son travail. Je peux bien prendre un peu de mes congés. » Mais à chaque fois, elle me répond : « Mais non, enfin, il est bien capable de se débrouiller. » Mais, cette fois, il n'y avait aucun signe de lui. J'ai emmené les deux fillettes s'attabler devant leurs céréales et j'ai traversé la salle à manger pour aller frapper à la porte de Jeremy. Avec Mary, ils partagent l'ancienne chambre de sa mère. Mais personne n'a répondu et j'ai fini par jeter un coup d'œil à l'intérieur. Je n'ai trouvé qu'un lit vide, défait. Des draps qui traînaient à terre. J'ai refermé la porte et je suis retournée dans la cuisine. « Bien, les enfants, ai-je lancé. Apparemment, nous sommes les seules à tenir la forteresse. » J'ai fait passer les serviettes en papier et je leur ai préparé du chocolat chaud en les laissant toutes assises autour de la table de la cuisine. Elles formaient un tableau saisissant — Darcy, si blonde, les autres brunes, le visage rond et la mine solennelle. Les cadettes étaient d'âge très rapproché — six, quatre et deux ans —, et ce matin-là, la petite dernière me semblait bien trop jeune encore pour avoir un petit frère. Elle en était encore à l'âge de ces tasses pour bébés munies d'un bec. À chaque fois qu'elle ôtait la tasse de ses lèvres, elle la remplaçait aussitôt par son pouce. Abbie et Pippi continuaient à se chamailler. Darcy s'est mise à régenter tout ce petit monde — une mauvaise habitude qu'elle avait prise depuis quelque temps. Sur ces entrefaites a surgi Buddy, le dernier en date de nos étudiants en médecine, qui a traversé la cuisine en attrapant une pomme au passage, et Mr Somerset qui a fait une timide apparition avant de se retirer en voyant toute cette foule.

« Mr Somerset, lui ai-je lancé. Attendez ! Avez-vous vu Jeremy ?

— Non.

— Je parie qu'il est dans son atelier », a dit Darcy.

J'ai donc profité de ce qu'elles étaient occupées à prendre leur petit déjeuner pour monter au second. J'ai pris avec moi le mot destiné au professeur de Darcy. En frappant à la porte, je le tendais devant moi, comme un ticket d'entrée. « Jeremy, c'est Mildred Vinton », ai-je dit. Pas de réponse. J'ai frappé à nouveau. Ils avaient mis une porte à son atelier, le jour où les deux aînées avaient emménagé en haut, dans son ancienne chambre. Autrefois, les traces de son travail envahissaient la maison tout entière, du sol jonché de bouts de papier à l'atmosphère imprégnée d'odeur de colle et de vélin, mais plus ses pièces s'amélioraient, plus il nous les dissimulait. Je suis persuadée que Jeremy finira par devenir très célèbre, mais il est possible que ce jour-là, personne ne puisse plus voir ses œuvres, pas même des inconnus dans des musées.

Je l'ai appelé : « Jeremy ? Êtes-vous là ? » avant de poursuivre : « Écoutez, je ne veux pas vous déranger, mais j'ai besoin de savoir si vous voulez que je reste avec les enfants aujourd'hui. »

Des pas ont craqué sur le parquet.

La porte s'est ouverte et Jeremy est apparu non rasé, vêtu d'un vieux chandail à col rond mangé aux mites et d'un pantalon trop large. Il y avait des années que je ne lui avais pas vu une mine aussi épouvantable. Le plus curieux, avec Jeremy, c'est qu'il ne semble pas vieillir, il a gardé son visage lisse et joufflu, mais ce jour-là, cela ne faisait qu'empirer les choses. C'en était choquant, on aurait dit un bébé avec une gueule de bois. Cependant, j'ai fait comme si de rien n'était.

« Bonjour, Jeremy. Félicitations.

— Merci, Miss Vinton. »

Quand nous avons appris qu'ils s'étaient mariés (une fois passé l'effet de surprise), l'atmosphère de la maison s'est détendue et l'usage des prénoms a commencé à se répandre, tant et si bien que je leur ai demandé de m'appeler Mildred, mais cela s'est révélé impossible. Je suis vouée à être Miss Vinton à jamais.

Je lui ai tendu le mot, ainsi qu'un stylo à bille. « Pourriez-vous signer ceci, s'il vous plaît ? »

Pour autant que j'aie pu voir, il a signé le mot sans même le lire. Puis il me l'a rendu.

« Vous ne m'avez pas téléphoné, m'a-t-il dit.

— C'est-à-dire que je... elle m'a demandé de ne pas le faire, Jeremy.

— Elle n'avait pas envie que je sois avec elle. »

Je n'ai pas su quoi lui répondre. J'ai détourné les yeux vers l'escalier pour ne pas l'embarrasser. J'ai fini par lui demander :

« Voulez-vous que je m'occupe des enfants aujourd'hui ?

— Vous pensez que je n'en suis pas capable. »

Il m'a prise par surprise.

« Mais non, Jeremy, je sais que vous en êtes parfaitement capable.

— Ce genre de choses est à ma portée.

— Bien sûr, mais... si vous êtes en train de travailler à une de vos œuvres.

— Je ne travaille à rien. »

Il a refermé la porte. Que pouvais-je faire ? À le voir si désorienté, je n'avais guère envie de lui laisser les petites, mais c'est pourtant ce que j'ai fini par faire — j'ai pris mon bain, je me suis habillée et je suis allée au magasin. À midi, n'ayant pu m'absenter, j'ai téléphoné. Il n'a décroché qu'à la septième sonnerie.

« Jeremy ? Est-ce que tout va bien ?

— Mais oui. »

À l'entendre, il semblait s'être ressaisi et j'entendais Pippi chanter dans le fond. Apparemment, je m'étais inquiétée pour rien.

L'après-midi, je suis partie plus tôt que d'habitude pour aller voir Mary à l'hôpital. Comme vous pouvez l'imaginer, j'étais alors une habituée des visites de maternité. J'avais eu la sagesse de ne pas lui apporter de fleurs (elle s'angoisse dès que l'on fait des folies) et de m'arrêter au passage à la nursery pour pouvoir lui dire que j'avais vu le bébé. (Elle me fait toujours promettre que tout va bien et qu'aucun médecin ne m'a prise à part pour me glisser à l'oreille quelque affreuse nouvelle.) Après avoir dûment admiré Edward le temps nécessaire, je suis allée tout au bout du couloir rejoindre son service, où je pensais la trouver souriante, en train de papoter, comme après chaque naissance. Mais, ce jour-là, ce n'était pas le cas. Elle pleurait, allongée sur le dos. La salle était pleine de femmes aux cheveux noués de rubans, en liseuse à dentelle, qui parlaient à voix basse à leurs maris, et Mary était là, en larmes. J'ai failli partir. Je n'aurais pas hésité, si j'en avais eu le loisir. Quand je vois quelqu'un pleurer, je préfère me retirer par discrétion. Mais elle m'a aperçue et j'ai été piégée. « Oh, Miss Vinton », a-t-elle soupiré. Elle s'est redressée hâtivement sur son lit, en s'empressant de se passer un doigt sous les yeux pour effacer toutes preuves. « C'est un bien beau bébé que vous avez là », lui ai-je dit. Je regrettais de ne pas lui avoir apporté des fleurs. Ç'aurait été un prétexte à faire des embarras, qui lui aurait donné le temps de se ressaisir.

« Vous dormiez ? lui ai-je demandé. Je ne fais que passer, je n'avais pas l'intention de m'attarder, je reviendrai la prochaine...

— J'ai fait de la peine à Jeremy.

— Oh, vous savez, je suis certaine qu'il... il s'en remettra.

— Vous aviez raison. J'aurais dû le prévenir.

— Je ne suis pas experte dans ce genre de situation, ai-je dit. Mais je suis sûre que tout finira par s'arranger.

— Je croyais lui rendre service. Mais j'ai seulement réussi à lui faire tant de peine qu'il est capable de tout. Je ne l'ai jamais vu aussi bouleversé. Je l'ai appelé et... »

Sur ce, elle se remit à pleurer. Elle ne pouvait pas même parler. « Allons, allons », ai-je fait. J'ai passé un long moment à déboutonner mon manteau puis je l'ai soigneusement drapé sur le dossier d'une chaise.

« Je l'ai appelé, a repris Mary en essayant de maîtriser sa voix, et je lui annoncé... et il n'a rien dit pendant un moment, et puis il a fait, "je vois". Et puis, il... et puis... »

Sa voix s'est brisée. Je me sentais impuissante. Je savais qu'elle passerait des nuits blanches à se reprocher de s'être laissée aller à me livrer des secrets. Pouvais-je faire semblant de ne pas avoir entendu ? Non, c'était ridicule.

« Et puis il a dit : "Tu n'avais pas envie que je sois avec toi, Mary ?"

— Mais bien sûr que si, l'ai-je rassurée en tirant consciencieusement sur les poignets de mon cardigan.

— J'ai essayé de lui faire comprendre. "J'ai toujours envie d'être avec toi, Jeremy", je lui ai dit, mais ce n'est pas comme si c'était mon premier bébé et je sais combien c'est dur pour toi de... »

L'honnêteté : c'est son unique défaut. C'est une chose d'être trop perspicace, c'en est une autre d'aller livrer à un homme le fruit de ses spéculations, mais cela, je ne sais quand elle le comprendra. « Écoutez, avais-je envie de lui dire, le plus grand service que vous puissiez lui rendre, c'est de lui faire confiance. » Mais j'ai réussi à me taire. Je me suis contentée de lui tendre la boîte de Kleenex et je l'ai regardée éponger ses larmes. « À mon avis, c'est une dépression postnatale », ai-je fini par lui dire. Mary s'est mise à rire, puis elle a recommencé à pleurer.

« Voulez-vous que je repasse plus tard ? lui ai-je demandé.

— Non, Miss Vinton, ne partez pas. Je vous en prie, ne partez pas. Je vous promets d'arrêter. »

Il était peu probable qu'elle parvienne à tenir sa

promesse, mais je ne pouvais décemment pas quitter la salle. Je me suis réinstallée sur ma chaise.

« Au fait, je suis allée voir le bébé, lui ai-je dit. Il m'a l'air bien portant.

— L'avez-vous vu, Miss Vinton ?

— Je viens de vous le dire. Je suis passée par la nursery.

— Je parlais de Jeremy. L'avez-vous vu ?

— Oui, ce matin.

— Quel tête avait-il ? Il allait bien ?

— Parfaitement bien, lui ai-je dit. Croyez-moi.

— Je n'ai pas le droit de me servir du téléphone avant d'être sur pied. Et ce ne sera pas avant demain. Il est dans le couloir. Je voudrais prendre des nouvelles des enfants et puis régler ce malentendu. Je ne supporte pas de rester là à me demander si…

— Les filles se débrouillent à merveille, ai-je dit.

— Est-ce qu'elles lui obéissent ?

— Bien sûr.

— Il ne sait pas toujours comment les prendre, voyez-vous, et je crains que…

— Elles vont très bien, lui ai-je assuré.

— Il m'a dit qu'il voulait venir me voir.

— Ah, c'est une bonne chose », ai-je dit.

Je trouvais que c'était un très bon signe. D'habitude, il me laissait me charger des visites.

« Je lui ai dit que c'était inutile.

— Mary Pauling ! Mais pourquoi cela ?

— C'est un tel calvaire pour lui. Je lui ai dit de ne pas prendre cette peine. »

Il y a des gens qui mettent un temps fou à tirer les leçons de leur expérience.

En rentrant, j'ai trouvé la maison dans un effroyable chaos — Buddy qui se faisait cuire des spaghetti, Jeremy occupé à changer la couche de

Hannah, Mr Somerset en train de battre le tapis avec un vieux balai tout tordu. Les hommes qui se mêlent de faire fonctionner une maison ont quelque chose de pathétique. « Laissez, ai-je suggéré à Jeremy, je m'en occupe. » Il avait posé à même le sol une couche propre mais il avait apparemment toutes les peines du monde à obtenir d'Hannah qu'elle s'asseye dessus.

« À huit heures, c'est l'heure de visite à l'hôpital, lui ai-je dit. Je resterai avec les enfants pendant que vous irez.

— Elle ne veut pas. » Il a tourné vers moi un regard immense, extrêmement calme qui m'a presque fendu le cœur.

« Jeremy, en êtes-vous sûr ?

— Elle m'a demandé de ne pas venir. »

Sur ce, Hannah a commencé à s'éloigner vers un tas de cubes. Je l'ai rattrapée. « Écoute-moi bien, jeune demoiselle, ça suffit maintenant, tu m'entends ? » Mais, bien évidemment, ce n'était pas Hannah qui me mettait en fureur.

C'est extrêmement difficile de vivre parmi des gens que l'on aime en se retenant de leur donner des conseils.

Je n'ai jamais été mariée, et n'en ai jamais eu l'intention ni même le désir. Pourtant, je ne m'estime pas malheureuse. J'ai eu une enfance normale, de bons parents, cinq frères et sœurs tout à fait charmants. J'ai eu ma part de visites de jeunes hommes lorsque j'en avais l'âge. Mais je n'ai jamais envisagé d'épouser un seul d'entre eux. Si l'on m'avait demandé à l'époque comment je voyais mon avenir, quel était mon rêve le plus cher, j'aurais répondu que je m'imaginais lisant un livre, seule dans ma chambre, sans que jamais au grand jamais quiconque ne vienne m'interrompre. Je sais bien que ce n'est pas très sociable. Mais quand j'étais jeune, j'avais le sentiment que ma vie n'était qu'une vaste cohue. Il y avait toujours tant de gens autour de moi. Personne ne pouvait avoir de secrets pour personne. Et quand, après la mort de mon père, mes frères et sœurs se sont mariés et ont quitté la maison, c'est moi qui me suis occupée de ma mère tout au long de sa maladie et jusqu'au dernier jour. C'était un choix de ma part ; rien à voir avec ces filles célibataires sur lesquelles tout le monde se décharge. Et puis ma mère n'était pas de ces vieilles dames qui ne cessent de récriminer. Elle est restée aimable et enjouée jusqu'à la fin. Mais que ne partagions-nous pas ! Ces cinq ans de repas partagés, de maison partagée, de nouvelles partagées, de projets, d'inquiétudes, de soucis d'argent partagés, et même les intrigues de livres partagées. Je savais tout d'elle, car il le fallait bien : l'état de ses intestins, les aliments qu'elle ne digérait pas, les angoisses qui l'empêchaient de dormir la nuit. Et elle savait tout de moi, car elle n'avait aucun moyen de m'échapper ; je ne la quittais pas d'une semelle. Vers la fin, je dormais même dans sa chambre, sur un lit de camp. Quand elle est morte, c'est le silence qui m'a réveillée — l'arrêt d'une respiration avec laquelle j'avais vécu jour et nuit pendant cinq ans. La solitude m'a brusquement ouvert les yeux. J'étais seule. Le jour de ses funérailles, j'étais parfaitement calme et seul m'importunait le vacarme de tous ces frères et ces sœurs et ces nièces et ces neveux rassemblés pour l'occasion. « Oh, Mildred, me disaient-ils, nous savons bien ce que tu ressens : tu n'y crois pas encore. » C'est ainsi qu'ils s'expliquaient le fait que je ne pleurais pas. Puis, Carrie, la sœur dont je suis la plus proche, m'a dit : « Cela doit presque être un soulagement pour toi de la voir partir. Aucun d'entre nous ne serait choqué de l'apprendre. » Mais si j'éprouvais du soulagement, ce n'était pas ce qu'elle imaginait. Je n'étais pas soulagée d'avoir recouvré la liberté ou d'être délivrée de la tâche que cela représentait ; j'étais soulagée d'avoir enfin mon intimité. Si l'on me réveillait au beau milieu de la nuit pour me demander de dire sans réfléchir quelle est pour moi la chose la plus importante au monde, je répondrais : l'intimité. Je sais que ce n'est pas normal ; inutile de me le dire. Je sais que la bonne réponse est sans doute l'amour, la compréhension ou l'impression que l'on a besoin de vous — même pour moi. Mais je vous dis ce qui me vient aussitôt à l'esprit, et c'est l'intimité. Lire un livre, seule dans une pièce, sans que personne ne vienne m'interrompre. Consciemment, je n'ai jamais espéré autre chose de la vie.

Sitôt franchi le seuil de cette maison, au lendemain de la mort de ma mère, j'avais d'emblée annoncé mes exigences. « Je vois que vous louez des chambres. J'en veux une qui soit calme et peu chère. Ni bruit ni affluence. Avez-vous ce qu'il me faut ? » À l'époque, je ne pouvais pas savoir que toutes ces précisions étaient inutiles. Jeremy Pauling et sa mère étaient les gens les plus discrets qui se puissent être. On se serait cru au château de la Belle au bois dormant, derrière une porte fermée par un rideau de toiles d'araignée sur ces deux êtres qui s'efforçaient de faire aussi peu de bruit que possible, tandis qu'à l'extérieur, le reste du monde, cette force hostile et terrifiante qui leur était supérieure à tous les égards, s'apprêtait à bondir, assurée de sa victoire. Lorsqu'elle se rendait à l'épicerie, Mrs Pauling superposait plusieurs couches de vêtements, et ce même en pleine canicule, comme si elle regrettait de ne pas être revêtue d'une armure. Elle s'arrêtait devant la maison pour inspecter les alentours d'un timide regard bleu afin de s'assurer du sort que lui réservait l'ennemi. Elle rentrait en poussant un caddie débordant d'une telle quantité de denrées non périssables qu'on aurait dit qu'elle préparait un siège, puis elle se ruait à l'intérieur de la maison avec ses réserves qu'elle alignait dans un placard, avant de reculer d'un pas pour les contempler longuement en remuant les lèvres comme si elle les inventoriait. Après ces expéditions, il lui arrivait de ne pas aller à l'épicerie pendant des semaines — ni ailleurs, sinon à l'église de temps à autre. Elle restait enfermée avec Jeremy à boire du chocolat chaud. Pouvais-je rêver, au monde, meilleure porte à laquelle frapper ? À l'origine, je n'étais censée y passer que quelques mois, le temps de trouver un travail et de mettre de côté suffisamment d'argent pour prendre un appartement. Alors seulement, je pourrais être vraiment seule. Mais au fil des années, je n'avais jamais pu m'y résoudre et il est probable que je n'en ferai rien. Si vous voulez mon avis, je crois que notre société tout entière se porterait mieux si tout le monde vivait en pension. Même les familles, même les couples mariés. Chacun devrait y avoir sa chambre à soi, avec une porte qui ferme à clef, et une grande pièce au rez-de-chaussée où il serait libre de fréquenter ou non les autres à sa guise. Car il y a des gens que j'aime. Je ne suis pas une ermite. J'aime voir grandir les enfants de Mary et Jeremy, j'aime voir les étudiants en médecine devenir docteurs, et même Mr Somerset passer sa retraite à traîner en pantoufles. Le privilège d'une vie aussi agréable a son prix, n'est-il pas normal que je le paie ? Et ce prix, c'est le silence. Me taire quand j'aurais envie de parler, me tenir en dehors des affaires d'autrui, me refréner de donner mon avis, respecter l'intimité de chacun tout comme j'exige que l'on respecte la mienne. Je me demande souvent si j'ai tort. Y aurait-il quelque chose qui m'échappe ? Perdrais-je au change ? Se pourrait-il que parfois, les gens que j'aime n'aient aucune envie que je les laisse seuls ? Mais je résiste. Je monte dans ma chambre et je tourne la clef dans la serrure. Ce qu'il y a de triste, en ce monde, c'est que les actes qui vous coûtent le plus sont généralement ceux qui passent inaperçus.

Mary a passé cinq jours à l'hôpital, et croyez-moi, ils ont été interminables. À la maison, le désordre empirait, les filles étaient grincheuses et l'atmosphère devenait impossible. Dans la journée, Jeremy vaquait à de petites tâches d'un air désemparé ; la nuit, il travaillait dans son atelier quasiment jusqu'à l'aube et descendait pour le petit déjeuner, si pâle et épuisé que c'est à peine s'il parvenait à parler. Il ne s'est pas rendu une seule fois à l'hôpital. J'y suis allée à sa place. Tous les après-midi et tous les soirs, j'ai regardé Mary verser des larmes. Oh, bien sûr, elle ne faisait pas que pleurer. Parfois, elle retrouvait sa gaieté, surtout quand elle venait de passer un moment avec le bébé. Elle s'était liée d'amitié avec les autres jeunes mamans de son service, recevait des visiteurs (Buddy et sa petite amie, quelques femmes du jardin public qui avaient appris la nouvelle) et écrivait de petits mots qu'elle me chargeait de remettre aux enfants. Mais à chaque visite, elle éclatait au moins une fois en sanglots. « Oh, si seulement je pouvais rentrer le retrouver », m'a-t-elle dit un jour, et puis aussi : « Vous croyez que je n'aurais pas dû avoir ce bébé ? » Un soir, elle m'a expliqué pourquoi elle avait voulu avoir une famille aussi nombreuse. « Je suis fille unique (c'était la première fois qu'elle faisait allusion devant moi à un quelconque passé) et je me suis toujours promis que plus tard j'aurais au moins une douzaine d'enfants. Il faut dire que je tiens promesse, hein ? » À ces mots, ses yeux s'étaient embués de larmes. Sur l'instant, je n'y étais pas du tout préparée.

« Mais parfois, j'ai le sentiment que chaque nouveau bébé est un lien de plus qui me rive sur place comme une tente. Je ne suis plus libre de partir. Je suis forcée de me fier à lui. Et il n'est pas fiable.

— Chut, taisez-vous donc.

— Je l'aime plus que je n'ai jamais aimé quiconque, vous me croyez ? Mais il m'arrive de tomber amoureuse de mon médecin, ou même du pédiatre des enfants, ils sont tellement sûrs d'eux. Même le chauffagiste qui sait exactement d'où provient la fuite, ou le livreur de courses, avec cette manière qu'il a de siffloter joyeusement en posant d'un coup son grand carton de provisions sur ma table de cuisine.

— Vous êtes un peu abattue, c'est tout », lui ai-je dit.

Je suis rentrée également abattue et j'ai passé une nuit blanche à espérer qu'elle oublie m'avoir fait pareilles confidences.

Au début de leur mariage, elle lui en demandait tant. Il était manifeste qu'elle ne se rendait pas compte que c'était un être à part. « Viens avec moi choisir les rideaux », l'avais-je entendue dire un jour. Et puis, une autre fois : « Pourquoi n'allons-nous jamais au cinéma, Jeremy ? » Bien sûr, aucun d'entre nous n'avait évoqué ce sujet avec elle. Julia Jarrett était persuadée qu'il changerait pour Mary et dans un sens, elle avait raison. Il sort davantage aujourd'hui. Il a bien dû quitter le pâté de maisons le jour de son mariage, puis il y a eu toutes ces expéditions à l'hôpital, et, il y a trois ans de cela, il est allé à l'école de Darcy la voir jouer une fleur dans la forêt du Petit Chaperon rouge. (Elle mettait en garde le Petit Chaperon rouge d'une voix cristalline — j'y étais — : « Fais attention, Petit Chaperon rouge, souviens-toi de ce que ta mère t'a dit. » Jeremy avait parcouru sept rues à pied pour aller l'entendre et à la minute où elle avait récité sa phrase, il avait applaudi tout seul, ce qui n'avait pas manqué de déchaîner la colère de Darcy. Mais je l'admirais d'en être capable. L'héroïsme ne consiste pas seulement à traverser à la nage une nappe d'essence en feu.) Mais il n'était jamais allé chez Hecht choisir les rideaux. Il n'avait jamais emmené Mary au cinéma. Comment se l'expliquait-elle ? Quand donc avait-elle commencé à comprendre qu'il ne l'accompagnerait jamais ? Je n'en ai pas la moindre idée. Je sais seulement que peu à peu, elle avait apparemment cessé de le lui demander. Elle semblait devenue plus silencieuse, plus mûre, plus forte. Elle le traitait avec davantage de tendresse. Et puis, je l'ai surprise en train de discuter avec Buddy, à l'époque où il nous connaissait à peine. Il lui parlait d'une pièce de théâtre que Jeremy et elle devaient à tout prix aller voir. « C'est-à-dire que Jeremy ne va quasiment plus au théâtre. Ses yeux le font trop souffrir. » Ce jour-là, j'ai su qu'elle avait enfin assemblé les pièces du puzzle et cessé d'espérer qu'il se comporte comme tout le monde. Mais j'étais inquiète. Évidemment, je savais bien que cela ne me regardait en rien. Mais j'avais si peur pour Jeremy, j'imaginais si aisément toutes les situations d'échec qu'il risquait de vivre avec elle. Au cours des premières semaines de leur mariage, je ne cessais d'envoyer à Mary des messages silencieux, invisibles : « Si vous lui faites du mal, ce sera un péché, le pire que vous ayez jamais commis. N'oubliez pas que vous avez en face de vous un être hors du commun.

Un génie. Et non un simple courtier en assurances. » Non qu'elle me fût antipathique, voyez-vous ; en ce temps-là, j'avais déjà de l'affection pour elle. Mais par certains côtés, Mary est une femme sans grande originalité et cette union était aussi étrange pour elle, aussi éloignée de sa voie toute tracée, qu'elle l'était pour Jeremy. Il suffit de regarder le bloc-notes du téléphone de l'entrée ! Les petits dessins qu'elle y griffonne sont autant de minuscules croquis de fers à vapeur, de tricycles et de robots-mixeurs. Elle complète les revenus de la famille en envoyant des trucs de ménagère à des magazines féminins. Quoi d'étonnant à ce que je m'inquiète ? En pure perte, visiblement. Elle restait toujours aussi sereine et satisfaite de son sort, tandis que Jeremy semblait prêt à éclater de joie et de fierté. Un matin, je m'en souviens, elle est apparue au petit déjeuner vêtue d'une nouvelle robe, quasiment la seule que je lui aie jamais vue porter. Elle était absolument ravissante. « Voilà qui est très séduisant, n'est-ce pas Jeremy ? » Mais Jeremy était plongé dans une de ces humeurs qui le prennent avant d'attaquer une nouvelle pièce. Il lui a adressé un large sourire d'un air absent, sans mot dire. J'ai insisté : « Jeremy ? Vous ne trouvez pas que Mary est ravissante ? » Cette fois, j'estimais qu'il ne pouvait pas ne pas répondre, pour Mary. « Quoi ? » a-t-il fait en se levant pour quitter la pièce. Certaines femmes y auraient attaché de l'importance. Mais en me tournant vers Mary, je me suis aperçue qu'elle riait. « Ne vous en faites pas, m'a-t-elle dit. Il l'adore. Je le sais, parce que la semaine dernière, il en a découpé un petit bout à l'intérieur de l'ourlet pour le mettre dans une de ses pièces. Il pensait que je ne m'en apercevrais pas. »

J'étais si soulagée en entendant cela. Au moins, elle le comprend, m'étais-je dit. Je ne m'étais pas imaginé qu'elle puisse un jour se montrer trop compréhensive.

Le jeudi soir, Brian est venu prendre livraison des dernières œuvres de Jeremy. Les visites de Brian sont un véritable événement dans cette maison. Le personnage est en soi extrêmement impressionnant — un bel homme à l'air bienveillant avec une barbe au carré — et puis, c'est l'occasion pour nous de découvrir ce à quoi Jeremy a occupé son temps au cours des semaines précédentes. Les œuvres qu'il a descendues ce soir-là étaient sans conteste les plus belles qu'il ait réalisées jusqu'alors. C'est étrange de voir comment les pièces de Jeremy se sont agrandies au fil des années. Au sens littéral du terme. Leur dimension a quasiment doublé et leur texture s'est enrichie à un tel point qu'elles en deviennent presque des sculptures. Il y a amassé des objets ordinaires — des gobelets en carton, des tickets de bus, des lacets d'enfants en tissu écossais, encore reconnaissables — et ses sujets sont tout aussi ordinaires, les scènes les plus dérisoires, les plus insignifiantes que l'on puisse imaginer. J'ai entrevu un homme avec un râteau, une femme en train de repasser une chemise, un enfant attachant ses patins à roulettes. Leurs traits avaient disparu, ils ne présentaient aucun détail. Ils étaient recouverts de gobelets en carton et de tickets de bus. Ils m'ont attristée.

Avez-vous déjà vu ces émissions de télévision qui s'achèvent sur des images figées des scènes que vous venez juste de regarder? Le générique défile sur fond de musique. Cela donne un effet de distance. Les moments auxquels vous venez d'assister sont suspendus à jamais, alors que vous vous en éloignez à chaque souffle. À mesure qu'ils rétrécissent, ces instants deviennent plus distincts. Vous y percevez une tristesse que vous n'aviez pas soupçonnée. Me comprendrez-vous si je vous dis que les pièces de Jeremy me font le même effet ? Cet homme au râteau, immobile, légèrement penché, me rappelait que la vie n'est que mouvement et qu'elle passe trop vite pour que l'on puisse l'observer à l'œil nu. Pour ce qui est de moi, tout du moins. Jeremy, lui, y parvient sans difficulté. Il voit en permanence à distance, sans même le vouloir, bien au contraire. C'est précisément ce dont il souffre. Il vit à distance. Il fait des tableaux comme d'autres établissent des cartes — en posant les quelques points fixes qu'il connaît dans l'espoir qu'ils puissent le guider dans sa dérive sur cette planète inconnue. Il garde les yeux rivés sur la ligne d'horizon tandis que ses mains travaillent à l'aveuglette. Suis-je la seule à m'en être aperçue ? Je suis certaine que Brian n'en a rien vu. Il s'est contenté de tapoter les tableaux en hochant la tête sans cesser de mâchonner sa pipe. « C'est du bon travail », a-t-il dit. Puis il a poursuivi en parlant d'un bateau qu'il venait de s'acheter. « Au printemps, je vais essayer de faire une petite croisière. À l'ancienne. Je me nourrirai de ma pêche, je naviguerai aux étoiles. » Jeremy l'écoutait les yeux écarquillés, avec un effroi mêlé d'admiration. Il se tenait auprès de sa meilleure pièce qu'il délaissait totalement. « Toi aussi, Jeremy, tu navigues aux étoiles, aurais-je aimé lui dire, mais tes étoiles sont ô combien plus célestes. »

Mais bien sûr, j'ai gardé cela pour moi.

Le vendredi, je suis allée voir Mary qui m'a annoncé qu'on la laissait sortir le samedi. Elle était moins enthousiaste qu'on aurait pu l'imaginer.

« Mais c'est merveilleux ! lui ai-je dit. Cette

semaine, j'ai mon samedi. Je vous amènerai tout le monde vers dix heures, d'accord ?

— Oh, vous savez, pour une fois, vous pourriez peut-être venir toute seule si cela ne vous dérange pas.

— Comment cela, toute seule ?

— C'est plus simple.

— Qui vous demande d'être simple ? »

D'ordinaire, je ne me serais jamais permis de lui parler aussi franchement, mais je voyais bien qu'au fond d'elle-même, ce nouvel arrangement ne la satisfaisait pas. Elle tortillait lentement une mèche autour de ses doigts et parlait en évitant mon regard. Elle avait l'air amorphe et les cheveux en bataille.

« Écoutez, lui ai-je dit, il n'y a aucune loi qui vous interdise de changer d'avis. Appelez-le. Dites-lui qu'après tout, vous aimeriez qu'il vienne vous chercher.

— Je ne lui ai jamais dit que je ne voulais pas qu'il vienne.

— Alors que se passe-t-il ?

— J'ai attendu qu'il me le propose, mais il n'en a jamais rien fait.

— Vous savez bien que pour lui, c'est difficile de vous le proposer.

— Il refuse même de me parler quand je téléphone.

— C'est vrai ? »

Je ne m'en étais pas rendu compte.

« Quand j'appelle, c'est toujours les filles qui répondent, et quand je demande à lui parler, elles vont le prévenir et reviennent en me disant qu'il est en train de changer Hannah ou de faire cuire un œuf ou que sais-je encore. Il est en colère. »

Jeremy, en colère ?

« Non, Mary, il est blessé, lui ai-je dit.

— Eh bien, moi aussi, je suis blessée. J'ai attendu

tout ce temps en pensant qu'il céderait et me passerait un coup de fil. Je n'ai rien à faire de mes journées. Que croyez-vous, je n'hésiterais pas une seconde s'il m'appelait pour me demander s'il peut venir me voir et me ramener à la maison.

— Bien sûr, je comprends. Mais vous pourriez tout de même l'appeler, Mary.

— Mais je passe ma vie à appeler ! » s'est écriée Mary.

Elle s'est redressée dans son lit et toutes les femmes de la salle se sont retournées en la dévisageant.

« C'est toujours moi, jamais lui, a-t-elle poursuivi d'un ton plus calme. À chaque fois, je fais le premier pas. Je suis fatiguée.

— Je sais, je sais », lui ai-je dit pour essayer de l'apaiser.

De fait, après cela, elle s'est montrée plus raisonnable. Nous avons passé l'heure suivante à bavarder de choses et d'autres. Puis je me suis levée pour partir, et lorsque je me suis retournée sur le seuil pour lui dire au revoir, j'ai eu la vision de Mary assise mains croisées, les yeux baissés, l'air triste et rêveur. Elle m'a fait penser à une jeune fille attendant qu'on l'invite à danser. Même sa chemise de nuit en dentelle avait les allures pathétiques d'une robe de bal soigneusement repassée par une mère aimante, qui s'était imaginée sa fille valsant toute la soirée, sans songer une seule seconde qu'il puisse en aller autrement.

Dans cette maison, l'arrivée d'un bébé s'accompagne de tout un rituel, dont je suis partie prenante. Je les accompagne en taxi pour rester avec les petites pendant que Jeremy est à l'intérieur de l'hôpital. Nous nous entassons à l'arrière, tandis qu'à l'avant, le chauffeur proteste contre le vacarme, la place que nous prenons, les miettes de biscuits. En attendant Jeremy, j'emmène les enfants sur un terre-plein de béton, juste sous la fenêtre de la chambre de Mary. Je la leur montre.

« Vous voyez ? C'est celle-là, celle avec les stores ouverts en grand.

— Où ça ? Où ça ? »

Quand toutes les fillettes l'ont localisée, elles se mettent à hurler « Maman ! » — même la petite dernière. Mary n'est pas censée guetter notre arrivée à la fenêtre. Elle doit rester hors de vue et attendre les cris des petites. Alors seulement, elle apparaît. Habillée, fin prête à partir. D'abord, elle leur fait des grands signes de la main et leur envoie des baisers, puis elle fait mine d'être impatiente. Elle frappe sur la vitre en silence, elle se plaque le poing sur le front. Les enfants poussent des éclats de rire trop perçants. Ils sont un peu hystériques. Parfois, je me dis que c'est ainsi que les petites dernières doivent s'expliquer son absence : elles soupçonnent que leur mère est retenue prisonnière quelque part et forcée de les confier aux soins maladroits de leur père. Comment imaginer qu'elle ait pu les abandonner de son plein gré ? Puis, un autre visage surgit au côté de Mary — celui de Jeremy, face lunaire aux traits flous. Mary lance les bras en l'air pour leur montrer que les secours sont enfin arrivés. Elle se retourne pour se jeter à son cou. Le couple s'encadre dans la fenêtre à la manière des héros à la fin des films romantiques — enlacé sous la caresse du soleil. Nous regagnons le taxi. Cette fois, l'attente sera plus longue, le temps qu'ils aillent chercher le nouveau-né et règlent la note de l'hôpital. Pour patienter, nous jouons aux devinettes et nous nous absorbons tellement dans le jeu que seule Darcy voit ses parents émerger. « Taratata ! » trompettet-elle. Nous les regardons alors descendre l'allée, le rouge aux joues, le sourire aux lèvres. Mary porte sa petite valise. Elle a lu quelque part qu'il y a un moindre risque de jalousie lorsque c'est le père qui porte le nouveau-né et bien que je ne voie pas quelle différence cela peut faire, elle a confié le bébé à Jeremy. Il le tient à bout de bras, avec raideur, en se concentrant de tout son être sur ce trophée qu'il doit rapporter sans encombre dans la voiture. On dirait Pippi transportant un verre d'eau plein à ras bord. « Nous voilà ! » lance Mary. Puis tout le taxi est en émoi sous les effusions et les embrassades, et le bébé passe de mains sales en mains sales. Le chauffeur de taxi n'échappe pas à son tour ; tout le monde le tarabuste jusqu'à ce qu'il s'exécute. « Bon, bon. Si ça vous fait plaisir. Qu'est-ce qu'il faut pas faire. » Il le rend, secoue la tête avec un large sourire et démarre. La cérémonie est finie. Toutes les exigences ont été satisfaites. Le protocole peut regagner les tréfonds de nos mémoires pour les deux ans à venir. Je pensais qu'à jamais, nous irions chercher ainsi des nouveau-nés. Je n'avais pas imaginé que l'on puisse abandonner ce rituel aussi aisément. De bonne heure, samedi matin, je suis allée au bazar choisir de petits jouets que Mary puisse rapporter aux enfants. D'habitude, elle me dit exactement ce que veulent les fillettes, mais cette fois-là, elle semblait l'ignorer. « Oh, n'importe quoi, m'a-t-elle dit. Vous avez sûrement de meilleures idées que moi. » En entrant dans le bazar, je me sentais hésitante — en fait d'idées, je n'en avais aucune — et puis j'ai commencé à m'amuser. Je connaissais bien mieux ces enfants que je ne le soupçonnais. Je savais que Darcy voulait quelque chose de manuel — un nécessaire à broder — et qu'Abbie avait une passion pour les bijoux fantaisie. Les bijoux présentés sur le comptoir des jouets ne me satisfaisaient pas. Je ne voyais que des perles de pacotille et des bracelets en plastique. Mais du côté des adultes, je suis tombée sur une véritable mine de faux diamants étincelants et de grandes boucles d'oreilles en forme de larme. Les prix étaient plus élevés, mais je pouvais toujours ajouter un petit complément s'il le fallait. J'étais aussi fière de moi que si je les avais découverts dans une malle au trésor. Qui d'autre aurait pensé à aller regarder de ce côté-là pour faire un cadeau à un enfant ? J'ai choisi des boucles vertes en pâte de verre, en forme de queue de paon, et des violettes aux allures d'énormes grappes de raisin. J'en ai mise une de chaque devant mes oreilles et me suis regardée dans le miroir qui se trouvait sur le comptoir. Alors je me suis figée sur place, avec ces pendentifs qui se balançaient, grotesques, au bout de mes grands lobes d'oreilles.

J'étais là, sur fond de dindes en papier crépon, de bougies en forme de pèlerin et de gerbes d'épis de maïs en plastique : le visage anguleux enfiévré, radieux, les pupilles dilatées, les doigts tremblotants agrippés à ces boucles d'oreilles. On aurait dit un de ces vieux dessins animés rebattus : la vieille fille qui se prépare pour l'arrivée des troupes, ou la venue du releveur de compteurs. Mais si j'avais le regard qui brillait, ce n'était pas à la pensée d'un quelconque soldat ou d'un releveur de compteurs ; c'était à la perspective de la mission qui m'attendait ce jour-là. Choisir toute seule les cadeaux des enfants, faire sortir Mary de l'hôpital, ramener le nouveau-né dans mes bras à la place de Jeremy. Je me voyais le porter ! C'était à croire qu'inconsciemment, j'avais passé toute la nuit précédente à imaginer la scène dans ses moindres détails ! Je me voyais gravir les marches du perron en tenant le bébé comme il faut (bien mieux que Jeremy, bien plus solidement). Je voyais les fillettes s'attrouper autour de moi, impatientes de partager mon trésor. Je me voyais dispenser les cadeaux. « Darcy, ouvre ce sac, tu veux ? Regarde ce que tu y trouves. Il est plein de surprises pour vous toutes, je les ai choisies moi-même. » Elles répandraient partout les sacs en papier kraft et les tickets de caisse, en s'extasiant devant des cadeaux que j'avais moi-même sélectionnés, des cadeaux auxquels Mary n'aurait jamais pensé. Mary disparaissait. Puis Jeremy. Je me retrouvais seule avec ce bébé tout emmailloté de bleu ciel et ce cercle de petits visages.

J'ai choisi en hâte trois jouets et je suis rentrée directement à la maison. Dans l'entrée, je suis tombée sur Pippi, uniquement vêtue d'une petite culotte élimée. Elle tremblait. Les larmes avaient creusé de petites rigoles grisâtres le long de ses joues. « Miss Vinton, Abbie m'a frappée », a-t-elle balbutié. Je lui ai caressé la tête et j'ai continué tout droit vers la cuisine, où j'ai trouvé Jeremy en train d'essayer de convaincre Hannah de manger son œuf. Il en était là déjà lorsque je l'avais quitté, une heure auparavant. Hannah était sur sa chaise haute, les lèvres bien serrées, tandis que Jeremy lui susurrait : « S'il te plaît Hannah. Tu ne veux pas songer à en prendre encore une cuillerée ?

— Jeremy, j'aimerais que vous donniez ceci à Mary », lui ai-je dit en posant mon sac sur une chaise.

Jeremy a brusquement levé les yeux.

« Qui, moi ? s'est-il étonné.

— Je n'irai pas à l'hôpital, mais je serais ravie de rester avec les enfants. »

Jeremy a reposé la cuillerée d'œuf pour ouvrir le sac, comme s'il espérait y trouver la réponse.

« La petite fée — nécessaire à broder, a-t-il lu.

— Chut, c'est censé être un secret.

— Je ne comprends pas, me dit-il. Ai-je... Qu'y a-t-il, Miss Vinton ?

— Rien.

— J'avais cru comprendre que Mary préférait que ce soit vous qui la rameniez.

— Non, je pense qu'elle préférerait que ce soit vous. »

Un sourire s'est dessiné sur ses lèvres. Il a hoché la tête à plusieurs reprises en devenant cramoisi.

« Oh, eh bien en ce cas, bien sûr, a-t-il balbutié. Merci Miss Vinton ! Je vous suis très...

— Je vous en prie. Donnez-moi ceci, lui ai-je dit en lui prenant le bol d'œuf de Hannah. Vous feriez bien de vous dépêcher. Elle devait sortir vers dix heures et il est déjà dix heures passées.

— Oui, oui », a fait Jeremy. Il s'est levé en tendant la main. L'espace d'un instant, je n'ai pas compris pourquoi, mais quand je l'ai vu qui me regardait d'un air radieux, j'ai posé le bol sur la table et je lui ai serré la main.

« C'est très... c'est si gentil à vous de garder ainsi les enfants. Je ne sais vraiment pas comment...

— Ne soyez pas ridicule. Filez maintenant. »

Il a attrapé le sac de cadeaux qui m'était totalement sorti de l'esprit et il s'est rué hors de la cuisine. Je l'ai entendu balancer les cintres et trébucher sur des bottes en caoutchouc dans le placard à manteaux. Puis une minute plus tard, la porte d'entrée a claqué.

« Il va où ? m'a demandé Darcy en entrant dans la cuisine. Je croyais que vous alliez chercher maman.

— C'est Jeremy qui y va.

— Ah bon ? Alors pourquoi on peut pas tous y aller ?

— Pas cette fois.

— Mais, Miss Vinton, on l'a toujours fait.

— Ce n'est pas une raison pour continuer », ai-je répliqué.

J'ai ôté Hannah de sa chaise et je suis allée dans

le salon me poster à la fenêtre de façade. J'étais dissimulée par le rideau de dentelle. Je n'ai cessé d'observer Jeremy tout le temps qu'il est resté à attendre — petit bonhomme radieux à la silhouette rondouillarde, tenant un sac en papier. De temps à autre, il se penchait en avant pour voir s'il apercevait un taxi, d'abord dans une direction, puis dans l'autre (bien que notre rue soit à sens unique). Il n'arrêtait pas de remonter le sac sur son ventre. Il n'avait sur lui ni manteau ni veste, seulement sa casquette grise en tweed et son vieux chandail déformé qu'il avait mis toute la semaine, mais j'ai réfréné mon envie de me précipiter vers lui les bras croulants de vêtements chauds. Puis un taxi s'est arrêté, mais au lieu de grimper dedans, Jeremy s'est retourné vers la maison. Il avait une telle expression de confiance, de bonheur et d'espoir sur le visage. Je l'ai vu prendre sa respiration, comme s'il allait nous crier quelque chose. Pourtant, je sais qu'il ne pouvait pas me voir. Je m'étais mise en retrait. Il a fini par grimper en voiture et je me suis installée devant la fenêtre, sur la banquette, puis j'ai attrapé Pippi.

« Vous croyez qu'elle m'a frappée juste un peu. Mais elle m'a frappée très fort, en plein dans le ventre. Elle m'a fait très mal.

— Je sais, je sais », lui ai-je dit en lui prêtant une oreille distraite.

Je l'ai prise sur mes genoux et j'ai posé le visage contre sa tête. Ses cheveux étaient imprégnés d'une odeur de propre acidulée. Je l'ai respirée à pleins poumons et je l'ai sentie se propager en moi telle une douleur, alors j'ai fermé les yeux et j'ai serré la fillette jusqu'à ce qu'elle se lasse de mon étreinte.

Darcy a fait une pancarte : BIENVENUE EDWARD. Nous l'avons scotchée à la fenêtre. Les quatre fillettes se sont alignées dessous, fraîchement habillées et peignées, en dessinant quatre o de buée sur la vitre. Puis Abbie s'est écriée : « Ils sont là ! Ils arrivent ! » Le taxi s'est arrêté, la portière s'est ouverte et Mary est descendue. Derrière elle, venait Jeremy, le bébé dans les bras. « Vous avez vu comme il est petit ? » ai-je dit, mais je m'adressais à une pièce vide. Les fillettes se bousculaient déjà pour gagner la porte. « C'est moi qui ouvre, parce que je suis la plus grande », s'est écriée Darcy. « C'est toujours toi qui fais tout ! » a protesté Abbie. « Chut ! » leur ai-je lancé. Elles ne me prêtaient aucune attention. Je suis restée à la fenêtre, et j'ai souri à Jeremy et Mary qui remontaient l'allée côte à côte en riant, entourés par un océan de têtes bondissantes et de mains qui s'agitaient en signe de fête.

## 6

## *Printemps 1971*

## JEREMY

« J'ai quelque chose à te dire, dit Mary. Jeremy ? Tu m'écoutes ? »

Il ne l'écoutait pas. Il était en train de faire une statue. Il se tenait devant un cercle d'enfants en métal qui lui arrivaient à la ceinture ; il se tordit les mains. La voix de Mary lui parvenait indistinctement, comme s'il se trouvait au fond d'un puits. Il fallait absolument qu'il trouve du rouge. Un rouge précis. Où était-il ? Mais il crut déceler dans ce que lui disait Mary une sorte d'urgence qui tranchait sur l'habituelle litanie de machines à laver, de bulletins scolaires et de vaccins contre la polio, qui peuplait d'ordinaire ses conversations. « Quoi ? » fit-il. Il s'efforça d'émerger d'innombrables strates de pensée. Il avait la gorge sèche, l'impression d'être enfoui dans du coton. Il fixa les yeux sur Mary, mais il ne vit que la nuance précise de rouge qu'il lui fallait — un rouge éclatant, légèrement pelucheux. Il avait l'impression de l'avoir aperçu quelque part. Il se détourna de Mary pour vider en tas un carton de débris divers. Rien. Il traversa la pièce presque en courant, les genoux fléchis. Il ouvrit des placards à la volée, tira des tiroirs, renversa une corbeille à papiers. Il trouva un cœur en dentelle rouge, un motif géométrique rouge découpé dans un magazine et un bout de vélin rouge imprégné de la même odeur qui flottait, quarante ans plus tôt, dans les couloirs de son école élémentaire. Il mit le bout de papier sous son nez, ferma les yeux et respira profondément. Alors, par-delà toutes ces années, des voix d'enfants qui chantaient s'élevèrent en lui :

*Elle viendra en pyjama rouge*
*(scratch, scratch)*
*Elle viendra en...*

De la flanelle rouge. À présent, il la voyait distinctement. Il voyait même les peluches microscopiques laissées par les lavages. Il fourragea dans la corbeille à papiers, sortit sur le palier et alla dans la chambre des filles.

« Jeremy ? protesta Mary. Que fais-tu ? Tu avais dit que tu arrêterais de prendre leurs affaires, tu avais promis.

— Je leur en achèterai un neuf, dit Jeremy.

— Mais quoi ? Que cherches-tu ? Tu dis toujours la même chose, Jeremy. »

Il s'arrêta en pleine exploration d'un tiroir, les coudes plongés dans un océan de rose et de blanc.

« Où sont leurs pyjamas rouges ? demanda-t-il.

— Quels pyjamas rouges ?

— Les enfants ne portent plus de pyjamas rouges ?

— Ils n'ont jamais eu de pyjamas rouges. »

Il délaissa le tiroir et se releva pour aller vers le placard. Le sol était jonché de chaussettes sales, de chemisiers, de peluches — il devait bien y avoir un minuscule bout de flanelle rouge là-dedans. Il ouvrit le placard et passa en revue des cintres de robes de toutes les tailles et de toutes les couleurs.

« J'ai quelque chose à te dire », répéta Mary.

Ce fut comme s'il était tiré en arrière par une

ficelle, une solide corde qui l'arrachait à l'image qu'il avait à l'esprit. Avant même qu'il se retourne vers elle, la flanelle rouge s'était volatilisée, la ronde d'enfants avait cessé de tournoyer, ils avaient baissé les bras et s'étaient désintégrés. Il s'apprêtait à protester quand soudain, il vit la perfection avec laquelle la courbe de la joue de Mary épousait la tête de Rachel — nichée dans le cou de sa mère comme une pièce de puzzle. Le soleil de la fenêtre éclairait sa longue chevelure défaite qui dévalait le long de son dos, et revêtait les trois imperceptibles ridules se dessinant au coin de chaque œil d'un éclat si net qu'on eût dit des moustaches de chat, qui lui donnait en permanence un air de légère perplexité.

« Qu'y a-t-il, Mary ? demanda-t-il.

— Tu es sûr que tu m'écoutes ?

— Oui, oui. »

Mais un martèlement de pas se fit entendre dans l'escalier. Une interruption à l'interruption. Était-ce ainsi que progressait la vie ? S'il devait remonter la chaîne des interruptions jusqu'à celle qui, la première, l'avait arraché à ce qu'il était en train de faire, ne risquait-il pas de se retrouver dix ans plus tôt ? Pippi surgit, hors d'haleine.

« Maman ? Où est maman ?

— Mais elle est là, dit Jeremy.

— Devine quoi, maman ? »

Le visage de Mary subit cette métamorphose qui s'opérait à chaque fois que ses enfants parlaient. Sa tête s'inclina, son regard devint opaque à force de concentration, chaque muscle parut se tendre, comme suspendu aux paroles de la fillette.

« Y a des monsieurs qui apportent un frigo, lui annonça Pippi.

— Un frigo ?

— Ils disent que Jeremy l'a gagné dans un concours. »

Mary releva la tête et le dévisagea.
« Tu aurais pu me le dire.
— Mais je... comment aurais-je pu ? Je l'apprends à l'instant.
— Ils disent qu'il a reçu une lettre, reprit Pippi.
— Jeremy, tu recommences à ne plus ouvrir le courrier ?
— Mais je croyais que si. Je ne vois pas ce qui...
— Ils disent qu'il faut que tu descendes, maman.
— Très bien, j'arrive. »
Elle descendit l'escalier sans précipitation, aussi imperturbable qu'à l'accoutumée, derrière les semelles de Pippi qui claquaient à chaque marche. La tête de Rachel rebondissait par-dessus son épaule. Il les suivit en s'essuyant les mains sur son pantalon. Il se sentait écartelé entre des sollicitations venues de toutes parts. Aux fragments de sa statue qui occupaient encore son esprit, étaient venus s'ajouter le visage attentif de Mary, le roulement de tonnerre des meubles déplacés au rez-de-chaussée, la nouvelle qu'elle n'avait pu lui annoncer.
« Euh, Mary, fit-il, ne peuvent-ils pas le remporter ? La maison est pleine à craquer. Nous n'avons vraiment pas besoin d'un autre réfrigérateur.
— Ne t'en fais pas, Jeremy, nous le mettrons à la cave.
— Mais nous avons déjà mis le dernier à la cave.
— Et alors ? Il y a encore de la place. Tu sais bien les quantités de nourriture que l'on engloutit dans cette famille.
— Mais c'est si encombré, dit Jeremy. Mary, on a déjà tellement de choses dans cette maison. C'est juste que j'ai l'impression de... »
Ils étaient arrivés sur le palier du rez-de-chaussée. Deux hommes en blouson de cuir roulaient un énorme réfrigérateur rose dans le salon, où ils s'étaient ménagés un passage, zigzaguant entre des

rocking-chairs, des tricycles et des hordes d'enfants.

« Regarde, dit Mary, c'est un réfrigérateur-congélateur à deux portes, comme j'en ai toujours rêvé.

— La cuisine ? demanda un des livreurs.

— Non, quoique, oui, pourquoi pas. Et nous mettrons le vieux à la cave. Pourriez-vous commencer par déplacer l'autre ?

— Écoutez, on est pas déménageurs.

— Je vous indemniserai, suggéra Mary.

— Ça vous coûtera cinq dollars.

— Jeremy ? »

Tous les regards se tournèrent vers lui. Il fut saisi d'embarras, comme un usurpateur pris en flagrant délit. Ce n'était pas lui qui tenait les cordons de la bourse.

« À vrai dire, je crois qu'en fait, nous ne voulons pas de cet article, dit-il enfin.

— Jeremy !

— Ça, c'est aux organisateurs du concours qu'il fallait le dire. Nous, on se contente de livrer, là où on nous dit de livrer.

— Apparemment, j'ai égaré la lettre. En fait, nous avons déjà deux réfrigérateurs.

— Pourquoi que vous avez participé au concours, alors ?

— Je croyais qu'on pouvait gagner de l'argent, répondit Jeremy.

— Jeremy, tu sais bien que ce réfrigérateur peut nous servir, intervint Mary. Surtout cet été, à la saison des pastèques. Laisse le monsieur tranquille, Hannah. Et puis les pensionnaires ont besoin d'avoir chacun leur étagère, ils n'aiment pas...

— Écoutez, ma petite dame, on vous l'installe ou pas ?

— Oui ! » s'écrièrent les enfants en se mettant à bondir et applaudir à tout rompre.

Jeremy commença à avoir mal à la tête. Mary répondit : « Bien sûr que oui. Les enfants, videz l'autre, voulez-vous ? Tout le monde s'y met. Sortez tout sur le plan de travail. » Elle les emmena dans la cuisine, Jeremy sur ses talons. Il se serait senti mal à l'aise en tête-à-tête avec les livreurs. Du seuil, il observa ses enfants qui entassaient sur l'égouttoir des cartons de lait à n'en plus finir, se relayaient pour poser les cœurs de laitue sur la table, jetaient un arceau d'oranges à travers la pièce. « Sacrée famille que vous avez là », lui lança un livreur derrière son épaule. Le visage de Jeremy se fendit en un sourire béat et il baissa la tête.

Devinait-on à quel point ses enfants le déconcertaient ? Il ne les comprenait pas. Il éprouvait des difficultés à leur parler. Il devait se contenter de les regarder, de les boire des yeux, muet, bouche bée, avec un tel ahurissement qu'il se voyait accusé d'avoir la tête ailleurs. Mary aussi ne cessait de les observer, mais pour d'autres raisons. Elle guettait les dangers, les microbes, les blessures. Elle était leur garde du corps. Jeremy, lui, les consignait dans sa mémoire, en prévision de ce jour lointain où, livré à lui-même, il parviendrait enfin à les comprendre. Il connaissait par cœur la courbe des yeux d'Abbie lorsqu'elle riait, cette manière qu'avait Hannah de se frotter le dessous de la lèvre supérieure quand elle suçait son pouce, les fossettes qui dessinaient des parenthèses sur les joues de Rachel. Il avait l'impression que tous ses enfants étaient des miniatures de Mary et ne leur trouvait aucune ressemblance avec lui. Il estimait que c'était d'autant plus naturel que les grossesses de Mary ne semblaient être que de son œuvre. C'était elle qui s'en apercevait et les lui annonçait, qui prenait ses comprimés de calcium et disparaissait derrière les portes à battants de l'hôpital pour accoucher. Mais alors, son regard tombait sur Darcy — toujours blonde, les yeux bleus, presque aussi grande que sa mère, avec toutefois l'ossature plus frêle d'un autre. Son père n'avait pas été éclipsé. Il devait avoir des gènes aussi récessifs que ceux de Jeremy, des gènes tout aussi pâles et malingres. Et pourtant, ils avaient été les plus forts. Comment cela se faisait-il ? Il considérait d'un œil perplexe ses propres enfants, la tête brune et la prunelle sombre. Il regardait son fils Edward qui, à deux ans et demi, portait un Levis délavé qui pendait sous son ventre rond et des minuscules bottes de cow-boy. Il ignorait que l'on fabriquait des bottes de cette taille. Il n'avait jamais eu de bottes quand il était petit. Et quand bien même, il aurait été bien incapable de parader ainsi d'un air fanfaron, ni de se passer les pouces dans les boucles de ceinture de son jeans. Où donc Edward avait-il appris cela ? Où donc avaient-ils tous appris à arpenter d'un pas intrépide les rues grouillantes de monde, à affronter les écoles de la ville, à crier, acclamer et lancer des oranges sans l'ombre d'une gêne ?

Parfois, il disait :

« Tu ne crois pas que nous devrions nous occuper de leur donner un nom de famille ?

— Mais ils ont déjà un nom, lui répondait Mary. Le tien. Il est inscrit sur leur acte de naissance.

— Oui, mais si quelqu'un s'avisait de vérifier, ou je ne sais pas. Si on nous demandait des preuves.

— Pourquoi veux-tu que quiconque aille nous demander des preuves ?

— Bon, bon. »

Il avait le sentiment que les enfants n'étaient jamais que des pensionnaires d'un autre style, plus bruyants, plus encombrants, ceux-là. Ils n'appartenaient pas réellement à cette maison, c'étaient des visiteurs venus du monde extérieur. Quand il était plongé dans son travail, ils s'infiltraient par l'escalier comme les eaux d'une inondation, et leur vacarme — d'étranges bruits métalliques, de curieux mugissements et l'insupportable éclat de leurs disputes — s'insinuait lentement en lui sans qu'il le remarque, jusqu'au moment où il devenait tellement exaspérant qu'il en jetait ses ciseaux par terre, ouvrait sa porte à la volée et surgissait sur le seuil en tremblant de tous ses membres. « Pourquoi vous me faites ça ? leur demandait-il. Pourquoi tout ce bruit ? Pourquoi vous n'arrêtez pas, pourquoi... » Ils levaient tous la tête vers lui. Leurs chaussettes tombantes, leurs jeans rapiécés, la culotte grisâtre trempée qui pendait sous la robe d'une des petites offraient un spectacle pitoyable et cependant agaçant. Ils gardaient un silence absolu. Le silence faisait accourir Mary plus vite que n'importe quel hurlement. Elle était là en un éclair, grimpant l'escalier quatre à quatre, sans même attendre d'être en haut pour demander :

« Qu'y a-t-il ? Que s'est-il passé ?

— Mary, j'essayais juste de travailler.

— Oui, bon. Venez, les enfants, Jeremy travaille.

— C'est juste qu'ils font un tel vacarme, tu comprends.

— Vous pouvez aller jouer dans la cuisine. Je sais quoi. Nous allons faire des gâteaux. »

Il était toujours perdant. Il était déprimé de la voir reconduire son troupeau sous son aile en formant de son dos un rempart dressé contre lui. À présent que le second étage avait retrouvé le silence, il se sentait en proie à un sentiment de culpabilité et de solitude. Comment avait-il pu les rabrouer ainsi ? Il les connaissait si mal, n'aurait-il pas pu les autoriser à rester un peu ? En regardant autour de lui, il voyait les traces qu'ils avaient laissées sur leur passage : un patin à roulettes, une poupée de chiffon faite maison, une empreinte de main pleine de craie sur le pilastre de l'escalier. À ses pieds, une feuille de papier couverte d'une écriture violette : HANNAH 4 ANS MOI HANNAH. Un camion de pompiers muni d'une clef finissait sa course, sa petite lumière rouge clignotant de plus en plus lentement à mesure que faiblissait le bruit de son moteur.

Voilà qu'il venait d'attraper par accident une orange qu'un enfant lui avait lancée et il en resta si stupéfait qu'il la laissa retomber. Il se retrouva dans le cortège qui accompagnait le vieux réfrigérateur jusqu'à la cave sombre et humide qui sentait le moisi. Le long des murs s'entassaient des caisses entières de stocks que Mary avait constitués pour la maisonnée. Il y avait un meuble entier de chaussures de sport attendant que leurs futurs propriétaires grandissent. Un autre, de papier toilette. Un baril de lessive assez grand pour contenir deux enfants. Était-ce bien nécessaire ? Il avait l'impression qu'elle cherchait à attirer son attention sur son rôle de pourvoyeuse, de nourricière, de gardienne. « Tu vois tout ce que je donne ? Et sans relâche — voici mes réserves. Je ne viendrai jamais à manquer, inutile de me demander. Je serai toujours là avec une chemise neuve dès que la vieille aura les coudes usés. » Quelqu'un mit le pied sur un chat. Un livreur renversa une pile de pots de fleurs achetés en solde en prévision du printemps. « Bon sang, maugréa son compagnon, vous ne pourriez pas flanquer vos gamins dehors ? Faites-les déguerpir. On ne peut pas faire un pas ici. »

Les enfants se volatilisèrent, mais dans tous les coins retentissait, sournois, l'écho de leurs fous rires. Les livreurs remontèrent pour installer le nouveau réfrigérateur et Mary leur emboîta le pas, en leur donnant des instructions. Jeremy fermait la marche. Il se sentait vieux et las. Le temps qu'il arrive dans la cuisine, le souffle haletant et s'épongeant le front, le réfrigérateur était quasiment en place. Il dépassait jusqu'au milieu de la pièce et bloquait l'entrée d'une dizaine de centimètres. « Tu ne trouves pas qu'il est trop gros ? dit Jeremy. Mary, je me sens si... c'est tellement encombré ici. »

Mais Mary lui répliqua : « Nous nous y habituerons. »

Puis elle se retourna avec un sourire et devant tout le monde lui jeta les bras au cou. « Allez, Jeremy, arrête un peu de râler, lui dit-elle. Tu ne trouves pas ça formidable de gagner tout le temps plein de choses pour nous comme ça ? Tu devrais être content d'avoir une chance pareille. »

Avec tous ces regards posés sur lui, il n'osait pas lui rendre son étreinte, mais son visage se fendit en un tel sourire qu'il se crut en passe de fondre.

Il alla avec Mary à la galerie voir l'exposition qui lui était consacrée — tous les deux en tête-à-tête, avec la voiture de Miss Vinton. Mary avait pris le volant. Elle portait un chapeau, qui appartenait également à Miss Vinton, le premier que Jeremy lui ait jamais vu porter. Il avait sa casquette de golf. Il se sentait un peu nauséeux. À chaque virage, il se cramponnait au bord du siège et il ne cessait d'avaler sa salive.

« Ça va, Jeremy ? s'enquit-elle.

— Oui, oui.

— On est bientôt arrivés. »

Elle connaissait la galerie. Elle y allait depuis des années, pour vérifier que les pièces de Jeremy étaient bien présentées à chaque nouveau lot que rapportait Brian. Mais Jeremy, lui, n'y avait jamais mis les pieds, et seule l'importance de l'événement — une exposition entièrement consacrée à ses œuvres, qui déjà lui rapportait plus d'argent et de presse qu'il n'aurait jamais osé l'imaginer — l'obligeait à s'y rendre. Il avait bien essayé de s'y dérober. « Je les connais, ce sont mes œuvres. À quoi bon les voir ? » Mais ils ne lui avaient laissé aucune échappatoire. Mary, Brian et les autres s'étaient concertés d'avance. Miss Vinton leur avait prêté sa voiture ; Olivia, leur pensionnaire, garderait les enfants. Mary avait suggéré : « Nous irons en semaine, il n'y aura pas grand monde », et Brian avait renchéri : « Personne ne saura qui tu es, Jeremy. Et tu en retireras peut-être quelque chose ! Tu n'as pas revu certaines de tes pièces depuis des années. » C'est l'argument qui avait achevé de convaincre Jeremy. Il avait songé à toutes les œuvres qu'il avait réalisées — ces objets qu'il avait cessé de voir à force de les regarder, ces objets qui l'avaient épuisé, écœuré, jusqu'au jour où il les avait confiés à Brian, à seule fin de s'en débarrasser, de se libérer pour pouvoir passer à autre chose. Quel effet lui feraient-elles à présent ?

C'est ainsi qu'il se retrouvait, par cette froide après-midi d'avril, dans la voiture de Miss Vinton, contemplant autour de lui ce qui avait toutes les apparences d'un quartier sinistré par un bombardement, en plein cœur de Baltimore. Des pâtés de maisons entiers avaient été rasés ; il n'en restait plus que des décombres. Un peu plus loin, des immeubles évidés laissaient apparaître des papiers peints jaunis, des forêts de tuyaux enchevêtrés, des soubassements effondrés aux allures de grillage de poulailler. « Mary ? Que se passe-t-il donc ici ? » demanda Jeremy. Mary se contenta de jeter un coup d'œil à la scène du désastre. « Oh, rien, ils reconstruisent », expliqua-t-elle en poursuivant sa route.

Jeremy se recroquevilla davantage encore dans son coin.

Ils ne regardaient pas les mêmes choses. On eût dit qu'ils étaient dans deux voitures différentes. « Tiens, voilà qui est intéressant, dit-elle. C'est une boutique pour hippies ; ils vendent de la toile denim délavée qui ferait des rideaux magnifiques pour les chambres des enfants. » Puis, quelques instants plus tard : « C'est un nouvel immeuble de bureaux sans fenêtres, mais il paraît que de l'intérieur, on ne s'en aperçoit même pas. » De temps à autre, elle lui expliquait des choses qu'il savait depuis des années. Croyait-elle qu'il était sourd et aveugle ? « Regarde la crinière de cette fille. Étonnant, non ? Ça s'appelle le style "naturel". » Cela faisait des années qu'il voyait des filles à crinière, dans les magazines, les publicités à la télévision et sur le trottoir, par la fenêtre de la façade. Il en avait certainement vu davantage par cette fenêtre que Mary au cours de toutes ses expéditions dans les magasins, les écoles ou chez les gynécologues. Il avait observé comment le monde ne cessait de grossir en suivant une involution progressive, multipliant les spirales, les torsades et les agrégats à la manière d'une masse cellulaire complexe — tout d'abord, centimètre par centimètre, puis de plus en plus vite, si bien qu'il avait l'impression qu'il lui suffisait de rester terré, ne fût-ce qu'un moment, dans son atelier, pour trouver tout changé à sa sortie : les gens plus étranges que jamais, les voitures d'aspect plus agressif encore, et jusqu'à la qualité de la lumière altérée d'une manière indéfinissable. Mais il s'était tenu au courant de l'évolution du monde. Mary le sous-estimait.

La galerie était une étroite petite bâtisse blanche, dont l'auvent s'étendait jusqu'au bord du trottoir. Elle était située dans une rue calme, entre des bâtiments du même style, à l'écart des décombres. « Au moins, ça a le mérite de ne pas être trop grand», déclara Jeremy. Mais en attendant Mary qui était allée mettre une pièce dans le parcmètre, il songea que cette galerie était trop chic pour lui. En tant que simple passant, il aurait été certainement intimidé par l'énorme porte en verre ornementée d'une grille dorée. Il n'aurait jamais osé y entrer seul.

«Mary, tu es sûre que c'est le bon moment pour y aller?

— Je te l'ai déjà dit, Jeremy. Il n'y a jamais personne en semaine.

— Pourquoi reste-t-elle ouverte, en ce cas?»

Visiblement, elle ne savait pas quoi répondre.

Dans le hall, Jeremy vit, présentée sous un éclairage jaune, une pièce qui devait remonter à environ trois ou quatre ans: un vieil homme qui fouillait dans une poubelle en treillis métallique. L'homme était fait d'un papier kraft terne qu'il avait froissé puis aplati. Le panier, lui, était formé d'un entrelacs de tous les objets brillants qui lui étaient tombés sous la main — de petites brochettes à trousser les volailles, une aiguille à tricoter, une barrette d'enfant dorée, des ciseaux à bouts ronds appartenant à Abbie, avec *Gaucher* inscrit sur la lame. Le panier était rempli d'un amas de couleurs vives constitué par des timbres-poste, des paquets de cigarettes et un vieux mouchoir que Mr Somerset avait laissé traîner un jour sur le canapé.

«Elle est bien présentée, tu ne trouves pas? lui dit Mary. Je l'ai dit à Brian, elle est parfaite en dominante de l'exposition. Je suis contente qu'elle soit présentée dès l'entrée.

— Oui, oui», acquiesça Jeremy.

Mais il ne se sentait pas à son aise. Il n'avait jamais vu ses œuvres dans un tel décor de tapis rouges, d'ambiance feutrée et de lumières dorées. Du fond de son esprit surgit l'image du modèle qui lui avait inspiré cette pièce : un vieil homme qu'il avait aperçu par une journée glaciale de novembre en train de fourrager dans une poubelle. Il revit la sécheresse grisâtre de sa peau, à cent lieues de la chaleur du papier kraft, et puis ses doigts crochus, et ses lèvres qui remuaient en silence. Sa pièce n'en avait rien retenu. Il soupira.

« Jeremy ? Elle ne te satisfait pas ? lui demanda Mary.

— Si, si », fit-il avant de poursuivre son chemin.

De l'autre côté du mur où était présenté le vieil homme, le hall était suivi d'une salle plus spacieuse inondée de lumière, également couverte de tapis soyeux d'un rouge profond. D'emblée, il fut frappé par les visiteurs qui parcouraient la pièce, s'arrêtant devant chaque œuvre. À une exception près, ce n'étaient que des femmes qui discutaient de son travail en chuchotant. Son travail. Il eut envie de se jeter bras en avant pour le protéger. Deux grosses dames étaient plantées devant un de ses anciens collages en deux dimensions. Une fille passait devant une rangée de statues sans même s'arrêter. Sur une colonne en bois, se dressait la plus petite d'entre elles, la première statue qu'il ait jamais réalisée : une femme qui suspendait son linge. Un arc en métal posé sur des flots blancs qu'il avait rigidifiés en projetant sur la toile du plastique transparent. Il se rappela comment, après en avoir conçu l'idée, il s'était demandé par quel moyen il allait l'encadrer. Il avait mis des semaines à songer à en faire une statue. Il avait travaillé dans la crainte. Il s'était senti présomptueux d'utiliser ainsi tant d'espace vertical. Mais voilà que sur une étiquette apposée à côté de la statue, on pouvait lire : « Collection particulière de Mrs Herbert Cooke » — l'une des femmes les plus richissimes de Baltimore. Elle l'avait achetée dès le premier jour où elle avait été exposée. Et la plupart de ses autres œuvres — chacune plus grande, plus massive que la précédente — étaient marquées d'une vignette « Vendu ». Il errait, hébété, au milieu de ses statues en mâchonnant le bout de son index. Jamais il n'aurait cru avoir réalisé autant d'œuvres. Il y avait donc des gens qui le considéraient comme un véritable artiste, un artiste de métier. Était-ce possible ? Il revit toutes ces heures passées en solitaire à assembler patiemment de minuscules fragments, à rechercher fiévreusement les textures idéales, à écraser une rangée de punaises jusqu'à en avoir le cou meurtri — toute cette besogne fastidieuse. Ce n'est pas ainsi qu'il s'imaginait la vie d'artiste.

Brian surgit à côté de Jeremy et lui posa une main sur l'épaule. « Salut ! » Il était vêtu d'un costume croisé qui lui donnait des allures d'homme d'affaires véreux. Jeremy avait l'habitude de le voir en chandail et pantalon de velours côtelé. Il avait la barbe trop bien taillée. « Alors, Jeremy, que penses-tu de ton exposition ? »

Tous les visiteurs sursautèrent et posèrent sur lui un regard avide. La voix de Brian avait porté jusqu'à l'autre bout de la galerie. « Nous les avons bien présentées, tu ne trouves pas ? » Il dégageait une âpre odeur épicée d'after-shave. Détournant le regard de Jeremy, il souriait à une statue en faisant mine d'ignorer la présence des visiteurs, comme si ces derniers avaient surpris ce qu'il venait de dire par pur accident.

Jeremy se dégagea de Brian.

« Tu m'avais dit, mais tu m'avais dit... Tu m'avais dit qu'il n'y aurait personne.

— Mais, Jeremy, c'est relativement...

— Tu m'as menti.

— Oh, écoute...

— Je veux rentrer, Mary. »

Quand Jeremy se retourna vers elle, il aperçut derrière son visage inquiet la mine ravie de tous les visiteurs. Évidemment, semblaient-ils dire, c'était à prévoir. Brian nous avait bien prévenus. Ce dernier leur avait-il dit quoi que ce soit ? Jeremy avait-il une quelconque réputation ? Il dissimula ses mains tremblantes derrière sa casquette de golf et tourna les talons, forçant Mary à le rattraper en courant. D'emblée, pourtant, il eut le sentiment qu'ils avaient également prévu cette dernière réaction. Il ne pouvait rien faire qui les surprenne. Il parcourut des kilomètres d'étendue traîtresse de tapis, trébuchant à chaque pas, piégé dans l'image qu'ils se faisaient de lui. Il avait le souffle rouillé. Il lança une main en arrière et rencontra la poigne ferme de Mary. Elle l'avait rattrapé, serrait son bras contre elle, l'aidait à franchir la porte de verre. « Ne t'en fais pas, murmura-t-elle. Tout va bien, Jeremy. » Sur le trottoir, elle prit son visage dans son autre main et l'embrassa sur la joue. « C'est fini, maintenant. » Mais elle ne fit que le perturber davantage encore. Était-il également censé rester planté là, tandis qu'on l'embrassait comme un enfant ? Il essuya du revers de la main le signe égal laissé par les lèvres de Mary, s'emmitoufla dans son manteau et rejoignit la voiture à pas lourds.

Ils n'avaient plus d'étudiant en médecine. Buddy s'était marié et installé dans un appartement, et avant qu'ils aient eu le temps de lui trouver un successeur, Mary était revenue un jour en compagnie d'une fille qu'elle avait prise en stop alors qu'elle était au volant de la voiture de Miss Vinton. Une hippie du nom d'Olivia. Ses cheveux lisses et incolores, pareils à du verre filé, étaient si longs qu'elle pouvait s'asseoir dessus. Elle était d'une minceur quasi translucide et portait un jeans clouté d'étoiles d'argent assorti d'un trench-coat blanc satiné. Quand elle avait tendu la main à Jeremy, elle avait les doigts aussi froids que de la glace.

« J'ai trouvé cette enfant au bord de la route, en train de faire de l'auto-stop, avait dit Mary. Tu imagines ? Mais vous devez avoir le même âge que Darcy !

— J'ai dix-huit ans.

— Peu importe votre âge, avait tranché Mary. C'est encore trop jeune. »

Sur ce, elle était allée lui chercher à manger. Olivia lui avait emboîté le pas à la manière des enfants de Mary. Elle avait la démarche fluide et alanguie. Jeremy, qui prenait le thé dans la salle à manger, l'entendait poser question sur question : « Qu'est-ce que vous faites ? Je peux prendre un biscuit ? » Par la suite, Mary lui avait annoncé qu'elle avait persuadé Olivia de s'installer dans la chambre de devant, celle qui donnait au sud. « Quoi ? » s'était écrié Jeremy. Il avait resitué la maison sur une carte, placé une étoile pour définir les points cardinaux et trouvé le sud.

« Mais c'est la chambre des étudiants ! Elle a toujours été occupée par des étudiants !

— Je suis désolée, je ne pensais pas que cela avait de l'importance.

— Non, bien sûr, cela n'a aucune importance. C'est seulement que...

— Je me fais tellement de souci quand je vois une enfant à la rue », avait dit Mary.

Il avait le sentiment qu'au fil des années, Mary devenait de plus en plus maternelle. Elle avait alors six enfants et se montrait six fois plus maternelle qu'à l'époque où elle n'en avait qu'un. Était-ce là un trait de caractère qui suivait une progression si mathématique ?

Le mois précédent, un jeune adolescent les avait abordés alors qu'ils allaient chercher du lait à l'épicerie Dowd, en quémandant une pièce pour manger. « Mon pauvre enfant, s'était écriée Mary. Tu n'as donc pas mangé ? » Il était six heures du soir ; ses propres enfants avaient dîné depuis une heure. « Attends-moi ici. Chez Dowd, ils vendent des sandwichs.

— C'est-à-dire que je préférerais de l'argent, avait protesté l'adolescent.

— Ne bouge pas, lui avait ordonné Mary. Reste avec lui, Jeremy. »

Elle était entrée seule dans l'épicerie, la pointe de son foulard flottant derrière elle, son grand sac modèle familial battant sur le flanc, ses jambes nues éclatantes de blancheur dans le crépuscule, martelant le pavé au rythme efficace de ses vieux derbies éraflés. L'éternelle figure de la mère, scandalisée, indignée, envahissante, donnant des leçons à tout le monde. « Je préférerais de l'argent », avait répété l'adolescent à Jeremy. Jeremy s'était contenté de hocher la tête en avalant sa salive. Il ne savait pas quoi lui dire. Mary était revenue avec un sandwich emballé dans du papier, des oranges sous cellophane et un carton de lait.

« Tu manges tout, tu m'entends ?

— Écoutez, avait insisté l'adolescent, j'en demandais pas tant, moi tout ce que je veux, c'est... »

Mais elle lui avait déjà fourré les provisions entre les mains et s'apprêtait à rentrer dans l'épicerie.

« Et n'engloutis pas tout d'un coup, lui avait-elle lancé. Pas dans un ventre vide.

— Bon, merci, m'dame. »

Puis, avec Jeremy, ils étaient restés plantés là à se dévisager d'un air médusé sans l'ombre d'un sourire, par-delà les angles et les bosses du cadeau de Mary.

La nuit venue, couleurs et formes affluaient dans son esprit, se bousculaient, se querellaient comme ses enfants : « Laisse-moi parler ! Non, moi d'abord ! » De son index, il traçait des contours dans le noir. Il pressait ses pouces contre ses paupières pour effacer les images qui l'obsédaient — des cônes dressés les uns sur la pointe des autres, en une tour particulièrement instable, mêlée de bleu et de jaune —, une association de couleurs qu'il détestait. Mary, quant à elle, dormait profondément à ses côtés, en respirant d'un souffle si doux et régulier qu'il croyait entendre son propre sang palpiter dans ses oreilles.

Les femmes étaient-elles toujours plus fortes que les hommes ? Mary était plus forte, jusque dans son sommeil. Sa façon de dormir prouvait sa force. Les insomnies de Jeremy étaient agitées d'angoisses ; il sentait la présence de pensées qu'il n'osait affronter, de craintes et de terreurs indéfinissables. Et pourtant, Mary, qui pouvait mettre un nom sur chacune de ses peurs, formuler en détail la plus petite de ses inquiétudes — était-il réellement nécessaire d'opérer Abbie des amygdales alors que l'on pouvait mourir des suites d'une anesthésie ? Fallait-il administrer un vaccin antitétanique à Edward qui s'était fait mordre par un chat ? —, reposait sur le dos, les paumes tournées vers le ciel, les doigts mollement repliés, prête à tout accueillir. Elle ne croyait pas même en Dieu. (Jeremy disait également ne pas y croire — comment aurait-il pu avoir la foi, sachant avec quelle désinvolture les créateurs rejetaient leurs œuvres et s'empressaient de les oublier —, mais il était hanté par la peur de l'enfer, alors que Mary, non.) Elle était plus vulnérable que n'importe quel homme, ce qu'il y avait de plus profond en elle était dans ses enfants qui, chaque jour, se dispersaient dans trente-six directions en bravant mille périls indicibles. Et pourtant, elle traversait la nuit sans même une prière. Quel espoir avait-il de jamais arriver à sa cheville ?

Il se laissa dériver au fil du temps jusqu'à ce que, sous ses yeux, surgisse, estompé, le visage poudré de sa mère, cette femme qui avait prié à chaque heure du jour, à chaque souffle sa prière. (« Je n'ai pas besoin de dire mes prières avant de me coucher, Jeremy, je les dis depuis que je me suis levée ce matin. Je les ai dites la nuit dernière, dans mon sommeil. C'est pour toi que je prie. ») Il la revit verser le thé le jour de son dixième anniversaire, qu'ils avaient célébré en tête-à-tête dans le salon. « Juste toi et moi, ce sera plus drôle », lui avait-elle dit à juste raison, car ses camarades de classe ne l'aimaient pas et les rares fois où ils lui adressaient la parole, ils l'appelaient Microbe. « Nous n'avons que faire de ces autres enfants », avait-elle ajouté. Elle lui souriait par-delà la théière, avec ce léger tremblement au coin des lèvres qui lui donnait constamment l'air d'être incertaine de ce sourire, incertaine de ce qu'elle venait de dire, incertaine même de pouvoir placer sa confiance ailleurs qu'en Dieu. Le sourire devint de plus en plus pâle, puis transparent. La théière s'évanouit. Elle apparut à une époque antérieure encore à cet anniversaire, en un temps lointain où les chapeaux étaient couverts de roses en tissu amidonné, et sa robe fluide si vaporeuse, le summum de l'élégance — cette robe qui lui ressemblait tant, aux entrelacs de fleurs si pâles qu'on aurait pu croire qu'elle l'avait mise à l'envers. Elle l'accompagnait chez le dentiste. Elle se trouvait devant une réceptionniste dont les cheveux semblaient lustrés au cirage noir.

« Je me fiche de ce que vous pensiez, disait cette dernière. Vous aviez rendez-vous il y a une heure, et vous n'êtes pas venue. Vous avez fait attendre le docteur. Il a dû s'occuper d'un autre patient.

— Peut-être y a-t-il eu un malentendu. Voyez-vous, je n'aurais certainement pas fixé un rendez-vous il y a une heure. Je savais que Jeremy ne serait pas sorti de l'école. Peut-être avons-nous...

— Mettriez-vous ma parole en doute ?

— Je vous en prie, oh, je vous en prie... »

Devant tous ces gens — une salle d'attente pleine de patients qui les observaient, sur leurs chaises en tapisserie. La réceptionniste avait mis un terme à la conversation en plongeant le nez sur la lettre qu'elle était en train d'écrire, creusant la page de son stylo à plume d'une main coléreuse en faisant jaillir des étincelles d'encre noire. « Viens, Jeremy », avait fini par lui glisser sa mère en poussant un petit soupir tremblé, puis elle l'avait pris par la main pour le faire sortir de la pièce. Une fois sur le trottoir, elle lui avait dit : « Ne t'en fais pas, mon chéri, nous te fixerons un autre rendez-vous. » Elle lui avait tapoté la joue, à l'endroit précis où un muscle tressaillait. « Pourquoi se gâcher la vie à se fâcher contre des gens pareils. » Cependant, ce n'était pas à la réceptionniste qu'il en voulait, mais à sa mère. Pourquoi était-elle restée là à attendre bêtement, au milieu de tous ces regards, en tortillant entre ses doigts sa ridicule petite pochette de soirée en taffetas ? Pourquoi l'avait-elle ainsi suppliée ? Il imagina la réceptionniste bondir hors de son siège et se jeter sur sa mère pour la poignarder de son stylo qui giclait. « Tiens, prends ça, espèce de minable ! Crève ! » Sa mère se contentait de se recroqueviller davantage encore, sans se départir de son timide sourire. Elle s'effondrait par terre, broyée par les talons de la réceptionniste, sans même lever les bras pour se protéger. Il fut soudain submergé par une vague de chagrin et d'horreur, un profond élan d'amour angoissé.

« Jeremy, mon chéri, lui avait dit sa mère, rentrons prendre un chocolat chaud, tu veux ?

— Bien, maman », avait-il répondu, mais il avait peine à parler ; il avait tant serré les dents qu'il en avait mal à la mâchoire.

Il y avait longtemps de cela. C'était du passé. C'en était fini désormais.

Il retourna son oreiller du côté le plus frais, et veilla à reposer la tête en douceur pour ne pas réveiller Mary. Il entreprit de reconstituer son jeu nocturne favori. Il y faisait montre d'un courage désinvolte et insouciant que nul ne soupçonnait. Il avait tendance à agir par impulsion. Parti faire une course, un beau jour, il parcourait une rue au volant de sa voiture (qu'importe s'il ne savait pas conduire et ne possédait pas de voiture, il réglerait cela plus tard), lorsqu'il était saisi d'une brusque envie de quitter la ville. Il conduisait à toute allure, et tandis que défilaient les pâtés de maisons, il caressait rêveusement cette idée jusqu'au moment où, le cœur gonflé par un sentiment allègre de liberté, il finissait par céder à son désir. Les feux étaient tous au vert, toutes les routes menaient en dehors de Baltimore et il n'y avait pas même une voiture pour le ralentir. Le ciel était gris, il n'y avait pas de soleil, le temps idéal pour ses yeux. Il pouvait rouler des heures sans peine ni effort. Il s'arrêterait au premier signe de fatigue. Peut-être jamais. S'il décidait de s'établir quelque part, ce serait dans un petit cube vide, blanchi à la chaux, qui sait, peut-être dans le désert. Il changerait d'identité, se choisirait un prénom et un nom à une seule syllabe, quelque chose d'incisif. Son art se transformerait également. Ce serait automatique. Le seul fait de changer de nom influerait radicalement sur son œuvre. Il se retrouverait sans femme, sans enfants ni amis — livré à lui-même, comme en cette période de silence bénie, entre la mort de sa mère et la venue de Mary. Mais cette fois, évidemment, il aurait la sagesse d'en profiter. À l'époque, il n'en avait pas été capable. Il avait l'impression de laisser sa vie lui filer entre les doigts, de ne pas avoir su en tirer suffisamment. Était-ce ce qui déterminait tous les grands événements de ce monde ? Il s'était senti contraint de prendre des mesures désespérées avant qu'il ne soit trop tard, mais à présent il lui semblait que sa vie durerait une éternité qui n'en finirait jamais de devenir chaque jour plus complexe et plus tumultueuse. Rien ne l'obligeait à plonger de la sorte.

Il avait attendu l'amour comme on attend le salut. Le secret, la clef mystérieuse. Était-ce lui qui manquait d'amour ou l'amour qui lui faisait défaut ? Et après l'amour, qu'y avait-il d'autre à espérer ?

Le bébé se mit à pleurer, après s'y être longuement préparé par une suite de petits bruits aigus venus s'immiscer dans les pensées de Jeremy. Mary se leva et, d'un pas trébuchant, alla jusqu'au berceau en murmurant, peut-être même dans son sommeil, des paroles de réconfort. « C'est fini, Rachel, c'est fini. » Elle prit le bébé dans ses bras et Jeremy sentit le matelas se creuser quand elle se recoucha. « Ça doit être sa dent », dit-elle en jugeant évident qu'il devait être réveillé. Elle appuya son oreiller contre la tête du lit, s'y adossa et déboutonna sa chemise de nuit. Quand Jeremy tourna les yeux vers elle, il vit l'ombre du bébé fondue dans celle de Mary, ne laissant apparaître qu'un unique sein luisant au clair de lune. « Où est le vieil anneau d'Edward ? lui demanda Mary. Il faudra que je le retrouve demain matin. »

Le bébé tétait goulûment. Jeremy posa une main sur ses yeux.

« À la pharmacie, ils vendent un produit pour leur frotter les gencives, mais je ne crois pas que ce soit très efficace. »

Une des rares fois où elle lui avait parlé de sa vie passée, elle lui avait confié qu'à la naissance de Darcy, elle avait peur de ne pas pouvoir la nourrir au sein. « Je croyais que je n'aurais pas assez de lait », lui avait-elle dit. Puis elle avait ri. À présent, elle allaitait comme elle respirait et il l'avait souvent vue circuler dans la maison ou même faire la cuisine avec un bébé collé au sein. Il s'efforça de l'imaginer se faisant du souci pour Darcy. Il échafauda une scène qui puisse la voir de nouveau inquiète, une scène où elle viendrait à lui au bord des larmes en lui demandant ce qui n'allait pas. « Ne t'en fais pas, tu es fatiguée, c'est tout, lui dirait-il alors. Laisse-moi m'occuper de tout pendant quelque temps. » Il lui mettrait des coussins, lui apporterait du thé, éloignerait les aînés à l'autre bout de la maison. « Et maintenant, pas un bruit, laissez votre mère tranquille. Elle a besoin de repos. » Il lui tisserait un nid d'amour et de sécurité et lorsque plus tard, il entrerait dans la chambre sur la pointe des pieds pour voir comment elle allait, elle lui dirait : « Que ferais-je sans toi ? » Il se figurait cette scène depuis des années. Avant la naissance d'Abbie, il avait commandé un livre destiné aux futurs pères. Il avait lu et mémorisé toutes les formes de soutien qu'il pouvait lui offrir. Allégez-lui la tâche, disait le livre. Essayez de l'aider autant que vous le pouvez, prenez en charge tout ce qui est susceptible de la tracasser, attendez-vous à ce qu'elle pleure sans raison. Ces conseils s'étaient tous révélés parfaitement inutiles. Mary avait fait son propre nid. Et à présent, elle était auprès de lui, détendue, bien au chaud, et le bébé poussait de petits soupirs de contentement à chaque gorgée.

Puis Mary dit : « Au fait, ce que j'avais à te dire... »

Le bébé arrêta de téter et se mit à protester, trahissant une soudaine tension chez sa mère.

Jeremy ouvrit les yeux. Toute la journée, il n'avait cessé de songer à cette nouvelle suspendue au-dessus de sa tête. Il pensait même savoir de quoi il retournait.

« Tu es enceinte, dit-il.

— Quoi ?

— Je pensais...

— Tu sais bien que je ne peux pas tomber enceinte quand j'allaite.

— J'avais peur que ça n'ait pas marché cette fois.

— Tu avais peur ? »

Il resta sans mot dire. Il ne savait pas comment se reprendre.

« Jeremy ? fit Mary avant de renoncer. Bon, reprit-elle, il semblerait que je sois divorcée. »

L'espace d'un instant, il crut qu'elle parlait de divorcer de lui et son cœur tressaillit. Et tout ça pour s'être livré à un simple petit jeu imaginaire ? Il n'était pas sérieux. Mais ils n'étaient pas même mariés. De quoi parlait-elle ?

« Guy a obtenu le divorce. »

Il lui avait demandé un jour comment s'appelait son mari. C'était, de tout ce qu'il avait envie de savoir, ce qui l'intéressait le moins, mais il n'avait jamais osé soulever les vraies questions et pensait qu'ayant commencé par son nom, elle lui en dirait peut-être davantage. Ce n'avait pas été le cas. « Guy Tell, avait-elle répondu. Guy Allan Tell. » Puis, plus rien. Pas même des indices fortuits — pas même la plus petite allusion à un voyage où son mari, incidemment, l'aurait accompagnée, ni la moindre anecdote dont il aurait été un des protagonistes. Cet unique fait, « Guy Tell », s'était gravé en lui et il l'avait enfoui sous mille tentatives d'oubli, en plissant littéralement les yeux à chaque fois qu'il repensait à son mari. Et il était abasourdi d'entendre à présent ce nom dans la bouche de Mary. C'était à croire qu'elle avait pénétré dans quelque fantasme secret qui n'appartenait qu'à lui — invoqué à voix haute un pur fruit de son imaginaire le plus intime. « Quoi ? » fit-il. Elle parut estimer qu'il était inutile qu'elle le lui répète. Elle attendit calmement.

« Tu es divorcée ? »

Il se redressa dans le lit. L'atmosphère lui sembla parcourue d'un frémissement de répugnance à ce mot choquant : divorce. Il y avait tant de dureté, de laideur dans ces syllabes Elles étaient à des lieues de l'ombre chaleureuse aux seins doux qui reposait auprès de lui.

« Qui te... comment l'as-tu appris ? balbutia-t-il.

— J'ai reçu une lettre de l'avocat. Ils ont eu mon adresse par l'intermédiaire de Gloria.

— De... ? Je ne vois pas de qui tu parles.

— Sa mère.

— Ah. »

Ce mari secret avait donc une mère. Et puis un père, probablement et qui sait, peut-être aussi une grand-mère qui lui tricotait des écharpes pour l'hiver. Il avait des amis qui le saluaient dans la rue, allait voir des gens, conduisait sans nul doute une voiture, faisait des courses, travaillait quelque part. Jadis, il avait reposé aux côtés de cette même femme, peut-être même avait-il attendu qu'elle ait fini d'allaiter son bébé pour l'enlacer avec une confiance sereine, absolue. Dans la gorge de Jeremy monta une boule compacte et douce comme de l'argile.

« Il a obtenu le divorce pour cause d'abandon de domicile, dit Mary. Il avait le droit dans la mesure où il était resté si longtemps sans connaître mon adresse.

— Mais… commença Jeremy. Il toussota. Je veux dire… et elle, comment se fait-il qu'elle connaissait ton adresse ? Sa mère.

— C'est tout récent. Je lui ai écrit.

— Ah bon ?

— Juste un petit mot. Histoire de prendre des nouvelles.

— Je comprends, dit Jeremy.

— J'étais très proche d'elle, vois-tu. Elle a toujours été très gentille avec moi. Et l'autre jour, je me suis dit, tiens, l'anniversaire de Gloria tombe plus ou moins en ce moment. Pourquoi ne pas lui envoyer une carte, pour lui dire que je pense toujours à elle ? »

Elle pensait toujours à elle. Mais quand donc ? À quel moment, au milieu de l'agitation allègre de ses journées, trouvait-elle le temps de tourner ses pensées vers sa vie d'autrefois, à l'abri de son masque placide ? Il ne savait rien d'elle. Peut-être songeait-elle sans cesse à son mari, peut-être nourrissait-elle quantité de griefs, peut-être envisageait-elle de le quitter pour un autre homme. Soudain lui revint en mémoire ce soir de la semaine précédente où elle faisait une natte à Pippi en regardant la télévision. Il s'agissait d'une émission de jeux où étaient conviées un certain nombre de célébrités, parmi lesquelles un héros de cinéma au profond regard cerné de noir. « Je me demande bien pourquoi tout le monde le trouve si séduisant », s'était étonnée Mary. Jeremy, qui remplissait un bon de participation à un concours, ne suivait pas l'émission. « Qui donc ? » lui avait-il demandé. « Celui qui est à gauche, le grand type séduisant à côté de la blonde. » Jeremy avait alors levé les yeux, perplexe, mais, sans réfléchir à ses propos, Mary s'était contentée de claquer un élastique sur la natte de Pippi en lui tapotant la tête : « Allez, hop, au lit. » Et ce n'était qu'à présent qu'il songeait à s'en étonner : rêvait-elle d'autre chose ? Quand elle lisait ces romans à l'eau de rose qu'elle aimait tant, aux couvertures illustrées de belles demoiselles en détresse, se pouvait-il qu'elle regrette de ne pas avoir, comme elles, un homme qui la porte dans ses bras en haut de son château, un homme qui la défende de son épée, un homme, qui sait, dont le mystérieux regard de braise lui ferait un peu peur ?

Paraissant deviner les failles d'incertitude qui se creusaient en lui, elle tourna les yeux pour le regarder au-dessus de la tête du bébé. Dans le noir, son visage avait le velouté d'une étoffe de feutre. Mollement abandonné dans les bras de Mary, le bébé faisait de petits bruits de succion dans son sommeil. Jeremy, pour sa part, se sentait gagné au plus profond de lui par une sensation d'effritement qui seule l'obligeait à se tenir droit.

« On pourrait peut-être se marier, maintenant, dit Mary.

— Si tu en as envie.

— Et toi ?

— Si tu en as envie, moi aussi.

— Tu n'en as pas l'air très sûr.

— Mais bien sûr que si.

— Il faudra le faire en secret, dit-elle. Et j'ai bien peur que tu sois obligé de m'accompagner. Pour de vrai, cette fois.

— Mais bien sûr. Tout ce que tu voudras.

— Je m'occuperai de prendre toutes les dispositions nécessaires. Que dirais-tu de te marier jeudi prochain ? Le jeudi, Olivia est à la maison. Elle peut garder les enfants.

— Parfait », répondit-il.

La sensation d'effritement ne l'avait pas quitté.

Une à une, des parcelles de lui-même se brisaient et se détachaient, mais Mary ne paraissait pas s'en apercevoir.

Le lendemain, tout en limant les arêtes métalliques d'une statue, il ne cessa de songer à cette belle-mère à laquelle Mary pensait encore après toutes ces années. Il l'imagina sous les traits d'une grosse dame accorte au teint rougeaud — une femme sincère susceptible de déployer envers Mary quelque qualité dont il était dépourvu. Il la vit tenir la lettre de Mary dans ses énormes mains maternelles. Il s'efforça d'imaginer ce que Mary avait pu lui écrire. La politesse voulait, exigeait même, que l'on demande à une mère des nouvelles de son fils. « Comment va Guy ? Je pense souvent à lui. » Oh, il croyait presque voir ces mots tracés de l'écriture ronde toute en boucles de Mary. « Maintenant, Gladys (ou Dolores ou peu importe), je vis avec un autre homme, mais ce n'est pas pareil, il est tellement insipide, il passe le plus clair de son temps enfermé dans son atelier. Au début il voulait faire l'amour si souvent que c'en devenait lassant, mais maintenant c'est à peine s'il me touche. » Jeremy tressaillit et laissa tomber un boulon, puis il se baissa pour le ramasser. Il imagina la réponse de sa mère. « Guy a divorcé parce qu'il avait renoncé à tout espoir, mais tu peux revenir quand tu le veux, Mary. Rien n'est plus pareil depuis que tu es partie. »

Il savait que c'était là ce qu'elle dirait. Qu'importe le lieu, rien ne serait plus jamais pareil une fois Mary partie.

À midi, un des enfants monta le prévenir que le déjeuner était prêt, mais il cria à travers la porte qu'il était trop occupé pour venir. En réalité, il était en train de mettre la dernière main à la statue de la ronde enfantine. Il travaillait avec lenteur, comme toujours lorsqu'il achevait une statue, procédant par petites touches entrecoupées de longues pauses de réflexion. Il aurait aisément pu s'interrompre pour le déjeuner. Mais à la seule perspective de descendre, il se sentait étrangement épuisé. Tout ce bruit ! Ce tumulte d'émotion tourbillonnant autour de lui tandis qu'il essayait d'avaler son repas ! Même depuis l'atelier, il entendait le cliquetis des couverts, les interminables querelles des enfants se chamaillant pour quêter l'attention de leur mère, et cette soudaine clameur provoquée par un quelconque incident domestique — à croire qu'en se renversant, leurs verres à moutarde ornés de personnages de comptines avaient répandu, non du lait, mais un flot de cris et de rires. Couvrant le tout, flottait la voix de Mary tel un navire fendant la houle. Il n'avait jamais compris comment elle réussissait à parler ainsi d'une voix si basse, si égale. À chaque fois, il se laissait submerger : « Les enfants, oh les enfants, ne pourriez-vous pas... » Et voilà que Mary riait, d'un rire doux et chaleureux, qui retentissait sans effort aux quatre coins de la maison. Quelques minutes plus tard, il l'entendit gravir l'escalier. De la vaisselle cliquetait légèrement sur un plateau.

« Jeremy, lança-t-elle, je t'ai monté ton déjeuner.

— Entre », dit-il.

Mais elle ne put entrer ; il avait distraitement verrouillé la porte. Elle tourna la poignée, puis elle frappa. Il fut forcé de poser sa lime et de descendre de son tabouret pour aller lui ouvrir — tâche qui, en dépit de son apparente facilité, lui parut aussi écrasante que s'il avait à réorganiser toutes les cellules de son corps à l'intérieur d'une épaisse et sombre enveloppe de concentration. « Salade aux œufs », annonça-t-elle. Il fixa sur elle un regard flou.

Elle passa devant lui avec son plateau et entreprit de disposer son déjeuner sur la table qui se trouvait devant la statue — un verre de lait, un saladier et un sandwich sur une assiette. À chaque fois qu'elle posait quelque chose sur la table, elle devait déplacer un des objets dont il se servait. Un pot de colle fut ainsi repoussé, un pinceau posé dessus (et non à sa place). Un aimant en fer à cheval tomba par terre dans un fracas. « Désolée », lança Mary d'un ton enjoué. Il avait l'impression qu'elle arborait un plumet aussi bruyant qu'énergique qui balayait tout derrière elle dès qu'elle se tournait. Bien qu'il n'eût cessé de songer à Mary toute la matinée, elle lui apparaissait à présent sous un jour différent que dans ses pensées — plus lumineuse, plus distincte, plus colorée. Elle changeait l'atmosphère de son atelier, créant en son centre un tourbillon qui donnait aux recoins une allure sombre et poussiéreuse. Elle semblait être devenue la maîtresse des lieux. Lorsqu'elle recula pour contempler sa statue, il eut le sentiment qu'elle lui appartenait également. Il imagina l'efficacité avec laquelle elle ferait une statue : elle l'assemblerait en deux temps trois mouvements, sans un seul geste superflu, sans le moindre repentir, en se laissant guider par des trésors d'intuition qu'il ne possédait pas. Sitôt achevée, elle lui déposerait un tendre baiser sur la croupe comme à un enfant qu'elle enverrait jouer après lui avoir lacé ses souliers. « Très joli, dit-elle. J'aime bien. »

Elle se retourna et l'embrassa. Elle se suspendit à son cou. « Il faut que je me remette au travail, Mary. »

Mais après son départ, l'autre Mary revint le hanter, la silencieuse, l'aérienne Mary de ses pensées, et l'image de celle-ci écrivant à sa belle-mère continua à le plonger dans de telles souffrances qu'il en resta plié en deux sur son tabouret en se tenant la poitrine comme un homme atteint d'un infarctus.

Au début de l'après-midi, il avait achevé sa statue dans les moindres détails. Cependant, il ne quitta pas son atelier. Et lorsque Brian arriva — il entendit sa voix dans l'entrée — il refusa de le voir. « Jeremy, Brian est là », lança Mary.

Jeremy resta sans mot dire.

Puis les bottes de Brian gravirent les marches deux par deux. Il frappa énergiquement à sa porte. « Hé, là-dedans, que dirais-tu d'une petite visite ? »

Jeremy fixa le plafond en fronçant les sourcils. Il était allongé sur le sofa, se cramponnant le ventre à deux mains, en s'efforçant par instants de songer à une nouvelle pièce à mettre en œuvre. Il n'avait envie de voir personne. Mais le temps qu'il ébauche une réponse, Brian avait renoncé et tourné les talons. Il entendit alors sa voix et celle de Mary, et enfin la porte d'entrée qui claquait. Il se leva et s'approcha à pas feutrés d'une fenêtre. Il vit Brian qui traversait la rue en zigzaguant entre les voitures arrêtées au feu avant de s'élancer soudainement pour bondir sur le trottoir d'en face comme s'il venait d'échapper de justesse à quelque danger. Jeremy le suivit du regard jusqu'à ce qu'il soit hors de vue. Il lui sembla que ce dernier avait la démarche allègre, dansante presque ; à croire qu'il célébrait sa délivrance.

Lorsqu'à l'heure du dîner, Mary lui monta un autre plateau, elle lui demanda :

« Pourquoi as-tu refusé de voir Brian ?

— Demain, peut-être.

— Ne me dis pas que tu lui en veux toujours de ce qui s'est passé à la galerie ? Sincèrement, Jeremy, je ne crois pas...

— Mais non, c'est juste que je me suis attaqué à une nouvelle pièce, lui dit-il.

— Ah, je vois. »

En réalité, il ne passait jamais directement d'une pièce à l'autre. Il avait besoin d'une période de latence, le temps de se retrouver, une plage d'oisiveté qui parfois pouvait durer des semaines. Mais Mary se contenta de répondre : « En ce cas, j'espère que cela progresse comme tu veux », et emporta la vaisselle de son déjeuner en lui laissant son dîner et une tasse de café fumant.

Après son départ, il éteignit les lumières et retourna sur le divan. L'atelier se trouva alors plongé dans une pénombre d'un gris duveteux dont il sentait presque la caresse sur sa peau. Malgré la chaleur, il s'emmitoufla dans un plaid. Il lui semblait que son cœur battait au ralenti et il avait les pieds et les mains glacés. Il s'étendit de tout son long sur le divan puis s'endormit enroulé dans son plaid et rêva qu'il était enfermé dans un espace exigu à l'atmosphère raréfiée.

Il se réveilla en sursaut bien avant le lever du jour. Pendant plusieurs secondes, il se demanda où il était. Cet instant de doute était loin d'être déplaisant. Et lorsqu'il eut trouvé la réponse, il ne cessa de la repousser afin de prolonger cet état de flottement, d'absence de racines. Puis il se leva et dîna dans l'obscurité — des légumes froids et du rôti, un bol d'une substance gluante qui se révéla être de la glace fondue. À chaque fois qu'il avalait une bouchée, il avait un haut-le-cœur, mais il termina le repas et but son café froid et amer jusqu'à la dernière goutte avec le sentiment d'accomplir son devoir. N'était-ce pas là le principe essentiel dans la vie : une endurance à toute épreuve ? Et dans l'obscurité, où ses pensées prenaient soudain une portée plus significative qu'en plein jour, il décréta que c'était la différence majeure qui le séparait de Mary. La vertu à ses yeux était dans l'acceptation de toute chose, petite ou grande, alors que pour Mary, la vertu était le refus d'accepter. Elle était toujours prête à batailler contre la moindre transgression. À présent, il portait sur ces combats un regard plein de tendresse. Il imaginait sa haute silhouette énergique pourfendant avec un même enthousiasme tous les démarcheurs, les professeurs tyranniques, les petites brutes qui terrorisaient les cours d'école et les microbes domestiques. Il lui semblait que sa résignation complétait la constante rébellion de Mary pour former un tout parfait, sans que l'on puisse donner raison à l'un plus qu'à l'autre, bien que jusqu'alors, il ait toujours été persuadé que l'avenir se chargerait de prouver que l'un des deux avait tort. Cette pensée lui procura un sentiment de soulagement. Il fut saisi d'une envie de descendre réveiller Mary pour lui faire part de ses réflexions, mais à l'évidence, elle n'aurait pas la moindre idée de ce dont il parlait. Elle n'avait pas les mêmes interrogations que lui. (Lui arrivait-il d'ailleurs de s'interroger sur quoi que ce soit ?) Elle se contenterait de lui sourire, les paupières mi-closes en lui entrouvrant les draps pour l'attirer à elle, sa solution à tous leurs problèmes. Renonçant à la rejoindre, il approcha un fauteuil près de la fenêtre de façade et resta emmitouflé dans son plaid à regarder le ciel blanchir au-dessus de la ville.

Se pouvait-il qu'autrefois, avant que Mary ne vienne s'installer, la maison ait été aussi calme, même en plein jour ? Il avait peine à s'en souvenir. Il fit mine de croire que c'était un silence permanent — que Mary et les enfants étaient partis pour une raison quelconque en laissant la maison se refermer sur leur écho. Puis il songea à son travail. Que ferait-il s'il restait seul face à ses feuilles de métal et ses billots ? Connaîtrait-il le même succès si Mary n'était pas auprès de lui ? Il se tordit les mains sur ses genoux ; ses muscles se tendirent sous l'effet d'une sorte d'angoisse ou d'agacement. C'était absurde de se poser pareille question. Il avait toujours fait des pièces, non ? Bien avant qu'elle n'arrive. Il repoussa son fauteuil et balaya du revers de la main les bouts de carton qui encombraient sa table de travail. Il prit un crayon et une feuille de papier journal, ébauchant déjà des formes en pensée tout en commençant à élaborer sa nouvelle pièce. Et lorsque, juste avant l'aube, Mary vint frapper à sa porte pour lui demander si tout allait bien, il eut du mal à la reconnaître.

« Quoi ? fit-il le front plissé, sans lever le nez de son carnet de croquis.

— Je t'ai demandé si tu allais bien.

— Oui, oui. »

Il allait faire une statue de Brian tournant au coin de la rue — un homme qui courait à moitié, ravi d'être parti. Il choisit cette figure pour la solitude extrême qu'elle représentait. Il n'y avait ni chien, ni balai, ni tricycle, ni enfant pour l'accompagner. Il choisit le bois pour la lenteur et la patience qu'exigeait ce matériau. Il passa la moitié de la matinée à sélectionner un à un des rondins de la pile rassemblée dans un coin, les lissant amoureusement, les ajustant, les réajustant à n'en plus finir. Le temps de tailler et de poncer la courbe d'un seul tibia, il était déjà midi. Lorsque Mary frappa à la porte avec son plateau de déjeuner, il lança : « Laisse-le dehors, tu veux ? Je le prends dans une minute ! » Mais l'instant d'après, le plateau lui était complètement sorti de l'esprit et il ne s'en souvint qu'au beau milieu de l'après-midi, quand il se sentit le ventre creux.

Il mangea devant la fenêtre en observant la rue. Il était aveuglé par l'éclat éblouissant du soleil sur le ciment. Il dut plisser les yeux pour regarder ses enfants jouer à la marelle sur le trottoir — leur jeu tracé à la craie comme la vue aérienne d'une ville, le sommet de leur crâne aux reflets miroitants, les deux petites nattes serrées volant derrière chaque petite fille. Leurs tenues donnaient à la petite troupe un air bariolé. Carreaux, unis, rayures et fleurs mélangés. Hannah, déployée sur une planche de skate, ressemblait à ces petites poupées faites de disques de feutrine bigarrés empilés les uns sur les autres : un foulard orange autour du cou, une grosse veste rose matelassée laissant apparaître le bas d'une veste rouge ; dessous, une jupe à carreaux, des genoux blancs nus et des hauts de chaussettes bleues dépassant de bottes rouges. Leurs voix lui semblaient lointaines, comme ces voix de son enfance qui lui parvenaient de son lit quand il était malade — ces paroles flottantes filtrées par un rideau de brume ou de pluie. Il avait toujours pensé que ce phénomène était lié au fait d'être à l'horizontale, mais en cet instant où il se tenait parfaitement droit, il croyait entendre des voix parler dans un rêve. Ces voix se querellaient sous prétexte qu'une règle avait été enfreinte. Le but du jeu échappait totalement à Jeremy. Pour sa part, il n'y voyait guère qu'une série de carrés tracés à la craie qu'il fallait parcourir à cloche-pied. L'avaient-ils dessinée eux-mêmes ? Y avait-il quelque impitoyable règlement secret dont il ignorait tout ? Il admirait, non sans effroi, leur capacité à se choisir leurs propres distractions, à perpétuer d'eux-mêmes une tradition léguée par une précédente génération d'enfants. Ils faisaient la queue, efficacement alignés, sautaient avec détermination, se penchaient pour ramasser une petite plaque étincelante qu'ils jetaient dans un nouveau carré, avant de sortir du jeu d'un bond élégant pour attendre un nouveau tour. Il n'avait jamais soupçonné que des enfants livrés à eux-mêmes puissent être aussi organisés.

Le soir, Mary vint frapper à sa porte pour lui demander :

« Jeremy, as-tu l'intention de sortir d'ici un jour ?

— D'ici un petit moment, oui. »

Il souffla sur une baguette en bois couverte de sciure.

« Tu bloques la salle de bains des enfants. C'est le soir où Abbie prend son bain. Tu ne veux pas la laisser entrer, juste le temps qu'elle le prenne ?

— Tout à l'heure. »

Il l'entendit soupirer. Il l'entendit murmurer quelque chose d'incompréhensible.

« Quoi ? fit-il.

— Je disais, tu n'oublieras pas demain ?

— Demain.

— Demain, on est jeudi, Jeremy.

— Ah oui.

— Nous nous...

— Oui, oui, je m'en souviens. »

Elle posa le plateau devant sa porte. Le cliquetis familier de la vaisselle sur le métal lui donna subitement faim, mais il ne sortit pas sur le palier. Il attendait qu'elle soit partie. Il écouta son pas, jusqu'à la dernière marche de l'escalier ; alors seulement il alla ouvrir la porte. Il ne savait pas ce qui le poussait à se comporter ainsi. Son parfum sur le palier — mélange de lait chaud et de miel saupoudré de cannelle, boisson qui l'avait toujours réconforté — lui parut douceâtre. Il ramassa le plateau et referma la porte à clef. Il resta campé au beau milieu de la pièce, le plateau dans une main, et engloutit son repas en mangeant avec les doigts. Derrière lui, les bruits de la maisonnée se faufilaient dans l'escalier et s'infiltraient par les interstices de la porte. Des rires lui parvinrent, puis quelques bribes de *Frère Jacques*. Mary et Olivia s'interpellaient d'une pièce à l'autre. La voix de Mary retombait, précise, celle d'Olivia s'élevait incertaine, à la fin de chaque phrase. Il se serait cru dans une école de femmes ; cette idée lui avait souvent traversé l'esprit. Longtemps, il avait été convaincu que les femmes avaient un savoir inné. Jamais il n'aurait imaginé qu'elles devaient l'acquérir. Mais écoutez Mary, écoutez sa voix ferme, cette façon de s'adresser à Olivia, non tant pour lui donner des ordres que pour lui apprendre à être ; écoutez Olivia qui lentement, timidement, imitait ses intonations. Et même à l'égard de ses enfants, écoutez avec quelle habileté elle les cajolait, pour persuader Rachel de manger ses carottes, ou encore Edward de se servir de son petit pot — aucun n'échappait à sa tutelle. Jeremy reposa son plateau et resta, silencieux, derrière la porte, en tendant l'oreille, tout à la fois admiratif et envieux. Les hommes ne pouvaient-ils bénéficier de semblables précepteurs ? Les femmes étaient-elles seules à savoir tisser ce lien si protecteur entre les générations ?

Mais lorsque à nouveau, des pas retentirent dans l'escalier — ceux d'Olivia, cette fois —, il s'empressa de retourner à son travail. « Mr Pauling ? Je vous apporte du café, c'est Mary qui m'envoie. » Il resta silencieux, un quart de feuille de papier émeri figé dans sa main. Au bout de quelques instants, elle repartit.

Le jeudi matin, il avait achevé l'armature de sa statue. Lui seul aurait pu dire de quoi il s'agissait.

Ce n'était encore qu'un squelette qu'il avait attaché à divers endroits par des bandelettes déchirées dans de vieux draps, à chaque fois qu'il avait jugé préférable d'employer de la colle à la place des clous. En attendant que la colle prenne, il passa l'atelier au peigne fin en quête d'autres matériaux — toiles grossières, câbles de cuivre, un bout de filtre à grille fine qu'il avait mis de côté pour une occasion particulière. Il renversa corbeilles et tiroirs, en ne cessant de cligner des yeux pour y voir plus clair. (Il n'avait pas beaucoup dormi la nuit précédente.) Sous le lavabo, il trouva une casquette d'enfant en laine et s'assit pour la déchiqueter en un petit tas chiffonné sur ses genoux. Il avait l'intention de la rigidifier à la bombe, pour la faire voler depuis l'arrière de la tête de son personnage. Le ou la propriétaire de la casquette protesterait : « Jeremy ? C'est à moi, non ? Tu nous avais promis, tu nous avais dit que tu arrêterais de prendre nos affaires, tu te souviens ? » Il s'en souvenait parfaitement, mais quand il était en plein travail, il était saisi d'une sorte de fièvre. Il s'emparait de tout ce qui pouvait lui convenir, y compris des choses essentielles. Il les cassait ou les transformait selon ses besoins, le geste précipité et maladroit, en se promettant de les remplacer dès qu'il aurait terminé sa pièce, dès qu'il en aurait le temps. Pour l'instant, il n'avait pas une minute à perdre. Dans ces moments-là, il avait toujours l'impression qu'il risquait de mourir à la tombée du jour en laissant sa statue inachevée et sa vie éparpillée en morceaux sur le parquet de l'atelier. Et si sa pièce demeurait à jamais un squelette, les articulations ficelées par des chiffons, dangereusement inclinée dans un équilibre précaire qu'il comptait rectifier, il savait précisément comment, dès qu'il lui aurait trouvé un socle adapté ? Personne ne devinerait jamais ce qu'il avait à l'esprit.

Tout le monde serait persuadé qu'il avait eu l'intention de ne faire que ce squelette, avec tous ses défauts. Si les fantômes existaient, alors il lui faudrait devenir fantôme et revenir hanter de son esprit inquiet ce qu'il avait laissé inachevé.

Ce qu'il avait en tête, pour cette pièce, c'était la sensation de légèreté volatile qui se dégageait de Brian lorsqu'il courait, simple esquille dans le vent glacial de l'hiver. Il l'envelopperait de surfaces mates. Son visage serait une mince lame de bois, fendant l'air devant lui. À ses talons, une traîne en mouvement de métal incurvé. Du métal ? Il chercha la feuille de métal, les pinces. Il avait peine à respirer. La certitude de ce qu'il allait faire produisait sur lui les mêmes effets que la peur : un resserrement de la cage thoracique, l'impression que son cœur lui remontait dans la gorge et la sensation de brûler ses réserves trop vite.

Quand Mary frappa à la porte, il ne répondit pas, n'évita pas même de faire de bruit. « Jeremy ? Jeremy ! » Il plia une plaque de fer-blanc dans un fracas de métal qui sonna le creux. Mary repartit.

Sur le plateau du déjeuner, il y avait une note. « C'est le jour de notre mariage. Veux-tu encore m'épouser ? » Il fut transpercé de tristesse — peut-être était-ce le point d'interrogation. La pensée de Mary lui posant cette question de sa voix basse, égale. Pour la première fois, ce matin-là, il prêta l'oreille à ce qui se passait en bas, en séparant les bruits précis du brouhaha régulier qui ne cessait pas de la journée. Quelqu'un passait un disque de *Sesame Street*, quelqu'un d'autre faisait fonctionner le mixeur à pleine vitesse — Olivia, sans doute, se préparant un de ses curieux repas à base de pâté de céréales ou de beurre de cacahuètes fait maison. Le mixeur hurlait à n'en plus finir, en crachotant quand il tombait sur des cacahuètes encore entières.

Un enfant pleurait, mais sans grande conviction. Il n'entendait Mary nulle part. Quelle heure pouvait-il être ? Il jeta un coup d'œil au réveil qui se trouvait sur l'appui de la fenêtre, mais il s'était arrêté depuis longtemps. Il se souvint qu'il ne s'était ni lavé, ni rasé, ni changé, depuis des jours. Il sentait le jauni, le moisi et, sous sa langue, ses dents lui faisaient l'effet d'être en flanelle. Qu'à cela ne tienne, il s'en occuperait dès qu'il aurait fini de couper le métal. Il descendrait lavé et habillé de frais et localiserait Mary parmi ce chaos de voix entremêlées. Il s'imaginait pénétrer dans le bruit comme il pénétrerait dans l'eau, en avançant lentement d'un pas régulier, les bras levés, la bouche figée, immergeant d'abord ses pieds, puis ses jambes, puis son corps et enfin, sa tête.

La laine de la casquette se révéla être une erreur. Trop molle, trop éphémère. Il l'avait déchiquetée pour rien. Il la jeta dans un coin pour couper, à la place, un autre bout de métal en minuscules bandelettes qu'il enroula autour d'un crayon avant de les détendre, afin de leur donner un aspect froissé. C'était une besogne délicate ; il ne cessait de se couper. De petits filets de sang se mêlaient à la peinture et aux petits rouleaux de colle grisâtres qu'il avait sur les doigts. Il avait bien des gants renforcés quelque part, mais il était bien trop pressé pour prendre le temps de les chercher. Les muscles de sa nuque étaient étirés au maximum et lorsqu'il se leva avec son tas de bandelettes de métal, il s'aperçut qu'il avait les deux jambes engourdies. À présent, il lui fallait clouer les bandelettes sur la tête de bois, la tâche la plus ardue. Il lui fallait tout d'abord trouver suffisamment de petits clous pointus dans sa boîte à clous, puis les clouer parfaitement droits, faute de quoi ils riperaient sur le métal. Il avait les mains tout endolories, mais cette douleur le rassurait. Il s'usait, tout simplement. Comme la mine d'un crayon. Et naturellement, ses mains étaient les premières à être touchées.

À la tombée du jour, Olivia lui monta son plateau. « Mr Pauling ? Je peux entrer ? »

À la seule pensée de manger, il fut pris d'un haut-le-cœur. Il fit mine de l'ignorer.

Quelque chose rendait sa tâche de plus en plus pénible. Il mit un certain temps à comprendre que c'était l'obscurité. La statue ne dessinait plus qu'une vague lueur sous ses yeux. Les pieds glacés, infirmes, il s'approcha de la porte mais lorsqu'il appuya sur l'interrupteur, la lumière le fit tant souffrir qu'il l'éteignit aussitôt. Il alla jusqu'au divan et s'étendit, le bras posé sur son front douloureux. Sitôt confortablement installé, il fut ébranlé par un à-coup, comme si un mécanisme se déclenchait, entendit un *plop !* dans ses oreilles, puis son esprit libéré partit à la dérive et il s'endormit.

Il travailla jusque dans ses rêves. Il coupa, colla, cloua, ponça. Il sentait peser sur lui comme une urgence de terminer son œuvre, un sentiment d'être poussé. Et bien qu'il s'efforçât d'ignorer cette pression, il continua à travailler sans relâche, gagné par une sensation de joie et d'ivresse à mesure qu'il approchait de la fin. Lorsqu'il eut planté le dernier clou, il éclata de rire. Il recula au fond de l'atelier, le regard baissé afin que la statue achevée s'impose à lui d'un seul coup, puis il leva les yeux pour contempler son œuvre.

Une pièce. Un coin de pièce, un coin de cuisine, pour être exact. Un plan de travail garni d'une miche de campagne et d'un couteau à pain, un sèche-linge couleur de cuivre qui déversait un monceau on ne peut plus réaliste de vêtements unis, à fleurs, à carreaux, une table en Formica avec des chaises installées autour — comme il avait dû y travailler, à cette table ! Son rebord en aluminium était gravé de trois bandes parallèles — quel souci du détail. Les chaises étaient dépareillées — touche subtile. Celle en bois avait dû lui prendre des semaines à elle toute seule, avec ses pieds en forme de bulbe, son coussin à volants attaché par des nœuds, et la décalcomanie de Bugs Bunny collée à son dossier. Il avait même ajouté sur ses barreaux les cicatrices laissées par le va-et-vient de centaines de chaussures d'enfants. Était-ce là ce sur quoi il avait passé tant d'heures à peiner ?

Il se réveilla en proie à un sentiment de détresse, de vide, de peur. Le soleil inondait son visage, projetant de longs rectangles de lumière dorée. Il en déduisit que ce devait être le milieu de la matinée. Il mourait d'envie d'une tasse de café, mais devant sa porte, il ne trouva que le dîner de la veille. Une salade flétrie, un verre de lait tiédi, un curieux ragoût brunâtre qu'il ne put identifier. Il le mangea tout de même, bien que la chose eût tendance à s'agglutiner dans son gosier. Il avala le lait à petites gorgées consciencieuses, puis il reposa son plateau devant la porte.

À présent, il se rendait compte que sa statue était entièrement ratée. Quelle idée d'avoir disposé chaque boucle de cheveux ainsi ? À croire qu'il avait voulu fabriquer une poupée ou un mannequin de grand magasin. À l'aide d'un tournevis, il entreprit de faire sauter les bandelettes une à une. Il avait si mal aux mains qu'il éprouvait de la peine à les plier. La statue portait des traces de clous à l'arrière de la tête, mais il envisageait déjà divers subterfuges pour les dissimuler.

À midi, il vérifia si son déjeuner était là, mais ne trouva rien. Plus tard, dans l'après-midi, il jeta un nouveau coup d'œil et ne vit que les restes du dîner de la veille, tout desséchés. Il sortit sur le palier et cria : « Mary ? » Seul l'écho lui répondit. Il n'y avait pas un bruit dans la maison, seul un silence limpide, un silence vibrant où chacun de ses pas retentissait bruyamment. Il descendit l'escalier, passa sans s'arrêter devant le premier étage désert et poursuivit, sûr de trouver ses enfants, plongés dans un conte de fées ou un paisible jeu de société. Non. Il n'y avait personne. Dans le salon, le parc du bébé était vide et les jouets qui traînaient par terre semblaient figés sous un film duveteux d'immobilité. Dans la salle à manger, l'écran de la télévision était lisse et vide. Dans leur chambre, le lit était si soigneusement fait qu'il paraissait artificiel, tout droit sorti d'une vitrine de magasin de meubles. C'était à croire que personne n'y avait couché depuis des mois, voire jamais. Et le plus étrange était la cuisine. Les comptoirs étaient si étincelants de propreté qu'il se serait cru dans une réclame pour une marque de linoléum. Pas le moindre bol mesureur couvert de farine, pas la plus petite pelure de concombre, pas de tas de vaisselle sale. Le sol était immaculé. Le tic-tac alerte de la pendule sonnait le creux.

Son sens de l'heure, qui n'avait jamais été très aigu, paraissait cette fois l'avoir abandonné. Quelque chose lui avait-il échappé ? Les autres avaient-ils été emportés au fil du temps, le laissant échoué dans quelque passé évanoui ? Peut-être étaient-ils tous allés en famille au cinéma. Peut-être l'avaient-ils abandonné à jamais. Peut-être avaient-ils grandi et fait un bond de trente ans en avant, peut-être avaient-ils eu eux-mêmes des enfants et étaient-ils devenus vieux, peut-être étaient-ils morts. Rien ne lui prouvait que tel n'était pas le cas.

Puis, en se tournant vers le réfrigérateur pour y puiser nourriture et réconfort (tâtonnant pour ouvrir une espèce de double porte qu'il ne connaissait pas, à la place de l'ancienne à un seul battant), il trouva un petit mot coincé sous un aimant en forme de théière.

*Cher Jeremy, j'emmène les enfants avec moi et je te quitte. Brian me prête son cabanon dans la marina de Quamikut. C'est mieux ainsi, je crois. Affectueusement, Mary.*

Il enleva le mot de la porte, puis le lut et le relut. Il avait l'impression que l'air avait déserté ses poumons, si bien que les mots venaient heurter sa poitrine dégonflée avant d'ébranler toute sa colonne vertébrale. Enfin, il replia le bout de papier en un petit carré qu'il fourra dans sa poche de chemise. Il traversa la maison et remonta l'escalier, en gardant l'esprit fermement rivé sur l'image de sa nouvelle statue, telle une étoile polaire qui l'aiderait à franchir cette passe. Sitôt dans l'atelier, il se remit au travail. Il ponça la tête de bois pour lui redonner son aspect lisse, en y mettant d'abord une telle énergie que le frottement lui brûla les doigts à travers le papier, puis il ralentit encore et encore. Comme une lourde roue grinçante, sa main continua à décrire des cercles jusqu'à épuisement. Il lâcha le papier-émeri et resta immobile, une main posée sur sa statue, le regard saisi de torpeur, braqué sur les murs nus de l'atelier.

Abandonné, il était semblable à un vieillard qui raccompagne ses derniers invités à la porte, puis s'étire en bâillant et s'en retourne dans une pièce vide. « Me voilà de nouveau seul, se dit-il. Enfin. Depuis le temps que j'attendais de pouvoir faire ce que j'ai à faire. »

Mais qu'est-ce que j'attendais de pouvoir faire, au juste ?

## 7

*Printemps — été 1971*

## MARY

Au début, c'était un peu comme un pique-nique. J'y ai mis la même énergie contenue, surexcitée. Jeudi, j'ai passé une nuit blanche à constituer mentalement des listes de ce dont j'aurais besoin pour les enfants — le minimum vital, c'est tout. Nous revenions enfin à l'essentiel. J'ai calculé l'heure à laquelle je pouvais me permettre d'appeler Brian, le lendemain matin, et décrété que ce serait sept heures. Ce qui s'est révélé trop tôt. J'ai oublié ce qu'était la vie lorsqu'on n'a pas d'enfants. Brian a répondu d'une voix rauque et ensommeillée, et visiblement il n'avait pas les idées bien en place. Je lui ai demandé :

« Dites-moi, Brian, vous avez toujours votre maison en bordure de la rivière ?

— Qui est à l'appareil ?

— Mary Pauling.

— Si j'ai quoi ?

— Avez-vous toujours cette maison en bordure de la rivière ? Là où vous amarrez votre bateau.

— Ah. Oui, bien sûr.

— Verriez-vous un inconvénient à ce que nous allions y passer quelques jours, avec les enfants ?

— Où ça ? Là-bas ?

— Je ne me serais jamais permis de vous demander ce service si vous n'aviez pas vous-même dit que vous n'y alliez jamais. C'est bien vrai, non ?

— Entendons-nous bien, dit-il. Vous voulez y emmener les enfants ?

— Tout à fait.

— Vous-même et les enfants, mais pas Jeremy ?

— Tout à fait.

— Mais ce n'est pas une maison de vacances.

— Non, je le sais bien.

— Il n'y a pas même l'eau chaude. Et c'est répugnant de saleté.

— Je sais, j'y suis déjà allée, souvenez-vous.

— Mary, fit Brian. Est-ce que vous... c'est-à-dire... vous ne le quittez pas au moins ?

— Oh, vous connaissez Jeremy, il est tellement pris par son travail en ce moment, que je me suis dit que ça le soulagerait de ne plus nous avoir sur le dos quelque temps. »

Sur ce, Brian a dit : « Je vois. Mais bien sûr, vous pouvez y rester autant qu'il vous plaira. »

Je voyais bien qu'il demeurait perplexe. Mais quelle autre explication pouvais-je lui donner ? « C'est-à-dire qu'en fait, Jeremy a oublié de m'épouser, voyez-vous, et certes j'aurais pu le lui rappeler mais cela n'aurait jamais fait que la troisième fois, outre le fait que c'est moi qui ai commencé par le demander en mariage, alors franchement, vous parlez d'un mariage. »

Nos bagages étaient déjà faits. Je les avais préparés à l'aube en attendant l'heure d'appeler Brian. Je suis entrée sur la pointe des pieds dans les chambres des enfants pendant qu'ils dormaient et j'ai rassemblé leurs affaires à tâtons dans l'obscurité. Toute la nuit, j'avais été impatiente de m'y mettre — j'aime les préparatifs de départ —, mais cela s'est révélé plus difficile que prévu. Pour commencer, le minimum vital pour six enfants vous remplit un coffre en un rien de temps. On n'éprouve pas ce sentiment de liberté que l'on ressent lorsque l'on part en n'emmenant avec soi qu'une seule fillette avec pour tout bagage sa poupée préférée sous le bras. Vêtements, vitamines, brosses à dents, aspirine pour bébés, couches, le petit pot d'Edward, l'antihistaminique de Pippi, sept culottes en plastique... Et puis je me sentais si triste. Ne m'étais-je pas juré de ne plus jamais quitter personne ? Et encore moins Jeremy. Pas Jeremy, jamais.

J'ai attendu que Miss Vinton ait pris son petit déjeuner et soit partie travailler pour prévenir les enfants. Je savais qu'ils l'auraient avertie ; ils sont incapables de garder un secret. Miss Vinton a mis une éternité à boutonner son imperméable, bien aplatir les revers, inspecter une petite tache près de l'ourlet. J'ai cru que j'allais me mettre à hurler, à la secouer par les épaules, mais j'ai continué à sourire. Je gardais les yeux obstinément rivés au sol pour éviter qu'elle remarque le moindre changement d'expression sur mon visage. « Bonne journée, Miss Vinton », lui ai-je dit. Mais quand j'ai refermé la porte derrière elle, quand je l'ai vue, le dos si droit, la colonne vertébrale aussi rigide qu'une planche, partant à l'assaut du monde en claquant la semelle de ses énormes babies, j'ai soudain regretté de ne lui avoir rien dit, de ne pas même l'avoir embrassée une dernière fois.

Mr Somerset était capable de dormir jusqu'à midi et Olivia, plus tard encore. Elle s'était trouvé un travail dans une sorte de boutique qui vendait du cuir. Je ne comprenais rien à ses horaires, mais il n'y avait quasiment aucune chance qu'elle se réveille avant notre départ. (La veille au soir, alors que je faisais à dîner et préparais un plateau pour Jeremy, je m'étais soudain mise à pleurer devant elle et j'avais soupiré : « Oh, je n'en peux plus de ses éternels plateaux. » Alors elle avait pris la relève. Elle lui a donné une partie de ce qu'elle s'était cuisiné — un plat biologique, il me semble. Par la suite, j'ai été prise d'une telle honte. J'avais bien essayé, pourtant, de lui inculquer une certaine stabilité. Ce matin-là, je ne voulais rien lui dire. Je ne me sentais pas le courage de l'affronter. Je ne saurais pas comment lui expliquer.) Je suis restée un moment au pied de l'escalier, en épiant le moindre bruit qui pourrait provenir de sa chambre ou de celle de Mr Somerset. Puis j'ai lancé : « Les enfants ? » Ils traînassaient encore sur leur petit déjeuner. Pour eux, c'était un jour d'école. Je suis allée à la cuisine, je me suis appuyée au chambranle de la porte et je leur ai annoncé : « Devinez quoi, les enfants ? Nous partons faire un petit voyage. »

Ils ont tous voulu savoir où — tous, sauf Darcy. Darcy s'est contentée de se figer sur place. Elle s'est interrompue, la cuillère en suspens, alors qu'elle était en train de donner sa compote à Rachel, sans même s'apercevoir que celle-ci se mettait à crier en essayant de l'attraper.

« Nous allons passer quelques jours au cabanon de Mr O'Donnell, dans la marina du chantier, leur ai-je expliqué. Vous vous rappelez, l'été dernier, quand il vous a emmenés voir son bateau ? Nous partons juste après le petit déjeuner. Mr O'Donnell a gentiment proposé de nous y emmener en voiture.

— Il s'est passé quelque chose, a dit Darcy.

— Mais non, mon ange.

— Mais il y a école aujourd'hui. J'ai une interro de maths.

— Tu pourras toujours te rattraper.

— Elle doit compter pour la moitié du classement.

— Je te dis que tu pourras te rattraper.

— On quitte Jeremy ou quoi ? »

J'aurais pu me douter qu'elle devinerait. Sans doute se rappelle-t-elle encore le jour où j'ai quitté Guy, bien qu'elle ne m'en ait jamais rien dit et ne m'ait pas même posé une seule question à ce sujet. « Mais non, Darcy, lui ai-je assuré, ne sois pas ridicule. C'est seulement qu'il a besoin d'avoir un peu la paix. » Puis, j'ai ajouté : « Mr O'Donnell se charge juste du moyen de locomotion. »

J'aurais pu m'épargner cette précision, mais je ne voulais pas prendre de risques. Je ne sais jamais ce qui peut se passer dans la tête de cette enfant.

Brian était censé venir nous chercher à neuf heures. (Il y avait bien un bus, mais il n'allait pas jusqu'à la marina et j'étais soulagée de ne pas avoir à en dépendre.) J'ai donné à chaque enfant un manteau et quelque chose à porter. « Dépêchez-vous, allez dans l'entrée », leur ai-je dit. Je n'ai pas dit dehors, juste dans l'entrée. Je ne voulais pas que Jeremy nous voie partir. Je craignais qu'un des enfants ne se rue soudain dans l'escalier pour aller lui dire au revoir, mais aucun n'y a pensé. Sans compter que lui risquait de descendre. Pourquoi ne lui avais-je pas monté son petit déjeuner, pour qu'il n'ait aucune raison de sortir de son atelier ? Le fait est que s'il était survenu, s'il avait dit un seul mot pour me retenir, je serais restée avec joie pour toujours. Je ne voulais pas partir. J'étais pourtant talonnée par l'urgence de sortir de la maison avant qu'il ne s'aperçoive de quoi que ce soit. Je ne cessais de répéter : « Dépêche-toi, Edward, nous sommes pressés », et quand Hannah a voulu courir au premier chercher son ours en peluche, j'ai lancé : « Non, reste ici. » Je lui ai fait peur. Elle s'est précipitée dans l'entrée et elle est restée à sucer son pouce en me fixant du regard. J'avais l'impression d'être un cambrioleur qui essaie de s'enfuir sans laisser de trace, sinon ces plans de travail étincelants où j'avais effacé à l'éponge la moindre empreinte de doigt. Je les ai forcés à parler à voix basse. « Olivia dort, chut ! » Ils m'ont dévisagée. Chuchoter pour Olivia ? Mais Olivia était capable de passer toute une guerre nucléaire le nez dans l'oreiller. Nous étions agglutinés dans la niche de l'entrée, parfaitement silencieux, couvrant de buée les fenêtres de façade. Et pourtant, si seulement Jeremy pouvait descendre ! Si seulement il venait vers moi, clignant des yeux, pour me demander : « Que se passe-t-il, Mary ? », en posant une main chaude et pâle sur la mienne ! Alors, je rentrerais tout mon petit monde, puis je verrouillerais toutes les portes et tirerais tous les rideaux, et Brian pourrait attendre à jamais devant chez nous.

Il avait une Mercedes bleu ciel. Il faut croire qu'il est riche. Il s'est garé en silence en jetant un coup d'œil en direction de la maison et j'ai poussé les enfants dehors avant qu'il n'ait eu le temps de klaxonner et d'attirer l'attention de Jeremy. « Dépêchez-vous, leur ai-je dit. Darcy, laisse-moi porter le bébé. N'oublie pas ce panier. Où est mon sac ? » J'étais précédée par un grand équipage, à la manière d'une star de cinéma que l'on dorlote. Enfants, sacs à provisions, peluches — j'étais littéralement matelassée. J'avais l'impression de devoir m'excuser auprès de Brian d'avoir autant d'enfants, mais il a passé les premières minutes à remplir le coffre tandis que je distribuais les cachets de Dramamine. J'avais oublié lesquels avaient tendance à être malades sur la route ; nous montions si rarement en voiture. J'ai donné un cachet à Abbie par accident et je l'ai forcée à le recracher. « Écoute, c'est à toi de savoir si tu es malade en voiture ou non... » Tout cela n'a fait que m'embarrasser davantage encore devant Brian. Je savais bien que je devais le choquer. J'ai parfaitement conscience de l'image que les autres se font de moi : je suis si grande, si lente, si flegmatique, les femmes comme moi n'agissent pas par impulsion. Elles sont incapables de quitter qui que ce soit. Une fois au volant, tandis qu'il essayait de manœuvrer dans les embouteillages d'heure de pointe, il n'a pas cessé de me regarder de côté, redoutant peut-être que j'éclate en sanglots, énumère tous mes griefs ou lui confie quelque sinistre secret qu'il n'avait aucune envie d'entendre. Évidemment, je n'en ai rien fait. J'ai conjuré les larmes en refusant de regarder derrière moi tant que la maison a été en vue — cette drôle de maison adorable, toute en hauteur, avec son *bow-window* biscornu, ses vieux cœurs de la Saint-Valentin en papier tout déchiré, collés aux fenêtres des chambres d'enfants, le sapin de Noël, devant la façade, mort, gisant sur le côté, ruisselant de guirlandes, attendant d'être enlevé depuis de si nombreux mois — et qui sait, tout là-haut, peut-être, Jeremy soulevant un coin de rideau de dentelle élimée pour nous observer, silhouette vague et nébuleuse tentant de comprendre ce que je lui avais fait.

Mais qu'est-ce qui me prenait de partir dans cette grotesque voiture bleu layette ?

Nous avons traversé des quartiers de Baltimore que je n'avais vus qu'une fois ou deux dans ma vie, des rangées de maisons mitoyennes couvertes d'un nouveau revêtement en pierre reconstituée particulièrement laid, de jeunes arbres cadavériques disséminés le long d'une rue à double sens, si large et si grise qu'à la regarder, j'avais l'impression que mes yeux se décoloraient. Les enfants ne disaient rien. Je ne les avais jamais vus rester muets aussi longtemps. Ils étaient alignés en brochette à l'arrière, entourés de tout un bric-à-brac de paquets pleins à craquer qui n'avaient pu être casés dans le coffre. Ils regardaient par la vitre d'un air rêveur. Peut-être étaient-ils sous le choc d'une douloureuse expérience que je ne parviendrais jamais à effacer de leur esprit ? Peut-être se contentaient-ils d'admirer le paysage ? Qui sait ? Les enfants vivent dans un tel brouillard. Je crois qu'on a beau leur expliquer à l'avance ce qui va se passer, la plupart du temps, les événements les prennent par surprise. « Abbie ? Es-tu bien installée ? Pippi ? » Elles se sont contentées de poser sur moi un regard vide avant de détourner de nouveau les yeux. Hannah a mouillé son doigt et tracé un H sur la vitre.

« D'ici une semaine ou deux, le printemps sera là, m'a dit Brian. Ce serait alors le bon moment pour y aller.

— C'est idéal en ce moment, ai-je répondu. Le printemps est déjà là.

— Ce matin, il y avait de la buée quand je respirais.

— Nous ne sommes pas en sucre, vous savez.

— Mais franchement, entre ce cabanon et la belle étoile, il n'y a pas grande différence. Vous avez peut-être oublié. Il n'y a pas de chauffage, pas...

— Je m'en souviens très bien, l'ai-je interrompu, mais je ne vois pas d'autre endroit où aller. »

À ces mots, j'ai vu son visage se refermer, s'apprêtant à ce que je lui raconte mon histoire. « Et je vous suis très reconnaissante, ai-je poursuivi. La dernière fois que nous sommes venus, les enfants ont été ravis. »

Ses traits ont gardé leur expression.

« Dites-moi, Mary, combien de temps pensez-vous rester ?

— C'est-à-dire que je n'ai rien prévu pour l'instant.

— Je veux dire...

— Pas longtemps, sans doute. »

Je sentais qu'il avait besoin d'aide.

« J'espère que vous ne m'en voudrez pas de vous poser cette question, mais avez-vous assez d'argent ?

— Oh oui.

— Parce que autrement...

— Brian, vous êtes bien placé pour savoir que Jeremy vient de vendre quatre de ses pièces », ai-je répondu.

En réalité, le peu d'argent qu'avait gagné Jeremy était sur le compte en banque et j'avais laissé le chéquier sur sa commode, où il serait sûr de le trouver. Je n'avais pas véritablement une âme de cambrioleur. Je n'avais pris sur moi que l'argent de mes trucs de ménagère, de mes bons et de mes offres de remboursement, que j'avais économisé contre vents et marées au fil des années, comme je me l'étais promis. J'avais réussi à amasser une coquette somme. Cinquante dollars pour avoir dit comment j'utilisais les vieux casiers à bouteilles pour faire des étagères à épices, vingt-cinq pour la troisième meilleure recette à base de fromage en tranches pasteurisé, et un dollar en échange de dix étiquettes de haricots en boîte. L'argent était dans un sachet de congélation au fond de mon sac, j'ai plongé la main pour le tâter, et je me suis sentie forte, je me suis sentie compétente, je me suis sentie à l'étroit dans l'espace exigu de la voiture. Ne vous en faites pas, les enfants, il se peut que je vous emmène sans vous donner la moindre explication, mais au moins, je serai toujours avec vous et pourvoirai à tous vos besoins. J'ai bien retenu ma leçon, la première fois. Les femmes ne devraient jamais laisser de vide que les hommes puissent venir combler. Elles devraient former de leur côté un cercle ininterrompu et y enfermer tous leurs enfants.

À présent, nous traversions des friches, hantées de champs pelés et d'immeubles nus dressés sur des plaques de béton déchiquetées, qui semblaient avoir été arrachées à quelque lieu plus habité. Nous avons longé des avenues entières de stations-service, de vendeurs de pneus à prix coûtant, d'ateliers d'usinage, puis des raffineries de pétrole, des hangars, des îlots isolés couverts d'une jungle d'herbes sèches d'où surgissaient d'étranges monstres mécaniques — des engins électriques montés sur de hautes pattes filiformes écartées, des citernes et des cylindres, de gigantesques moteurs aux boulons de la taille d'un adulte et d'énormes tuyaux noirs tordus capables d'aspirer une maison, tous réduits au silence et à l'oubli. Nous étions entourés de voitures rouillées et froissées, parées d'extraordinaires ailettes, que conduisaient des mastiqueurs de chewing-gum. Nous étions à proximité de l'aciérie de Bethléem. « Regardez ! La campagne ! » s'est écriée Pippi en pointant le doigt sur une crête grise enchevêtrée de branches d'arbres, à l'horizon d'un cimetière de voitures. « Dis, quand on arrivera à la rivière, on pourra aller se baigner ? demanda-t-elle.

— Philippa Pauling ! Tu attraperais une pneumonie.

— La typhoïde, plus vraisemblablement, a répliqué Brian. La peste bubonique. »

Il m'a lancé un regard. J'ai eu l'impression qu'il esquissait un semblant de sourire, mais derrière sa barbe, je ne pouvais pas en être sûre. Et les enfants commençaient à s'animer, eux aussi — montrant du doigt des spectacles entr'aperçus au bord de la route et se chamaillant pour être à côté de la vitre. Les terrains vagues ont laissé la place à de minuscules villas aux cloisons frêles, qui avaient cependant le mérite d'avoir l'air habitées par de vrais gens. Les jardinets étaient peuplés d'ânes en bois qui tiraient des carrioles en bois, et puis de vasques à oiseaux, de boîtes aux lettres fleuries, et d'une forêt de socles surmontés de boules d'argent. Certains avaient élu domicile dans des caravanes posées sur des socles de ciment. Mais quelle idée d'aller établir tous ces objets éphémères sur des fondations permanentes ? Peut-être était-ce mon humeur qui me faisait dire cela. J'avais quant à moi le sentiment d'être une solide maison de pierre hissée sur de minuscules petites roues, qui n'avait rien à faire de par les routes.

Les maisons commençaient à s'espacer et nous avons traversé une forêt — broussailleuse et clairsemée, mais une forêt tout de même. Nous avons bifurqué sur un chemin de gravillon bordé d'autres maisons, en règle générale plus petites que les bateaux entreposés dans leur allée. Des yachts hideux. Je n'ai jamais compris pourquoi les gens aiment tant faire du bateau. Je n'ai jamais eu une passion pour l'eau, sous quelque forme que ce soit.

Pour aller chez Brian, on passe d'abord devant un amas de lugubres taudis, puis un magasin, puis un long hangar destiné aux réparations d'hiver. Il n'y avait que quelques bateaux amarrés au quai. La saison était à peine entamée. Nous avons dévalé une route poussiéreuse qui longeait la rivière, puis Brian a freiné et son cabanon a surgi sous nos yeux : une bâtisse rectangulaire, battue par les vents, avec un toit en zinc, sans un seul angle véritablement droit. Tout était affaissé, penché, déformé, disloqué. Aucune des deux marches n'avait de dessus ; quiconque voulait entrer se retrouvait le pied enfoncé dans les noires profondeurs caverneuses de caissons de bois glacés, peuplés d'araignées. Certes, tout cela, je le savais avant d'arriver. J'étais sincère lorsque j'avais parlé à Brian. Mais tout de même ! Il est des choses qu'on ne peut invoquer de mémoire — les odeurs, dit-on (quoique, moi, j'en ai toujours été capable), l'atmosphère exacte, le poids, la texture, la qualité de l'air qui règnent dans certains endroits. Je savais que le cabanon de Brian était lugubre, mais j'avais oublié ce sentiment de froid et d'humidité, ce désespoir qui vous saisissait une fois sous ses fenêtres, cette lourdeur qui vous écrasait la chair et vous chavirait le cœur sitôt à l'intérieur. Et je ne parle pas seulement de moi. À la minute où nous sommes entrés, Brian m'a touché le bras d'un geste qui n'avait pas raison d'être et semblait lui avoir échappé. « Mary ! s'est-il écrié. Vous ne pouvez pas vivre là-dedans ! »

Les enfants sont entrés un à un, et se sont tus, avant de se blottir en grelottant les uns contre les autres.

Bien sûr, il y avait le froid. Rien n'est plus glacial que l'air piégé sous du zinc tout un hiver. Et puis la saleté. Quand Brian avait acheté son ketch, le cabanon faisait partie du lot. Son précédent propriétaire y avait passé la nuit à chaque fois qu'il faisait des réparations sur le bateau ou se préparait à prendre le large de bonne heure le lendemain matin. Brian n'avait que faire du cabanon. Il avait laissé une pellicule de grains de sable s'incruster à la surface de la table, le moisi envahir le canapé défoncé, et la rouille s'égoutter des robinets de l'évier. Les jeunes cassaient les vitres, les oiseaux se faufilaient à l'intérieur et y mouraient à force de se cogner contre les murs. Mais j'aurais pu enlever la crasse à la pelle ! Je m'imaginais déjà m'échinant sur le linoléum beige craquelé avec une grande pelle de jardinier. Puis j'ai vu comment j'allais arracher ces vieux rideaux de plastique défraîchi, récurer l'évier pour lui redonner sa blancheur, recouvrir le canapé d'un joli jeté de couleur vive, et j'ai senti mes muscles frémir de cette même impatience que la veille au soir, lorsque j'avais prémédité notre départ. Alors j'ai dit que nous allions rester.

« Vous ne parlez pas sérieusement, a dit Brian.

— Pourriez-vous décharger nos affaires, je vous prie ? »

J'ai calé Rachel sur ma hanche et entrepris de visiter les lieux. On avait vite fait d'en faire le tour. Un salon meublé d'un canapé et d'un fauteuil, avec une cuisine simplement installée dans le fond — un évier, une plaque, une table et quatre chaises. Une chambre à coucher garnie d'un grand lit défoncé, d'un lit de camp de l'armée, et d'un chiffonnier dont un tiroir manquait. Dans un petit réduit attenant à la chambre, des toilettes au siège en bois cassé, avec une minuscule cuvette remplie d'eau cuivrée, installées juste au-dessous de la plus grande fenêtre de la maison. Était-ce l'absence de rideaux, ou le film de calcaire qui la recouvrait, mais la lumière qui pénétrait par cette fenêtre paraissait froide et blafarde. J'avais beau savoir que j'aurais dû aider Brian, j'y ai passé plusieurs minutes d'affilée à observer derrière les carreaux embrumés les ombres fantomatiques des enfants qui déchargeaient la voiture. Ils titubaient sous des objets flous que je ne parvenais pas à identifier, entourant Brian qui posait avec précision son pied chaussé d'étroits souliers italiens, avec à la main le petit pot et quelque chose de rose. Ce n'est qu'une fois rentrés dans la maison qu'ils m'ont paru devenir réels. Un peu comme des gens qui sortiraient du petit écran pour faire irruption dans votre salon. J'ai entendu leurs voix chaudes, aiguës, plus stridentes que dans mon souvenir. Edward s'est mis à pleurer à cause d'une écorchure au tibia et je suis allée le consoler. J'étais heureuse de les voir. Ils reniflaient, haletants, le bout du nez rose de froid, me harcelant de questions. « Je mets ça où ? Je fais quoi de ça ? Où est-ce qu'on va dormir ? Où est-ce qu'on va manger ? » Je me suis penchée pour rouler le bas du jeans d'Edward en faisant basculer Rachel sur ma hanche, mais elle en avait l'habitude et s'est contentée de se cramponner à mon chemisier, en souriant, tout de guingois, avec ce sens de l'adaptabilité qui les caractérisait tous.

Quand je suis sortie dire au revoir à Brian, je me suis rendu compte qu'il était toujours aussi inquiet. « À bientôt. Et merci encore, Brian », lui ai-je lancé d'une voix chantante, dans l'espoir de le dérider. Mais il n'a pas paru m'entendre.

« Mary, écoutez...

— Brian, je vous assure, nous sommes ravis.

— Écoutez, pourquoi ne pas tout me dire ?

— Il n'y a rien à dire. »

Sur ce, il a soupiré puis il a grimpé dans la voiture. Il a baissé la vitre pour me donner les instructions de dernière minute. « Il y a un téléphone au magasin... pour ouvrir l'eau, c'est derrière, à côté de... appelez-moi si vous... » J'ai acquiescé de la tête en lui faisant signe de la main avec un grand sourire.

Puis sa voiture a disparu au détour de la route et, quand je me suis retournée, j'ai vu mes enfants qui m'observaient du seuil, le regard anxieux. Toutes tailles confondues, couverts de taches après avoir déchargé la voiture, ils étaient massés dans leur cadre de bois pourri, un grand trou noir derrière eux. J'ai déjà observé des spectacles plus joyeux dans les appels à l'aide aux enfants défavorisés que l'on voit dans les journaux. Jamais je n'aurais imaginé que mes enfants pourraient un jour leur ressembler.

Au petit magasin du port, nous avons acheté des produits de nettoyage et de quoi manger, et nous nous sommes tous mis au ménage jusqu'à la nuit tombée, mais au bout du compte, on voyait à peine la différence. Au déjeuner, nous avons pris des sandwichs et au dîner, des spaghetti en boîte, avant de nous effondrer au lit. Les lits : voilà qui posait un problème. J'ai mis les trois aînées dans le grand lit, et Edward et Hannah tête-bêche sur le canapé. Je me suis installée avec Rachel sur le lit de camp. Nous n'avions pas même de draps — juste les couvertures que j'avais emportées et un vieil édredon moisi que nous avons trouvé dans le chiffonnier. Les enfants étaient tellement épuisés qu'ils auraient pu dormir n'importe où, mais je suis restée longtemps éveillée à me demander ce qui m'avait prise. J'ai essayé d'évoquer Jeremy en pensée. S'était-il déjà aperçu que nous avions disparu ? Je l'imaginais dans la pénombre du salon, assis devant la télévision, tenant silencieusement compagnie aux pensionnaires. Dès qu'il était préoccupé, il passait des heures les yeux rivés sur le petit écran. Peut-être, en cet instant même, était-il en train de nous jauger en pensée, de nous charger, d'inventorier tous nos vices et nos vertus. Les miens, tout du moins. Il ne s'attarderait certainement pas longtemps sur les enfants. Peut-être lui portaient-ils sur les nerfs de temps à autre, mais ils avaient le mérite d'être essentiellement la chair de sa chair. J'étais l'importune, la dominatrice. Inutile de me le dire. Je voyais bien comment je le forçais à s'arracher les yeux de son travail quand je montais lui demander s'il pouvait garder les enfants pendant que j'allais à une réunion de crèche, s'il voulait bien donner à manger à Hannah pendant que j'emmenais Edward chez le médecin ou s'il avait de la monnaie pour le livreur de la blanchisserie. Je savais que ces choses-là étaient sans importance au regard de ses sculptures, mais que voulait-il que je fasse ? C'est inéluctable quand on a des enfants. On ne peut pas se contenter de nouer leur petit cordon ombilical et de les lancer comme des ballons. On se retrouve forcé de penser végétations, pommade au zinc, scolarisation, on se préoccupe de diététique et de microbes, on se soucie davantage des questions d'argent. Écoutez un peu comme ma voix devient stridente. Vous imaginez, être interrompu par un glapissement pareil en pleine création de votre plus belle statue ! Quant à mon côté dominateur, croyait-il que je ne m'en apercevais pas ? Je ne lui ai jamais adressé la parole sans avoir le sentiment de me maîtriser, de me réfréner. Je ne voulais pas dominer. Quand je lui parlais avec de grands gestes, débordante de force et d'énergie, je voyais comment il reculait avant de s'obliger à faire montre de fermeté. Il aurait aimé que je rapetisse un peu. Il ne s'est jamais rendu compte que j'avais déjà rapetissé, qu'il m'était impossible de me faire plus petite.

Je lui envoyais des messages dans l'obscurité : Viens nous chercher. Appelle Brian. Appelle le magasin du port. Invente une excuse pour avoir raté notre mariage, n'importe quoi, je te croirai : tu as eu une crise, une amnésie, tu t'es fait agresser dans l'atelier, tu n'aurais jamais pu décider purement et simplement que tu ne voulais pas m'épouser. J'imaginais divers moyens par lesquels il pouvait entrer en contact avec nous. Je me figurais le propriétaire du magasin cognant à la porte : « Madame ? Y a un monsieur au téléphone pour vous, il dit que c'est urgent, une question de vie ou de mort. » À moins qu'il ne vienne en personne. Non. Jamais. Mais ne pouvait-il pas faire un effort, juste pour cette fois. Il ne cognerait pas à la porte, lui. Il frapperait si doucement que je penserais avoir rêvé. J'ouvrirais la porte et je le trouverais là, qui m'attendrait, dissimulé dans le noir, reconnaissable à la seule tristesse infinie de ce maintien plein d'espoir qui m'était si cher, à ce seul souffle retenu, hésitant, à chaque fois qu'il s'apprêtait à faire un pas vers moi. J'aurais tout donné pour cet instant, les meilleures années de ma vie, tout. Tout, sauf mes enfants. Je me suis fait des centaines de promesses muettes, mais la nuit n'en finissait pas de finir et je ne percevais que le murmure du bébé dans le creux de mon bras.

Nous avons fini de décrasser la maison. Nous avons décapé le sol et dépoussiéré les meubles, nous avons remplacé les marches éventrées par des parpaings qu'Abbie avait dénichés sur les berges. Darcy a lavé les placards de la cuisine puis la vaisselle dépareillée qui s'y trouvait, et récuré l'évier. Les petits ont fait les vitres, leur corvée préférée. J'ai scotché des bouts de carton sur les carreaux cassés. Nous avons arraché les rideaux et les énormes filets de toiles d'araignée, la toile cirée punaisée sur la table et le jupon de calicot crasseux de sous l'évier. Au magasin du port, nous avons acheté des ampoules plus puissantes, un seau de désinfectant, une torche électrique pour nous diriger dans l'obscurité profonde de la campagne, si étonnante après une vie entière passée à la ville, et enfin — trois jours plus tard, quand j'ai renoncé à me dire que nous risquions de partir à tout instant —, trois lits de camp en aluminium pour les enfants et quelques couvertures de plus pour qu'ils aient chaud. Au magasin, ils ne vendaient pas d'oreillers, sinon des oreillers de survie. Mes enfants avaient toujours dormi sur des oreillers. « Peu importe, leur ai-je dit, c'est bon pour la colonne vertébrale. Vous serez en bien meilleure santé. » Non que leur santé me causât le moindre souci. Chaque jour, ils travaillaient dur pour arranger le cabanon, comme si ce n'était qu'un jeu ; ils engloutissaient d'énormes repas et dormaient comme des souches chaque nuit — sans oreillers ni draps, en faisant crisser le vinyle rouge des petits matelas vendus avec les lits. Et que ferais-je d'eux si jamais nous devions rester trop longtemps pour que subsiste l'attrait de la nouveauté ? Faudrait-il que je les mette à l'école du cru ? Mais nous étions au début mai, la fin de l'année était si proche. Le temps se réchauffait. Nous nous débarrassions peu à peu des couches de vêtements superposées que nous avions portées jour et nuit depuis notre arrivée. Et quand nous avons ralenti nos efforts dans le cabanon, les enfants se sont simplement mis à vivre au grand air. Ils partaient se promener dans les herbes hautes en traînant Rachel avec eux, importunaient les propriétaires de bateaux, flânaient sur les quais. Ils avaient interdiction formelle ne serait-ce que de tremper la main dans l'eau — elle était immonde et huileuse.

« Et cet été ? m'a demandé Pippi. On n'ira pas nager ?

— Certainement pas. Je vous achèterai une piscine gonflable s'il fait chaud. »

L'été ! Serions-nous encore là quand viendrait l'été ?

Brian passait nous voir presque chaque jour. J'avais beau lui dire de ne pas le faire, il m'assurait qu'il y était obligé de toutes les manières — son bateau était ancré sur la rivière, un petit ketch bleu qui dansait sur l'eau juste devant la maison. « Tout va bien, en ville ? lui demandais-je. Quoi de neuf à Baltimore ? L'exposition marche bien ? Y a-t-il beaucoup d'acheteurs ? » Tout sauf ce que j'avais le plus envie de demander : Comment se fait-il que nous ne manquions pas à Jeremy ?

Il n'a fait allusion à Jeremy qu'une seule fois, au cours de la première semaine, alors qu'il faisait encore froid. Je me souviens qu'il faisait froid car juste avant de partir, il m'a priée de le raccompagner dehors, à l'écart des enfants. Je suis sortie en chandail, croisant les bras sur ma poitrine pour me tenir chaud, et il m'a dit : « Non, ne sortez pas comme ça, allez chercher un manteau, je vous attends. » Puis, quand je l'ai rejoint à côté de la voiture, il m'a déclaré :

« Mary, je me sens dans une position délicate.

— Voulez-vous que je m'en aille ? » lui ai-je demandé.

Qu'aurais-je fait s'il m'avait dit oui ?

Mais il m'a répondu :

« Non, bien sûr que non, mais j'aimerais savoir ce que vous attendez au juste de moi. Suis-je censé garder votre adresse secrète ? Parce qu'en ce cas...

— Oh non. Jeremy sait où je suis.

— Je n'en étais pas sûr.

— Il le sait. Je le lui ai dit, je lui ai écrit un mot. »

Puis je me suis inquiétée. Et s'il n'avait pas vu le mot. Était-ce pour cela qu'il n'avait donné aucune nouvelle ?

« Vous a-t-il dit qu'il ne savait pas où j'étais ? Vous l'avez vu ? Vous a-t-il posé des questions ?

— Je l'ai vu, oui. Il n'a rien dit. Il n'a pas même fait allusion au fait que vous étiez partie.

— Ah bon. Vous pouvez le lui dire, Brian.

— Il va de soi que je n'irais pas aborder le sujet de mon côté. Mais, si jamais il me posait la question, voyez-vous, je me suis dit que j'étais dans une position...

— N'hésitez pas à l'aborder. Dites-lui. Il ne s'agit pas d'une dispute, ni rien de ce genre.

— De quoi s'agit-il, en ce cas ? »

Je me suis emmitouflée dans mon manteau pour me protéger du vent.

« Je ne veux pas être indiscret, a insisté Brian, mais votre décision est-elle irrévocable ? »

Je me suis abstenue de répondre. Moi aussi, j'avais des questions à lui poser. J'aurais voulu savoir comment allait Jeremy, s'il prenait assez de repos, s'il mangeait convenablement (il avait toujours raffolé des sucreries et détestait la viande). Mais je savais que c'était des questions de ménagère qui feraient sourire Brian, et quoi qu'il en soit, il aurait été incapable de me répondre. Parfois, je songe aux autres femmes d'artistes, que Brian est amené à croiser tout le temps. J'imagine de frêles blondes aux joues creusées, du genre à poser nues, qui mènent une vie de bohème dans des mansardes, sans jamais, jamais venir vous compliquer l'existence avec leurs histoires d'enfants et de plombiers. Quand une fois par mois, Brian me voyait arriver à la galerie, le pas lourd, sanglée dans mon soutien-gorge d'allaitement, vêtue de ma plus jolie robe noire dont l'épaule s'ornait d'une bavure de lait recraché, j'imagine qu'il devait être sidéré. Il me dévisageait, et lorsqu'il était en compagnie d'autres femmes, elles se taisaient soudain et se mettaient également à me fixer. Je les soupçonnais de plaindre Jeremy. Un artiste... marié avec elle ? Alors je rentrais le ventre, dégageais mes mèches rebelles derrière les oreilles et me forçais à passer devant chaque tableau plus de temps que je l'aurais voulu, pour leur montrer que j'étais capable d'apprécier une œuvre d'art. J'aurais préféré mourir que de me livrer à la moindre allusion d'ordre domestique. Et voilà qu'à présent, je ne m'autorisais qu'un humble :

« J'espère qu'il ne s'en sort pas trop mal.

— Oh, vous connaissez Jeremy », m'a répondu Brian.

Je n'avais pas la moindre idée de ce qu'il voulait dire par là. Il a ajouté en souriant : « Ne vous en faites pas, Mary. Je suis désolé d'avoir abordé cette question. Dépêchez-vous de rentrer avant de prendre froid. »

La fois suivante, il n'a pas fait la moindre allusion à Jeremy et je n'ai pas eu le courage de lui poser de questions.

Les bateaux étaient de plus en plus nombreux à venir s'amarrer au quai et danser au mouillage. En semaine, quand il y avait peu de plaisanciers, j'avais vue sur une étendue d'eau noire hérissée de mâts et je me plaisais à imaginer que j'étais une femme de pêcheur vivant dans une cabane en bordure de l'océan. Le fait est que l'on se serait cru au bord de la mer. D'ici, on ne voyait pas la rive opposée ; du port, on pouvait mettre le cap plein est sur la baie de Chesapeake, qui dessinait des voiles blanches sur la ligne d'horizon. Le vendredi, en fin d'après-midi, les citadins commençaient à affluer de Baltimore ou de Washington — des couples en tenue de plaisanciers, chargés de glacières, de coupe-vent et de couvertures à grosses rayures. Mes enfants s'amassaient sur le quai pour les voir arriver. Nous regardions leurs voiles filer au lointain le samedi, pour revenir le dimanche soir en convergeant sur nous, tels des oiseaux qui rentrent au bercail à tire-d'aile. Tout au long du dîner, que nous prenions dehors, le parking résonnait de portières qui claquaient, de moteurs qui s'emballaient et de voix lançant des au revoir. Le lundi matin, il ne restait de leur passage que les traces des pneus sur le gravier, et ces mâts nus alignés le long du quai. Certains venaient en semaine faire de la voile en solitaire ou effectuer quelques réparations mineures, mais ils étaient plus paisibles et je ne me rendais compte de leur présence que lorsque je les croisais au magasin. Je sursautais en entendant la fermeté et l'assurance de leurs voix de citadins et les écoutais bouche bée, comme une paysanne, énumérer leurs longues listes extravagantes. Ils voulaient de la glace et un tournevis cruciforme et puis un bidon d'antirouille et puis aussi des chips. Tout cela, c'était du luxe. Nous, nous ne mettions rien à rafraîchir, ou alors, nous allions nous approvisionner au réfrigérateur du magasin juste avant de manger ; nos outils, nous les empruntions aux voisins ou nous les fabriquions nous-mêmes de bric et de broc ; nous les débarrassions de la rouille que l'air marin y reformait éternellement avec les fonds de canettes de Coca-Cola abandonnées. Quant aux chips ! Je préférais faire manger des protéines aux enfants. Je n'ai jamais aimé lésiner sur la nourriture, mais avais-je le choix ? Je les rassasiais d'œufs, de fromage blanc et de lait en poudre. Je nourrissais le bébé de petits morceaux pris dans mon assiette. Les petits pots Gerber étaient trop chers. De même, les tournées de lessive. Une fois par semaine, j'apportais le linge le plus sale à la machine à laver, au magasin, et j'insérais mes vingt-cinq cents dans la fente après avoir saupoudré de lessive avec parcimonie, grain à grain. Puis je trimbalais le sac de linge encore mouillé jusqu'à la maison et je le suspendais pour économiser cinquante cents, allant jusqu'à l'étaler dans tout le salon quand il pleuvait, quitte à devoir me frayer un chemin en écartant à la volée les blue-jeans trempés pendant un jour ou deux. Et voilà qu'arrivait ce citadin muni d'une liste si longue qu'elle remplissait deux pleines pages de son bloc-notes, sans compter ce qu'il attrapait négligemment sur les présentoirs à mesure qu'il déambulait dans le magasin en sifflotant entre ses dents. Il ne devait pas même me remarquer. Ou alors, il estimait sans doute que je venais d'un de ces taudis d'à côté, où habitaient le mécanicien de bateau, le menuisier ou encore le métallo en retraite et sa fille. Ces petits Blancs miséreux, avec leurs madones ornées de fleurs en papier poussiéreuses sur le rebord des fenêtres et les balles de coton suspendues à leur moustiquaire pour éloigner les mouches. Voilà ce que j'étais devenue. Mes enfants galopaient entre les comptoirs, le museau sale, la robe froissée, leurs pieds nus tout calleux avant même le début de l'été.

Quand Brian passait, il offrait presque toujours de nous emmener faire de la voile, à moins qu'il ne fût accompagné d'une fille ou d'un groupe d'amis. Je craignais qu'il se sente obligé de nous le proposer. Sitôt qu'ils apercevaient sa voiture, les enfants s'écriaient : « Brian est là ! Brian est là ! » et je les rabrouais : « Ça suffit ! Taisez-vous ! Je vous interdis de bouger d'ici ! » Ils ne comprenaient pas. Ils s'entassaient aux fenêtres et poussaient des acclamations dès qu'il frappait à la porte. Pour compenser, je gardais le dos tourné à la porte et mettais du temps à aller ouvrir en feignant la surprise quand je le voyais. « Je passe juste voir ce que vous devenez », lançait-il en me tendant généralement un petit quelque chose — une carpette à motif qu'il gardait en réserve, des serviettes qui, prétendait-il, encombraient son appartement, le plus souvent, un sac de sucreries quelconques pour les enfants. « Alors, les enfants, ça vous dirait un petit tour en bateau ? » À l'entendre, il avait besoin d'aide sur le pont. Je n'en croyais rien. Je craignais qu'il ne se sente vaguement responsable de nous. De plus, je n'avais pas envie de priver les enfants d'un de leurs rares plaisirs, mais la plupart du temps, je restais à la maison avec le bébé. De tout le printemps, je ne suis montée que deux fois à bord de son bateau. La première, c'était ma première expérience de voile et je n'ai guère été convaincue. Je n'aime pas l'idée de dériver bon gré mal gré d'un endroit à l'autre en flottant comme un bouchon. Mais je me suis campée sur le pont, Rachel posée sur une hanche, en faisant mine de m'amuser, et cela n'a pas duré longtemps. La seconde fois n'était pas prévue. C'était en juillet, après plusieurs jours de pluie ininterrompue. Il était arrivé un beau jour en fin d'après-midi alors que les petits étaient occupés à jouer quelque part. « Je me demandais si vous pourriez me rendre un service », m'a-t-il dit. « Tout ce que vous voudrez ! » lui ai-je répondu. J'étais ravie qu'il me demande de faire quelque chose pour lui.

« Si je n'ai pas l'occasion de passer après une averse, pourriez-vous rejoindre le bateau à la rame pour faire sécher les voiles ?

— Faire quoi ?

— Venez, je vais vous montrer. »

Nous avons donc confié le bébé à Darcy pour aller dégager le canot des herbes folles qui poussaient devant la maison, et il m'a montré comment ramer. Jusque-là, je savais à peu près me débrouiller pour avoir passé l'été de mes dix ans dans un camp d'éclaireuses à canoter sur un étang de vase. Mais une fois devant le ketch, j'ai été prise d'un effroyable sentiment de maladresse. J'ai détesté devoir ainsi me hisser sur le flanc du bateau en redoutant à chaque seconde que le canot ne dérape sous mon pied ou que Brian bascule à l'instant où il me tendait la main pour m'aider à monter. Une fois sur le pont, je me suis ébrouée et j'ai lissé ma jupe avec un petit rire. « Bon, ai-je dit. Dites-moi ce qu'il faut faire. » Il m'a appris à déployer les voiles et à les hisser. Cela ne m'a pas semblé trop difficile.

« Laissez-les un petit moment, un après-midi, mettons, m'a-t-il conseillé. Vous pouvez emmener les enfants, si vous en avez envie. Que diriez-vous d'une petite sortie ?

— Là, tout de suite ?

— Pourquoi pas ?

— Mais, c'est... il va bientôt faire nuit.

— Nous ne nous attarderons pas.

— D'accord. »

Je commençais à me sentir nerveuse. J'étais quasiment certaine qu'il voulait me parler de Jeremy. Quelle autre raison pouvait-il avoir de m'éloigner des enfants et de suggérer une sortie de ce ton faux qui laissait entendre que ce n'était en rien un coup de tête ? Je me suis demandé si Jeremy était tombé malade, s'il était mort, s'il avait trouvé quelqu'un d'autre. Mes mains devenaient glacées, mais j'avais bien trop peur pour presser Brian de m'apprendre la nouvelle. J'étais là, pétrifiée de froid malgré la chaleur de cette après-midi d'été, tandis que Brian lançait le moteur et manœuvrait lentement le long des autres bateaux amarrés.

Une fois au large, il a coupé le moteur. Le silence s'est déployé sur nous comme un rouleau de soie. J'entendais le clapotis de l'eau, le crissement des cordages, Brian qui effectuait une manipulation compliquée pour serrer les voiles. J'étais en territoire totalement inconnu. L'ensemble de la scène me paraissait d'une étrangeté, d'une bizarrerie absolues, comme un succédané factice du monde de Jeremy. Le moindre geste de Brian, jusqu'au ton de sa voix et cette manière qu'avait sa barbe de s'ébouriffer au vent avant de se séparer en deux, tout n'était qu'expédients. Rien à voir avec Jeremy. Quand il est venu s'asseoir à côté de moi, le seul lustre du mystérieux tissu dans lequel était taillée sa chemise m'a donné envie de rentrer à la maison. Il a passé le bras derrière mon dos pour venir poser une main sur mon épaule — une grande main noueuse, aux antipodes de celle de Jeremy. « Ça y est, me suis-je dit, il va m'annoncer la nouvelle. » Les gens vous protègent, vous préparent avant de vous prévenir, comme s'ils s'apprêtaient à vous asséner un véritable coup de poing. Je le savais (ne me demandez pas comment). Alors j'ai avalé ma salive et j'ai attendu, espérant qu'il ne me sentirait pas trembler quand il se mettrait à parler.

Seulement, il n'a rien dit. Pas un mot. J'ai d'abord supposé qu'il estimait que je n'étais pas assez préparée, puis j'ai pensé qu'il avait du mal à trouver ses mots. Mais lorsqu'au bout de plusieurs minutes de silence, je me suis décidée à lui jeter un coup d'œil en biais, je l'ai vu qui se prélassait dans la lumière orangée, parfaitement détendu, une main mollement posée sur la barre, les yeux fixés sur la grand-voile.

Ah ça ! J'étais trop stupéfaite pour être en colère. Où étaient toutes ces blondes élancées qui passaient le voir à la galerie ou grimpaient nonchalamment à bord de son canot en pattes-d'éléphant fraîchement repassés ? À moins qu'il m'ait enlacé les épaules par simple habitude de célibataire ? Je ne suis pas du genre à tirer des conclusions hâtives. Je me suis levée en feignant d'avoir remarqué quelque chose d'intéressant à la poupe du bateau. « Venez vous rasseoir à côté de moi, Mary », m'a dit Brian. J'ai eu peur d'être prise d'un fou rire. Il paraissait bien sûr de lui pour me donner des ordres ainsi — je n'étais pas habituée à ce que l'on me parle sur ce ton. Je ne me sentais absolument pas concernée. Je n'ai pas bougé, les yeux rivés sur les oriflammes que dessinaient sur l'eau les reflets du couchant en luttant pour réfréner le rire et les larmes qui me montaient aux yeux. « Bon, que diriez-vous de rentrer ? » a fini par lancer Brian.

Au retour, il a utilisé le moteur tout du long. Puis une fois le ketch amarré à sa bouée, il a ferlé et attaché les voiles en silence. Je me demandais s'il était en colère. Et dire que c'était le seul ami qu'il me restait. Avec tout ce que je lui devais ! La vie me paraissait soudain pleine de complications, d'enchevêtrements, de nœuds et de pièges inattendus. Je me suis laissée tomber comme une masse au fond du canot, en faisant mine de ne pas remarquer la main qu'il me tendait. Tandis qu'il ramait en direction du rivage, je suis restée affaissée dans mon coin, les coudes sur les genoux. Une fois sur la terre ferme, à l'instant où je passais devant lui pendant qu'il me maintenait le canot, il m'a interpellée : « Mary. »

Le soleil s'était couché. Dans le crépuscule, sa voix me semblait plus proche, légèrement feutrée dans sa barbe. Qu'importe ce qu'il avait à me dire, je n'avais aucune envie de l'entendre. J'ai fait volte-face avec un grand sourire, et je lui ai donné une poignée de main énergique. « Merci infiniment pour la balade ! En cas d'averse, je m'occuperai de vos voiles, vous pouvez compter sur moi, Brian. »

Mais il a retenu ma main dans la sienne en me plantant son regard dans les yeux, sans l'ombre d'un sourire. « Ne vous en faites pas, je ne veux pas vous brusquer », m'a-t-il déclaré, avant d'ajouter, une minute plus tard : « Bonne nuit, Mary. »

C'est ce que l'on dit dans les séries télé : « Ne vous en faites pas, je ne veux pas vous brusquer. » Le héros romantique, impérieux, au regard franc. Personne n'irait dire cela pour de vrai. Les vrais héros n'existent pas.

En rentrant dans le cabanon, j'ai trouvé les enfants

attroupés autour de Rachel, qui était debout. Elle ne tenait pas toute seule, évidemment — elle tenait à pleines mains le jeté du canapé — mais c'était la première fois qu'elle y parvenait et ils étaient tous surexcités. « Viens voir, m'ont-ils lancé. Assis, Rachel. Allez, assieds-toi, montre à maman comment tu fais. » Ils ont eu beau dérouler ses doigts un à un en essayant de la replier, elle n'a pas voulu céder. Elle a raidi les jambes, refusant de renouer avec son existence à ras de terre. J'avais oublié avec quels efforts désespérés les bébés s'acharnent à se dresser à la verticale. Tous, pressés de se mettre debout, de fuir les genoux, les bras et les parcs. Mais en un rien de temps, elle serait sevrée ! Sitôt qu'ils marchaient, mes enfants se désintéressaient des tétées. Un beau jour, ils s'élançaient vers la porte pour s'en aller rejoindre les autres, me laissant livrée à moi-même, sans bébé, et pendant les quelques mois qui suivaient, je me sentais un peu perdue jusqu'à ce que je m'aperçoive que j'étais de nouveau enceinte. Seulement, cette fois, ce ne serait plus pareil. Je n'avais pas envisagé cet aspect des choses. J'ai contemplé Rachel, mon tout dernier bébé, tandis qu'elle s'efforçait de se dépêtrer de toutes ces petites mains crasseuses qui cherchaient à la rasseoir. « Allez, Rachel, on veut juste que tu montres à maman. Assieds-toi, Rachel, juste une minute. »

Et pour la première fois, j'ai su que Jeremy ne nous demanderait pas de revenir.

Nous étions en plein cœur de l'été et il régnait une chaleur si étouffante sous le toit de zinc que nous passions le plus clair de notre temps dehors. J'avais acheté une piscine gonflable pour les petits. Ils y restaient des journées entières à s'éclabousser en petite culotte, mais Darcy n'avait plus l'âge de ces amusements et elle avait du mal à trouver des distractions. Je la retrouvais assise dans les herbes broussailleuses sous le soleil éclatant, contemplant la rivière en fronçant les sourcils. Elle était si sérieuse. « Pourquoi ne pas aller te promener, mon ange ? lui disais-je. Va nous cueillir des fleurs pour décorer la table, ce soir. » Alors elle me scrutait du regard, comme si elle essayait de comprendre quelque chose. Sans doute avait-elle envie de me demander ce que nous faisions ici. Elle était assez grande pour voir l'étrangeté de la situation. Elle avait été arrachée à une école où elle se plaisait, elle avait été séparée de Jeremy sans même pouvoir lui dire au revoir, alors qu'à certains égards, elle était plus proche de lui que tous les autres. Et pourtant, c'étaient ces derniers qui me harcelaient de questions — quand le reverraient-ils, comment se faisait-il qu'il était si occupé, pouvaient-ils lui rapporter un cadeau quelconque ? Darcy, elle, gardait le silence. « Pourquoi ne vas-tu pas à la marina voir ce qui s'y passe ? » lui demandais-je. Mais alors, elle emmenait Rachel, comme si elle était incapable d'imaginer faire quoi que ce soit par pur plaisir. Elle posait le bébé sur sa petite hanche pointue et s'éloignait à pas lourds, le corps déjeté, la tête basse, ses pieds nus couverts de poussière. Elle avait la nuque osseuse et les jambes parsemées de piqûres de moustiques.

Je n'avais jamais fait preuve d'autant d'égoïsme que le jour où j'étais venue ici.

Le soir, je faisais chauffer de l'eau sur la plaque chauffante et je débarbouillais les petits. Puis je leur mettais des sous-vêtements propres — je ne m'étais pas embarrassée d'un luxe aussi inutile que des pyjamas — et je les expédiais se coucher. Darcy restait à lire des magazines de cinéma qu'elle avait empruntés à la fille du métallo. Tout le cabanon était imprégné de l'odeur âpre de l'insecticide. Les phalènes venaient cogner sur les moustiquaires avachies, et j'étais tellement en nage et couverte de sel que j'avais l'impression d'être enveloppée d'un film plastique. C'était le moment le plus pénible de la journée. « Je crois que je vais faire un tour dehors, disais-je à Darcy. Tu peux surveiller le bébé d'une oreille ? » Puis je sortais dans la nuit, gagnais le rivage pour dégager le canot des hautes herbes enchevêtrées. Je rejoignais le ketch à la rame, toute seule — moi ! si terre à terre ! C'était le seul endroit où je pouvais me défaire du sentiment d'être à l'étroit, de ces masses de petits corps s'agitant dans un minuscule carré d'espace, collant aux matelas de vinyle rouge. Pour y échapper, j'étais même prête à faire la traversée sur ces eaux noires et me hisser du canot pour grimper sur le pont en confiant tout mon poids à ce mystérieux objet qui parvenait, je ne sais par quel miracle, à tenir droit à près de cinq mètres de la terre ferme.

À présent, le pont était jonché de tas de petits gilets de sauvetage orange tout dodus — six en tout. Brian les avait apportés un beau jour en les étalant un à un à mes pieds, comme un guerrier Sioux déployant des peaux devant la tente de sa belle. Cinq, c'était déjà trop, mais six ! Cela supposait que nous soyons encore ici lorsque Rachel serait en âge de faire du bateau. « Je… c'est très gentil à vous, Brian, mais les brassières de sauvetage normales suffisaient amplement, ce n'est pas comme s'ils vous accompagnaient tout le… » Vous n'imaginez pas combien de fois j'avais imaginé cinq de mes enfants se noyant simultanément. Mais sur l'instant, j'étais davantage préoccupée par Brian, par ses yeux bruns au regard si doux, si amusé — si sûr de lui.

Jeremy avait les yeux bleus. Les yeux bruns paraissaient décevants.

Dans les romans d'amour que m'achetait Guy, l'héroïne faisait toujours un mariage de raison ou d'argent, quand elle ne choisissait pas la sécurité, afin de se prémunir de quelque danger, et se donnait la peine de s'en ouvrir à son prétendant au moment où il lui demandait sa main.

« Il me faut être franche, seigneur Brent, je ne vous aime pas.

— Mais je comprends cela parfaitement, madame. »

Par la suite, évidemment, elle se mettait à l'aimer. Je regrettais de ne pas avoir eu cette même franchise avec Jeremy. Si j'avais accepté de l'épouser, c'est qu'il me semblait ne pas avoir d'autre choix à l'époque, et s'il me paraissait évident qu'il le savait, nous n'en avons jamais vraiment parlé. Je voulais tant faire preuve de délicatesse avec lui. Cela a été ma première erreur. Un beau jour, il m'a dit : « Mary, est-ce que tu m'aimes ? » Et puis aussi : « J'ai besoin de le savoir, dis-moi. » Et j'ai répondu : « Mais bien sûr que je t'aime. » Certes, j'avais de l'affection pour lui. Quand il m'a apporté ce premier bouquet de chicorée et de sumac, j'en ai eu le cœur chaviré, mais ce n'était pas la même chose. Nous étions ensemble depuis un certain temps déjà, et sans doute m'étais-je laissé envahir à mon insu, car un matin, je le regardais essayer maladroitement de réparer le lacet de Darcy quand soudain, je m'étais sentie submergée d'amour. Seulement, à ce moment-là, je n'avais plus aucun moyen de le lui dire. Il était persuadé que je l'aimais depuis des mois. Était-ce pour cela que les choses avaient mal tourné ?

Car nous n'avions jamais mis cela au clair. Quand je tentais de lui montrer ce que je ressentais, j'avais l'impression de me déverser sur lui en un torrent qui l'entraînait au loin, le laissant confus et désemparé. Peut-être était-il plus heureux à l'époque où je ne l'aimais pas en retour, me disais-je parfois. J'avais le sentiment d'en être réduite à lui donner tout ce que je pouvais, à lui rendre service, à lui montrer combien il avait besoin de moi. Plus il dépendait de moi, plus j'étais à mon aise. En réalité, je dépendais de sa dépendance, nous étions deux dominos adossés l'un à l'autre, mais Jeremy s'en était-il jamais rendu compte ?

Un jour, il a réalisé une pièce représentant une chaumière blanche au sommet d'une colline, avec une clôture en piquets et un treillage de roses. À première vue, on aurait dit une image tirée d'un calendrier des postes. La colline était si verte, la chaumière si blanche. « Oh ! C'est très... ça ne te ressemble pas vraiment, Jeremy, tu ne trouves pas », lui ai-je dit. Puis je me suis approchée et j'ai été troublée. Comment dire, c'était trop vert, trop blanc, le ciel était trop bleu. La colline était un demi-cercle trop parfait, et les piquets de la clôture jalonnaient le papier comme les graduations d'une règle. J'avais le sentiment qu'il avait perverti quelque chose, mais j'étais incapable de savoir quoi. Le sentiment qu'à sa manière, il m'insultait, ou se rebellait contre moi. Je ne pense pas qu'il en ait eu conscience, pourtant. « Jeremy... » Je me suis tournée vers lui mais je l'ai trouvé en train d'aplatir du poing des cercles de papier rouge pour faire des fleurs parfaites, et j'ai deviné à son front plissé qu'il n'avait rien d'autre en tête.

Il n'avait aucun sens de l'humour, mais je n'ai jamais compris pourquoi les gens y accordent tant d'importance. Il a toujours été soit trop éloigné de nous (reclus d'esprit et de corps, enfermé à couper sa toile à sac), soit trop proche (dans nos jambes du matin au soir, quand d'autres s'affairent dans des bureaux). Et je n'essaierai pas de convaincre qui que ce soit qu'il est bel homme. Ni qu'il a ce qu'il est convenu d'appeler de la « personnalité » — il faut avoir vu les voisines en visite soudain prises de bégaiement lorsqu'il pose sur elles ce regard fixe des jours où il est à l'œuvre, d'un air de se demander ce qu'elles font là, alors qu'en réalité, il ne s'aperçoit pas même de leur présence. Pour couronner le tout, nous avons des années et des années de différence, bien qu'avec Jeremy, cela n'ait jamais eu l'importance que cela pourrait avoir avec d'autres. Il n'est pas vraiment de son époque. Quand j'étais toute petite, par exemple, pendant la Seconde Guerre mondiale, certains hommes de son âge étaient au front, Jeremy, non. Rien ne me prouve même qu'il ait jamais entendu parler de la guerre — ni de celle-là, ni de celle que nous vivons en ce moment. Tout ce qui est extérieur lui est indifférent. Parfois, il paraît plus jeune que moi, comme si l'on ne vieillissait que sous le seul coup des événements. Je revois encore le jour où ses sœurs sont venues faire ma connaissance. Nous avons pris le thé dans le salon et elles n'ont parlé que de leurs parents et amis défunts. Je ne les quittais pas du regard. Elles étaient si vieilles ! Elles avaient un tel respect pour le passé — revenant éternellement décrire d'inlassables cercles sur son pourtour de glace, en scrutant ses profondeurs, fascinées par son froid et blême visage gisant sous un mètre d'eau. Répétant sans cesse ce qu'elles venaient de dire comme deux vieilles dames gâteuses. (Jeremy avait la même manie, mais je ne m'en étais jamais aperçue auparavant.) Mon regard passait de l'une à l'autre. J'avais l'impression d'être une toute petite fille qui prenait le thé avec trois parents d'âge canonique. Je me suis soudain sentie si intimidée que je n'osais plus parler. Que faisais-je ici ? Qu'avais-je à voir avec ce vieux monsieur ? Mais après leur départ, il est resté cramponné à la porte d'un air malheureux, et j'ai eu l'impression d'avoir en face de moi un bambin de deux ans qui avait besoin d'être consolé. « Allez, rentre, viens prendre un autre thé. » Et j'ai posé la main sur ses cheveux fins et tout doux, j'ai pressé ma joue contre la sienne, et je me suis sentie bien plus vieille qu'il ne le serait jamais.

Quand je suis arrivée chez lui, j'aurais éclaté de rire à la seule idée de pouvoir aimer un homme pareil. Et pourtant, ce n'est qu'aujourd'hui que je songe à m'en étonner. À l'époque, je ne me suis quasiment pas aperçue de ce qui était en train de se produire. Nous avons une telle capacité à nous acclimater au changement ! Nous sommes comme autant d'amibes qui enveloppent, assimilent, s'adaptent et poursuivent leur chemin, tant et si bien que des événements démesurés finissent par n'être plus que d'imperceptibles tressaillements dans le cours de notre existence. Tout ce que je sais, c'est que peu à peu, mon univers s'est centré autour de lui, au point que ma première pensée, au réveil, et ma dernière, le soir, allait à son bien-être. Je le réveillais pour lui demander à brûle-pourpoint : « Tu vas bien ? Tu... tu n'as besoin de rien ? » Je me glissais de son côté du lit et le sentais qui se dissolvait, se dérobait à mes sempiternelles questions, à mon visage trop près du sien, à mon parfum qui — même s'il ne s'agissait que de la lotion dont je m'enduisais les mains après avoir fait la vaisselle — soudain devenait trop fort, trop capiteux maintenant que j'étais près de lui. « Oh, je suis désolée, avais-je envie de dire. Je ne voulais pas... Je ne veux pas te dominer, crois-moi ! » Mais il n'aurait fait que reculer davantage encore ; le seul fait de le dire eût été trop dominateur en soi. J'étais toujours perdante. À moins d'admettre ma défaite et de sortir du lit à contrecœur pour aller veiller au chevet d'un enfant malade ou d'un bébé pris de coliques. Alors il parcourait la maison à ma recherche, en trébuchant dans l'obscurité. « Mary ? Où es-tu, Mary ? Je ne te trouve pas. »

Il a changé. Tout comme moi. Il a amassé au fil des années une force secrète, obstinée, alors que je devenais de plus en plus sensible à tout ce qui était petit et vulnérable, et si nous avons chacun évolué sous l'influence de l'autre, c'est précisément ce qui nous a séparés et nous séparera toujours. Me demander de revenir serait admettre sa faiblesse. Revenir sans qu'il me le demande serait l'écraser et l'enfoncer plus bas que terre. Si je ne pleurais pas, j'éclaterais de rire.

Un jour, au mois d'août, Rachel s'est mise à faire des caprices au petit déjeuner et elle a poursuivi sans répit. Elle refusait de manger ou de dormir. Elle était toute rouge et son haleine sentait l'éther, ce qui, chez mes enfants, est généralement un signe de fièvre, mais personne n'avait de thermomètre par ici et j'avais trop chaud pour pouvoir jauger de sa température au toucher. L'après-midi, j'avais décidé de trouver un médecin. Je m'apprêtais à demander à Zack, le mécanicien de bateau — un type obséquieux qui me sifflait à chaque fois qu'il m'apercevait, mais qui avait toutefois le mérite de posséder un pick-up — de m'accompagner, quand j'ai vu la Mercedes se garer derrière la maison et Brian en descendre, l'air calme et digne de confiance, en vieux jeans et chemise fraîchement repassée.

« Brian ! je me suis écriée. Pourriez-vous me conduire chez le médecin ? Rachel est malade.

— Bien sûr. »

Et sans une seconde d'hésitation il a tourné les talons pour remonter en voiture. Déjà, je me sentais rassérénée. J'ai pris Rachel sous le bras, attrapé mon sac, donné des instructions à Darcy, puis je me suis glissée sur le siège avant.

« Son médecin est sur Saint Paul Street, pas très loin de chez nous. Enfin, de chez Jeremy.

— Qu'est-ce qu'elle a ? s'est enquis Brian.

— Je ne sais pas, je n'ai pas la moindre idée. »

Rachel s'était un peu calmée, peut-être sous le choc de se retrouver en voiture, mais elle continuait à pousser de petits gémissements.

« C'est peut-être une dent, a suggéré Brian.

— Oh non, elle ne ferait pas tant d'histoires.

— Vous êtes sûre ? Je croyais que...

— Contentez-vous de rouler, voulez-vous. »

Il n'a plus dit un mot. Nous avons foncé sur la route de gravillon que j'avais quasiment oubliée, entre des rangées de maisonnettes et de caravanes coquettes et fleuries.

« Je suis désolée, Brian, me suis-je excusée au bout d'une minute.

— Cela ne fait rien.

— C'est seulement que j'ai peur qu'il ferme son cabinet plus tôt que d'habitude, voyez-vous, et en ce cas, je ne saurais pas...

— Mais bien sûr, je comprends. »

Nous avons bifurqué sur la grand-route. J'avais l'impression de n'avoir jamais roulé aussi vite de ma vie. Les champs, les usines et les terrains vagues ont défilé à toute allure, puis soudain ont surgi les premiers immeubles gris de la ville et la longue haie ininterrompue des maisons mitoyennes. Brian zigzaguait entre les voitures plus lentes, klaxonnait comme une ambulance sans jamais freiner. Je me sentais entre de bonnes mains.

Il s'est garé en double file devant chez le médecin, puis il est descendu de voiture. « Inutile de m'accompagner, lui ai-je dit. Vous risquez une amende. » Je pensais qu'il me déposerait et viendrait me chercher plus tard. Mais il avait déjà ouvert la portière de mon côté et tendait les bras vers le bébé. Je l'ai laissé la prendre. Une fois délestée de son poids, je me suis sentie fraîche et légère. Je l'ai suivi en flottant sur ses pas le long du trottoir qui m'a paru encombré de monde, puis de l'autre côté du tambour d'un immeuble sombre étonnamment haut. Dans le hall, j'ai été frappée par l'odeur froide de marbre, que j'avais oubliée. J'avais également oublié le numéro de porte du cabinet du médecin. Imaginez, après dix ans de visites médicales pour l'école ! À croire que j'étais partie depuis des décennies. J'avais du mal à lire les minuscules petits caractères blancs affichés sous verre. Et lorsque j'ai tracé du doigt une ligne droite de son nom au numéro de son cabinet, même ma main, tannée, crevassée, plus charpentée, m'a paru être celle d'une étrangère.

« Quatre cent treize, ai-je annoncé à Brian.

— On ne va pas attendre l'ascenseur. »

Je lui ai emboîté le pas dans l'escalier. Rachel me scrutait par-dessus l'épaule de Brian ; toute cette précipitation l'avait plongée dans le silence.

Dans la salle d'attente, Brian a déclaré à l'infirmière : « Nous n'avons pas de rendez-vous, mais c'est une urgence. Ce bébé est très malade. »

L'infirmière a posé les yeux sur Rachel. Rachel lui a souri jusqu'aux oreilles.

On nous a fait entrer dans un petit local sur la façade de l'immeuble. Au-dessus de la table d'examen, une immense fenêtre couverte de suie donnait sur la rue. J'ai plongé le regard sur le flot des voitures qui tissaient leurs mystérieux réseaux à nos pieds, s'arrêtant et stoppant comme par magie. J'ai eu l'impression de les observer d'une autre planète.

« Vous pouvez la déshabiller maintenant, je vais chercher le médecin tout de suite. » Mais Rachel n'était vêtue que d'une couche, mouillée qui plus est. Je la lui ai laissée. Je suis restée à la fenêtre, en songeant à d'autres circonstances, plus heureuses celles-là, où j'étais venue ici, accompagnée de trois ou quatre enfants, pour les faire vacciner. En ce temps-là, ma seule préoccupation était de les tenir à l'écart des tampons de coton, de rassurer celui ou celle qui avait peur de l'abaisse-langue et de savoir ce que j'allais préparer à dîner à Jeremy.

Le médecin est entré, les pans de sa blouse blanche flottant derrière lui — un jeune homme au teint mat.

« Alors, Mrs Pauling, a-t-il dit. Que se passe-t-il ?

— Je crois que Rachel est malade, ai-je répondu. Mais je ne sais pas ce qu'elle a. »

Il a salué Brian d'un bref hochement de tête et allongé Rachel sur la table. Elle l'a regardé en plissant le front. Il lui a appuyé sur le ventre, palpé la nuque, examiné le nez, la bouche et les oreilles, et ausculté les bronches. Je retenais mon souffle. J'avais mal au cuir chevelu à force d'attendre.

« Otite, m'a-t-il annoncé. Et double.

— Oh ! Vous êtes sûr que ce n'est pas plus sérieux ?

— Je ne vois rien d'autre. Elle s'est tripotée les oreilles ces temps derniers ?

— Non.

— Généralement, c'est un signe.

— Je sais ça », ai-je rétorqué.

Le soulagement me rendait acerbe. J'avais l'impression d'être au banc des accusés. Croyait-il qu'après six enfants, je n'étais pas même capable de remarquer un bébé qui se tripote les oreilles ?

Tous mes enfants avaient les oreilles fragiles. Je me suis demandé s'il était choqué de voir Rachel uniquement vêtue de sa couche grisâtre. Soudain, je me suis rendu compte de l'allure que je devais avoir, avec ma jupe froncée, mes tongs en caoutchouc, une bretelle de soutien-gorge dépassant de mon chemisier sans manches fermé avec une épingle à nourrice. Mon sac était rapiécé avec un bout de sparadrap couleur chair. J'ai profité de ce que le médecin était penché pour rédiger l'ordonnance afin de le tourner du bon côté.

De retour à la voiture, chargée de pénicilline, de décongestionnants et d'un thermomètre flambant neuf, Brian a pris la direction de l'est, alors qu'il était bien plus simple de continuer plein sud. Sans doute pensait-il que cela me dérangeait de passer du côté de mon ancien quartier. « Attendez, ai-je failli lui dire. Faisons demi-tour. » Je voulais juste avoir confirmation que la maison existait toujours ; je n'avais pas l'intention d'entrer ou quoi que ce soit. Mais Brian a gardé les yeux rivés devant lui, continué à mâchonner sa pipe, en feignant d'avoir pris la route normale, et je n'ai rien dit.

Sa voiture était climatisée — détail qui m'avait échappé dans mon affolement. Pour la première fois depuis des semaines, je pouvais cesser de lutter contre la chaleur, et Rachel s'est endormie sur mes genoux.

« Ce doit être des médicaments qui agissent vite, a dit Brian. (Nous lui avions donné la première dose à la pharmacie.) Quand je vous disais que ce taudis n'est pas fait pour les enfants, vous me croyez maintenant ?

— Je ne vois pas ce que le taudis, comme vous l'appelez, vient faire là-dedans. Nous sommes très bien installés. Les enfants peuvent attraper des otites n'importe où. C'est lié à la forme de leurs conduits auditifs.

— Même en été ?

— N'importe quand.

— Mais ce n'est pas vrai..., a soupiré Brian. S'ils sont malades en été, qu'est-ce que cela va être en hiver ? Cet endroit n'est pas même isolé, vous savez. Il n'y a pas de chauffage et vous serez obligée de fermer l'eau tous les soirs, sans compter que je n'arriverai pas à point nommé comme ça à chaque fois.

— Non, je sais bien. »

Le fait est que j'avais souvent songé à l'hiver ces temps derniers, mais je m'étais empressée de chasser cette pensée de mon esprit.

« Nous trouverons une solution en temps voulu. Je suis sûre que tout...

— Nous sommes déjà en août, Mary.

— Je sais bien.

— Pouvez-vous me dire ce qui se passe entre vous et Jeremy ?

— Oh, je ne sais pas au juste, ai-je répondu.

— Est-ce que vous l'aimez toujours ?

— Oh oui. »

C'était plus simple de lui donner cette réponse que de tenter de décrire l'exact mélange d'amour, d'humiliation et de colère que j'éprouvais depuis quelque temps à l'égard de Jeremy.

Brian m'a jeté un bref coup d'œil, avant de regarder de nouveau la route. « Je ne veux pas me montrer désobligeant envers Jeremy, a-t-il repris, mais si vous l'avez bel et bien quitté, j'aimerais que vous décidiez de tirer un trait et de divorcer. »

J'ignore pourquoi ma vie paraît toujours plus compliquée que celle des autres. D'abord Jeremy m'avait demandée en mariage alors que je n'étais pas même divorcée, et voilà que Brian me proposait de divorcer alors que je n'étais pas même mariée.

« Je suis désolée, mais je ne veux pas y penser pour l'instant.

— Bon, très bien. Je tenais juste à ce que vous sachiez que je suis toujours là, Mary, et tôt ou tard, vous aurez besoin de quelqu'un vers qui vous puissiez vous tourner. »

S'imaginait-il que je n'y avais pas pensé ?

Mes pauvres économies si dérisoires, qui, en d'autres temps, avaient semblé être la réponse à tout, s'étaient presque volatilisées. Je passais des nuits blanches à songer à tous ceux qui pourraient m'aider. Pendant ce voyage de retour, j'ai envisagé les solutions les plus grotesques : je pouvais m'installer avec le mécanicien de bateau obséquieux, ou resurgir un beau matin à la porte de Guy Tell. J'imaginais le chapelet d'enfants alignés sur mes talons comme une couvée de canetons, la mine ahurie de Guy et, derrière lui, sa nouvelle femme m'épiant par-dessus son épaule.

« Je suis revenue, Guy !

— Holà, mais d'où c'est qu'ils sortent tous ceux-là, Mary ? »

J'ai failli rire, mais je suis redevenue grave. Soudain, m'apparaissait comment, à chaque décision majeure de mon existence, j'avais dépendu du soutien financier d'un homme. Guy, tout d'abord, quand j'avais quitté mes parents, puis John Harris, quand j'avais quitté Guy, puis Jeremy, quand John Harris m'avait quittée. Je ne savais pas comment faire autrement. Certes, j'étais venue ici toute seule, mais visiblement, je ne pourrais pas continuer longtemps ainsi. Au fond, nous nous ressemblions bien davantage que quiconque, Jeremy et moi. Au bout du compte, je finirais par céder et retrouverais quelqu'un, Brian ou un autre, cela revenait au même. Cet avenir m'apparaissait tout tracé, avec une telle évidence qu'il semblait presque s'être réalisé. Je ne voyais pas comment m'en sortir. Subitement, je me suis sentie vidée de toutes forces, rétrécie sur moi-même comme peau de chagrin.

J'ai jeté un coup d'œil à Brian, mais il avait obtempéré et abandonné la question, et poursuivait sa route en tirant paisiblement sur sa pipe.

Le soir, je dis des contes de fées, encore et toujours les mêmes contes de fées d'autrefois. Les enfants se lovent contre moi, tout propres, tout chauds dans leurs sous-vêtements blancs, ils sentent bon le lait. Je ferme les paupières et m'imprègne de leur odeur. Je pourrais raconter ces histoires en dormant. « Une autre, allez, une autre », disent les enfants. Ne se lassent-ils donc jamais ?

Je me vois sur le canapé affaissé, sous un toit de zinc voilé, épaulée de chaque côté par mes enfants, à défaut d'un meilleur soutien. Je sais bien qu'aux yeux de l'extérieur, je fais l'effet d'avoir mené une existence passablement scandaleuse, jalonnée de fugues, d'enfants naturels et d'une longue file d'hommes quasi ininterrompue, mais le fait est que lorsqu'on vit ces expériences au jour le jour, elles n'ont rien de si extraordinaire. Tous les événements, à l'exception de la naissance d'un enfant, ne sont guère au bout du compte qu'un simple tas de futilités dérisoires. À l'heure de ma mort, je remarquerai sans doute une bouée oubliée sur une table ou une spirale de vapeur s'élevant d'une bouilloire qui siffle. Je suis sûre de rater l'instant de mon trépas.

Doucette. La Princesse au petit pois. Tom Pouce. Ma voix devient rauque. Mon esprit devance les mots. Je joue en silence avec les vieilles intrigues éculées, j'aime imaginer les fins au-delà des fins. Comment être sûr que Doucette vécut heureuse à jamais ? Peut-être le Prince cessa-t-il de l'aimer maintenant qu'elle avait les cheveux courts. Peut-être le mari de la vraie Princesse fut-il très déçu de la voir détecter les moindres défauts en un clin d'œil et de les lui signaler avec autant de franchise. Et lorsque Tom Pouce fut mis en échec, la fille du meunier vécut malheureuse à jamais, harcelée par le roi qui sans cesse la pressait de filer davantage d'or, sans que jamais elle ne parvienne à réitérer sa prouesse.

# 8

## *Printemps-automne 1971*

## OLIVIA

Vous savez comment j'ai su qu'elle l'avait quitté ? En le voyant fumer une cigarette. Le vendredi soir, je suis montée dans son atelier pour lui demander où était passé tout le monde, c'était tellement bizarre en bas. J'ai frappé, puis j'ai passé la tête par la porte, et je l'ai vu, sur son divan en velours violet, qui tenait une cigarette entre le pouce et l'index, en soufflant consciencieusement un long panache de fumée. « Mr Pauling ? Jeremy ? Où est tout le monde ? » Mais j'ai deviné toute seule, à l'instant même où je lui posais la question. Il avait une drôle de manière de tenir sa cigarette. Je ne saurais pas comment vous dire. « Oh non, elle vous a quitté », je lui ai dit. Il a fait oui de la tête. Je ne dirais pas qu'il avait l'air bouleversé. Abasourdi, plutôt. Il s'est éclairci la gorge, mais il n'a rien dit, il a déplacé sa cigarette entre l'index et le majeur puis il est resté à la fixer sans bouger, et j'ai refermé la porte.

En fait, cela n'avait rien de surprenant. C'était une femme très quelconque, rien à voir avec ce qu'on imagine d'une femme d'artiste. Le plus étonnant, c'est qu'elle ait eu le bon sens de l'épouser.

Elle était si terre à terre. Toujours à le harceler, à astiquer, à l'embêter avec ses petits problèmes domestiques. Frappant à la porte : « Jeremy, l'artisan qui doit poser des doubles vitrages est là avec son devis et il refuse d'accepter une autre signature que la tienne. Tu pourrais venir, dis ? As-tu la moindre idée de ce que cela représente de s'occuper de cette maison ? » Si jamais on crée un mouvement de libération des hommes, j'y adhère illico. Bon, je vous l'accorde, j'ai mis un certain temps à la voir sous son vrai jour. Les premiers temps, j'étais si contente de m'être trouvé un toit, et puis quelqu'un qui fasse attention à moi, qui m'oblige à mettre mon imperméable. Mais j'ai laissé derrière moi une mère du même calibre en Pennsylvanie et je ne me suis tout de même pas enquiquinée à m'enfuir de chez moi pour atterrir dans le même genre de marmite. Encore heureux que j'aie compris à temps. Quand je pense que j'ai bien failli prendre son parti !

Mais bon, cela faisait tout de même un choc de voir qu'elle était partie.

Je suis descendue préparer un sandwich au beurre de cacahuète. Les plus âgés des pensionnaires ratissaient les fonds de placards pour le dîner. Ils me portaient sur les nerfs, ces deux-là, avec leur manie de tournicoter dans la cuisine en traînant la semelle. On avait l'impression qu'ils étaient en train de tisser leur toile au sol. « Écoutez, je leur ai annoncé, Mary est partie en prenant les enfants avec elle. » Là au moins, ils ont été secoués. Mr Somerset est resté bouche bée et il a oublié de surveiller sa poêle. Quant à Miss Vinton, elle a continué à remuer ses œufs, mais j'ai bien vu qu'elle était étonnée. Sa spatule s'est mise à ralentir de plus en plus. Elle a gardé les yeux rivés sur ce qu'elle faisait.

« Elle a pris les jambes à son cou, j'ai rajouté. Vous n'étiez pas au courant ?

— Elle est peut-être allée rendre visite à quelqu'un, a dit Miss Vinton.

— Et qui ça ?

— Mais enfin, nous ne savons rien. Je suis sûre qu'il y a une explication.

— Et laquelle, par exemple ?

— Je suis sûre que tout finira par s'arranger. »

En fait, quand les gens vous disent ça, c'est qu'ils espèrent que tout redeviendra comme avant. Ça ne leur viendrait pas à l'idée qu'un changement ne ferait peut-être pas de mal.

J'ai dit :

« Je crois que je vais monter un sandwich au beurre de cacahuète à Jeremy.

— Je ne pense pas que Jeremy mange du beurre de cacahuète, a fait Miss Vinton.

— C'est qu'il n'a jamais goûté au mien. Je le fais moi-même. »

Mr Somerset a dit : « Oui, oui, on le sait. » Mr Somerset ne m'a jamais aimée. Il me parlait toujours d'un ton aigre et grincheux. « Si vous croyez que je ne vous entends pas faire marcher ce robot à fond, pile à l'heure de ma sieste, à la minute même où je pose la tête sur l'oreiller. »

J'ai fait mine de l'ignorer. J'ai tartiné du beurre de cacahuète sur une tranche de pain complet.

« À défaut d'autre chose, il a peut-être besoin de compagnie, j'ai répliqué.

— Peut-être préfère-t-il rester seul, a fait Miss Vinton.

— Ça, c'est à lui de me le dire, non ?

— Les gens sont parfois incapables de dire ce qu'ils ressentent, Olivia. J'imagine qu'il a peut-être envie de réfléchir à tout cela, et quand il aura faim, il descendra et... »

Je connais les gens de son espèce. De vrais modèles de vertu qui prétendent toujours ne pas vouloir déranger, préférer laisser les gens tranquilles. Évidemment, ce n'est qu'un prétexte. Garder ses distances n'est jamais qu'une solution de facilité. Moi, je suis persuadée qu'il faut foncer droit devant. J'ai collé le sandwich sur un plateau, ajouté une orange (pleine de colorants artificiels, mais que voulez-vous ?) et je suis montée ni une ni deux chez Jeremy. Toc toc. « C'est moi, Olivia. Vous avez faim ? »

Pas de réponse. Je suis tout de même entrée. Il était encore en train de fumer une cigarette. « Tenez. » J'ai posé le plateau et je me suis approchée d'une sculpture inachevée. « Ça me plaît bien », je lui ai dit. J'ai feint de ne pas prêter attention à son air égaré. J'ai fait semblant de croire qu'il continuait à y travailler comme si de rien n'était, ce qu'il aurait dû faire, si vous voulez mon avis. « Elle a une belle ligne. » Pour être honnête, je n'avais pas la moindre idée du style de commentaire qu'il fallait faire, mais j'allais apprendre. J'ai le plus grand respect pour les artistes.

« Quand est-ce que vous avez l'intention de la finir ?

— Je ne la finirai jamais, je crois, m'a répondu Jeremy.

— N'importe quoi. »

Il a porté sa cigarette aux lèvres. On voyait bien qu'il n'avait pas l'habitude de fumer. Le filtre touchait à peine ses lèvres et il aspirait à toutes petites bouffées puis soufflait la fumée sans l'inhaler. Le paquet posé sur ses genoux s'appelait True — c'était donc celles de Miss Vinton. Une marque ringarde. « Écoutez, ça vous dérange si je reste un moment avec vous pour voir comment vous travaillez ? »

Il a délaissé sa fumée pour me dévisager. Il était bouche bée, les yeux écarquillés. Je ne m'attendais pas à ce qu'il me prête soudain une telle attention. Je me suis lissé les cheveux en arrière et j'ai ajouté : « Mais bien sûr, si ça vous empêche de vous concentrer... »

Mais subitement, il s'est levé, ou plutôt il a bondi, comme tiré par des ficelles, il s'est mis le bout des doigts sur les lèvres et il est resté là, à se balancer. Un instant plus tard, il s'est retourné pour se ruer dans la salle de bains et je l'ai entendu vomir. J'ai eu l'impression que cela n'en finissait pas. Je me suis assise sur le divan et j'ai enroulé une mèche de cheveux autour de mon doigt en attendant qu'il revienne. Je n'étais pas pressée de partir. J'avais tout mon temps.

Un jour, l'hiver dernier, j'ai aperçu Mary qui ramenait les enfants de l'école, en revenant de mon travail. Elle était à proximité d'un angle de rue très animé, où d'habitude il y a quelqu'un pour faire traverser les enfants. Mais là, pour une raison ou pour une autre, il n'y avait personne. Une troupe d'écoliers piétinaient sur le trottoir, l'air terrorisé. Au moment où j'ai jeté un coup d'œil, Mary venait juste de les rejoindre. Elle avait le bébé dans les bras et tenait Edward par la main, les petites filles en cercle autour d'elle. Puis le feu est passé au rouge. Dès qu'elle est descendue du trottoir, des petites mains venues de partout se sont tendues ; des enfants d'inconnus se sont suspendus au bas de sa jupe, au bord de sa manche ou au coin de son sac, et même à une des bottes du bébé qui se balançait ; ceux qui ne pouvaient pas l'atteindre se sont accrochés au manteau d'un autre enfant qui, lui, avait eu plus de chance, et elle s'est avancée d'un pas majestueux, son beau visage blanc dressé bien au-dessus de leurs têtes, à l'affût des chauffards, des voyous à vélo et de tous les autres dangers qui pouvaient se présenter. Cela doit faire un drôle d'effet d'être si sûre de son rôle, de savoir clairement où est sa place. J'attendais depuis longtemps de comprendre quel était mon rôle. J'errais de ville en ville comme si l'objet de ma quête était matériel. La nuit, je faisais des rêves inquiétants. Des voix surgissaient de nulle part, s'évanouissaient, suggéraient des solutions, des promesses, des réponses, mais au réveil, j'étais incapable de me souvenir de ce qu'elles avaient dit. Tous les matins, j'apportais à Jeremy un fruit et des céréales pour le petit déjeuner, à midi, un sandwich et un autre pour le dîner, et même s'il n'avait pas l'air de remarquer ma présence, je restais à attendre, en espérant trouver ma définition.

Un jour, en entrant avec un bol de muesli et une pomme, je l'ai trouvé en train de clouer des planches pour faire une espèce de caisse. Il travaillait très lentement, et non sur la statue qu'il avait commencée. Cela m'a un peu surprise. Mary m'avait dit qu'il finissait toujours tout ce qu'il avait mis en œuvre, même s'il n'était pas content de ce que cela donnait. Il avait l'air de penser qu'il en allait de ses pièces comme des olives dans un bocal, il n'avait pas d'autre choix que de sortir la première pour arriver à la suivante. Je ne sais pas, peut-être n'était-ce qu'un morceau d'olive depuis le début. J'ai posé son petit déjeuner et il m'a dit :

« Je suis à vous dans un instant.

— Ah bon ?

— Prenez vos affaires. Où sont vos affaires ?

— Quelles affaires ? »

Il s'est redressé pour me dévisager. « Vous n'êtes pas venue pour un cours ? »

Je ne savais pas quoi penser. À ma connaissance, il ne donnait pas même de cours. Je me suis demandé s'il perdait l'esprit. « Attendez, moi c'est Olivia, vous me reconnaissez ? »

Il est devenu tout cramoisi et il s'est mis à tripoter son marteau.

« Oh, je suis... je suis vraiment navré.

— Vous en faites pas.

— J'ai dû... Vous avez un peu une allure d'étudiante, voyez-vous.

— Eh bien, non, je ne suis pas étudiante. Pas du tout. »

Puis il a dit : « Personne ne peut être réduit à sa seule apparence. »

C'était la première chose concrète qu'il m'ait jamais dite. Bon, d'accord, ce n'était pas grand-chose. Mais c'était un début.

Il m'a donné une liste de matériel à lui acheter dans un magasin de fournitures pour artistes. Je n'avais jamais été dans un endroit aussi fabuleux, cela m'a sidérée. C'était tout petit, très intime, et ça sentait bon la colle, le bois et la toile. Le vieux vendeur m'arrivait à la taille. Il m'a dit :

« Oui ? Je peux vous aider ?

— Il me faudrait une demi-douzaine de bombes de colle, deux tubes de soudure liquide et cinq livres d'éclats de verre coloré. »

Je lui ai lu ma liste. Je n'avais pas la moindre idée de ce que j'achetais, mais de toute évidence, le vieux monsieur comprenait de quoi il s'agissait. Il ne cessait de courir dans tous les sens avant de revenir poser divers objets sur le comptoir.

« C'est pour un ami artiste, je lui ai dit.

— Oui.

— Vous le connaissez peut-être, Jeremy Pauling, la galerie O'Donnell lui a consacré une exposition.

— Pauling, oui », a-t-il dit.

Il a commencé à écrire au crayon une colonne de chiffres sur une feuille de papier kraft.

« Nous voyons souvent sa femme, a-t-il ajouté.

— Ah oui ?

— Je mets tout cela sur son compte ?

— Son compte ? »

Il s'est interrompu dans son addition pour lever les yeux vers moi.

« D'accord », je lui ai répondu.

Je ne sais pas pourquoi j'étais si étonnée. Sears Roebuck avaient leurs limites ; elle était obligée d'aller lui faire des courses de temps à autre. Mais cela m'a un peu gâché ma bonne humeur. Surtout quand le vendeur m'a donné mon paquet en disant : « J'espère que Mrs Pauling n'est pas malade. C'est une femme tellement charmante. »

Évidemment, ce n'était jamais qu'un vendeur. Il faut toujours que ces gens-là vous fassent des compliments.

Le temps de rentrer à la maison, je me sentais mieux. J'ai monté les marches en faisant mine de jouer dans un film. Peut-être un jour ferait-on un film, dans cette maison. Une actrice de Hollywood jouant mon rôle rapporterait des fournitures à un acteur jouant le rôle de Jeremy. Un Toulouse-Lautrec américain. Quel thème musical choisiraient-ils ? J'ai inventé une mélodie que j'ai fredonnée en montant. Je n'étais qu'un personnage secondaire, mais primordial, une influence majeure, et dans la dernière scène, on me verrait lui soutenir la tête à l'heure de sa mort. Une évolution radicale de son œuvre remonterait à l'époque de notre rencontre. J'ai essayé d'imaginer de quelle transformation il pourrait s'agir. Sitôt entrée dans l'atelier, je me suis tournée vers sa nouvelle pièce, mais à vrai dire, je n'ai guère vu de différence avec tout ce qu'il avait pu faire par le passé. Complexe. Touffue. Comme ces poèmes qui sont tellement fatigants à lire qu'on les laisse tomber au bout des deux premiers vers, même si on se doute qu'ils sont très bons. Il avait mis debout sa structure en forme de caisse et y avait ajouté des planches horizontales et verticales, comme s'il construisait un meuble avec plein de petites cases de toutes les tailles, qu'il était en train de peindre chacune d'une couleur différente. Tiens. Toujours dans mon film, je lui ai posé une main sur l'épaule et je lui ai dit : « Je crois que cette fois, vous tenez le bon bout. » Il s'est esquivé et m'a regardée en clignant des yeux. « Enfin, je lui ai dit. Voilà ce que vous m'aviez demandé. »

Quand il a passé en revue les fournitures, il savait exactement ce qu'il faisait. Pour la première fois, il semblait parfaitement sûr de lui. Il a mis une plaque de verre bleu à la lumière et l'a inspectée d'un bref coup d'œil avant de la ranger dans une espèce de râtelier sous un plan de travail ; il a agité une bombe de colle près de son oreille ; il a actionné un stylobille à dix couleurs que j'avais piqué sur un coup de tête dans un présentoir, en sortant du magasin. J'ai bien aimé sa manière de le tenir à deux mains, comme s'il en comprenait mieux les secrets que quiconque. Il me faisait craquer. « Cadeau de la maison », je lui ai dit. Il m'a lancé un regard. « C'est un cadeau, c'est moi qui vous l'offre. » Il a reposé le stylo sur une table. Peut-être n'appréciait-il pas les cadeaux. Il s'est essuyé les mains sur son pantalon et il est resté là une minute à considérer le stylo en fronçant les sourcils, puis il s'est retourné pour reprendre son pinceau. Ce n'est pas avec ça qu'on allait faire un chef-d'œuvre du cinéma. On pourrait en tirer un film muet sans rater grand-chose.

« Dites-moi, Jeremy, vous n'allez jamais dans les bars ou les cafés, ou ailleurs ?

— Quoi ? Oh non.

— Moi, je crois que vous devriez fréquenter ce genre d'endroits. »

Il a achevé de peindre une case grise. Il a changé de pinceau et s'est attaqué à une autre, jaune cette fois. Couvrant chaque petite fissure, fourrageant inlassablement du bout de son pinceau une cavité laissée par un nœud dans un bruit de frottement soyeux, patient, têtu, jusqu'à ce qu'elle soit remplie.

« Dites, où sont ces artistes heureux, complètement fous, dont on entend toujours parler ? Ça ne vous arrive jamais d'aller boire ? Vous n'avez pas des amis artistes ? Vous ne sortez jamais en bande pour aller danser ou vous saouler ou chanter des chansons ? »

Il a levé sur moi un regard si pâle et si vide que j'ai bien cru qu'il allait replonger dans une de ses crises de fixité, mais il m'a étonnée.

« Je crois que le dernier artiste heureux était un homme des cavernes qui se précipitait au retour de la chasse pour peindre en un clin d'œil ce qu'il venait de voir sur la paroi de sa grotte.

— Hmm, mais qu'est-ce que vous faites de...

— Ou peut-être pas, a repris Jeremy. Déjà, en ce temps-là. Peut-être n'avait-il pas le droit de chasser parce qu'il était estropié, et qu'il restait chez lui avec les femmes et les enfants en peignant pour se consoler.

— Et qu'en savez-vous ? Comment pouvez-vous être sûr que l'homme des cavernes ne restait pas chez lui parce que la peinture exigeait de lui une telle énergie qu'il ne pouvait pas chasser ? »

Ce n'est pas pour rien que je lui posais cette question. Parfois, j'avais l'impression qu'au réveil, Jeremy était un homme comme les autres, et qu'il dépérissait à mesure qu'il travaillait, comme si l'art l'effaçait. Comme si chacune de ses pièces n'était qu'une couche de plus grattée à même sa peau à vif. Mais s'il m'avait entendue, il ne m'avait pas prise au sérieux. Il suivait le fil de sa pensée.

« Cela m'arrive souvent de rêver que je suis un homme des cavernes, a-t-il dit.

— Non, c'est vrai ? »

J'adore parler des rêves.

« Cela se passe toujours avant que les hommes aient appris à maîtriser le feu, vous comprenez. Ils l'observaient, évidemment, mais seulement quand la foudre frappait et que les forêts s'embrasaient et se consumaient. Dans mes rêves, je passe mon temps à scruter la cime des arbres en espérant avoir la chance, une fois dans ma vie, de voir quelque chose s'embraser sous mes yeux.

— C'est peut-être un message, je lui ai dit.

— Pardon ?

— Un message surnaturel.

— Ah. Peut-être.

— Vous ne trouvez pas ça fabuleux de parler comme ça, Jeremy ? Avant, ça ne vous arrivait jamais. Je commençais à me poser des questions sur votre compte. On est vraiment fait pour s'entendre, hein ?

— Quoi ? Ah. Sans doute, oui. »

Sur ce, il a reposé le pinceau jaune pour en prendre un autre, ivoire, et quand il a levé les yeux, quelques instants plus tard, il avait les traits si amorphes, le regard si transparent, que j'aurais aussi bien pu être ailleurs.

Je suis allée à la galerie O'Donnell en quête d'indices sur Jeremy. Bien qu'on soit au mois de juillet, j'étais en trench-coat blanc, les deux bouts de la ceinture enfoncés dans les poches pour avoir l'impression de mieux maîtriser la situation, et une fois entrée, je n'ai pas même ôté mes lunettes de soleil. Les galeries ont tendance à me faire perdre pied. J'ai dit ça à Mary, le jour où elle m'a proposé d'aller voir l'exposition de Jeremy, et ça l'a fait rire. Pour elle, c'était juste une façon de parler. Mary ne perd jamais pied. Je crois qu'elle n'en est pas capable.

L'exposition de Jeremy était finie et je regrettais de l'avoir ratée, mais il y avait encore un grand nombre de ses pièces dans la galerie. Toutes éclairées sur fond de mur blanc. Présentées ainsi, elles n'avaient pas l'air d'avoir été faites de main d'homme. J'ai vu des collages, quelques-unes de ses premières statues, une autre plus récente en plein milieu de la salle. J'ai commencé par cette dernière. J'espérais qu'une étincelle se produirait en moi, mais rien. Qu'est-ce que j'étais censée en penser ? Un homme poussant une brouette, entortillé dans des cordes, des poulies, des chaînes et des poids. Il était essentiellement en plâtre, mais en regardant plus attentivement, on pouvait y trouver tous les matériaux possibles et imaginables. On avait l'impression que Jeremy l'avait réalisée à la volée, comme saisi de frénésie. Des fragments peints disparaissaient soudain pour laisser place à des sculptures, des sculptures à des découpages, et sur le torse de l'homme, j'ai trouvé un bout de phrase gravé à la hâte à l'aide d'une pointe — « une lourde tasse de... » — dont il avait tronqué les derniers mots faute de place, comme si, pris d'une soudaine impatience, il avait jeté son couteau et attrapé ce qui lui passait sous la main, une feuille de toile à sac ou un flacon de colle, ou encore une bobine de fil métallique. Je n'y comprenais rien. J'ai fini par reculer, et sans m'arrêter devant les petites pièces, je suis passée aux collages. J'ai ôté les lunettes de soleil, mais cela n'a rien changé. Et puis, je commençais à avoir la nuque raide. Ça m'arrive à chaque fois que je me sens frustrée. Du coup, j'ai déclaré forfait, mais j'avais une dernière petite chose à faire avant de partir. Je suis allée voir le propriétaire, qui était assis à un petit bureau tout au fond de la galerie. Il feuilletait une liasse de papiers fixée à une planchette. Un barbu, plutôt bel homme. « Bonjour. »

Il a lissé ses papiers du plat de la main et a levé les yeux. « Tiens, bonjour, m'a-t-il répondu.

— Je vois que vous avez des pièces de, comment s'appelle-t-il déjà, Paul ? Pauling ? Je n'achète rien pour l'instant, mais j'espère sincèrement que vous êtes conscient de sa valeur. C'est ce que vous avez de mieux, ici. Comment se fait-il que vous le vendiez à des prix aussi dérisoires ?

— Vous êtes bien Olivia, non ?

— Hein ?

— Je vous ai aperçue dans la cuisine de Mary, un jour où j'étais passé prendre une pièce. Je suis ravi de vous voir. Je suis Brian O'Donnell.

— Oh. »

J'ai remis mes lunettes.

« Enfin. Désolée. Je me suis dit que j'allais lui faire un peu de pub au passage.

— Bonne idée. Comment va-t-il ?

— Très bien.

— Je l'ai vu la semaine dernière, mais il m'a dit qu'il n'avait aucune pièce de prête.

— Non, mais ça va venir, je lui ai répondu. Mais je vous assure, il va en avoir des quantités, d'ici très peu de temps. Très différentes du reste. C'est une métamorphose. Vous savez que sa femme l'a quitté.

— Oui.

— Maintenant, je suis avec lui.

— Ah oui ? »

J'ai sorti ma ceinture de mes poches et je l'ai bouclée. Je lui ai tendu la main en disant : « Ravie de vous avoir vu. » Il s'est levé et s'est penché par-dessus son bureau. La planchette avait imprimé des petits trous sur sa paume. Quand j'ai voulu retirer ma main, il l'a retenue entre la sienne.

« Vous êtes avec Jeremy ?

— Mais oui.

— Vous... Êtes-vous... ?

— Il faudra que vous veniez nous voir un de ces jours.

— Bien sûr.

— Enfin, peut-être pas tout de suite. Il a encore quelques petites choses à finir. À bientôt.

— Promis », a dit Mr O'Donnell.

J'ai jeté mon sac à l'épaule et je suis partie. Je l'ai senti qui me suivait du regard. Dehors, il faisait plus de trente degrés, mais j'étais tout de même soulagée d'avoir mis mon trench-coat.

Je ne suis pas aussi désorganisée que j'en ai l'air. Je repère les archétypes, je sais tirer des conclusions aussi bien que n'importe qui. Et il ne m'avait pas fallu longtemps pour comprendre que si je continuais à être le lien de Jeremy avec le monde extérieur, si je lui achetais sa colle et lui préparais son petit déjeuner, j'allais me transformer en une nouvelle Mary. Ça vient toujours petit à petit. Il fallait à tout prix que je réussisse à me glisser à l'intérieur. Le rejoindre dans sa petite cage de verre, où on observait le monde du dehors, tous les deux seuls. Mary ne l'avait jamais fait, mais moi, j'y parviendrais. Bon, d'accord, je sais bien qu'il n'était plus tout jeune. La première fois que je l'avais vu, j'avais trouvé qu'il avait une allure de vieux, et bizarre avec ça. En lui serrant la main, j'avais eu l'impression d'avoir de la pâte tiède entre les doigts. Mais c'était avant que je le découvre sous son vrai jour. Il m'est apparu clairement dès que Mary l'a quitté. Je me suis sentie gagnée par une attirance, je ne sais pas, une espèce de fascination pour cette situation, cet artiste tout seul à deux étages du sol, cette femme capable de briser un homme en se retirant tout simplement de son univers. Mais elle était tout son univers ! Pourquoi pas moi ? Seulement, moi je serais plus proche de lui, plus compréhensive. Comment pénétrer un tel homme ? Où se trouve le bouton secret ?

Je lui ai dit : « Ça avance bien votre bidule, Jeremy. » Tout ce que je voyais, pourtant, c'est qu'il avait fini de peindre ses cases et commençait à y fourrer tout un bric-à-brac.

« C'est très..., c'est quelque chose, je lui ai dit.

— Mais est-elle unique ? »

Ce n'était pas la première fois qu'il me demandait cela.

« Diriez-vous qu'elle est unique ?

— Mais bien sûr.

— Est-ce que... vous n'y voyez personne d'autre ?

— Hein ?

— Mary, par exemple.

— Mary ? »

Jusqu'à présent, il n'avait ajouté qu'une sonnette de vélo, un carré de papier peint à fleurs et un bouton en bois.

« Je n'arrive pas à me défaire du sentiment que Mary donne une couleur particulière à tout ce que je crée. »

Mais la couleur que j'avais devant les yeux était tout ce qu'il y a de plus réelle, une plaque de verre bleu qu'il coupait à l'aide d'un petit outil ressemblant à une roulette de pâtissier. J'ai eu envie de rire. Puis je me suis sentie déprimée. Quand donc allais-je comprendre le sens de son travail ? Je pensais que ça me viendrait d'un coup — qu'un beau jour, je franchirais la porte de son atelier et saisirais où il voulait en venir. Mais j'attendais toujours que cela se produise.

« Comme si je voyais à travers ses yeux, a-t-il poursuivi.

— Hein ?

— Mais bien sûr, ce n'est qu'une illusion. Je vois de mes propres yeux.

— Bien sûr.

— De mes propres yeux.

— Mais oui. Bon.

— Il n'y a personne d'autre dedans, pas la moindre parcelle de quiconque, il n'y a personne.

— D'accord, Jeremy. »

Je ne suis plus sortie. Je n'ai plus répondu au téléphone. J'ai laissé le courrier s'entasser sur le guéridon. À l'heure des repas, on descendait à la cuisine, Jeremy et moi, et on mangeait une pleine boîte de chocolats, ou de la saucisse de foie de Miss Vinton, ou rien, ça n'avait pas d'importance. Quand il travaillait, je restais allongée sur le divan de l'atelier en balançant un pied en l'air. Je contemplais la verrière. J'en connaissais la moindre fissure, la moindre feuille morte qui y était tombée. Cependant, il travaillait peu. Je pensais qu'il irait plus vite. Certains jours, il se contentait de gribouiller sur un coin de papier, passait des heures dans son fauteuil à se mâchonner les ongles, ou tournait inlassablement autour de sa sculpture sans même y jeter un seul regard. Si je parlais, il ne me répondait pas. Je n'ai plus même essayé. Je restais là, allongée, à regarder les feuilles mortes s'éparpiller au vent sur la verrière.

Les trois quarts du temps, on regardait la télévision dans la salle à manger. Évidemment, c'était bien la dernière chose que je m'attendais à faire, mais après tout, j'essayais de voir à travers ses yeux. Je me mettais à côté de lui et je gardais les yeux rivés sur le petit écran du matin au soir. Je ne savais pas qu'on pouvait se laisser à ce point absorber par la télévision. Dans les séries, la vie des gens était régie par un dessein tordu, sous-jacent, que notre ignorance nous empêchait de voir. Dans les débats, les gens échangeaient des propos avec une courtoisie extraordinaire, le visage calme et parfaitement lisse. Regardez-les attendre qu'un des autres participants ait fini de parler avant d'ouvrir la bouche ! Regardez-les choisir leur ton sans une seconde d'hésitation — après un ton grave, des accents enjoués, une question, une cascade de rires, une note de soudaine fermeté. Et le tout parfaitement orchestré. Comme ils étaient bien élevés ! Je me suis tournée vers Jeremy et j'ai ouvert la bouche. Je voulais voir si cela faisait le même effet lorsque je parlais, mais malheureusement je n'ai rien trouvé à dire. De toute façon, il ne m'aurait pas entendue.

L'après-midi, il y avait *Sesame Street*. Je craignais que cela ne lui rappelle ses enfants, mais apparemment non. Lui-même regardait l'émission comme un enfant. Quand les nombres fonçaient vers lui, il sursautait, puis il se détendait. Il espérait toujours que ce jour-là, tomberait un nombre élevé avec plein de chansons. Il riait à chaque fois qu'il y avait quelque chose de drôle en bondissant dans son fauteuil. C'est vrai que c'était plutôt comique. Il y avait une scène en particulier, où une petite marionnette se plaignait qu'il ne lui était rien arrivé d'autre de toute la journée qu'une écorchure au doigt. Or, il se trouvait qu'elle s'était écorché le doigt en courant parce qu'elle avait un chien à ses trousses, que le chien avait un lion à ses trousses qui avait été lâché par un petit singe quand un camion de pompiers avait heurté la cage du singe... Je ne me souviens pas de tous les détails de la scène, mais une chose est sûre, c'est que Jeremy en raffolait. Elle est bien repassée une vingtaine de fois, et à chaque fois, il s'avançait sur son siège pour scruter l'écran en hochant la tête, et à la fin, il poussait un soupir et baissait les yeux sur ses genoux.

Le soir, c'étaient les films d'aventures, beaucoup de poursuites et d'évasions. Jeremy regardait tout, sauf les films où il était question d'un innocent soupçonné à tort d'être coupable d'un crime quelconque. Dans ces cas-là, il disait : « Non, ce n'est pas bon. » Il n'aimait pas avoir à s'inquiéter pour quiconque. Il me demandait de trouver une comédie ou une émission médicale, où les seules morts étaient programmées. Pendant la coupure publicitaire, les pensionnaires plus âgés en profitaient pour aller se chercher une petite laine ou quelque chose à grignoter, mais avec Jeremy, on ne bougeait pas. On finit par se prendre au jeu. On admire la beauté des acteurs. On s'attache à la musique de fond. La drôle de petite danse du chewing-gum. La chanson de Coca-Cola où tout le monde a l'air de s'aimer.

À l'heure de se coucher, Jeremy s'en allait sans dire bonsoir à personne. J'aurais pu aussi bien ne pas être là. Il clignait des yeux, puis les frottait et s'éloignait d'un air désœuvré, puis quelques instants plus tard, j'entendais l'eau couler dans la salle de bains d'en bas. Puis j'allais me coucher moi aussi. Je dormais mal. Je passais des heures en chien de fusil à écouter la maison se plonger peu à peu dans le calme et le silence comme si elle se repliait, se recroquevillait pour se protéger du monde extérieur. Quand je dormais, il m'arrivait de me réveiller en sursaut à trois ou quatre heures du matin. Je me redressais dans mon lit, en nage, la gorge sèche. On était en septembre et parfois, la nuit, la moiteur devenait étouffante. Les radiateurs qui se réchauffaient dégageaient une odeur aigre de poussière. La maison ressemblait à une petite vieille, entrechoquant ses os, toussant, soufflant une haleine fétide.

Certains artistes ont des périodes blcues et des périodes roses, Jeremy non. Il évoluait en épaisseur, non en couleur. Une période plate, une période à relief. Une période à trois dimensions. Qu'est-ce qui vient après la troisième dimension ? La quatrième dimension.

« Vous êtes en train de faire une machine à explorer le temps, je lui ai dit.

— Hmm ?

— C'est ce qui explique tous ces trucs bizarres que vous mettez dedans.

— Bizarres ? Je ne vois pas ce qui vous fait dire cela. »

Mais il a continué, collant une banane en plastique du mini-étal de fruits et légumes de Pippi, dans la dernière case, en bas à droite. Puis une cuillère de bébé avec un manche recourbé. Pauvre Rachel. Les objets, pour la plupart métalliques, étaient fourrés en vrac dans les cases. L'ensemble avait le côté bricolé d'une maquette de quelque inventeur fou. Rien d'étonnant à ce que j'aie pensé à une machine à explorer le temps.

« Le temps est forcément l'explication de tout, je lui ai dit. Les boucles temporelles. Ces petits nœuds de temps qui se retrouvent arrachés du principal cordon. Tenez, vous, par exemple. » À ces mots, il a levé les yeux.

« Vous savez pourquoi vous faites vos pièces ? Parce que vous êtes pris dans une boucle temporelle.

— Ah oui ?

— Vous êtes coupé du principal cordon. C'est ce qui vous permet d'y voir plus clair ; vous avez davantage de distance. Peut-être que cette statue est une espèce d'observation, du genre de celles que notent les archéologues sur les chantiers de fouilles. Vous n'êtes qu'un visiteur. Mais en êtes-vous seulement conscient ? »

Je ne m'attendais pas à ce qu'il me prenne au mot, et pourtant c'est ce qu'il a fait. Enfin, au mot, c'est beaucoup dire.

« Je me dis souvent que si, par un miracle quelconque, je remontais dans le temps, je serais incapable de montrer à quiconque comment on fabrique une radio.

— Mais pourquoi voudriez-vous faire une chose pareille ?

— Ce que je veux dire, c'est que le XX^e^ siècle m'a échappé, voyez-vous.

— Évidemment. Ce n'est pas votre temps.

— Je le regrette, a soupiré Jeremy.

— Mais non, Jeremy ! Ne comprenez-vous pas ce que je dis ? Si vous n'étiez pas dans une boucle temporelle, vous ne pourriez jamais faire des pièces telles que les vôtres.

— Je regrette tout de même. »

Puis il s'est assis par terre et a entrepris de peler la colle sèche sur ses doigts, comme un chirurgien qui enlève ses gants en latex. D'habitude, cela signifiait qu'il avait fini sa journée de travail. Elle était répartie de manière si étrange — trois heures à tourner inlassablement autour de sa statue en lui jetant de petits regards timides de temps à autre, puis dix minutes de travail, et soudain, il s'avachissait par terre, hébété. Je me suis laissée glisser du divan pour m'accroupir face à lui.

« Et les fantômes. Je viens juste de comprendre ce que sont les fantômes. Vous le savez ?

— Non.

— Ce sont des gens d'autrefois, nos ancêtres, qui sont venus nous rendre visite dans une machine à explorer le temps. Mais bien sûr ! Peut-être qu'ils sont là par hasard. Peut-être qu'ils ne savent même pas ce qui leur est arrivé. Ils se sont égarés. "Mon Dieu ! ils s'écrient. Mais que se passe-t-il ? Comment suis-je arrivé là ?" Puis ils retournent dans leur boucle temporelle et essaient une autre époque. C'est ce qui explique qu'ils n'arrêtent pas de se volatiliser comme ça. Je parie que vous avez hanté beaucoup de lieux, Jeremy.

— J'ai si faim.

— Les Martiens, prenez les Martiens. Comment se fait-il que nous soyons persuadés qu'ils viennent d'une autre planète ? Ils viennent de notre planète, Jeremy, vingt siècles dans le futur. Ils portent des casques pour se protéger de notre atmosphère périmée et ils n'ont pas tout à fait l'air comme nous à cause de l'évolution. Nos descendants, venus faire une petite recherche historique.

— Qui sait, a dit Jeremy. Vous avez peut-être raison. »

Il a rassemblé en tas les pelures de colle étalées par terre.

« Dites, vous savez faire les gaufres ?

— Non. »

Je lui ai pris son tas de pelures de colle et je les ai roulées en boule dans ma main. J'avais tant de choses à lui dire, ce n'était pas souvent qu'il m'autorisait ainsi à lui parler face à face.

« Ça vous est déjà arrivé que quelque chose se volatilise, comme ça, sans explication ? Et sans que jamais vous puissiez le retrouver ?

— Oh oui.

— C'est peut-être vos descendants qui vous l'ont pris.

— Ah bon ?

— Les Martiens, enfin les prétendus Martiens. Peut-être qu'ils ne peuvent pas s'empêcher de chaparder. Un jour, vous voyez, certaines de vos affaires seront d'inestimables antiquités, et bien sûr, les Martiens savent exactement lesquelles. Vous savez ce qu'on devrait faire quand on s'aperçoit que quelque chose a disparu ? En acheter une vingtaine de plus. Ça serait une sorte d'investissement. Tenez, là, j'ai perdu ma ceinture à franges. Peut-être qu'au XXXX$^{e}$ siècle, ils ne portent même plus de ceintures. Je l'ai cherchée partout. Vous ne croyez pas que je devrais en acheter tout un stock et les mettre de côté ?

— J'ai si faim, Olivia, m'a dit Jeremy. Pas vous ?

— Oui, mais attendez, j'ai un truc à vous demander.

— Je crois que nous n'avons pas pris de petit déjeuner.

— Écoutez. Qu'est-ce que vous êtes, Jeremy ? Un descendant ou un ancêtre ? Vous le savez ?

— Quoi ?

— Est-ce que vous savez à quelle époque vous appartenez ? Hein ? Réfléchissez un peu. Je veux le savoir. »

Mais Jeremy s'est contenté de dire : « J'aimerais que vous appreniez à faire des gaufres. »

Puis j'ai claqué ma main sur la sienne, qui était posée sur son genou, et il a eu un mouvement de recul. Mais au lieu d'ôter sa main, il l'a laissée là, et au bout d'une longue minute d'immobilité, il m'a dit d'une voix lointaine: «Vous êtes si fraîche.»

J'ai cru qu'il faisait allusion à ma jeunesse.

Il a retiré doucement sa main. Toujours penché en arrière, il a tendu le bras pour toucher une mèche de mes cheveux du bout du doigt. «Vous êtes si froide», m'a-t-il dit.

Alors, j'ai compris. Cette fois, j'avais l'impression de l'avoir vraiment compris.

«Je suis toujours froide, je lui ai dit. Je ne suis jamais chaude. Mary était chaude.

— Vous non.»

Nous sommes restés là à nous regarder, sans l'ombre d'un sourire.

Il m'aimait dans des nuances de glace, des bleus, des gris pâle et des blancs, des textures lisses, de préférence brillantes. Il ne me l'a jamais dit, mais je le savais. Il n'avait plus besoin de dire quoi que ce soit. Il nous arrivait de passer des journées entières sans nous adresser la parole, sans échanger un seul regard, ni même nous effleurer par accident. Nous nous déplacions côte à côte, pas à pas. Nous restions dans la salle à manger, assis sur nos deux chaises vertes jumelles, poussiéreuses, à observer des mères de famille qui gagnaient des appareils électroménagers. Quand elles gagnaient, elles se mettaient à hurler, se jetaient au cou de l'animateur et lui prenaient le visage à deux mains pour lui plaquer un baiser sur la bouche. «Avant, je gagnais plein de choses», disait Jeremy. Une femme en talons aiguilles se mettait à sautiller et se tordait la cheville. Avec Jeremy, nous l'observions d'un œil impassible comme deux poissons rouges dans leur aquarium.

Je me suis aperçue que les autres passaient leur temps à courir et que les neuf dixièmes de ce qu'ils faisaient étaient à refaire le lendemain. Ménage, toilette, conversation. J'y ai beaucoup réfléchi, mais je n'en ai pas parlé à Jeremy. C'était inutile. Il m'avait en partie inspiré l'idée, par osmose. J'avais déduit la suite par moi-même et la lui avais communiquée en silence. Il a cessé de se raser. Sa barbe a poussé d'un centimètre, et puis elle s'est arrêtée. Que de temps perdu, toutes ces années. S'il avait su ! Nous ne sommes plus montés. Son atelier a disparu, tout comme ma chambre. Prenons l'escalier, nous nous disions en silence, quel parfait exemple d'absurdité. Il monte et il descend, les deux. Si on monte, il faut descendre. On défait tout et on recommence. Après l'hymne national, on s'endormait sur nos chaises, ou dans le salon, ou encore dans la chambre d'en bas, côte à côte sur le couvre-lit. Je le suivais partout, sans lui demander quoi que ce soit, en négatif de Mary, tous deux fondus dans une même flaque d'ombre glacée. Je lui ai appris à dormir tard. En me trouvant à ses côtés, au réveil, il tentait de se lever. Ne bougez pas, je lui disais, et il se rallongeait pour contempler avec moi le plafond blanc qui nous écrasait, tandis que midi approchait, déferlait sur nous et refluait dans un roulement lointain. J'étais devenue une artiste, moi aussi. Je colorais en pensée le plafond de ces éclairs déchiquetés qui surgissent quand on plisse les yeux très fort. Jeremy également. On s'y mettait à deux. Aucun lien ne nous raccrochait au monde extérieur. « Pour l'amour du ciel ! s'écriait Mr Somerset en venant traîner ses pantoufles jusqu'au seuil de la chambre. Regardez-moi ça ! Mais qu'est-ce que vous fabriquez, tous les deux ? » Je ne répondais pas. Jeremy n'entendait pas. Jeremy était déjà loin devant, inaccessible presque, mais je faisais tout mon possible pour le rattraper.

Je ne voulais pas manger, mais Jeremy, si. Il engloutissait toutes les provisions de Miss Vinton :

une miche de pain, un grand pot de mayonnaise, un paquet de saucisses de Francfort. À le regarder manger, j'avais l'impression d'être gavée. Je voyais mes doigts devenir noueux et je flottais dans mon jean, mais je me sentais si grosse. Il arrêtait de mâcher pour me jeter un coup d'œil. Je fermais les yeux. Il se remettait à manger.

Un jour, il m'a dit :

« Ma mère est morte, et mes deux sœurs aussi.

— Oh…

— Et puis mon père.

— Votre père.

— Et maintenant elle. Ils m'ont tous quitté.

— Moi, je ne vous ai pas quitté.

— Tous ceux de l'extérieur m'ont quitté. »

C'est ainsi qu'il m'a fait comprendre ce que je représentais pour lui.

J'étais allongée sur le lit à écouter les pigeons qui arrachaient le lierre de la façade. Ce devait être l'automne. Le lierre était couvert de baies. Jeremy dormait à côté de moi, il dormait depuis des heures et je faisais le guet. Puis, Miss Vinton est arrivée. Elle était en bleu marine. Une couleur si dure. Elle est restée sur le seuil une minute, puis elle est entrée dans la chambre et s'est penchée au-dessus de moi. Elle m'a prise par le menton et forcée à tourner le visage vers elle. « Olivia », elle m'a dit.

Je me suis contentée de la regarder.

« Olivia, est-ce que vous m'entendez ? »

À présent, Jeremy soupirait en marmonnant. Il rêvait de chevaux, de hordes de chevaux sauvages couleur de terre.

« Je veux que vous m'écoutiez, Olivia. Il faut vous ressaisir. Vous m'entendez ? »

Plus on vieillit, plus on censure ce qui vous vient

à l'esprit. D'énormes blancs viennent remplacer les passages que l'on a coupés. On se transforme en Miss Vinton ou en Mr Somerset ; on se met à parler très lentement, en traversant ces grands espaces vides. « Je veux... que vous alliez... vous regarder dans le miroir... Olivia. »

J'ai continué à l'observer.

« Répondez-moi. »

Sa main me serrait le menton en étau, comme quand les adultes veulent vous soutirer un aveu. « Qu'est-ce que vous voulez que je vous dise ? », je lui ai demandé d'un ton monocorde, pour lui montrer qu'elle ne me faisait pas peur. Elle a un peu relâché son étreinte.

« C'est à vous que je m'adresse, parce que vous me semblez plus lucide que lui. Vous devez vous rendre compte du mal que vous vous faites. Vous êtes-vous lavée dernièrement ? Regardez vos cheveux, vos magnifiques cheveux longs. Vous n'avez plus que la peau sur les os, vous avez l'air malade. Il y a quelque chose de bizarre dans vos yeux. Qu'est-ce que vous avez sur le dos ? »

Si seulement il pouvait y avoir des coupures publicitaires dans la vie.

« Je ne supporte pas de vous voir vous faire du mal, Olivia. Et vous ne faites qu'aggraver l'état de Jeremy, vous le savez, n'est-ce pas ? »

Mensonge. Voyez comme je suis fidèle, avais-je envie de lui dire, quand tous les autres l'ont abandonné ? Seule, parmi les disciples, à être demeurée dans l'église. Moi, aggraver son état ?

« Je crois que vous perdez l'esprit, Olivia. »

De nouveau, l'étau sur mon menton.

« Sans doute, oui. Mais ce n'est pas irréversible, je peux rebondir.

— Alors, allez-y, rebondissez.

— Vous ne me croyez pas.

— Mais si, je vous crois. C'est bien pour cela que je vous dis de le faire.

— Je n'en vois pas l'utilité », je lui ai dit, puis j'ai dégagé ma main et je me suis détournée d'elle.

« Et Jeremy, alors ? Olivia ?

— Quoi ?

— Il n'a pas travaillé depuis des semaines. Vous l'avez laissé partir à la dérive. Cela vous est égal ? »

Je n'ai rien répondu.

« Olivia ? »

Elle est repartie. Je l'ai entendue entrer dans la cuisine en claquant des talons, soupirer et ressortir de même.

Quand Jeremy s'est réveillé, je lui ai demandé : « Pourquoi vous ne travaillez pas ?

— Travailler.

— Ce n'est pas de ma faute, si vous avez arrêté. »

Quelque chose l'a forcé à lever les yeux, le ton de ma voix, peut-être. Je me sentais si humiliée. Je ne comprenais pas ce qui avait pu se passer.

« La pièce est achevée, m'a-t-il dit.

— Oh, en ce cas. »

Il ne m'a pas dit quand il comptait s'attaquer à la suivante.

Ce devait être un jour de semaine. Miss Vinton était sortie et il n'y avait pas de trace de Mr Somerset. Le chat roulé en boule sur l'égouttoir de la cuisine ouvrait par intermittence un œil vert éteint. J'avais la nausée. « Je ne veux pas prendre de petit déjeuner, j'ai annoncé à Jeremy Allons jeter un coup d'œil à votre pièce. »

Maniaque, il terminait les petites croûtes de toast que Miss Vinton avait laissées dans son bol à céréales.

« Une autre fois, m'a-t-il dit.

— Je veux la voir maintenant.

— Olivia ?

— J'ai dit maintenant. »

Nous avons monté l'escalier. J'ai eu l'impression de retourner dans une maison d'enfance — tout était plus petit, plus miteux que dans mon souvenir. Dans le couloir du premier, un panier à linge débordait de vêtements sales, et l'appui de la fenêtre s'ornait d'un vase contenant une unique fleur frêle, totalement desséchée. La porte de ma chambre, fermée, faisait peine à voir. Nous avons continué à gravir les marches. J'étais hors d'haleine et un voile noir ne cessait de me plonger dans l'obscurité. Une fois dans l'atelier, je lui ai lancé : « Voyons voir un peu », mais Jeremy est allé tout droit à son fauteuil. Il a fallu que je regarde la pièce toute seule.

Imaginez une caisse à bouteilles en bois, mais en un peu plus grand, posée debout. Une série de casiers et dans chaque casier, un assortiment de divers objets. Un peu comme cette réclame où l'on voit une maison coupée en deux. Je crois bien que c'était pour une compagnie de téléphone. Ah oui, Bell Telephone, pour montrer l'avantage d'avoir une ligne dans chaque pièce. À moins que ce ne soit pour un autre service. Un chauffage électrique sans flamme. J'aurais dû me souvenir, pourtant. Elle m'avait suffisamment fascinée quand j'étais petite. Dans une pièce, on voyait le petit frère et sa collection de timbres, dans une autre, la grande sœur qui se faisait belle pour un rendez-vous, dans la salle de bains, papa qui prenait sa douche, et maman au fourneau dans la cuisine. Mais dans la sculpture de Jeremy, il n'y avait personne. Seule la sensation de présences disparues, de vies bien remplies brutalement interrompues, d'affaires portant encore les empreintes de leur propriétaire volatilisé. Dans les carrés sombres du haut, un amas de jouets et de bouts de papier, un lit de poupée en plastique gisant sur le côté, comme projeté dans un éclat d'exubérance qui s'était évanoui en laissant un vide d'une tristesse à pleurer. En bas, des aliments, des roues, des osselets, un carré de moquette verte sans rien dessus. Des fragments d'objets méconnaissables. J'ai dû me courber en plissant les yeux, avant de déclarer forfait et de me redresser en dégageant les cheveux de mon visage.

« Et pourquoi pas une maison de poupée tant que vous y êtes ? »

Il se balançait dans son fauteuil, le regard rivé à la fenêtre.

« Comment vous appelez ça ? "Ode à la banlieue" ? "Hymne à Mary" ? »

Il a continué à se balancer.

« "Hommage à la belle vie" ? »

Je suis allée me planter devant son fauteuil pour le forcer à me regarder en face. « J'en arrive enfin au point de comprendre, et voilà ce que vous me montrez, je lui ai dit. Mais vous, je ne vous comprends pas, Jeremy. Je ne vous comprendrai jamais. Jeremy ? N'étais-je pas celle qu'il vous fallait ? Vous n'allez tout de même pas me dire que c'était elle ? Oui ? C'était elle ? »

Mais j'avais beau être en plein dans son champ de vision, il ne semblait pas me voir. Il avait le regard aussi éteint que le chat de la cuisine. Il voyait à travers moi, sans même le vouloir. Il avait un petit sourire tremblant au coin des lèvres. Il n'y a que les fous pour sourire comme ça.

Je n'avais rien d'autre à prendre que les affaires que j'avais apportées dans mon sac à dos — jeans et tee-shirts, deux de chaque. J'ai laissé mon chemisier bleu glacier, ma robe mexicaine blanche brillante, mon trench-coat blanc et ma robe grise à l'empiècement orné de broderies satinées. J'ai mis des fruits et un paquet de muesli dans mon sac. J'étais affamée. J'ai enfilé mes sandales et je suis sortie dans la rue.

Comment se faisait-il qu'il fasse si froid ? Toutes les feuilles étaient tombées. Le vent transperçait tellement mon chemisier que j'ai dû serrer contre moi mon sac à dos pour me tenir chaud. J'avais l'intention de marcher un peu pour faire du stop sur une rue plus passante. Je pensais aller vers le sud. Je ne voulais pas tomber sur des gens qui allaient faire leurs commissions à deux pas d'ici. Mais j'avais si froid que je me suis aussitôt mise à faire du stop en marchant à reculons le long d'une file de voitures en stationnement. Les gens roulaient à toute allure, en regardant de côté comme s'ils ne comprenaient pas ce que je fabriquais là. Puis le feu du bout de la rue est passé au rouge et j'ai vu les voitures ralentir, prêtes à s'arrêter. J'ai aperçu une Cadillac aux vitres teintées avec une dame seule au volant. Une dame enjouée, toute potelée, qui portait un chapeau. J'étais certaine qu'elle allait s'arrêter pour moi. Je levais le pouce si haut que l'air glacé me picotait le duvet des bras. Je l'ai regardée bien en face à travers le pare-brise quand elle s'est approchée. S'il vous plaît, madame ! Je n'ai que dix-huit ans et je suis une fille, la lumière est si aveuglante et il fait bien plus froid que je m'y attendais. Je ne pensais pas que le ciel serait aussi vaste aujourd'hui. S'il vous plaît, prenez-moi en stop. Mais la voiture m'a dépassée. J'étais si convaincue qu'elle allait s'arrêter que, déjà, je m'étais retournée et m'apprêtais à saisir la poignée de la portière. Elle ne m'a pas même regardée. Elle s'est éloignée en silence, me laissant là, bouche bée, claquant des dents, et le cœur prêt à se briser. Pourquoi n'avait-elle pas voulu me faire monter ? Elle avait tant de place ! Elle paraissait si gentille ! Il avait l'air de faire si bon dans sa voiture ! Cela ne lui aurait rien coûté de se pencher avec un sourire et de m'ouvrir la portière ! Pourquoi était-elle partie sans moi ?

## 9

*Automne 1971*

### JEREMY

Il essaya d'abord de faire une femme assise à sa machine à coudre, mais il s'acharna sans parvenir à rendre la courbure de son dos et finit par renoncer. Puis un enfant avec un chat, dont il se désintéressa à mi-chemin. Puis une fillette qui se nattait les cheveux qu'il se força à achever, mais qu'il savait ratée. Ses lignes étaient noueuses, ses angles faussés, ses surfaces planes inégales et pleines de bosses. Il ne cessait d'arracher des bouts en négligeant de les remplacer, et restait sur son tabouret devant sa pièce tandis que ses mains s'affairaient inutilement à ôter des petites peaux ou à froisser le tissu de son pantalon. Pourquoi ne suis-je pas musicien, se disait-il, pour interpréter ce que d'autres ont déjà composé ? Ou encore écrivain, pour n'avoir plus qu'à donner une nouvelle tournure à des mots que je connais déjà ? Pourtant, lorsque Miss Vinton lui apporta son chocolat chaud, elle sourit à la statue de la fillette et s'exclama : « Mais c'est Darcy ! » Il se contentait bien de modeler ses statues d'après des gens qu'il avait connus, non ? Non. Il était impossible de résumer les gens. Il en créait de nouveaux. Une famille imaginaire ; il caressa la main de sa Darcy imaginaire d'un doigt aussi léger qu'une plume. Puis il fit non de la tête. « Désolée, dit Miss Vinton. Je croyais que... Tenez, je vous ai apporté du chocolat. Je ne veux pas vous empêcher de travailler. » Elle ressortit sur la pointe des pieds en s'efforçant de ne pas le déconcentrer. Elle ne connaissait de lui que la surface lisse du Sculpteur à l'Œuvre. Jamais elle ne devinait les fêlures intimes, les pensées mouvantes, les digressions de la mémoire, les heures d'oisiveté, les journées passées à feuilleter de vieux magazines, s'entraîner à faire des nœuds plats avec un bout de ficelle rouge ou fredonner imperceptiblement en tapotant l'appui de la fenêtre tandis qu'il observait les gens dans la rue. Une matinée à sommeiller sur le divan, dans un coin de l'atelier, cinq minutes à modifier l'inclinaison des yeux de la statue, une après-midi à jouer avec un tube de poudre scintillante de Noël.

Il avait entendu dire que la souffrance engendrait des chefs-d'œuvre, mais dans son cas, elle ne produisait que de piètres masses informes, flétries, rabougries, bien inférieures à ce dont il était capable.

Il travaillait tellement dans son sommeil qu'il se réveillait par simple épuisement. Il rêvait qu'il coupait des bouts de lune, des traînes d'air pailletées de pluie, de longs fils de vent. Il avait tant de peine à les assembler qu'il sentait son cerveau se nouer. Il avait l'impression d'être à la recherche d'une solution unique, comme dans un problème mathématique. « C'est ça ? C'est ça ? » Pas de réponse. Aucun déclic intérieur pour lui donner raison. Il se réveillait tendu, en nage, espérant que le jour s'était levé, mais il n'en était rien. Il se retrouvait toujours dans une obscurité opaque, derrière des stores baissés et des rideaux fermés, entortillé dans des draps grisâtres. Sa vie, se disait-il, avait la forme d'un œil — les coins resserrés de l'enfance s'étaient élargis à la maturité pour accueillir Mary et les enfants, et se rétrécissaient à nouveau jusqu'à cette unique pièce isolée. Le silence bourdonnait, transpercé ici et là de voix qui le faisaient sursauter. Il savait qu'elles n'étaient pas réelles. Elles n'étaient qu'un pur produit du hasard, comme ces cellules formées par des molécules qui se rencontrent et se combinent. Il entendit sa sœur Laura faire l'éloge de la tapisserie d'une de ses amies, Pippi parler à une coccinelle, un étudiant en médecine depuis longtemps oublié demander qu'on lui change sa lampe de travail — autant d'époques distinctes qui s'entrelaçaient dans sa tête. Mary lui demandait s'il avait besoin d'un nouveau pyjama. Se pouvait-il qu'elle ait eu la voix aussi jeune, autrefois ? À l'époque de leur rencontre, elle devait avoir vingt-deux ans à peine. Il n'y avait jamais réellement attaché d'importance. À ses yeux, elle avait toujours été calme et majestueuse, sans âge, classique. Ce n'est que maintenant qu'il se souvenait de l'éclat de son rire, du martèlement de ses pas quand elle montait l'escalier, et de ces drôles de poupées à couettes qu'elle fabriquait dans du papier pour Darcy. Ses larmes faciles, ses accès de colère envers les enfants, et la soudaineté avec laquelle ils se changeaient en de brèves étreintes impulsives qui lui évoquaient des retrouvailles au terme d'un voyage. Comment avait-il pu y être aveugle ? Il n'avait pas su l'aimer pour ses qualités essentielles, mais pour des vertus mineures, ou d'autres qu'elle ne possédait peut-être même pas. Il avait feint d'ignorer celles qui comptaient vraiment. « As-tu encore assez de chaussettes ? » lui demandait-elle, et derrière ses paroles, il percevait des étincelles et des chuchotis, un rire même, peut-être suscité par l'absurdité du sujet dont ils parlaient.

Dans l'obscurité, la voix de sa mère était plus ténue qu'un fil, et se frayait un chemin dans les mots enchevêtrés des autres. « Oh, Jeremy, tu as toujours été si… Vraiment, sincèrement, je ne… » Elle chuchotait dans un soupir qui signifiait qu'il avait fait quelque chose de mal — non pas un soupir de colère, mais un soupir de déception. Comment s'en étonner ? Couché là, sur le dos, à regarder ses erreurs déferler au plafond, il avait l'impression d'avoir tout fait de travers. « Pourquoi, Jeremy ? » disait-elle (quand il avait renversé son lait, froissé ses vêtements ou oublié de faire son lit). « Pourquoi me traites-tu ainsi ? Moi qui ai toujours été si bonne pour toi. À présent, je me rends compte qu'il ne suffit pas d'être bonne. » Elle ne savait pas combien elle disait vrai. Il ne suffit pas d'être bon. Les erreurs qu'il revoyait n'étaient pas des méfaits, mais des erreurs de flottement, de passivité, comme l'écho d'un silence intérieur. Et lorsqu'il se réveillait le matin (après avoir passé toute la nuit à attendre que l'obscurité se lève, strate après strate, lentement, péniblement), il ressentait un besoin désespéré de réparer tous ses manquements, mais les seules réparations qui lui venaient à l'esprit étaient tout aussi flottantes, passives et silencieuses. Il avait un vague désir d'entreprendre une tâche métaphysique, de faire un pèlerinage. Dans les livres, les pèlerinages traversaient des paysages de contes de fées peuplés de collines vertes arrondies, de rivières sans nom et de forêts inexplorées. Il ne connaissait pas de semblable paysage en Amérique. Des pèlerins vêtus de cuir et de grosse toile feraient avec lui un bout de chemin, le temps de lui raconter leur histoire, des récits clairs avec un début, un milieu et une fin, assortis de morales, qui ne s'embarrassaient pas de détails — mais où trouverait-il un compagnon qui corresponde à cette description ? Et imaginez un peu ce qu'il lui faudrait transporter dans son sac à dos rudimentaire ! Les outils de son métier : de la colle Epoxy en deux tubes à presser, du vernis en bombe, une ponceuse électrique, des pinceaux jetables. N'y avait-il plus rien d'envergure en ce monde ? Rien qui puisse le sortir de cette inertie intérieure ? Il cherchait ses vêtements à tâtons et prenait la direction de l'escalier. Il se préparait un toast pour le petit déjeuner qu'il mangeait d'un air absent, mâchant vingt fois à chaque bouchée, le regard rivé sur le grille-pain, en essayant d'imaginer une seule entreprise héroïque qui puisse donner un but à sa vie.

Un samedi matin, au début du mois de novembre, il alla dans la chambre des aînées, au second. Il brava le tumulte de bruit et d'agitation qui semblait encore emplir l'atmosphère malgré le temps passé — peintures de cirques, poupées riant aux éclats, chevaux en plastique et boîtes de café hérissées de crayons cassés — et dénicha le sac à dos en Nylon rose d'Abbie au fond d'un placard. Dans la cuisine, il se prépara deux sandwichs au fromage et une Thermos de café, et mit le tout dans le sac, avec une pomme, une torche électrique, et tout l'argent du loyer pêché au fond du bocal à gâteaux. Il trouva un plan de bus au début de l'annuaire, et après l'avoir étudié un moment, il déchira soigneusement la page, la plia en tout petit et la mit dans la poche de sa chemise. Il était prêt à partir.

Une fois dehors, il fut surpris par la fraîcheur de la brise. Il portait des vêtements légers, un coupe-vent en coton et sa casquette de golf en tweed gris. Il serra les bras sur sa poitrine pour se réchauffer et marcha à petits pas pressés, accompagné du murmure du sac à dos qui rebondissait sur ses épaules. Il passa devant plusieurs pâtés de maisons, en hésitant à peine à chaque croisement de rue. En le regardant de très près, on aurait pu s'apercevoir qu'il avalait sa salive, raidissait les épaules, ou regardait un peu trop à droite et à gauche quand le feu passait au rouge, mais pour le reste, rien ne le distinguait des autres piétons. Il s'arrêta à un coin de rue et s'attarda un moment devant un panneau, puis il bifurqua et reprit sa marche. Il se retrouva au milieu d'une foule. Des femmes le dépassaient à toute allure d'un air décidé, portant des cartons de robes, et des sacs en papier à lanières de corde. Une poussette chargée de deux enfants lui écrasa le pied gauche. Une bande de jeunes chahutaient à l'entrée du bazar, faisaient claquer leur chewing-gum, se peignaient, esquissaient des pas de danse qu'ils n'achevaient pas. « Pardon, répétait sans cesse Jeremy. Je suis désolé, pardon, veuillez m'excuser. » Ils ne lui prêtèrent aucune attention. Il se fraya un chemin parmi eux, les bras le long du corps, s'efforçant d'éviter de toucher quiconque.

À l'intérieur du bazar flottait une odeur de parquet et de pop-corn. Il eut l'impression qu'une véritable cohue se pressait dans les allées. « Pardon », répétait-il, mais les gens l'ignoraient comme s'il était transparent. Il lui fallut se faufiler petit à petit jusqu'au rayon des jouets, en empruntant des détours. Quand il l'eut enfin rejoint, il trouva une fille en blouse froissée qui se limait les ongles derrière le comptoir. « Excusez-moi, j'aurais besoin de six jouets », lui dit-il. Elle leva les yeux, en continuant à limer.

« Il me faudrait six jouets pour apporter à mes enfants.

— C'est comme vous voudrez.

— Auriez-vous six jouets que je puisse leur apporter ? »

Du bout de sa lime, elle indiqua les jouets bariolés de trop de couleurs qui envahissaient non pas un comptoir mais plusieurs. Sa vue se brouilla.

« C'est-à-dire que je... auriez-vous des suggestions à me faire ? lui demanda-t-il.

— Faites un tour dans les rayons, c'est tout ce que je peux vous suggérer. »

Caoutchouc, papier, métal peint, plastiques phosphorescents roses et vert absinthe. Ce spectacle lui donnait faim. Il se sentait faible et le ventre creux. « Peut-être... » dit-il, la main rôdant au-dessus d'un minuscule tricycle mécanique en métal, conduit par un petit garçon, mais lorsqu'il leva les yeux vers la vendeuse, celle-ci se contenta de se limer l'ongle en détournant le regard, refusant de lui accorder ne serait-ce que l'ombre d'un encouragement. Il poussa un soupir et poursuivit son chemin. Il parcourut le rayon des jouets, puis explora d'autres allées, s'arrêtant au passage devant un rayon d'albums à colorier, puis devant les vêtements de nouveau-nés, sans acheter quoi que ce soit. Un bavoir en tissu éponge s'ornait d'un bébé qui lui faisait penser à Rachel, mais dessous, il était écrit, « Je suis le petit Ange de mon Papa », or aucun de ses enfants ne l'avait jamais appelé Papa. Il se demanda pourquoi. Était-il trop tard pour qu'ils s'y mettent ? Quoi qu'il en soit, il n'acheta pas le bavoir. Il se dit qu'en lisant ces mots, Mary risquait de le fixer d'un œil perplexe, et à la seule pensée de son regard, il se sentit ridicule.

Au rayon papeterie, il tomba en arrêt devant les cadeaux souvenirs. Ils étaient suspendus à des crochets, enveloppés dans du papier cellophane — des grappes de minuscules parasols en papier qui s'ouvraient réellement, des berceaux en plastique de la taille d'une coquille de noix, des trompettes de fer-blanc décorées de glands, des jeux de cartes pas plus grands que son ongle de pouce. Il était médusé devant le présentoir, bouche bée, effleurait un paquet puis un autre d'un doigt respectueux. « Je peux vous aider ? » s'enquit une dame, mais il fit non de la tête. Il s'arracha de force aux souvenirs pour repenser à des cadeaux pour enfants — une profusion de ballons en sachet plastique, des chapeaux en papier à rayures, puis du papier à lettres orné de petites filles en haut à gauche. Du papier à lettres ? Il ne savait pas même lesquels de ses enfants savaient écrire. Il retourna au rayon des cadeaux souvenirs, et trouva, un peu en dessous, un présentoir de petits paquets sphériques entourés d'un ruban.

« Excusez-moi, dit-il à la dame. Je me demandais ce qu'il y a dedans ?

— Là-dedans ? Des surprises.

— Oui, mais... pourriez-vous me dire ce que sont ces surprises ?

— Non, si je le savais, ce ne seraient plus des surprises, n'est-ce pas ?

— Non, en effet. »

Elles se vendaient par paquets de trois. S'il en achetait deux, cela ferait juste le compte. Et puis il trouvait exaltant d'arriver avec des cadeaux si mystérieux. Qui sait ce qui pouvait bien se cacher à l'intérieur ? Peut-être y glissaient-ils parfois un vrai trésor, un objet d'une valeur bien supérieure au prix du paquet. Dès que cette idée eut traversé son esprit, le choix devint une affaire délicate. Il ne voulait pas commettre d'erreurs. Il prit un paquet et le reposa, puis un autre en fouillant pour prendre celui qui était tout au fond. De temps à autre, il jetait un coup d'œil à la dame avec un petit sourire timide, qu'elle ne lui rendait pas. Pourtant, il était persuadé d'avoir pris la bonne décision. Quand il eut réglé, il ôta son sac à dos pour y ranger les paquets et lorsqu'il vit comment ils s'inséraient parfaitement entre ses sandwichs au fromage, il éprouva un sentiment de compétence. Il avait fait le bon choix, un choix infaillible, en mobilisant tous ses instincts. Il souriait encore en sortant du magasin.

Il tira le plan de bus de sa poche et vérifia une dernière fois, bien qu'il ait déjà mémorisé son itinéraire. Il devait à tout prix trouver l'angle de rue où s'arrêtait son bus. Si jamais il le ratait ou faisait une erreur de lecture, il pouvait se perdre des jours entiers. Il risquait de ne jamais réussir à rentrer chez lui. Peut-être n'aurait-il jamais dû se lancer dans pareille aventure. Mais les boules surprises bruissaient dans son sac et son plan indiquait très clairement l'arrêt de bus, et s'il rebroussait chemin maintenant, il savait qu'il se mépriserait à jamais et passerait le restant de ses jours à remâcher la certitude amère qu'il n'avait pas une once de courage en lui. Il prit la direction de l'arrêt de bus en ralentissant le pas, tenant son plan devant lui sans cesser de le plier et de le déplier aveuglément.

À l'angle de rue qu'il cherchait, il trouva quatre personnes qui attendaient déjà, ce qu'il jugea encourageant. Elles se tenaient sous un panneau bleu portant le numéro de son bus. Il compara ce dernier au numéro indiqué sur son plan, réfléchit un instant, puis revérifia. Tout était en ordre. Il sourit aux autres gens qui attendaient. Ils regardèrent autour de lui, à travers lui, au-dessus de lui. Il y avait une dame avec des bas à varices, un adolescent, un soldat et un jeune garçon, les mains dans les poches. Étrangement, ils avaient tous la peau d'un même rose rêche et de longues boucles brunes en désordre, alors qu'ils se tenaient à l'écart les uns des autres et n'étaient manifestement pas apparentés. Ils glaçaient Jeremy. Il songea à ses sculptures, peuplées de gens comme eux — des représentants types de ce que Brian appelait humanité simple, mais à chaque fois que Jeremy sortait de chez lui, il était forcé de reconnaître que cette humanité était bien plus complexe, négligée et déprimante que dans ses pièces. Les vieilles dames étaient grossières et pleurnichardes, les hommes manquaient de robustesse, et les enfants semblaient porteurs d'une menace de violence. Jeremy passa le reste du temps de profil — veillant à ne pas leur faire face ni leur tourner le dos non plus, de peur de les insulter — et, comme eux, fixa son regard dans le vide, au loin.

Quand finalement le bus arriva, il lui parut presque aussi familier que sa maison. Sitôt monté, il se retrouva enveloppé d'une odeur qu'inconsciemment il avait gardée en mémoire depuis trente ans, depuis l'époque où il se rendait à l'école d'art ou allait s'acheter des vêtements avec sa mère. L'air y était chaud, légèrement étouffant. Il lui fallut demander au chauffeur le prix du ticket, mais il nota cependant que les sièges avaient conservé leur cambrure singulière, que les portes s'ouvraient toujours en se repliant et que la nuque du chauffeur donnait encore cette même impression de gentillesse et de sérieux qu'autrefois. Jeremy se détendit et regarda par la fenêtre. Il avait posé le sac d'Abbie sur ses genoux pour pouvoir s'asseoir plus confortablement et pendant le trajet, il ne cessa de caresser le Nylon rose glissant comme, jadis, étant enfant, il caressait le biais de satin qui bordait sa couverture en attendant de sombrer dans le sommeil.

Derrière lui, deux dames parlaient des tendances alcooliques de quelqu'un. Le soldat sifflotait. Un couple se disputait au sujet d'une femme du nom de LaRue, et à l'avant, une toute petite dame noire parlait au conducteur du bus.

« Vous auriez vu sa tête quand on lui a appris la nouvelle, disait-elle. Il a bondi sur place en hurlant :

“Où est mon revolver ? Où est mon revolver ?” Il voulait se suicider. Après, il a bien failli se jeter dans la tombe. Il a fallu qu'on le retienne par les épaules.

— Pas possible, lui répondit le chauffeur. Il devait être sacrément attaché à elle. »

Jeremy écoutait en hochant la tête, impressionné par l'étrangeté de ce qu'il venait d'entendre et la facilité avec laquelle le conducteur acceptait la chose.

À présent, le paysage qui défilait sous ses yeux était plus dégagé, plus aride, les rues moins encombrées. Il n'était pas certain d'être déjà passé dans ce quartier. Les arbres rabougris à l'horizon avaient un aspect lugubre, mais sur l'instant, il se sentait si fier de son expédition et plein d'espoir à l'idée de revoir Mary, qu'au spectacle même de cette désolation, il se sentait gonflé d'un sentiment de bonheur qui s'épanouissait en lui. Il songea à des choses auxquelles il n'avait plus repensé depuis des années, certaines plus tristes que d'autres. Il revit sa grand-mère Amory qu'il avait tendrement aimée et le tableau suspendu dans un cadre doré sur un mur de son salon. Une foule assemblée dans une forêt estompée.

« Tu vois cette forêt ? lui disait sa grand-mère. Le moindre détail est vrai. Il est fait de plantes séchées, les pins sont des fougères séchées et les fleurs, des violettes séchées.

— Et les gens ? avait demandé Jeremy sans réfléchir. Ils sont séchés eux aussi ? »

Il pensa à Mrs Jarrett, l'ancienne pensionnaire de sa mère. Il n'avait pas même su pleurer sa disparition ! Le chagrin le transperça soudain comme un violent éclair de lumière crue. Elle était si élégante, avec ses chapeaux à plume et ses gants blancs ! Elle avait dû faire tant d'efforts pour conserver son allure ! Il regarda autour de lui dans le bus, tous ces gens qui hochaient la tête, acquiesçaient à ce que disaient leurs voisins, le soldat qui sifflotait son petit air entraînant. Puis ses mains, qui entouraient le sac à dos rose d'Abbie. Même ses mains lui inspiraient une tendresse mêlée de tristesse, et lui étaient source de joie.

Il se retrouva sur l'étroite route creusée d'ornières menant à la marina du chantier, que lui avait si patiemment indiquée le conducteur. Les herbes folles étaient ponctuées d'un alignement de villas et de caravanes. Jeremy avança d'un pas lourd dans les empreintes en chevrons d'un camion ou d'un tracteur en baissant la tête pour se protéger de la bise qui s'était levée. Le sol était détrempé comme s'il avait plu et bientôt ses chaussures et le bas de son pantalon furent mouillés. L'humidité lui parut agréable — deux mains fraîches pressées sur la plante de ses pieds. À chaque tournant, il levait les yeux pour voir s'il apercevait la marina. Il n'avait pas la moindre idée de la distance qui l'en séparait. Mais quand il eut constaté qu'elle n'était toujours pas en vue, il continua à marcher sans s'en faire. Ses jambes avançaient au rythme d'une cadence établie en martelant le sol d'une démarche pesante qui ne semblait exiger de lui aucun effort. Il avait l'impression de pouvoir ainsi marcher jusqu'au crépuscule sans jamais ressentir les effets de la fatigue.

Puis surgit sous ses yeux un amas de taudis gris et derrière eux, une nappe d'eau — apparition soudaine, inquiétante. Il crut presque avoir surpris le décor se mettre en place au coin de son œil. Au-dessus du bâtiment le plus grand, couvert de réclames de sodas, une cheminée de métal semblait suspendue à un filet de fumée. Il apercevait plusieurs voitures en piètre état disséminées un peu partout, un camion à plateau rouillé à côté d'un hangar, et des bateaux alignés le long du quai et ancrés au mouillage, mais pas de trace d'humains. Il approcha du grand bâtiment aussi lentement qu'il le put. Pourtant, il avait le sentiment de causer plus de bruit et d'agitation que le règlement des lieux ne l'autorisait.

« Chez Al », annonçait l'enseigne, entre deux cercles de Coca-Cola aux allures de pouces rouges géants. Jeremy gravit les deux marches de bois creusées et pénétra à l'intérieur. Il vit un homme assis à côté d'un poêle ventru, plongé dans un journal à scandales. Il était entouré de présentoirs pleins d'objets étonnants, en cuivre, en bois et en cuir. Des rouleaux de corde très blanche pendaient des madriers. Dans la pénombre du fond, il distingua une étagère de conserves alimentaires, et renifla une odeur de fromage. L'homme replia précautionneusement son journal en marquant le pli du pouce avant de lever les yeux.

« Je me demandais si vous sauriez où se trouve la maison de Brian O'Donnell, demanda Jeremy.

— O'Donnell. Y a personne de ce nom-là par ici.

— Mais c'est impossible.

— Puisque je vous le dis.

— Ce n'est pas la marina de Quamikut ?

— Oui, mais, il n'y a...

— Il a une maison ici. Il s'appelle O'Donnell, un monsieur barbu.

— Ben moi je l'ai jamais vu et je connais tout le monde par ici, monsieur.

— Mais vous devez... et depuis quelque temps, il y a une femme et ses six enfants qui se sont installés là-bas, dans sa maison.

— Oh ! Vous parlez de Mary Pauling.

— Tout à fait.

— Elle est là, mais j'avais jamais entendu parler de ce O'Donnell.

— Euh... pouvez-vous me dire comment la trouver ?

— Ouais. Continuez un peu plus loin la route par laquelle vous êtes venu. Passez devant le chantier, et c'est la dernière maison que vous verrez. À cette heure, elle doit y être avec ses gamins, on est samedi.

— Bien, je vous remercie, dit Jeremy.

— Vous êtes de ses amis ?

— Comment cela ?

— Moi, je veux pas que vous mettiez les pieds là-bas si vous êtes pas le bienvenu.

— Non, il n'y aura pas de problème, je vous en prie. »

Il dut endurer une longue inspection silencieuse. L'homme se renversa sur sa chaise et l'examina de la tête aux pieds en mordillant sa lèvre inférieure. Puis il lui lança : « Bon, d'accord, allez-y. »

Jeremy remonta son sac à dos sur ses épaules et ressortit. Sa confiance s'était effritée. La maison de Mary portait déjà le sceau de son nom, ses habitudes étaient déjà connues de gens que Jeremy n'avait jamais vus de sa vie, sa protection était assurée par de parfaits étrangers. Et tout cela en si peu de temps, la durée d'une simple visite, lui semblait-il. Quel était son secret ?

Il poursuivit la route au-delà des taudis, longea les berges, traversa un parking de gravier. Il cherchait une villa de vacances, peut-être une de ces maisons triangulaires dont il avait vu des réclames dans la rubrique loisirs du *Sun* de Baltimore. Au lieu de quoi, il ne vit qu'une baraque grise bancale avec des parpaings en guise de marches. Cela ne pouvait pas être là. Il fit le tour, espérant tomber sur quelque chose de plus présentable un peu plus loin. De l'autre côté, debout sur un cageot de bois posé au pied d'une fenêtre, il vit Mary. Elle fredonnait un petit air nonchalant en roulant une feuille de journal. Le vent rabattait sa jupe autour de ses genoux et malgré le froid, elle ne portait pas de chandail. Il la vit poser le tube de papier journal le long d'un interstice, au bas du cadre de la fenêtre, se pencher pour attraper un rouleau de papier-cache adhésif qui était à ses pieds puis scotcher le tube. Elle se courba pour prendre une autre feuille de journal coincée sous son pied. En se redressant, elle aperçut Jeremy. Elle cessa de fredonner. Il crut la voir pâlir, mais sa voix était parfaitement calme.

« Bonjour, Jeremy, dit-elle.

— Bonjour. »

Il bascula le poids de son corps sur son autre pied.

« Alors ! fit-elle enfin. Tu es venu nous faire une petite visite ?

— Oui, je... non. Je me suis dit... »

Il était si maladroit qu'il avait l'impression d'étouffer de chaleur. Il extirpa un mouchoir d'une poche pour s'éponger le front, et pendant ce temps, elle descendit de son cageot pour s'approcher de lui.

« Jeremy ? Ça va ?

— Mais oui.

— Comment es-tu venu ici ?

— En bus et puis à pied, répondit-il.

— À pied ! Mon pauvre ! »

Elle posa une main sur son bras. « Ce n'était rien, vraiment, lui dit-il. Je ne suis pas du tout fatigué. » Puis il regretta ses paroles, car elle lâcha son bras et s'écarta de lui. Il se dit qu'il venait de rater sa chance, faute d'avoir su la voir à temps. À l'endroit où elle avait posé la main, son bras lui semblait être devenu plus sensible. Il se concentra sur ce point, recréa la pression de ses doigts, en regrettant que son bras ne possède pas quelque pouvoir magnétique. D'elle, il ne voyait plus que le dos, les vrilles de cheveux s'échappant de son chignon et la jupe fouettée qui claquait au vent et se rabattait.

« Je suppose que tu veux voir les enfants, lui lança-t-elle.

— Euh, oui, je... »

Elle le précéda jusqu'à l'entrée du cabanon. Il avait peine à croire qu'elle vivait dans un pareil endroit. Ses pieds raclèrent sur les parpaings, la poignée de la porte n'était qu'un bloc de rouille et il faillit trébucher sur un bout de linoléum déchiré en pénétrant à l'intérieur. Il ne distingua tout d'abord que des chapelets de couches accrochées d'un bout à l'autre de la pièce. « Désolée, dit Mary, il a plu ces derniers jours, j'ai été obligée de les suspendre à l'intérieur. » Elle le précéda en écartant les couches. Il avait l'impression d'être un aveugle. Il lui était impossible de dire dans quel genre de pièce il se trouvait. Elle sentait la lessive, le froid et le renfermé. Il entendait la voix des enfants, mais ils restaient invisibles.

« Sept, huit, neuf, dix de cœur. Valet ? Quelqu'un a une quinte ?

— Les enfants, Jeremy est là », annonça Mary.

Rompant un dernier obstacle de couches, ils se retrouvèrent alors sur le seuil d'une minuscule chambre à coucher. Les quatre aînées jouaient aux cartes sur un grand lit défoncé. Assis à leurs côtés, Edward était occupé à battre son propre jeu de cartes et un peu plus loin, cramponnée à l'appui de la fenêtre, Rachel se tenait debout — était-ce vraiment Rachel ? debout ? — et se retournait vers lui pour lui sourire, vêtue d'une salopette rose inconnue et exhibant plusieurs dents qu'il ne lui avait jamais vues. « Jeremy ! » s'écria Darcy. Ils se précipitèrent hors du lit pour venir l'embrasser. Il sentit des bras enchevêtrés autour de sa poitrine, une autre paire autour de ses genoux. Dès qu'il tendait la main, il touchait des cheveux si doux qu'il lui semblait que ses doigts les avaient imaginés. Les questions fusaient. « Que fais-tu ici ? Dis, tu vas rester ? Est-ce qu'on t'a manqué ? » Il était stupéfait qu'ils soient si contents de le revoir. Ils auraient pu l'oublier ou ne pas même remarquer son absence. « Allons, allons », répétait-il.

« Comment ça se fait que t'as mon sac ? demanda Abbie.

— J'espère que cela ne te dérange pas, je te l'ai emprunté pour porter mes affaires.

— Non, c'est bon.

— Et puis aussi quelques cadeaux, si je m'en souviens bien, ajouta-t-il. Voyons voir. »

Il voûta les épaules pour se débarrasser du sac à dos et le posa sur le lit. Il extirpa les boules surprises coincées entre ses sandwichs et passa une éternité à essayer d'entamer leurs emballages plastiques. Finalement, il fut forcé de commencer à les déchirer avec les dents. Il distribua les boules en hâte, une à chaque enfant, même à Rachel. « Ouvrez-les, dit-il. Allez-y. Ce sont des surprises, personne ne sait ce qu'il y a dedans. » Il était si impatient de s'assurer que ses cadeaux étaient réussis, que la maladresse de leurs gestes lui crispait les nerfs. Il attrapa un sandwich au fond du sac à dos, le déballa, mordit dedans à pleines dents, et mâcha consciencieusement en regardant les longs rubans de papier crépon blanc se dérouler au sol.

Pippi fut la première à trouver quelque chose. Un léger *ping!* retentit à ses pieds. « Oh ! » fit-elle en se penchant pour ramasser un petit sifflet plat en métal, de la taille d'un timbre-poste. Elle le tourna dans tous les sens. « C'est un sifflet », dit-elle. Elle souffla dedans, mais ne put produire qu'un son blême et étouffé. Elle le retourna. « Ça ne fait rien, continue à chercher, je suis sûr qu'il y a autre chose », dit Jeremy. Il mordit à nouveau dans son sandwich. Il regarda Darcy qui venait de trouver sa surprise — un autre sifflet. Ils avaient tous des sifflets, parfois un seul, parfois deux ou trois. Ils ne se distinguaient que par leur couleur. Les surprises tenaient leur forme ronde d'un centre de carton qui ressemblait un peu au noyau d'une pelote de ficelle. Les centres roulèrent à terre en sonnant creux. Des montagnes de rubans de papier crépon aux allures de spaghettis s'élevaient au pied des enfants. Les uns après les autres, ils portaient le sifflet à leur bouche, soufflaient, l'ôtaient et regardaient Jeremy. Ils ne semblaient pas tant déçus qu'interloqués. À voir leur visage poli, attentif, on aurait dit qu'ils attendaient une explication. Quand Rachel se mit à hurler en tenant sa boule qu'elle s'était contentée de mouiller à force de la mâchonner sans parvenir à l'ouvrir, Mary lui dit : « Donne-la-moi, Rachel, je vais t'aider », tous les regards se tournèrent instantanément vers la petite dernière comme si elle détenait la clef de l'énigme. Tandis que Mary déroulait la boule, Rachel attrapait à deux mains des bouts de papier crépon. Tout à la fin, deux sifflets tombèrent par terre, un jaune et un bleu. Elle gazouilla et se pencha pour les ramasser, mais Mary fut plus rapide qu'elle. « Non, mon ange, lui dit-elle, tu risquerais de les avaler », ajoutant, par-dessus son épaule : « Trouve-lui quelque chose, Darcy. Tiens, donne lui mes clefs, tu veux ? » Mais les clefs ne furent d'aucune utilité. Rachel les jeta et se mit à pleurer en s'acharnant encore à arracher les sifflets des mains de sa mère. « Rachel, tu te ferais mal », insista Mary. Puis elle se tourna vers Jeremy :

« Je vais les mettre de côté pour plus tard, d'accord ?

— Bien sûr.

— Dès qu'elle sera en âge, je les lui donnerai. Elle en raffolera, j'en suis sûre. »

Ne te fatigue pas, avait-il envie de lui dire, s'il y a bien une chose dont je peux me passer, c'est de tact. Je sais pertinemment qu'ils n'ont que faire de ces sifflets. Et je sais aussi que de toute façon, ce n'est pas si important que cela ; je ne suis plus un enfant, après tout. Mais il n'avait aucun moyen de le lui dire sans déchaîner de nouvelles manifestations de tact — consolation ou protestations. « Moi, je trouve que ce sont de très jolis cadeaux, dit Mary. C'est gentil de la part de Jeremy de les avoir apportés, n'est-ce pas, les enfants ? »

Un concert de murmures s'éleva précipitamment, comme sur commande.

« Merci, Jeremy.

— Mince alors, Jeremy, ils sont super.

— Oh, vous savez... soupira-t-il.

— Tu sais combien les enfants adorent tout ce qui fait du bruit », renchérit Mary.

Il la dévisagea, impuissant, il vit son regard bienveillant, protecteur, compréhensif, et ne sachant que dire, il engloutit d'une seule bouchée le reste de son sandwich et essuya les miettes tombées sur sa chemise. Mâcher lui donnait un bon prétexte pour se taire. Les yeux rivés devant lui, il mastiquait soigneusement, conscient des sept visages braqués sur lui.

« Et ton travail ? » lui demanda Mary.

Il continua à mâcher. Il n'en finissait pas. Le pain et le fromage semblaient s'être agglomérés comme du papier journal mouillé.

« Jeremy ? Tu ne travailles plus ? »

Elle avait l'air si préoccupé. Elle était si attentive à lui. Sa gorge se serra et il toussota.

« Bien sûr que si, lui assura-t-il.

— C'est vrai ?

— Mon travail avance très bien. Très bien. J'en suis très content.

— Oh, tant mieux.

— En fait, je n'ai jamais aussi bien travaillé, ajouta-t-il.

— C'est bien. »

Elle tourna les talons et sortit de la pièce. Il lui emboîta le pas, en écartant les couches humides pour passer. Les enfants le suivirent en file indienne, chuchotant et traînant des pieds. Quand il eut localisé Mary — qui se mettait à son aise sur un informe canapé miteux en posant Rachel sur ses genoux — Jeremy s'installa également, mais à quelque distance d'elle. Les enfants s'assirent par terre en formant un cercle autour de leurs parents et se plongèrent dans le silence. Il tressaillit en les voyant installés à même le linoléum froid couleur de charbon. Il remarqua leur allure miséreuse et rebutante — des enfants dépenaillés au nez rougi, les mains et les lèvres gercées, les poignets dépassant de leurs manches trop courtes, les chaussures crottées et rebiquant au bout. Et ce cabanon l'emplissait de désespoir. À chaque bourrasque, le froid le transperçait de toutes parts comme autant de petites lames de couteau. Les meubles lui paraissaient douteux — infestés de vermine ou de microbes. Il s'était posé précautionneusement sur le bord du canapé, détournant les yeux du pitoyable semblant de cuisine qu'il avait aperçu au fond de la pièce. Pourquoi fallait-il qu'elle choisisse le pire des logis ? Pourquoi avait-elle tenu à se rendre à l'hôpital sans son mari ce jour-là, suscitant sans nul doute la pitié et l'indignation de toutes les infirmières ? L'avait-elle fait exprès ? Était-il visé ? Mais lorsqu'elle se décida à parler, ce fut pour dire : « De notre côté, tout va très bien, aussi. »

Il la fixa du regard.

« Nous allons à merveille », lui dit-elle.

Évidemment. Elle irait à merveille où que ce soit. Avec elle, il n'y avait aucun moyen de gagner. À la seule pensée de Mary, il se sentit las.

« J'ai trouvé un travail, tu sais, lui dit-elle. Dans une crèche, dans une des villas plus haut sur la route. Tu as dû passer devant.

— Est-ce que... et les enfants ?

— J'emmène les petits avec moi. Les autres vont à l'école.

— À l'école ? Il y a une école ici ?

— Il y a des écoles partout, Jeremy. Ils vont jusqu'à la grand-route à pied et prennent un car qui les dépose juste devant. »

Ils les imagina blottis à l'arrêt du car, tremblant dans leur tenue légère, leurs jambes nues marbrées de froid.

« Mary, je ne crois pas... cela m'a l'air si...

— La crèche se termine à la même heure que l'école. Je suis rentrée avant eux et mon travail me plaît. »

Et moi ? avait-il envie de lui demander. Es-tu en train de me dire que tu n'envisages pas de revenir ? Ai-je fait tout ce chemin pour rien ?

« Tu sais, Jeremy, reprit Mary, je me débrouille toute seule maintenant. Je ne dépends de personne. Je m'assume. »

Évidemment. Mary s'était toujours débrouillée toute seule. Pourquoi prenait-elle seulement la peine de le mentionner ? La réponse était simple : elle lui faisait savoir qu'il n'y avait pas de place pour lui. Lorsqu'il tourna la tête pour croiser son regard, il la vit rayonnante et sûre d'elle, aussi belle que jamais, plus belle, même.

« J'ai même commencé à payer un loyer à Brian. Je ne veux pas lui être redevable de quoi que ce soit.

— Mary, mais n'as-tu donc rien tiré sur le compte en banque ?

— Cet argent t'appartient, Jeremy. J'essaie de me débrouiller toute seule.

— Mais, les enfants ! Je veux dire...

— Tout va bien, à la maison ? Est-ce que Miss Vinton t'aide un peu à t'en sortir ?

— Miss Vinton, oui, oui.

— Et comment va Olivia ?

— Mais elle est partie, répondit-il. Sans même nous dire au revoir.

— Partie ? Mais où est-elle allée ?

— Je n'en sais rien. Vers la fin, elle n'avait pas l'air très bien, j'espère vraiment...

— Oh non, je pense souvent à elle, dit Mary. J'aurais dû l'emmener avec moi.

— Où ça, ici ?

— Évidemment.

— Je ne vois déjà pas comment tu réussis à loger tout ton petit monde, dit-il en regardant autour de lui.

— Nous sommes tout à fait à l'aise. Et puis j'ai l'intention d'acheter un poêle à mazout. Ça ne sera pas inutile quand il fera plus froid. Et avec Darcy, nous isolons la maison nous-mêmes, tu as remarqué ?

— Euh...

— Fermer hermétiquement les fenêtres et tout le reste. »

Il repensa au papier journal roulé.

« Ah oui, fit-il. Je sais ce que veut dire isoler, mais je pensais seulement...

— Nous nous en tirons bien, hein ?

— Oui.

— La plupart des femmes seraient obligées de faire appel à un homme, pour ça.

— Eh bien, je crois que je ferais mieux de m'en charger à présent.

— Toi ?

— Je m'en occupe tout de suite.

— Mais, Jeremy, protesta-t-elle. Ne préférerais-tu pas...

— Tu te dis que je ne sais pas comment faire ?

— Mais non, ce n'est pas ça. Je ne crois pas ça une seconde. Je suis persuadée que tu le sais parfaitement.

— En ce cas, je ferais bien de m'y mettre.

— Tu veux dire là, tout de suite ?

— Mais oui.

— Tu ne veux pas rester assis un moment ? Je pourrais te préparer un petit quelque chose à manger.

— J'ai déjà mangé.

— On pourrait peut-être rester ici à parler un peu. Tu n'en as pas envie ? »

S'ils parlaient, elle lui annoncerait ce qu'il redoutait d'entendre et après, il n'y aurait plus aucun moyen de retirer ce qui avait été dit. Il s'empressa de se lever et la soudaine fraîcheur d'une couche vint draper sa calvitie. Il était essentiel de passer immédiatement à l'action. L'entourer d'efficacité et de compétence. « Je m'en charge, occupe-toi des enfants », lui dit-il. Et avant même qu'elle ait eu le temps de se lever, il avait vissé sa casquette sur son crâne et était sorti.

Il devait à tout prix faire mieux qu'elle et Darcy. C'était primordial. Au lieu de rouler les tubes un à un, au fur et à mesure de ses besoins, il prépara le lot à l'avance et le coinça sous une pierre. Il coupa des bandes de papier-cache qu'il colla par le bout au rebord des fenêtres. Ce n'est qu'une fois ces précautions prises qu'il grimpa sur le cageot pour se mettre réellement à la tâche. Il lui semblait que ses doigts étaient d'une adresse infaillible ce jour-là. Tout se déroulait sans heurts, dans un ordre parfait. Mais ce genre de corvée était d'une simplicité enfantine ! Il aurait pu s'en charger toutes ces années. Le bois était pourri et s'effritait sous le papier-cache, mais il se débrouillait en localisant les endroits les plus résistants, en proie à un sentiment de patience et d'indulgence à l'égard de ce monde pitoyable dont Mary se faisait une si haute idée. Il pouvait la reconquérir en un rien de temps, tout était encore possible. Ne s'acquittait-il pas à merveille de sa tâche ? N'était-il pas enfin le maître à bord ?

Mary sortit de la maison avec une tasse de café, en tenant Rachel en équilibre sur sa hanche gauche, dans une attitude si familière qu'il en fut bouleversé. Elle n'avait toujours pas mis de chandail et le bébé avait les pieds nus.

« Elle va tomber malade, Mary, lui dit-il.

— Pourquoi dis-tu ça ?

— Il fait bien trop froid, ici.

— Froid ? »

Elle leva les yeux sur lui, qui vacillait sur son cageot.

« Mais Jeremy, il ne fait pas froid. Personne n'a jamais vu un automne aussi doux. On est en novembre et les gens sortent encore leurs bateaux.

— Mais ce vent », dit-il.

Elle se tourna vers l'eau, comme si elle espérait y voir le vent. Elle reposa les yeux sur lui.

« Mais ce n'est pas un vent froid, Jeremy, dit-elle. Tout juste une brise fraîche. Tu as froid ?

— Non, non. »

Il se sentait vaincu. Il s'en voulait d'en avoir parlé. Mary lui sourit, la mine éclatante et bronzée, le regard catégorique, sans une trace de chair de poule sur ses bras nus. Lorsqu'en lui tendant sa tasse de café, elle lui toucha la main, même le bout de ses doigts était chaud. Elle laissa sa main s'attarder sur la sienne, comme si elle tenait à lui prouver leur chaleur, comme si elle en jubilait, mais Jeremy s'esquiva aussitôt et elle partit.

Une fois les fenêtres achevées, il retourna à l'intérieur. Il rapporta son tas de journaux et son rouleau de papier-cache. « Ah, tant mieux, tu as fini, lui dit Mary. Tu ne veux pas venir t'asseoir avec moi et prendre un autre café ? Les enfants, arrêtez de tournicoter dans nos jambes, vous voulez ? » Mais Jeremy refusa :

« Non, non, je veux faire ça bien. Je vais isoler l'intérieur aussi.

— Tu veux dire, là, tout de suite.

— Je tiens à ce que cela soit fait dans les règles, lui dit Jeremy.

— Je vois, soupira Mary. Eh bien, une chose est sûre, c'est que tu fignoles si bien que nous pourrons passer tout l'hiver ici.

— Je peux me charger de tout. Je ne veux pas que tu te préoccupes de quoi que ce soit.

— Je vois », répéta Mary, puis elle s'assit sur une chaise de la cuisine et le laissa poursuivre sa tâche.

« Autre chose ? » demanda-t-il quand il eut fini. Mary coupait des carottes dans la cuisine. Il y avait un tel attroupement d'enfants autour d'elle qu'il fut forcé de crier pour se faire entendre, mais dès qu'il eut parlé, ils se turent. Il n'avait jamais connu un tel silence. Il ne comprenait pas ce qu'ils attendaient. Mary se retourna pour le regarder, mais en voyant son visage sans expression, il se demanda s'il fallait qu'il répète la question.

« Autre chose ? Qu'y a-t-il à faire d'autre ?

— Mais je ne vois pas autre chose, merci.

— Tu es sûre ? Il doit bien y avoir autre chose.

— Non.

— Tu disais que tu voulais isoler la maison. »

Elle se retourna brusquement vers sa planche à découper et se remit à couper les carottes avec des gestes vifs et précis.

Dans le silence, une voix d'enfant s'éleva :

« On avait dit qu'on aérerait les voiles, tu te rappelles ?

— Nous pouvons le faire plus tard, répondit Mary sans même jeter un œil derrière elle.

— Faire quoi ? demanda Jeremy.

— Aérer les voiles, lui répéta Abbie.

— Je ne comprends pas.

— C'est pour Mr O'Donnell. Quand il a plu, on hisse ses voiles pour les faire sécher. Maman a horreur de ça. »

Il regarda Mary. Son dos obstinément tourné.

« Ah bon, dit-il enfin. Eh bien en ce cas, je ferais mieux de m'en charger. »

Alors, elle lui fit face.

« Laisse ça de côté, Jeremy. Je m'en occuperai tout à l'heure.

— Mais, je... Abbie dit que tu as horreur de ça.

— Jeremy, s'il te plaît, tu ne pourrais pas arrêter de t'activer cinq minutes ?

— Mais je ne suis pas du tout fatigué.

— Non, je sais bien.

— Alors, qu'attendons-nous ? »

Il était déjà à deux mètres du cabanon, quand il s'aperçut qu'il ne savait pas même quel était le bateau de Brian. Quand il se retourna, il vit toute une grappe d'enfants qui l'observaient des marches.

Ils s'approchèrent de lui en parlant tous en même temps.

« C'est le bleu, le ketch. — C'est celui-là. — Il faut y aller en canot, à la rame.

— En canot, je vois.

— Tiens, voilà le canot. »

Il suivit du regard le doigt pointé de Hannah et vit un canot qui disparaissait presque dans les touffes de hautes herbes au bord de l'eau. Un mastodonte. Il s'éclaircit la gorge.

« Bon, fit-il.

— Tu hisses les voiles en haut du mât et puis tu les laisses sécher un petit moment.

— Je vois, oui.

— Dis, on peut venir avec toi ?

— Venir avec... je suis sûr que votre mère a besoin de vous.

— Non. »

À l'idée de se retrouver avec les enfants gesticulant dans tous les coins, faisant ballotter le canot et tombant par-dessus bord en l'obligeant à sauter à l'eau alors qu'il ne savait pas même nager, il était encore plus terrifié qu'à la pensée de ramer.

« Une autre fois, peut-être, dit-il.

— Pourquoi on peut pas, dis ? Maman nous laisse toujours venir.

— Ah oui ?

— Elle nous emmène tous, même le bébé.

— Je vois. Bon, en ce cas, je suppose que vous pouvez venir. »

Les enfants poussèrent des hourras. Jeremy gagna les berges à petits pas résolus en gardant les yeux rivés sur le canot, priant le ciel qu'il se révèle plus manœuvrable qu'il n'en avait l'air. Il n'en était rien. Il paraissait gigantesque. Sa surface râpée, patinée, produisait sur lui le même effet déprimant que les engins et les bâtiments d'usine peints en gris. Une flaque d'eau croupissait dans le fond. Fallait-il y voir un signe de danger ? Les rames lui semblaient trop longues pour être maniables. Et même le cordage qui le retenait lui posait un problème ; il était attaché à un pieu par un nœud astucieux d'aspect banal. « Tiens, laisse-moi faire », lui dit Darcy, jugeant qu'il mettait trop de temps à le défaire. Elle le détacha aisément et le lui tendit. Darcy aida les enfants à s'entasser dans le canot, pendant qu'il attendait, le cordage dans ses doigts gourds.

« Pas Pippi, Pippi est montée devant la dernière fois. C'est le tour d'Eddie. Qui se met à côté de Jeremy ?

— Attendez ! » entendirent-ils.

Jeremy se retourna et vit Mary dévaler la pente, le bébé bondissant sur sa hanche, le visage pâle, les pupilles si sombres, si agrandies, que le blanc de l'œil semblait avoir presque disparu. Il crut qu'il était arrivé un malheur. Il ne l'avait jamais vue si terrifiée. Quand elle le rejoignit, elle était hors d'haleine.

« Mary, que se passe-t-il ?

— Jeremy, je... s'il te plaît, n'emmène pas les enfants. »

Ce fut comme si elle lui assénait un coup dans le ventre. Tout comme elle, il chercha sa respiration, le poing serré sur son cordage. « Je suis désolée, dit Mary, c'est seulement que... j'allais justement leur faire à manger. Pourquoi ne pas les laisser avec moi ? Tu n'en as pas pour longtemps. »

Il ne fallait pas qu'il les emmène, c'était une évidence. Il le savait aussi bien qu'elle. Mais qu'elle aille le lui dire droit dans les yeux, qu'elle lui annonce que lui pouvait y aller, mais sans les enfants ! Elle interpréta son silence comme un signe d'obstination. « Je sais quoi, dit-elle en changeant de ton. Je vais venir aussi. Qu'en dis-tu ? » Elle lui sourit. Les enfants murmurèrent des paroles d'encouragement. Elle posa doucement la main sur son bras.

« Ce serait bien, non ? Ce serait bien mieux d'y aller tous ensemble, tu ne crois pas ?

— Pousse-toi », lui dit-il.

Elle laissa retomber sa main. Son sourire s'évanouit soudain, comme s'il avait volé en éclats.

« Laisse-moi seul, laisse-moi tranquille, insista-t-il. Et vous, les enfants, sortez de là. »

Ils s'extirpèrent maladroitement, trébuchant les uns sur les autres, gardant les yeux rivés sur Jeremy au lieu de regarder où ils marchaient. « Jeremy ? » fit Mary d'un filet de voix étranglé. Mais il ne lui adressa pas un regard. Dès que le dernier enfant eut mis le pied à terre, il se pencha au-dessus du canot, le poussa vigoureusement et sauta à bord comme s'il avait fait cela toute sa vie. Seul vint le trahir le violent tremblement qui saisit ses genoux lorsqu'il se courba pour s'asseoir. Le canot entier vibra. Il fit comme si de rien n'était. Il attrapa les rames, les ajusta dans les tolets, et après quelques coups à vide, il les plongea à l'eau et tira. Le canot s'ébranla brusquement. Mais était-il dans la bonne direction ? Il repensa aux peintures de Winslow Homer, tâchant de se rappeler dans quel sens les matelots manœuvraient les rames. Cela lui ressemblerait tellement de s'acquitter de toute sa mission assis à l'envers. Il s'éclaboussa à plusieurs reprises, enfonça les rames trop profond et mit un certain temps à comprendre quelle rame soulever pour virer de bord. Le canot progressait par à-coups et perdait la moitié de son avance avant qu'il n'ait eu le temps de donner un nouveau coup de rame, mais lorsqu'il jeta un coup d'œil par-dessus son épaule, il s'aperçut qu'il avait fait du chemin. Il savait qu'il finirait par rejoindre le ketch. Il se retourna à nouveau et vit Mary et les enfants qui l'observaient, alignés sur le rivage. Ils avaient le visage minuscule, blême, les traits estompés. D'eux, il n'entendait plus que le sifflet d'Edward, qui soufflait distraitement en regardant l'eau. Puis ce fut celui de Hannah, imitant son frère, mais il produisait un son plus doux, presque noyé par le craquement des rames.

Au jugé, il lui avait fallu une demi-heure pour rejoindre le bateau de Brian. Un autre que lui n'aurait certainement pas mis plus de cinq minutes. Il sentit le canot heurter et racler le bois peint, et se retourna pour attraper le rebord qui courait autour du pont. Comment attacher le canot ? Doucement. Pas de précipitation. Il réfléchit longuement, puis il enroula le bout du cordage avec précaution autour d'un filin attaché au pont du ketch. Il redoutait plus que tout de tomber dans le vide qui séparait les deux bateaux. Il ne voulut pas même se lever pour attacher le cordage. Il resta assis et, les bras étirés, fit un long chapelet de nœuds qui n'avaient aucune chance de se défaire. Puis il se cramponna au flanc du ketch et se souleva petit à petit. Il respira profondément, se hissa et le tour fut joué — il se retrouvait à genoux sur un pont de bateau, seul, sans autre conséquence fâcheuse que la perte de sa casquette de golf tombée dans les eaux noires huileuses et l'écho de sa peur qui lui picotait la paume des mains et la plante des pieds.

Il se leva et s'approcha des voiles. C'était enfantin de marcher sur un ketch, bien plus facile que de se tenir droit dans un canot. Il pouvait à nouveau respirer. Cependant, il ne jeta pas un regard à sa famille. Leurs sifflets lui transperçaient les oreilles — il en distinguait quatre ou cinq et savait donc qu'ils devaient être encore là, mais il garda le dos tourné, et fit comme s'ils étaient partis. À ses yeux, ils étaient partis. Il ne s'était jamais senti aussi seul. Les mouettes l'environnaient, glissant dans les airs avec une blancheur de cendres emportées au vent, et l'eau clapotait doucement sur les flancs du bateau tandis que le canot raclait en rythme contre sa coque. Il trouva des cordages enroulés autour des voiles pour les maintenir serrés, mais il n'eut aucun mal à les défaire et comprit aisément comment les hisser. D'abord la plus grande, puis celle du milieu, enfin la petite triangulaire du devant. Elles voletèrent, claquèrent, crépitèrent. Jeremy s'installa dans un transat en attendant qu'elles sèchent. À chaque bourrasque, les voiles se gonflaient et le bateau ballottait, mais il avait l'air bien amarré et Jeremy ne s'inquiétait pas. Il était au-delà de l'inquiétude. Le ketch virait autour de son ancre en dessinant des cercles de plus en plus grands et sur le rivage, les enfants saluaient son départ au son du sifflet, tandis que Jeremy, affaissé sur son transat, clignait des yeux pour écarter les larmes, en regardant sa casquette de golf grise danser sur une vague, s'assombrir, s'alourdir et enfin couler.

## 10

*Printemps 1973*

## MISS VINTON

Cette maison a retrouvé son aspect d'autrefois. Dans la cuisine, des pensionnaires solitaires feuillettent des magazines en attendant que leur soupe en conserve réchauffe. La télévision fonctionne quasiment toute la nuit, accompagnant du sifflement de sa mire le sommeil d'un gros homme endormi dans un fauteuil. Des piles de journaux jaunis s'entassent sur la banquette de la fenêtre, les cendriers regorgent de papiers de bombons et, ce matin, en descendant pour prendre mon petit déjeuner, j'ai trouvé une paire de chaussettes sales sur la dernière marche de l'escalier, et je l'ai déposée sur le pilastre où je soupçonne qu'elle restera à jamais.

La maison est pareille à elle-même, mais la rue change. Elle rajeunit. Les vieilles gens disparaissent peu à peu. Le peu d'entre eux qui restent avancent avec précautions sur le trottoir, semblables à des ombres, en se murmurant des paroles d'encouragement, cramponnés à leur sac à provisions débordant de trésors. Voici la vieille dame boiteuse qui habite au-dessus de l'épicerie dans une chambre pleine de chats, d'oiseaux et de poissons rouges. Voici notre pensionnaire, Mr Houck, qui se fait mince comme un fil en passant devant un Noir qui joue de l'harmonica. Miss Cohen et sa mère veuve. Le monsieur chauve et sa canne à pommeau d'ivoire. Et tous tressaillent sous le regard froid du garçon en salopette perché sur un tabouret, qui joue avec ses colliers de perles colorées.

Parfois, j'invite Jeremy à m'accompagner à l'épicerie. Je lui dis que cela lui ferait du bien. Je l'arrache à son atelier, à ses magnifiques sculptures imposantes, je l'aide à enfiler sa veste et je lui offre mon bras. Nous avançons à pas très lents. Il n'a guère l'habitude de marcher. Le plus souvent, il chuchote plus qu'il ne parle, il chuchote même lorsqu'il s'adresse à Mrs Dowd, quand nous sommes dans l'épicerie. Que lui conseille-t-elle d'acheter aujourd'hui ? Sa tourte de la veille ? Tout lui convient. Nous reprenons le chemin de la maison, bras dessus bras dessous. Nous cheminons à pas lourds sur le trottoir comme deux canards d'argile, et le garçon perché sur son tabouret bâille en attrapant une bière. Si jamais il nous observe, il ne voit qu'un vieux couple sans doute marié depuis des lustres, qui parvient au terme de sa médiocre et poussiéreuse existence. La dame est vêtue d'un cardigan terne et élimé. Le monsieur, lui, porte des pantoufles en crochet. Il paraît serein mais distant, détaché du monde qui l'entoure. Le garçon se met à siffler un air insouciant qu'il sifflera encore longtemps après que le vieux couple aura pénétré dans la maison du coin de la rue, verrouillé la porte et tiré les stores.

DU MÊME AUTEUR

*Toujours partir*
(Stock, 1979)

*À la recherche de Caleb*
(Stock, 1981)

*Morgan l'insaisissable*
(Stock, 1982)

*Le Déjeuner de la nostalgie*
(Stock, 1983)

*Le Voyageur malgré lui*
(Stock, 1987)

*Saint Lendemain*
(Calmann-Lévy, 1993)

*Leçons de conduite*
(Calmann-Lévy, 1994)

*Une autre femme*
(Calmann-Lévy, 1996)

Composition réalisée par INTERLIGNE

IMPRIMÉ EN FRANCE PAR BRODARD ET TAUPIN
La Flèche (Sarthe).
Librairie Générale Française - 43, quai de Grenelle - 75015 Paris.
ISBN : 2-253-14723-0

31/4723/8